全国高职高专公共基础课规划教材

文 学 欣 赏
(第3版)

阮 航 主 编
任丹丹 阮 菲 商 拓 副主编

清华大学出版社
北 京

内容简介

本书以提高学生人文素质、拓宽学生文学视野、提升学生文学欣赏能力为目的,从文学宝库中撷取了有代表性的古今中外的文学作品,对其进行介绍、剖析和鉴赏。

本书分为三章:中国古典文学、中国现当代文学和外国文学。其中的作品都是中外文学的一朵朵奇葩,选文视野开阔,鉴赏角度新颖。

本书既可作为高等院校各专业人文知识普及的教材,也可作为社会青年提高文学修养的读物。

本书封面贴有清华大学出版社防伪标签,无标签者不得销售。
版权所有,侵权必究。举报:010-62782989,beiqinquan@tup.tsinghua.edu.cn。

图书在版编目(CIP)数据

文学欣赏/阮航主编. —3版. —北京:清华大学出版社,2017 (2024.8重印)
(全国高职高专公共基础课规划教材)
ISBN 978-7-302-46514-0

Ⅰ. ①文⋯ Ⅱ. ①阮⋯ Ⅲ. ①文学欣赏—高等职业教育—教材 Ⅳ. ①I06

中国版本图书馆 CIP 数据核字(2017)第 025419 号

责任编辑:陈冬梅
封面设计:刘孝琼
责任校对:周剑云
责任印制:刘海龙

出版发行:清华大学出版社
网　　址:https://www.tup.com.cn,https://www.wqxuetang.com
地　　址:北京清华大学学研大厦A座　　邮　编:100084
社 总 机:010-83470000　　邮　购:010-62786544
投稿与读者服务:010-62776969,c-service@tup.tsinghua.edu.cn
质量反馈:010-62772015,zhiliang@tup.tsinghua.edu.cn
课件下载:https://www.tup.com.cn,010-62791865

印 装 者:北京嘉实印刷有限公司
经　　销:全国新华书店
开　　本:185mm×260mm　　印　张:15.25　　字　数:365千字
版　　次:2010年8月第1版　　2017年3月第3版　　印　次:2024年8月第11次印刷
印　　数:18801～20300
定　　价:45.00元

产品编号:071139-02

本书编委会
(排名不分先后)

王数财	王悦悦	王治田	刘玉珺	刘明月
刘依依	刘　玥	刘名扬	杜亚君	李　静
李如彬	吴德利	汪倩秋	张　迪	杨　杨
周东升	高　丽	曹星昱	曾　杰	樊珍琪

Preface 前言

人文素质教育对整个国民素质的提高和国家现代化的实现具有不可替代的作用。对我国而言，发展经济、实现现代化，固然存在着资源短缺、人口膨胀、就业压力等问题，但从长远来看，影响我国现代化建设的最大"瓶颈"是国民素质。国民素质越高，奋斗精神越强，国家的现代化进程就越快。为建设中国特色社会主义事业，培养具有专业技术知识、在德智体美劳诸方面都得到发展、能适应急剧发展的社会要求的高素质人才，是当前大学的根本任务。爱因斯坦曾经说过："用专业知识教育人是不够的。通过专业教育，他可以成为一种有用的机器，但是不能成为一个和谐发展的人。要使学生对价值(社会伦理、准则)有所理解并且产生热烈的感情，那是最基本的。"人文素质教育可以引导学生思考人生的目的、意义和价值，促进其成为思想、文化、业务、身体、心理素质等方面和谐发展的优秀人才。

无疑，文学欣赏是人文素质教育的一个很重要的组成部分。文学欣赏课是高等院校开设的一门重要课程，它主要通过对古今中外名作的赏析，使学生感受到文学作品的艺术魅力，通过作品的感染力培养学生的审美情趣和健全的人格。文学欣赏课为培养学生的人文素质提供了良好的土壤，为学生人文素质的发展奠定了基础。

古今中外的优秀文学作品承载着对社会、对人生的巨大关注和关怀，表现出作家鞭挞丑恶、探求光明、拯救芸芸众生的人文情怀，折射出民族自强不息、不屈不挠的精神，传达出人类对假恶丑的痛恨、对真善美的追求以及对美好未来的憧憬。文学作品中描绘的大自然的美丽和谐、神秘伟大，呈现的幸福生活、美好人生，曾激励了千千万万读者走出迷茫、摆脱困境、创造辉煌，曾提升了一代又一代人的思想境界。大学生阅读这些文学作品，将同样受到人性的洗礼和感化，人文素质会在潜移默化中得到培养和提升。

21 世纪的大学生面临高科技发展迅猛、中西文化交流日益频繁、经济全球化进程加快、人们的价值取向发生转变等诸多变化，其身心将会面临更加严峻的考验。因此，在注重培养其专业能力的同时更需要提高其人文素质，这对大学生的心理健康和今后的职业发展都是极其重要的。正是建立在这样的认识基础上，我们编写了这本书。中外文学浩如烟海，本书在有限的篇幅内，不可能包罗万象、面面俱到，仅从几千年的中外文学中采撷精华，筛选出 37 部作品，以拓宽学生的文学视野，提升学生的文学素养，提高学生阅读、欣赏中外文学作品的能力。

在编写本书第 3 版时，根据前两版的教学情况及学生和读者的反馈意见，对书稿内容进行了微调，修改了少量的不妥或错误之处，力争使本书更适合高等院校教学使用和文学爱好者阅读参考。

由于解读作品的角度、编著者的兴趣与文化知识等诸多因素影响执笔者对作品的鉴赏，不足之处在所难免，恳请读者批评指正。

非常感谢全体编者，他们付出了辛勤的劳动，感谢清华大学出版社的编辑耐心细致的工作。

编 者

Contents 目录

目　　录

第一章　中国古典文学 1

- 第一节　苇叶露珠上的诗行——《诗经·国风》撷华 1
- 第二节　传记文学的开山之作——司马迁与《史记》 7
- 第三节　绮丽与迷思的交融——张若虚的《春江花月夜》 12
- 第四节　朦胧多义的心灵世界——李商隐的《玉溪生诗》 18
- 第五节　书写女性的生命本真——李清照的《漱玉词》 25
- 第六节　在爱与美中彰显人性光辉——王实甫的《西厢记》 32
- 第七节　民族正义的诗性书写——纪君祥的《赵氏孤儿》 39
- 第八节　奇思丽词　至情绝唱——汤显祖的《牡丹亭》 45
- 第九节　百变人生　市井镜像——冯梦龙的《喻世明言》 51
- 第十节　寓"孤愤"于"异史"——蒲松龄的《聊斋志异》 57
- 第十一节　浓缩封建社会的衰亡史——曹雪芹的《红楼梦》 63

第二章　中国现当代文学 71

- 第一节　乡土情结与现代性渴望之间的困惑——鲁迅的《故乡》 71
- 第二节　永远的田园梦与理想化的现代改造——沈从文的《边城》 76
- 第三节　挣不脱的旧中国梦魇——曹禺的《原野》 82
- 第四节　悲凉的现代中国意象——老舍的《月牙儿》 87
- 第五节　新老帝国双重压迫下的中国女性的哀音——萧红的《呼兰河传》 93
- 第六节　宗法社会诉讼与社会阶级斗争——赵树理的《李家庄的变迁》 97
- 第七节　武侠小说与革命史话的完美结合——曲波的《林海雪原》 102
- 第八节　当代青年的成长寓言——余华的《十八岁出门远行》 109
- 第九节　陷落在深度意象里的致命飞翔——海子的诗歌 116
- 第十节　恢宏绚丽的现代民族史诗——陈忠实的《白鹿原》 124
- 第十一节　自由思想者的浪漫传奇——王小波的《万寿寺》 131
- 第十二节　现代城市的性别史诗——王安忆的《长恨歌》 137

第三章　外国文学 144

- 第一节　欧洲叙事诗的典范——荷马的《荷马史诗》 144
- 第二节　跨越千年的文坛巨著——紫式部的《源氏物语》 151
- 第三节　古代阿拉伯文学的最高成就——《一千零一夜》 157
- 第四节　中世纪最后一位诗人的杰作——但丁的《神曲》 163

第五节	欧洲近代文学史上第一部现实主义巨作——薄伽丘的《十日谈》	169
第六节	荒原中的爱恨情仇——艾米莉·勃朗特的《呼啸山庄》	174
第七节	含露欲滴的草叶——惠特曼的《草叶集》	186
第八节	浪漫主义爱情理想的破灭——福楼拜的《包法利夫人》	192
第九节	揭露社会问题 剖析犯罪心理——陀思妥耶夫斯基的《罪与罚》	198
第十节	震撼灵魂的人性剖析——芥川龙之介的《竹林中》	205
第十一节	东方给予西方最美好的礼物——纪伯伦的《先知》	210
第十二节	叙事艺术的精华——海明威的《老人与海》	215
第十三节	真实和荒诞的交织 传统和现代的融合——格拉斯的《铁皮鼓》	223
第十四节	通俗小说与严肃文学的完美结合——帕慕克的《我的名字叫红》	229

参考文献 235

第一章　中国古典文学

　　中国古典文学是中华民族人文精神和诗性智慧的结晶。本章主要选择不同历史时期有代表性的作品，以申管中窥豹之意。西周到春秋时期的《诗经》是古典文学的开山之作，而"国风"则是其中的精华所在。西汉时期的《史记》既是一部著名的历史典籍，又是一部文学巨著，是"史家之绝唱，无韵之《离骚》"，代表着古代历史散文的最高成就。《春江花月夜》以意境美享誉文坛，从一个侧面展示了唐诗的魅力。李清照词清丽婉约，可视为古代女性文学的典范。元杂剧《赵氏孤儿》和《西厢记》堪称中国古典悲剧、喜剧的代表作，而明代传奇剧《牡丹亭》则再续辉煌，以其秾丽、奇诡的爱情叙事惊艳梨园。《喻世明言》是"三言"的第一本，开明代白话短篇小说之风气；《聊斋志异》则如一抹瑰丽的晚霞，烘托出文言短篇小说的华丽结局。将它们和集中国古典长篇小说艺术之大成的《红楼梦》联系起来，可以粗线条地把握中国古典文学的演进轨迹，重拾一个民族精神家园的记忆。

第一节　苇叶露珠上的诗行
——《诗经·国风》撷华

　　《诗经》是我国第一部诗歌总集，成书于春秋时期，共收录从西周初年(前 11 世纪)到春秋中期(前 6 世纪)约 500 年的诗歌 305 篇，分风、雅、颂三部分。尽管年代久远，但它却对后世的诗歌创作产生了巨大的影响。"国风"是《诗经》的重要组成部分，它不仅数量占诗集过半，而且在内容上洋溢着浓郁的乡土气息，充满了现实主义精神，因而历来被认为是《诗经》的精华所在。

一

　　"国风"共 160 篇，包括周南、召南、邶、鄘、卫、王、郑、齐、魏、唐、秦、陈、桧、曹、豳 15 个地方的民间歌谣，其中周南诗源于周王畿，但杂有南方诸侯国的诗歌；召南诗则来自南方诸侯国。对于"风"的概念，《毛诗序》的解释是："风，风也，教也；风以动之，教以化之……上以风化下，下以风刺上，主文而谲谏，言之者无罪，闻之者足以戒，故曰风。"宋代郑樵在《通志序》中说："风土之音曰'风'，朝廷之音曰'雅'，宗庙之音曰'颂'。"[①]宋代朱熹认为，"国者，诸侯所封之域。而风者，民俗

---

① 郑樵. 通志二十略[M]. 北京：中华书局，1995：5.

歌谣之诗也。谓之风者，以其被上之化以有言，而其言又足以感人，如物因风之动以有声，而其声又足以动物也。"①简言之，"风"就是指民间歌谣。

国风大多数是人民群众的口头创作，是从上千首民歌中采集精选而来的。周代设有采诗官专司民歌采集，其目的在于观风俗、知得失，服务于统治者的政治需要。尽管这样，其中仍然保留了大量具有原始风貌的民歌。在这些作品中，不仅有大量质朴、热烈、优美的婚恋诗，揭露社会黑暗和贵族丑恶的讽刺诗，还有不少歌唱生产劳动、抒发爱国激情、表达人生感慨的诗篇。它们植根于人民生活的沃土中，犹如苇叶上流动的露珠，给人们带来清新纯朴的气息。从总体上看，"国风"以抒情言志为根本特征，以美刺比兴作为艺术上的基本特点，它为中国古典诗歌开辟了现实主义道路。

早在先秦两汉时期，《诗经》就受到人们的高度评价。孔子认为《诗经》有兴、观、群、怨、博物广识诸功能（《论语·阳货》），甚至说"不学诗，无以言"（《论语·季氏》）。从评价的所指来看，孔子针对的主要是"国风"，因为雅、颂并不具有"怨"的思想内容。汉代学诗解诗蔚然成风，盛传齐、鲁、韩、毛四家诗，其中独以《毛诗》传世，其解诂为历代学人所传承。随着以屈原《离骚》为代表的"楚辞"问世并产生影响，人们习惯上将"国风"与《离骚》并称为"风骚"，这个词已成为中国古典诗歌乃至整个文学的代名词。进入全球化时代，国风古歌仍没有失去其魅力。作为华夏先民的艺术创作，国风的诗歌意象具有原型意义，它渗透在古典诗歌传统之中，从而内在地影响着人们的修辞表达与审美认知方式；它所开创的比兴手法，也为历代诗人所传承，成为古典诗学的重要组成部分。

二

国风基本上是四言诗，以抒情诗为主，也有比较典型的叙事诗。四言诗具有高度精练、句式整齐、音韵铿锵、易记能唱的显著特点，这就给诗的传播提供了极大便利。抒情体现了中国古典诗歌的本质特征，相对于以叙事为主的西方古典诗歌，它意味着独特的民族文学传统，显示出华夏先民对诗歌审美规律的深切感悟能力。

从题材和内容来看，国风诗主要包括婚恋诗、农事诗、政治诗和感怀诗四种类型，它们是后世同类诗歌之本源。如果说"雅"歌是朝堂上的官方文学，"颂"歌是献给神明的宗庙祭祀文学，那么，国风诗就是带有浓厚泥土气息的民间文学。如果按"三才天地人"的传统说法，则颂歌是天之歌，雅歌是地之歌，国风则是人之歌，是劳动者的生活之歌、心灵之歌。

《诗经》的第一篇是《周南·关雎》，这是一首优美热烈的情歌，它昭示着婚恋诗在国风诗中的重要地位。从婚恋关系到人口繁衍、血缘世系和生活幸福，不论周朝贵族还是

---

① 朱熹. 诗集传[M]. 上海：上海古籍出版社，1987：1.

第一章 中国古典文学

普通民众，都把它作为大事来对待。国风婚恋诗大致分为追求篇、结婚篇和家庭篇三种，它们形成了一个相当完整的系统，突出地表现了先民热爱生活、追求爱情、憧憬美好人生的思想感情。追求篇以《关雎》为代表，在这首热烈欢快的诗歌中，水雾迷蒙的河洲、欢快鸣叫的水禽、长短参差的荇菜构成了清新迷人的意境，其间回荡着对"君子好逑"的款款深情。水禽鸣叫暗示求偶心切，"琴瑟""钟鼓"则表现了对婚庆场面的想象，情调显得典雅、庄重而热烈。结婚篇充满了欢快、喜庆气氛，如《周南·桃夭》反复用"桃之夭夭"起兴，艳丽的桃花烘托出婚庆的热烈，衬托了新妇的美貌，而"宜其室家"的复叠咏叹，则充满了对新人的祝福。《唐风·绸缪》是贺婚歌，其"今夕何夕，见此良人"句，充分显示出新人的激动心情。家庭篇通常表现夫妻深情，《郑风·女曰鸡鸣》就是其中充满温馨的篇章，作品撷取家庭生活的小镜头，妻说鸡叫了，催夫早起打猎，夫却说天还没亮；妻又说启明星出现了，夫这才出门去"弋凫与雁"。

在封建制度逐渐形成的历史条件下，国风婚恋诗表现的内容并不都是幸福美好的，不少诗篇反映了妇女社会地位低下、徭役兵役破坏家庭生活、礼法习俗压抑人性的社会现实。在《郑风·将仲子》中，女孩面对恋人的大胆追求，却"畏我父母""畏我诸兄""畏人之多言"，"三畏"表明，早在西周春秋时期，青年男女的交往已受到来自家庭、礼法和社会舆论的制约。《豳风·伐柯》中有"取妻如何，匪媒不得"的句子，可见父母之命、媒妁之言的婚俗已有十分古老的历史。有些诗反映了妇女的屈辱处境与反抗情绪，如《召南·行露》写女主人公面对男子的强娶要求，一方面揭露对方"谁谓女无家"的无耻，另一方面表明了"虽速我讼，誓不女从"的决绝态度。由于频繁的徭役兵役，社会上出现了征夫思妇这一特殊群体，国风诗中的一些诗篇就表现了他们的痛苦与感伤。《卫风·伯兮》写思妇，她因丈夫远去而无心打扮："自伯之东，首如飞蓬。岂无膏沐，谁适为容？"《豳风·东山》写征夫，他当兵多年后在细雨中返回家乡，想起"妇叹于室"，故园荒凉，不禁产生了"我心西悲"的感伤。

国风农事诗是先民生产劳动场面的生动呈现，反映了当时的生产力水平和民众的生活方式。《周南·芣苢》写采芣苢的场面，只见满山遍野的芣苢开花结子，妇女们边采集边歌唱，从"采之""掇之""有之"的轻快动作中不难想象其欢快心情。《魏风·十亩之间》写采桑劳动，表明养蚕织帛是华夏祖先的伟大发明。《齐风·还》写两位猎手在山间相遇，他们一起"驱从两狼"，有收获后相互道贺。《郑风·叔于田》夸赞猎人能饮善射，他一出行，小巷就好似再无好男儿。如同婚恋诗一样，农事诗也有美有刺。对于劳动成果被统治者掠夺窃取的残酷事实，诗人心中充满沉郁愤懑。《豳风·七月》以时令为序，分别叙述农夫春播、采桑、绩麻、收割、打猎、酿酒、修房、凿冰、献祭等农事活动，尽管一年累到头，却"无衣无褐，何以卒岁"。魏风的《伐檀》和《硕鼠》则对掠夺者进行质问，前者指责贵族不劳而获，后者将统治者比作专事窃取的大老鼠。

政治诗包括政治讽刺诗和政治抒情诗两类，前者刺淫刺虐，后者张扬爱国激情。《鄘风·墙有茨》《齐风·南山》《陈风·株林》等诗篇，把讽刺锋芒直指卫宣公、齐襄公、卫灵公等人的荒淫丑行，诅咒他们"人而无仪，不死何为"。《唐风·鸨羽》写人民对无休止的"王事"不堪忍受，发出了"悠悠苍天，曷其有所"的悲怆呼号。《邶风·北风》则在北风呼啸、大雪漫天的背景下，勾勒出百姓"携手同行"躲避暴政的画面。《秦风·无衣》是政治抒情诗，表现秦国民众踊跃从军抗击西戎的感人场面，他们虽缺少军服甲胄，却以"与子同袍""与子同泽""与子同裳"相勉励。《鄘风·载驰》表现许穆夫人"归唁卫侯"的爱国行为，在卫国被狄人灭亡的危难关头，她打算冒险慰问卫侯，并向大国求助，却遭到众大夫谏阻。作品把许穆夫人和"大夫君子"的言行加以对比，从而表现了一代女杰的过人胆识。据清人魏源《诗古微》考证，此诗及《泉水》《竹竿》均为许穆夫人所作，因此她被认为是中国文学史上第一位有确切姓氏可考的女诗人。

感怀诗主要抒发个人的人生感喟，或忧国伤时，或岁末抒怀，或咏叹个人际遇。有的诗意绪朦胧，甚至具有象征意味，例如《秦风·蒹葭》：

蒹葭苍苍，白露为霜。所谓伊人，在水一方。溯洄从之，道阻且长。溯游从之，宛在水中央。

通常人们认为这是一首爱情诗，但诗中"伊人"并无实指，他既可以是恋人，也可以是友人、亲人、有德之士，或者是某种难以实现的理想和愿望。"道阻且长""宛在水中央"也是这样，可以指爱情的阻力、人生的困惑、理想的遥远，有着丰富的象征意义。

由于国风诗年代久远，其土风方言也有意义模糊之处，这就使得说诗解诗成为旧学中的一种专门学问。古人解诗通常以"温柔敦厚"作为价值标准，喜欢用儒家伦理来比附其象征意义，如认为《关雎》是美后妃之德，《蒹葭》是刺襄公不用周礼。在今天看来，这类解释已经陈旧过时。因此，理解国风诗的意蕴，既要吸收前人有价值的看法，又要摆脱其陈旧的伦理话语体系，从而把握诗中折射出的历史真实与情感真实。

三

创造"赋""比""兴"表现手法，是《诗经》对中国古典诗歌作出的杰出贡献。过去，人们将赋比兴与风雅颂并称"六艺"，其实，风雅颂只是诗歌内容和功能上的分类，赋比兴才是表现手法。这三种手法在风雅颂中均有广泛运用，但在国风诗中显得更为亲切自然、生动活泼。正因为这样，人们才用"采风""风人之旨"来指代诗歌创作。至于赋比兴的内涵，前人的解释可谓大同小异，基本达成了共识，而宋儒朱熹的解释则有一定的代表性。

朱熹认为："赋者，敷陈其事而直言之者也。"可见赋就是直接叙述或描写，具有再现人物、事件或情景的功能。具体来说，赋的特点有三：一是叙事的直接性。即直接陈述

事实,并不迂回曲折。例如,《郑风·狡童》是民间情歌、抒情诗,但诗中有简单的事件,即恋人"不与我言""不与我食",诗人把这些无所顾忌地直接说出,表现了少女感情热烈又有点撒娇的个性。二是铺陈性。即把事件过程详细叙述,使事件或场面显得具体、生动、形象。例如,《卫风·氓》从对方求婚写起,然后叙述家庭生活的贫困,被对方抛弃的痛苦,女主人公把何人、何时、何地、何因、何果这些叙事要素都做了交代,是一篇叙写妇女被遗弃遭遇的叙事诗。三是兼容性。即不仅适用于抒情诗或叙事诗,还可以兼容描写、抒情、议论等表现手法,寄托讽喻意义。例如,《郑风·清人》全用赋的手法,叙述郑文公派高克驻军黄河边上兵散而归事,潜含讽刺意味;《卫风·氓》的"桑之落矣,其黄而陨"句虽直叙时令变化,但也起到了以景衬情的作用。

"比者,以彼物比此物也。"比就是打比方、比喻。国风中的喻象大都取自先民的生活环境,显得朴实生动,具有浓郁的生活气息。如《齐风·南山》句"南山崔崔,雄狐绥绥",诗人把齐襄公比成求偶乱转的雄狐,对其淫乱行为进行了讽刺挖苦。《周南·螽斯》用蝗虫多子比喻子孙繁盛,设喻夸张而幽默。有时诗人还使用博喻手法,即通过反复用喻,把对象渲染得如浮雕般鲜明生动,如《卫风·硕人》这样描画庄姜的美丽华贵:

手若柔荑,肤若凝脂,领若蝤蛴,齿若瓠犀,螓首蛾眉,巧笑倩兮,美目盼兮。

诗人接连使用了六个奇特喻象,工笔重彩地描绘出人物的美丽,在描绘完形体后,再由实而虚,点睛传神。这种写法,为讲究形神兼备的古代美学提供了创作范例。

"兴者,先言他物以引起所咏之词也。"兴即先从别事、别景、别物起咏,然后引出抒情意旨,这是民歌常用的一种表现手法。从表面来看,"兴"涉及的景物似乎与诗歌主旨关联不大,其实它对诗的意味生成至关重要。析而言之,首先,兴可以由此及彼,触发联想。《关雎》用"关关雎鸠,在河之洲"起兴,河边水禽看似与君子求偶相去甚远,但水禽通常雌雄终生相守,这就让诗人产生求偶的联想;同时,水禽的叫声还让人联想到"君子"的心声。这些联想积聚起来,就使诗歌显得意兴勃发。其次,兴可以烘托气氛,寄托情感。《召南·鹊巢》以"维鹊有巢,维鸠居之"起兴,喜鹊本是报喜鸟,诗人由其搭巢想到新妇出嫁就很亲切自然;由于鸠鹊在乡间很常见,以鸠鹊起兴给诗歌增添了田园村野气息。最后,兴可以生成意境、和谐音韵。《唐风·扬之水》三章反复用"扬之水,白石凿凿""扬之水,白石皓皓""扬之水,白石粼粼"起兴,流水白石遂构成一个清新自然的诗歌意境,从而衬托出一对恋人出奔后的畅快心情。兴词采用一唱三叹的方式,具有音韵回旋、反复强调的艺术效果。

赋比兴既可以分别使用,也可以联用,如《王风·黍离》第一章这样描述:

彼黍离离,彼稷之苗。行迈靡靡,中心摇摇。知我者谓我心忧;不知我者谓我何求。悠悠苍天,此何人哉?

首句既是以黍稷起兴，又是直叙眼前景象，因而朱熹称"赋而兴也"。《郑风·扬之水》以"扬之水，不流束楚"起兴，写夫妻只要情深意重，就如柴捆难被流水冲走，这里不妨看成"兴而比也"。三种手法的联用与互渗，使古典诗歌的意蕴显得深广灵动，也给后世的诗歌创作提供了艺术经验。从艺术影响来看，"赋"主张直叙其事，真切具体，它不仅为"诗史"写作开了先河，而且为崇尚铺张夸饰的赋体文章提供了诗学依据。"比"为诗歌引入了新颖鲜活的意象，使古典诗歌逐渐形成了具有民族特色的喻象系统。"兴"对古典诗学的影响十分深远，人们常用"感兴""兴寄"来进行诗歌鉴赏与批评。

四

国风以抒情诗为主，但它并非不善叙事。除了赋的手法本身与叙事相关外，它还在叙述人称、叙事结构、人物塑造等方面做了不少成功尝试。在上古时期，历史纪事尚处于草创阶段，就是稍后的《春秋》编年史也相当简略。因此，国风诗的叙事艺术具有筚路蓝缕的开创意义。

国风的叙述人称是灵活多样的，诗人根据叙事内容和抒情需要，灵活采用第一人称、第三人称叙述，有的诗还具有历史纪事痕迹。例如，《邶风·击鼓》以第一人称"我"来叙述，写人物参加练兵、南下打仗、战马走失诸事，最后抒发了"不我活兮"的惨痛心情。《郑风·溱洧》采用第三人称叙述，写士人与女子相约溱水洧水之滨，"伊其相谑，赠之以勺药"(注：勺药后来写作芍药)。诗人是事件的观察者，诗中流露出明显的欣赏情绪。《鄘风·定之方中》是以诗述史，叙述卫文公迁徙楚丘后发展生产、敬教劝学诸事，作者是从士大夫的立场来记述历史的。由于叙述人总要从特定的角度来观察、描述对象，因此，人称与视角是密不可分的。例如，《七月》中有"同我父子""嗟我父子"的句子，诗人显然是"农夫"中的一员，他记述一年到头的农事活动与切身感受，具有"饥者歌其食、劳者歌其事"的叙事特点。

国风的叙事结构已显露出艺术构思的痕迹。在叙事线索的设计上，有的诗以时间为线索，如《七月》；有的诗以事情经过为线索，如《氓》；有的诗以空间为线索，如《邶风·简兮》叙述女子观看万舞的过程，从面涂赭色的舞师"有力如虎，执辔如组"写到观舞女子油然产生的"云谁之思"。在情节处理上，诗人善于通过特殊的细节来表现人物性格。如《郑风·大叔于田》叙述打猎场面，叔驾着马车冲进林薮，他徒手搏虎，放火拦兽，箭无虚发，归来从容自若，从而给人物、事件添上了传奇浪漫的色彩。为了反复渲染叙事内容，形成一唱三叹的表达效果，国风叙事诗常使用重复结构，如《邶风·北门》重复叙述小吏受"室人"折磨，两章内容大体相似；《黄鸟》三章写秦国用"三良"殉葬事，重复叙述人物"临其穴，惴惴其栗"，三人殉葬就叙述了三次，从而强调了事件的残酷，渲染了诗人的哀痛，也便于记诵传唱。

国风的人物塑造是比较成功的，特别是对抒情女主人公的塑造，给人以个性鲜明的感

受,如《召南·行露》中的女主人公刚烈、坚强,《氓》的女主人公多情、哀怨,《狡童》的女主人公天真、痴情。在艺术处理上,作品还开创了多种行之有效的写人叙事方法。首先,采用直接的肖像描写、间接的烘托映衬来表现人物。《硕人》以肖像描写为主,显得浓墨重彩。《桃夭》没有正面写新嫁娘的外貌,但反复使用桃花意象将人物的美丽间接烘托出来。其次,引入人物之间的情景对话。如《女曰鸡鸣》主要由夫妻对话构成,《魏风·陟岵》三章用"父曰""母曰""兄曰",写一家人对征夫的反复叮咛。最后,在戏剧性场面中表现人物心理。例如,《邶风·静女》写小伙子与姑娘在城墙根约会,她却顽皮地躲起来,急得对方"爱而不见,搔首踟蹰";见面后姑娘送他一枚"彤管",他马上就高兴起来。

国风诗的叙事艺术为后世诗歌所传承,循着它开辟的道路,汉代有乐府民歌《孔雀东南飞》,唐代有杜甫的"三吏""三别",言事与抒情遂成为古典诗歌内容的并峙双峰。此外,国风诗在诗歌音韵、句式上也有开创性。更早的古歌是二言诗,如"断竹,续竹,飞土,逐肉",而《诗经》则以四言为主,这就扩展了句子长度,增加了抒情叙事的容量。在使用整齐的四言句的同时,国风诗中也有五言句,如"胡为乎株林";六言句,如"殆及公子同归";七言句,如"二之日凿冰冲冲";八言句,如"十月蟋蟀入我床下"等,句式变化使抒情叙事更加灵活,并为后世诗体的演变提供了基础。

【思考与练习】

1. 如何认识"国风"的历史价值与民俗价值?
2. "国风"诗是如何使用赋比兴手法的?
3. "国风"诗的叙事艺术成就有哪些?

第二节 传记文学的开山之作
——司马迁与《史记》

司马迁(前145—前87?)的《史记》是我国第一部纪传体通史,在文学史上也占有独特的地位。这部巨著全面叙述了我国自上古(黄帝)至汉初(汉武帝)近3000年的历史,具有举世公认的史学价值。同时,由于司马迁精通历史叙事,对人物和重大事件有深刻理解,且笔端常带感情,因此,《史记》又有高度的文学价值,鲁迅先生赞誉其为"史家之绝唱,无韵之《离骚》"[①]。

---

① 鲁迅. 鲁迅全集(第8卷)[M]. 北京:人民文学出版社,1963:308.

一

　　《史记》是一部通史，全书共 130 篇，包括十二本纪、十表、八书、三十世家、七十列传，约 52 万字。"本纪"是全书总纲，主要记述帝王的言行政绩；"表"是用表格来简列世系、人物和史事，是各历史时期的简单大事记，也是全书叙事的脉络和补充；"书"记述制度发展，类似后世的专门学科史；"世家"主要记载诸侯国之事；"列传"主要记载除帝王诸侯外不同类型、不同阶层的重要人物的事迹。《史记》正是通过这五种体例和彼此间的相互配合，构成了一个完整的体系。

　　在《太史公自序》中，司马迁表明了写《史记》的基本意图，即"究天人之际，通古今之变，成一家之言。"所谓"究天人之际"，是探讨天道和人事之间的关系；"通古今之变"是通过历史的发展演变寻找历代王朝兴衰成败之理；而"成一家之言"则是借书写历史著作来表达作者的某些独到的历史见解、政治主张、对社会问题的看法，以及对道德标准和个人价值进行了颇具个性的评判。

　　在浩如烟海的文史卷帙中，《史记》是一座不朽的丰碑。它之所以能对中国文学产生深远影响，是因为它同时具有史学价值和文学价值。如果说史学价值主要是为人物传记提供了历史依据和真实感的话，那么文学价值则主要表现在生动的人物描写、精彩的场面描绘、传神的叙述语言、丰富的情感内涵等方面。

二

　　司马迁出身于史官家庭。其父司马谈，汉初为五大夫，汉武帝时任太史令，著有《论六家要旨》，通阴阳、儒、墨、名、法、道诸家。司马迁自幼聪慧，"年十岁则诵古文"，后随著名经学家董仲舒、孔安国研习《春秋公羊传》和《古文尚书》。他博览群书，上自三代典籍，下至西汉辞赋都有所涉猎。约二十岁时，他遍游了全国的名山大川，不久被擢为郎中，并常随汉武帝巡幸各地。这些经历让司马迁产生了对个人、家国、人世百态的许多独立而深刻的思考。影响司马迁一生的重大事件是"李陵之祸"，由于为兵败投降匈奴的李陵辩护而触怒了汉武帝，他受到了残酷的"宫刑"。这一惨痛经历加深了他对统治阶级的认识，也坚定了他"发愤著书"的决心。

　　司马迁著述《史记》的动机主要有三：一是继承其父司马谈编订史书的遗志，完成撰述《史记》的宏愿；二是继承《春秋》精神，"上明三王之道，下辨人事之纪"；三是肩负史家职责，秉承先人传统及"述往事以思来者"的责任，这是时代和社会赋予他的义不容辞的使命。《史记》得以产生，也依赖于一定的历史条件。秦朝已实现了"书同文"，这就为历史记述提供了便利，汉武帝时期经济发展，政权稳固，文化学术繁荣，废除了禁止私人收藏图书的法令，建立了国家图书馆(石室金匮)，这些都为司马迁著述《史记》创造了有利条件。

第一章　中国古典文学

就史学价值而言，《史记》的贡献是巨大的，这主要表现在历史编纂学和司马迁的史学思想两个方面。首先，在历史编纂学方面，司马迁在继承前人述史体例的基础上，开创了以人物为主体的历史编纂学方法。作为第一部囊括古今"中外"的"百科全书"，《史记》全面记述了历代政治、经济、军事、思想、民族、外交等方面的情况，取材广泛，保存了大量的珍贵史料，深刻地反映了社会各方面的发展变化，开拓了历史学研究的新领域，推动了我国历史学的发展。其次，在立意及选材方面，《史记》充分体现了作者颇具先锋性的史学思想，即秉笔直书、忠于史实，不溢美、不隐恶，按照历史的本来面貌撰写历史。正因为这种实录精神，《史记》才以信史闻名于世。不仅如此，司马迁还高度重视人在历史活动中的地位与作用，体现出以人为本的述史观，这种思想具有巨大的进步意义。

从学科归属上来说，历史学和文学都属于人文科学，都考察人的精神活动和生存意义，但侧重面有所不同；就学科性质来说，历史学兼具人文科学与自然科学特征，而文学则偏重审美特性；就研究对象和意义而言，历史学的研究对象是历史，重在求真，而文学却可以从世界、作家、作品、读者等多方面进行研究，兼具真、善、美等多方面的追求。《史记》的历史构成了文学的素材，若抽离历史，文学将成为无本之木；而各种文学手法的运用又让历史不再是一副苍白冰冷的面孔，显得生动活泼。因此，不应孤立地看待《史记》的史学价值和文学价值，而应注意它们互为表里的依存关系。

作为第一部传记文学，《史记》比欧洲最早的传记文学几乎早产生两个世纪。过去西方人以欧洲为中心，称古罗马的普鲁塔克为"世界传记之王"。普鲁塔克(46—120)，著有《希腊罗马名人传》50 篇，该书是欧洲传记文学的开端。如果我们把普鲁塔克放到中国古代史的长河里来比较，不难发现他比班固(32—92)晚生 14 年，与司马迁相比则晚生 191 年。

《史记》既是一部纪传史，又是一部传记文学集。它开创传记文学的先河，为后世文学提供了可资借鉴的多种写作可能性，它继《离骚》之后，把古代散文艺术推上了新的高峰，因此，唐宋古文家无不标举《史记》为典范，明清古文家无不熟读《史记》。

三

《史记》的框架结构是由本纪、表、书、世家、列传五种体例相互补充而形成的，构成了纵横交错的叙事网络，展示了波澜壮阔的社会生活画卷或图景。历史与逻辑相统一的叙事脉络，历史事件和人物命运的探果求因，无不显示出司马迁驾驭复杂事件和宏大场面的过人能力和叙事才能。总的来说，其述史叙事才能主要体现在以下三个方面。

第一，合乎逻辑原则。在体例选择上，因本纪、世家的传主基本上都是传说或历史上真实存在的皇帝王侯，本应根据政治地位决定他们入本纪还是入世家，但司马迁却做了不同的安排，如汉惠帝虽当了几年天子，实则有职无权，没起到什么历史作用，故本纪中没

有他的位置；项羽、吕后虽无天子称号，然而一个是秦汉之际的风云人物，一个是汉惠帝时期主宰朝政的太后，因此被列入本纪；孔子没有封爵，陈胜自立为王，二人都列入世家，皆因他们的历史地位堪与王侯相比。这等安排看似和体例有所抵牾，实则充分尊重史实，合乎逻辑，可谓匠心独运。在处理材料时，司马迁是略古详今的，如十二本纪里，将五帝合为一篇；写到夏、商、周时各写一篇，比《五帝本纪》详细；写秦朝时不仅写了《秦本纪》，还有《秦始皇本纪》；汉代则是一个皇帝一篇，而吕后也占一篇。这并非他薄古厚今，而是因为年代越近，史料越完备，也越易辨真伪。《史记》人物传记的排列基本是以时间为序，但又兼顾各传记间的内在联系，遵循以类相从的原则，如司马穰苴、孙武、吴起、伍子胥都是军事家，因此他们的传记前后相次；而把《匈奴列传》插在《李将军列传》和《卫将军骠骑列传》这两个人物传记中间，皆因这两个人和匈奴有关系，所以按人物事件关系编排。

　　第二，两相呼应原则。《史记》所创造的"互见法"，同样具有史学与文学两方面的意义。所谓"互见法"，指的是在一篇传记中表现某一人物的主要经历和性格特征，而他的一些不宜在本传中叙述的材料，则安排到别人传记中去描述，即苏洵所说的"本传晦之，而他传发之"的方法。如《秦始皇本纪》云："秦始皇帝者，秦庄襄王子也。庄襄王为秦质子于赵，见吕不韦姬，悦而取之，生始皇。"《吕不韦列传》则云："吕不韦取邯郸诸姬绝好善舞者与居，知有身。子楚从不韦饮，见而说之，因起为寿，请之。吕不韦怒，念业已破家为子楚，欲以钓奇，乃遂献其姬。姬自匿有身，至大期时，生子政。"表面看来，秦始皇为何人之子，两传的记载有矛盾。其实，司马迁是用互见法来阐明观点的：本纪为秦始皇进行表面回护，说明其名为嬴氏，而列传里则记其实，说明秦始皇是吕不韦之子。"互见法"可以很好地实现人物形象的统一性，且能忠于史实。这种详此略彼、互为补充的多视角叙述方式，使人物形象显得十分丰满，呼之欲出。

　　第三，寓论断于叙事原则。《史记》文章可分成两个部分：前面正文是人物的生平描述，以代表性事件或逸事衔接交杂而成；正文后面会加上作者的评论或感想，通常以"太史公曰"的形式出现，其中或写作者对人物的评价，或记录收集资料的过程。司马迁作为叙述者，几乎完全站在事件之外，只在最后的"论赞"部分才作为评论者登场表示看法(仍以评论题材、人物性格及其行事为主)。司马迁主要通过历史事件、通过不同人物在其历史活动中的对比来体现自己的感情倾向。如《刘敬叔孙通列传》，司马迁对叔孙通性格并没有正面论断，而是通过他人之口来评价。儒生问："先生何言之谀也？"两鲁生称："公所事者且十主，皆面谀以得亲贵。"刘邦嘉许："吾乃今日知为皇帝之贵也。"诸生骂："专言大猾"，并讽刺说："叔孙生诚圣人也，知当世之要务。"四次评价是出自他人之口的论断，它使得司马迁的鄙薄之情和叔孙通面谀得势的嘴脸跃然纸上。这种客观叙事和主观表达互为表里，通过人物行为让结论自然浮出的写法，使读者几乎忘记了叙述者的存在，在了解并评议时与作者形成二次对话。

四

　　《史记》中的人物众多，类型丰富，个性鲜明，虽然是写历史人物，但司马迁以传神之笔，勾勒出一个个栩栩如生、风采各异的人物画像，举凡帝王将相、贩夫走卒、士人食客、先秦诸子、刺客游侠以及商贾、医卜、俳优等都能给人留下深刻的印象，这就无异于为中国文学建立了一个重要的人物原型宝库，从而对后世的小说、戏剧、传记文学、散文创作产生了广泛而深远的影响。

　　《史记》中的故事具有强烈的戏剧性，它往往在重大事件和矛盾冲突中表现历史人物，这就为后代的戏剧创作提供了丰富的题材和素材。据不完全统计，元代杂剧取材于《史记》的剧目就有180多种，现存的132种元杂剧中有16种取材于《史记》故事，其中包括《赵氏孤儿》这样具有世界影响的名作，在京剧中则有众所周知的《霸王别姬》等。

　　《史记》中的人物形象丰满，个性独特，并具有其自身的矛盾性。人物性格中的种种对立因素不仅没有削弱人物的真实性，反而合情合理地表现了人性的多面性，这体现了作者的观察入微和客观公正的态度。如自诩功高盖世的帝王们同样有无耻、暴戾、虚假和懦弱的一面；虽有种种过失和缺点并最终兵败垓下、自刎乌江的楚霸王项羽，仍不失为顶天立地的英雄；第一个抗秦暴政的陈胜既是不折不扣的庄稼汉，也是满怀鸿鹄之志的豪杰；在正统文人对浪迹江湖的行径嗤之以鼻时，司马迁却对荆轲、唐雎等人快意恩仇的游侠精神赞誉有加。正是这种个性与矛盾性的展现，让复杂的人物性格因多维透视而旁见侧出。这些非凡的人物构成了《史记》中最精彩最重要的部分，使得《史记》洋溢着浪漫情调，充满传奇色彩。如果将秦汉历史剧变之际的人物传记合起来读，《史记》极像一部波澜壮阔的英雄史诗。

　　司马迁描写人物时，不是静态地取景，而是把人物置身于历史变迁中动态地看待，甚至刻意通过人物命运的巨大落差来表现人与环境的关系，揭示出人性的多面性。如写韩信曾受过"胯下之辱"，后来却建功立业、烜赫一时；在写某些未得善终的大人物时，刻意描画他们在得志时的骄横恣肆，如项羽、李斯、田横等。在这些历史变迁背后，史家还充分暴露了势利、报复心理等人性普遍的弱点，如刘邦在微贱时受到家人的薄待，建功立业后刘邦仍不肯忘记把他们羞辱一番；身先士卒的"飞将军"李广只因免职时曾受霸陵尉的轻慢，复职后就借故杀了霸陵尉。这种一分为二地看待历史人物的方法，显示出司马迁不偏不倚的立场。

　　《史记》也是一部悲剧人物集，全书有120多个悲剧人物。在历史发展中，悲剧人物总是历史的先行者，他们行动的超前性和历史的必然要求以及与这一要求无法实现的矛盾，构成了《史记》中浓郁的悲剧气氛。例如，司马迁无端获罪、沦为阉人而忍辱著书；韩信立下赫赫战功，最后却因功高震主，死于妇人之手，落得个"鸟尽弓藏"的结局；李

斯贵为丞相，最后却死于宦党之手。作者着力描写的西楚霸王项羽，他坦率、磊落、勇冠三军、叱咤风云，却因骄矜、粗疏、轻敌而错失良机，最终因骨子里"无颜见江东父老"的个人英雄主义情结自刎而死。项羽的故事跌宕起伏，凄怆悲壮，震撼人心，令人每读至此泪湿衣襟。司马迁塑造的这一大批人物形象，既具史实性，又有艺术性，其数量之多、形象之感人，为后世小说创作提供了借鉴。

《史记》的语言艺术历来受到人们的推崇，被尊为典范，它代表了骈文出现以前"古文"的最高成就。从战国诸子的文章、纵横家的游说之辞，到汉代邹阳、枚乘、贾谊等人的散文，铺张排比是一种普遍使用的修辞手法。司马迁继承史笔传统，摒弃了铺张排比，形成淳朴简洁、疏宕从容、变化多端、通俗流畅的散文风格。在叙述中，司马迁始终倾注一腔热情，他总是根据不同场面，出于不同心情来选择句式，语调有时短截急促、有时舒缓从容，有时沉重、有时轻快，有时幽默、有时庄重，具有很强的艺术感染力。他还把书面语和口头语灵活配合，大量引入民谚民谣，如《李将军列传》用"桃李不言，下自成蹊"形容李广不善言辞而深得他人敬重，《史记》中还有大量新鲜口语，如"四海为家""后来居上"。正因为这样，《史记》才凭借一种内在的生命力而引人入胜，在文学史上留下了光辉绚烂的一页。

《史记》的影响已远远超出国界，其部分篇章已被译为俄、法、英、德、日等多种文字广为传播。它隐含的中华民族智慧让人受益匪浅，足以成为每一个炎黄子孙都应品读的经典名著。当然，由于时代限制，它也有某些不足，如存在"天命"、灾异和历史循环论的神秘思想，但毕竟瑕不掩瑜。

【思考与练习】

1. 为什么说《史记》是"史家之绝唱，无韵之《离骚》"？
2. 《史记》所刻画的诸多历史人物中，你最欣赏谁？为什么？

第三节　绮丽与迷思的交融
——张若虚的《春江花月夜》

在群星闪烁的唐代诗坛，张若虚(660？—720)没有李白、杜甫、元稹、白居易的名气大，甚至没有"初唐四杰"知名，然而他却以一曲《春江花月夜》流芳百世。这是一首抒写离情别绪的诗篇，它既绮丽缠绵，又壮阔奔放，并在传统主题中渗透了极富哲理的宇宙人生之思，因此颇有"孤篇横绝，竟为大家"的恢宏气象。长期以来，玩华者赏其"文词俊秀"，撷意者赞其情致遥深，人们总能从诗中获得丰富的审美享受和真切的生命体验，即使时空穿越千年，它仍是体现古典诗歌美质的一个优秀范本。

第一章　中国古典文学

一

　　《春江花月夜》是乐府《清商曲辞·吴声歌》的旧题，本是南北朝时期的一种宫廷诗。宋人郭茂倩认为，"《春江花月夜》《玉树后庭花》《堂堂》并陈后主所作，后主常与宫中女学士及朝臣相和为诗，太常令何胥又善于文咏，采其成艳丽者以为此曲。"①可见旧曲主要写宫闱生活，语言绮靡，内容难免空虚。进入唐代，时代风气大变。初唐诗人陈子昂抨击"采丽竞繁而兴寄都绝"的六朝文风，主张诗歌要有清新刚健的"风骨"。诗坛的这一变化在本诗中有明显体现，这就是撷其词华而摒除浮艳，因其旧制而发为新声。自此诗问世，乐府旧题渐被遗忘，而张若虚的诗却传诵至今。

　　张若虚，扬州(今属江苏扬州)人。他做过兖州兵曹这样的小吏，唐中宗李显神龙(705—707)年间，与贺知章、贺朝、包融辈俱有诗名，称"吴中四士"。他的诗流传下来的不多，《全唐诗》录两首，一首是《代答闺梦还》，另一首就是《春江花月夜》。

春江花月夜

春江潮水连海平，海上明月共潮生。滟滟随波千万里，何处春江无月明？
江流宛转绕芳甸，月照花林皆似霰。空里流霜不觉飞，汀上白沙看不见。
江天一色无纤尘，皎皎空中孤月轮。江畔何人初见月？江月何年初照人？
人生代代无穷已，江月年年只相似。不知江月待何人，但见长江送流水。
白云一片去悠悠，青枫浦上不胜愁。谁家今夜扁舟子？何处相思明月楼？
可怜楼上月徘徊，应照离人妆镜台。玉户帘中卷不去，捣衣砧上拂还来。
此时相望不相闻，愿逐月华流照君。鸿雁长飞光不度，鱼龙潜跃水成文。
昨夜闲潭梦落花，可怜春半不还家。江水流春去欲尽，江潭落月复西斜。
斜月沉沉藏海雾，碣石潇湘无限路。不知乘月几人归？落月摇情满江树。

　　从文字内容可以看出，诗歌主要抒发离情别恨，这是古代诗文中的常见主题，如汉代的《古诗十九首》及南北朝江淹的骈体《恨赋》《别赋》都表现过这种情感内容。诗人在继承传统的同时，拓展了离别主题的意蕴，将这种普世情感置于海阔天高的宏大背景下，从而生发出对人生归宿、精神家园的哲理审视。

　　按照情思的发展脉络，可以将此诗分为两个主要部分，两者由一个转接过渡性质的段落衔接在一起。首句"春江潮水连海平"到"但见长江送流水"是第一部分，极写春、江、花、月、夜的雄丽壮美，由此触景生情，发出对宇宙人生的深层追问。过渡部分有"白云一片去悠悠"四句，从写景转入写游子思妇，并开启下文，实现由绘景到写人的切换。第二部分主要写思妇深情，将相思离情与春江月色融入一片空蒙，以显示其至大至

---

①　王士禛选，闻人倓笺. 古诗笺[M]. 上海：上海古籍出版社，1980：439.

真。这首诗历来颇负盛誉，清末的王闿运、现代的闻一多均给以极高的评价。

二

《春江花月夜》的情感意蕴是通过绮丽的景物描写、真切的哲理之思表现出来的。在描绘景物时，它继承传统又有新变，主要体现为营构了更加飞动空阔的意境，突破了旧题的狭隘浮艳；其哲思显得情致高远、思入八荒，显示了诗人开阔的胸襟、求索生命意义的精神。两者如月影波光融合在一起，使诗歌既具有华美壮丽的意境，又富含宇宙人生的哲理感悟。还应注意的是，此诗音韵和谐，流畅自如，洋洋洒洒，有一泻千里之势，体现了音韵美、气势美、修辞美与人性美的高度和谐。

为便于认识其创新价值，不妨先将这首诗与前人旧题略加比较。隋炀帝虽是一个荒淫残暴的皇帝，却雅好辞章，他也写过《春江花月夜》①，诗只有四句，其物景与张若虚的诗相似，意蕴却大为逊色，其诗云：

暮江平不动，春光满正开。流波将月去，潮水带星来。

诗用五言句，写到春、江、月、星，但它完全是一首写景诗，看不出深刻的情感寄托，更多的是一种修辞游戏。诗中的江是暮江，而"平不动"则于雍容中显板滞。梁简文帝有《春江行》②，其诗以离人为主，但春江景象却未表现出来：

客行只念路，相争度京口。谁知堤上人，拭泪空摇手。

诗中涉及"江"的语词是用"度京口""堤上"来暗示的，而"春"则未点出。"拭泪"直书伤怀，并辅以"空摇手"动作，似嫌直露，而气局也显局促。由此可见，二帝之春江诗，一偏重景，一偏重情，他们并没有把人、事、物、景、情统一起来。当然，二帝诗受到句式与篇幅上的限制，不必求之过苛，但至少在立意上，它们与张诗是不可同日而语的。张诗是从大处落笔，一起句就以"春江潮水"入题，然后思绪如潮奔涌，尽显汪洋恣肆之势。诗人笔下的春江不是"平不动"的，它滔滔千万里，充满生命激情，极富气势与动感。诗中的相思情也没有"拭泪"那样直露，情与景始终是交融共生的。

在张若虚诗中，主题意蕴完整而深刻，但立意的高度却集中体现在第一部分，过渡和第二部分主要写传统的相思离别情绪，可视为全诗主题的延伸和具体化。因此，欣赏第一部分的立意，有助于把握全诗的精华。

《春江花月夜》的立意十分高远，诗人以月色为时间线索，春江为空间线索，在时空交织中完成了雄丽的意境营构。诗一起句就锁定了"春江潮水"，气势如虹，全不把微波细浪放在眼里。紧接着，诗人以气吞山河之势，勾勒出春江连海的雄浑壮阔：只见一江春

---

① 王士禛选，闻人倓笺. 古诗笺[M]. 上海：上海古籍出版社，1980：439.
② 郭茂倩. 乐府诗集[M]. 北京：中华书局，1979：1081.

潮汹涌澎湃地奔向大海，一轮皓月把波涛照耀得银光灿烂，仿佛整个宇宙都充满了狂涛巨浪、月影波光。诗中的"海"并非实指，而是诗人创造的审美意象，是对大江流月的壮丽情境的诗意夸张。"共潮生"既写明月初出，也暗含时间因素，即诗人是在想象涨潮时分的春江景色；同时，这个"潮"字还表达了诗人澎湃的心潮，具有融情于景的效果。这样，诗人仅用起笔的两句诗，就构建起一个宏大、壮美的诗性时空，为全诗定下了基调。"滟滟随波"两句以夸张的手法，进一步发挥空间想象，把春江景色扩展到与天地同辉的极境。"江流宛转"以下四句，诗人将空间稍加收束，具体点染江边景色。诗中的"芳甸""花林""汀上白沙"诸美景，意象极其朦胧华美，风格也由雄浑转向华丽。一个"霰"字，表现出月色倾泻在花树上，把花儿变成了影影绰绰的一片雪雾，朦胧之美不难想见。"流霜"可以喻指月亮清辉，也可以暗喻春夜寒意，而不必理解为霜从天降。例如，李白《静夜思》有"床前明月光，疑是地上霜"之句，地上霜与明月光是互文关系。至此，诗人从可见的视觉意象，写到"看不见"的主观体验，从而为哲理之思铺垫蓄势。从意境创造的角度来说，则是从外部时空转向心灵时空，从视觉意象转向主观感受。

"江天一色"以下八句是诗中富有诗性哲理的部分。诗人独立春江，审视宇宙，对自然、生命的本原做了深度追问。"江畔何人初见月"句追问生命本原，其思绪穿越时空隧道，让人悬想生命的第一声歌吟。"江月何年初照人"句是追问自然本原，把月色之美推向开天辟地、宇宙洪荒。见月与照人的相互缠绕，写出了人与自然相互依存的亲密关系，表现出古人崇尚天人合一的诗学旨趣。然而，合一是理想，难合一才是人生现实。于是，诗人把月光写成"总相似"，而人生则"代代无穷已"。自然美是永恒的，人生的生离死别也是永恒的，两者均具有不可抗拒的必然性。既然这样，自然与人就是既和谐又充满矛盾的，人将审美情怀寄托于明月，而明月却总是唤起人生无常的命运之思。由此就使诗人产生了几分感伤、几分困惑，即"不知江月待何人"，只看到大江东去，浪淘尽无数英雄！这是一种新陈代谢、人皆有死的忧虑，一种无法把握未来的困惑。人类在宇宙中是孤独的，生命之于春江大潮是渺小的，而空中高悬的"孤月轮"，正是这种生命孤独的象征。把两个问句同写景笔墨联系起来，可见写景为审视生命提供自然舞台，而哲思才是诗中点睛之笔。景语与哲思互为表里，它们交融成诗的主题意蕴，发散出珍重生命价值、向往美好人生的思想感情。

从第一部分的主题意蕴中还可以看到，在人与自然的关系中，诗人充满了积极的求索精神，他不是简单地描写自然美，而是从自然美想到人生命运，想到古往今来。这种求索精神，让人联想到屈原的《天问》、陈子昂的《登幽州台歌》，表现了唐代诗人意气风发、思想活跃、勇于创新的时代精神。在对自然美的凝思中，诗人虽然不无感伤，但意蕴归宿却是关怀今生、珍惜生命、向往幸福团圆，这就在一定程度上抵消了感伤情绪。

三

　　《春江花月夜》的第二部分表现游子思妇的离情别绪。这虽是六朝诗文中的常见主题，但因春江美景的有力衬托，特别是哲理迷思从主题层面上的渗透，显得更加深沉感人。就两部分的情感逻辑而言，第一部分提出江月无穷、人生有限的问题，但诗人并没有正面回答，而以"不知江月待何人，但见长江送流水"结束。第二部分是问题的展开，既然人生短暂，那么亲人团圆、共度良宵就是合乎人性的，然而现实却总是聚少离多，这怎不让诗人叹息！

　　"白云"四句是过渡，诗人从叩问宇宙，过渡到问人间情为何物。"白云"为修辞隐喻，指游子行踪如白云般飘忽不定。"青枫浦"，六朝诗文常用来代指行人送别之地。四句诗也包含两问，一问游子，即"扁舟子"；二问思妇，即"明月楼上人"。此两问与第一部分之"江畔何人初见月"与"江月何年初照人"对应，从宇宙人生之思过渡到对个人命运的关切。

　　"可怜"以下八句着重表现相思离情，可分为两个层次。第一层次有四句，写思妇的生活片段和心理活动。"月徘徊"既写月影，又暗示思妇心事重重，静夜无眠，因独步闲庭，故能感觉到月影徘徊。"妆镜台"写她对镜照影，青春易老、红颜寂寞之情自不待言。"玉户帘""捣衣砧"均涉及妇女的生活细节，"玉户"乃夸饰之语，并不一定指贵族女性，因为"捣衣砧"暴露了她的平民身份。月光"拂还来"的细节写得极传神，它既实写月光被洗衣揉碎的景象，又表现出思妇心乱如麻的心理状态。第二层次包括"此时"以下四句，在表现思妇动作和心理的基础上直接抒情。由于离人渐行渐远，"相望不相闻"，因此她只能把深情寄托于月亮，那"流照君"的月光正如她的似水柔情。"鸿雁"句用鸿雁传书典故，暗示离人远行，可能音书断绝。"鱼龙潜跃"既指江湖多风波，也隐喻两情相悦如鱼水之情，希望对方不离不弃。这两个层次把相思离情写得十分绵密，诗人从室内写到室外，从地上写到天上、水中，对相思离情做了多视角的铺叙渲染。

　　"昨夜"以下八句具有总括性质。闲潭落花是记梦，暗示星移斗转、花开花落，而离人却不见影踪，而"春半不还家"则是梦醒后的现实，诗人再用"可怜"二字领起，于重复中加深了悲怜情绪。接下来，诗人采用铺张扬厉手法，用残春残月来衬托她的悲凉心情，用沉沉江月、浓浓海雾来预示路途艰险，归期难测，用"碣石""潇湘"来喻指地北天南，人各一方。写到这里，诗人的无边愁思越凝越重，最终形成了"不知乘月几人归"的忧思。"几人归"说明归来者寥寥无几，充满了对天下思妇离人的悲悯情绪，而"落月摇情"则把这种情绪引向一片苍茫。

　　第二部分极力表现相思离别之情，诗人把这种感情人性化、诗意化、审美化。对于现代人而言，虽然社会环境发生了变化，但离情别绪仍然是一种普世情感，只是其表达方式与古人有所不同。从这个意义上来说，第二部分的情感意蕴即使在今天也不过时。

四

　　作为具有唯美倾向的诗篇，《春江花月夜》将诗情、画意、哲理融为一体，体现出浓烈的诗美。这种诗美包括景美、情美、意美、音韵美等多个层次，它们由丰沛的激情、丰富的想象、华美的景象联系在一起，显得绮丽而不浮艳，雄阔而不空疏，深邃而不艰涩，从而让此诗成为一种精纯典丽、意蕴高华的审美典范。

　　这首诗构思巧妙而富有气势。春江的奔涌宛转，内化成诗情的内在结构；月亮的时空变幻，外显了意境的朦胧空灵。在时空处理上，诗人时而横向总览，将春江大海尽收眼帘，突破了旧题局限于名媛闺阁、富贵香艳的写景模式；时而纵向凝思，在过去、现在、未来的时间链条中思考人生，给人以深刻的启迪。在具体展开时，诗人收放自如，第一部分有一泻千里之势，而收束于哲理之思。过渡段落承上启下，天衣无缝，并有效地调整了抒情节奏，产生了抑扬顿挫、起伏变化的效果。第二部分渲染离情别绪，诗人着力表现眼中景、心中人、梦中思，犹如交响乐的慢板，浩荡的江水变为潺潺的情感细流，在梦与现实中洇开去，最后汇入送春的江水，将无边思绪推向天际。诗人还善于以月观物，用月亮来表现时间的变化及诗思的激荡起伏。在月光的照耀下，春江如梦如幻，江潮、沙滩、天空、花林、飞霜样样美不胜收，这就以月光烘托出诗人的优美情思，使诗情与明月交相辉映。

　　这首诗的意境美是举世公认的，它的兴寄宽广幽深，通过骈赋的铺陈排比，乐府的真切畅达，古典修辞意象的连类集聚，使意境显得浓丽而富含骨力。其景涉及春、江、花、月、夜五个审美对象。春包括春天的生机，春花的气息，春闺的思绪；江既有大潮奔涌之壮观，也有宛转曲折之秀美；花不是三枝两朵，而是月光下的朦胧一片；月因时间变化而不同，有随潮而起之新月，也有高悬天空之孤月，还有海雾掩映之斜月；夜则因捣衣声而清越，因思妇梦而温馨，因雾乍起而晦暗，因明月光而高洁。这五个意象其实是兴寄的载体，它们被诗人的情思统合成雄丽深邃的意境，表达了热爱生活、追求理想、珍重生命的美好愿望。诗中还写出了抒情主人公的自我形象及游子思妇的情感意象。第一部分主要表现抒情主人公的自我形象，他锦心绣口，才思敏捷，思想深邃，情感丰富，以至千年之后，读者仍不难想象其伫立春江、思绪奔腾的情形。第二部分写游子思妇，人物形象虽然显得比较模糊，但诗人通过场面、细节、心理活动将其间接地表现出来，让人能够感受到男女主人公缠绵悱恻的柔情蜜意。

　　这首诗的修辞用语十分典雅。第一部分以清丽雄浑见长，第二部分以缠绵哀艳取胜，风格在协调统一中又有变化。诗人通过对前人修辞用语的精心选择与组合再造，把离情别绪渲染得如织锦般绚烂夺目。例如，扁舟子、明月楼、妆镜台、捣衣砧、鸿雁、鱼龙、青枫浦、碣石、潇湘等语词，原本是写离情别绪的常用语汇，它们因这首诗而更为人们所熟悉。

这首诗的音韵节奏也可圈可点。它气韵贯通，抑扬回旋，富有音韵美。全诗共三十六句，四句一换韵，共换了九韵。例如，开头四句用平、生、明押韵，接着用甸、霰、见押韵，韵脚的转换变化、平仄的交替运用，与情思起伏相呼应，使诗歌的情思与形式有机统一。诗中还使用了多种语词重复的方式，使音韵繁密多变。一是采用首字重复的修辞方式，以增强吟咏的连贯性，如江天、江流、江月、江水首字重复，反复渲染春江意象，音韵复沓绵密。二是词语重复，如两处用"可怜"，以加强感叹情绪；反复使用"月"这一词语，并稍加修饰变化，如江月、孤月、月明、斜月，给人以处处见月、处处生情之感，音节则同中有异，重复中显变化。

《春江花月夜》以诗美独擅胜场，在唐诗中具有突出的代表性。与元稹、白居易的现实主义诗篇相比，此诗与生活本身保持了一定的审美距离，因而并无"元轻白俗"之感；与李白、李贺的想象瑰奇相比，它的绮丽、清新、典重，显示出更多的文人气质。正因为诗美出众、风格独特，这首诗在唐代即深受好评，也赢得当代读者的喜爱。

【思考与练习】

1. 背诵这首诗，试分析它的情感寄托与诗意美。
2. 整理诗中的修辞意象，说明它们在古典诗歌中的常见用法及含义。
3. 结合已学过的唐诗，试比较它们与这首诗的风格差异。

第四节　朦胧多义的心灵世界
——李商隐的《玉溪生诗》

唐诗经过盛唐的辉煌和中唐的充分开拓后，在晚唐走向了难以为继的境地。一般诗人的创作无论是题材的范围，还是诗境的格局，都较为狭小。诗人李商隐是一个例外，他不仅以高尚的个人情操广泛地关注现实社会，使其诗歌成为晚唐时代生活与时代心灵的写照，而且以敏感的心灵去体验、感悟人生的情思意绪，致力于对复杂心灵世界的表现，从而形成了凄美幽约的诗歌情调和朦胧多义的诗歌内涵。李商隐凭借独特的创作实践，将中国古典诗歌的艺术表现力提升到一个新的高度，无愧为晚唐成就最高的诗人。在诗歌史上，人们将他与杜牧合称为"小李杜"，与温庭筠合称为"温李"，又因与同时期的段成式、温庭筠都善于写骈俪对偶、繁缛华丽的文章，并且三人在家族中都排行十六，故他们所擅长的文体风格被称为"三十六体"（《新唐书·文艺下·李商隐传》）。目前，李商隐的文学成就得到了充分的肯定，在新编的文学史中，他具有与李白、杜甫、韩愈、白居易等一流大家同等的地位。

第一章 中国古典文学

一

李商隐(812—858)，字义山，号玉溪生，又号樊南生，唐怀州河内(今河南沁阳)人，从祖父始，迁居至荥阳郡(今河南郑州)。纵观李商隐的一生，他可谓一个典型的悲剧人物，其诗歌创作也相应地具有一种突出的感伤色彩。这种感伤色彩是由时世、家世、身世三个方面共同推助形成的。

李商隐生活的时代是晚唐，此时繁荣的大唐盛世，经过两百多年之后，于风雨飘摇中走向了没落。这一时期，宦官专政，结党营私，朝中要职被有权势者及朋党占据，普通士人走向仕途的机会大大减少。在民间，因战乱频起，赋税沉重，呈现出一派空竭衰败之象。凡是有理想、有抱负的士人，无不期盼能够重现唐王朝曾经有过的繁盛。从社会发展来看，这却是一种无法实现的历史必然。怀抱希望的士人们在这种历史必然面前遭遇到回天无力的绝望和群体性的悲伤。李商隐作为其中的一分子，尚在青年时期，他已听到了大唐帝国的丧钟，"死忆华亭闻鹤唳，老忧王室泣铜驼"(《曲江》)，情怀压抑之下，那悲凉空寞的末世心态自然无从调整。

如果说这种末世心态还只是晚唐士人的一种群体性心理表现，那么李商隐的不幸家世则是造成他感伤心灵和悲剧性精神品格的个体性现实因素。李商隐《戏题枢言草阁三十二韵》云："君家在河北，我家在山西。百岁本无业，阴阴仙李枝。"李唐尊崇"仙李"老子为祖先，同为李姓后裔的诗人，常以王孙身份为荣。然而这个所谓的"王孙"，实际上徒有虚名。从李商隐的高祖开始，就多做一些县令之类的地方小官。他的曾祖、祖父均去世较早，导致"百岁无业""家帷屡空"。李商隐10岁时，其父也卒于浙西幕府。孤儿寡母服丧回到荥阳后，尽管身处故乡，却遭遇了"四海无可归之地，九族无可倚之亲"(《祭裴氏姊文》)的悲凉。一连三代孤寡的悲剧家世，少年时期又经历两位姐姐的韶光早逝，加上自身体质羸弱，诗人那敏感忧郁的个性气质在早期即已形成。

唐文宗大和三年(829年)，李商隐迎来了一段美好的仕途。是年，他拜谒时任山南西道节度使的令狐楚，并受到赏识。令狐楚将李商隐聘入幕府，并亲自教他写骈文。开成二年(837年)令狐楚之子令狐绹又帮助李商隐中了进士。本来他的仕途一片光明，但就在这一年年底，大力栽培他的令狐楚病逝。第二年春天，李商隐改入泾原节度使王茂元幕下，王茂元也欣赏他的倾世之才，还将小女儿许配给他。当时分别以牛僧孺和李德裕为首的朋党斗争激烈，令狐父子是牛党的重要成员，而王茂元却被视作亲近李党的武人。李商隐转依王茂元，并娶王氏女，被牛党视为"背恩"行为，令狐绹对此心怀不满。加之李商隐个性耿介，不善经营，从此一直沉沦下僚，他最高只做过一个闲冷的六品太学博士，还任过仅九品的秘书省校书郎等职。在李商隐30年的仕宦生涯中，竟有20年辗转各地幕府，长期漂泊异乡，尤其是最后一次到梓州任幕职之前，妻子王氏病故，儿女寄居长安，至亲骨肉分隔天涯。

唐人崔珏有两句诗对李商隐的一生做了这样的评价："虚负凌云万丈才，一生襟抱未曾开。"(《哭李商隐》)时世之悲的不可逆转，家世之悲的长期笼罩，再加上身世之悲一波接一波地无情袭来，这些时代、社会和个人的种种不幸，积淀成诗人的内向型性格和悲慨心态，最终外化成义山诗那动人心魄的凄艳风格。

二

李商隐现存诗600余首，题材广泛，主要包括政治诗、咏史诗、咏物诗、爱情诗和以抒发人生感慨为主的抒情诗。

若不细读义山诗，人们难以想象，像李商隐这样多愁善感的人，居然留下了各类政治诗不下百首。作为一位有理想抱负的诗人，李商隐非常关心国家命运和社会现实。他的著名长诗《行次西郊作一百韵》，以质朴自然的语言追溯了唐王朝的治乱兴衰，揭露了藩镇割据、宦官专政等社会弊端。全诗体势磅礴，气势恢宏，既有感情强烈的局部描绘，又有卓尔不凡的全局议论。如诗开头几句写道："农具弃道旁，饥牛死空墩。依依过村落，十室无一存。存者皆面啼，无衣可迎宾。"诗人以一种凄凉的心情描绘了长安西郊乡村荒凉残破的景象，一针见血地指出"奸邪挠经纶"是国家由盛转衰的根源，严厉批评"疮痏几十载，不敢抉其根"的宰相，揭露"使典作尚书，厮养为将军"的腐败，锋利的批判矛头直指统治阶层的无能和骄奢淫逸。

唐文宗太和九年(835年)十一月，发生了"甘露之变"。大臣李训、郑注等人密谋清除宦官势力，却因事情败露招来宦官的疯狂反扑。当时人人自危，连白居易、刘禹锡这些有勇气反映社会现实的诗人都躲避到乡下，但李商隐却无惧宦官淫威，大胆地写下了《有感二首》《重有感》《曲江》等诗，抨击宦官滥杀无辜的嚣张气焰，对唐王朝的命运表现出深切的担忧，如"御仗收前殿，凶徒剧背城""谁瞑衔冤目，宁吞欲绝声"(《有感二首》)等。长期的藩镇割据造成了老百姓生活的困苦，也严重地破坏了国家统一。对此，李商隐赞成朝廷对藩镇用兵，对于讨伐叛军所暴露出来的腐败，他也毫不留情地批评。他在《随师东》中写道："军令未闻诛马谡，捷书唯是报孙歆。"前方将士仗还没有打完，腐败的官员就急着向朝廷报捷，这是何等的荒唐！

从中唐开始，咏史诗的创作逐渐多起来。李商隐继承了中唐诗人这一传统，写下了大量的咏史诗。在一首题为《咏史》的诗作中，他表明了创作咏史诗的缘由："历览前贤国与家，成由勤俭败由奢。"李商隐写咏史诗并不是简单地为了排遣怀古之幽思，而是意图总结历史兴亡的经验教训。从内容上看，其咏史诗可以分为两类：一是借古讽今，多选取历史上一些贪奢荒淫而亡国祸身的帝王作为讽刺对象，达到讽喻时政的目的；二是以古鉴今，这类作品多取历史与现实的相似点，通过总结前代亡国的教训，达到警诫统治者的目的。从艺术上看，这些咏史诗别具特色，成就甚高，试看下面这首《贾生》：

第一章　中国古典文学

宣室求贤访逐臣，贾生才调更无伦。

可怜夜半虚前席，不问苍生问鬼神。

在文人笔下，贾谊被贬长沙是借以抒发怀才不遇之感的经典史实，李商隐却独辟蹊径，选取贾谊从长沙被召回京城，在未央宫夜召对汉文帝之事。首句"求""访"二字，体现了汉文帝求贤意愿的殷切和对待贤臣的谦和。宣室夜对的二人，一位是求贤若渴、虚怀若谷的帝王，一位是满腹经纶、才华出众的臣子，这显然是一件君臣遇合的人生幸事。尤其是"夜半虚前席"这一细节的捕捉，把汉文帝凝神倾听、虚心垂询的情状生动地描绘了出来。然而，诗人却没有顺着汉文帝对贤能的重视这一情境开展下去，反而用咏叹之笔轻轻拨转，即在"夜半"前加上"可怜"二字，轻描淡写之间隐含着某种嘲讽。又在"前席"之前加上一个"虚"字，虚即徒然的意思。汉文帝重视贤臣，诗中却以"虚"称，这是为何呢？诗人引而不发，增加了一种跌宕起伏的情致，直到末句才点破——"不问苍生问鬼神"。君臣虽然遇合，可君王关注的不是社稷百姓，而是鬼神之事，这种遇合比怀才不遇更令人痛心！诗人虽然没有把答案直接道出，却让读者从中感受到一种深沉的悲慨。从整首诗的结构来看，诗人采用了欲抑先扬的写法，在起承转合之中尽显唱叹宛转之致，暗寓讽刺之意。

除咏史诗成就斐然外，李商隐也是唐代写咏物诗的大家。他的咏物诗托物寓情，重在表现人生的境遇遭际和情感意绪，如《蝉》诗云："五更疏欲断，一树碧无情。"蝉鸣叫到五更天亮时，声音已经稀疏得快要断绝，树却一点儿也不为它悲伤憔悴，依然碧绿苍幽。本来树叶的绿与蝉声的稀疏毫无关联，可是诗人偏偏将二者联系起来。这无理之语实际上寄托的是诗人自身遭遇乃至中晚唐人的普遍感受——因为没有依托荫庇而壮志难酬。李商隐的咏物诗就像其人生一样，大多数意象都被抹上一层悲剧色彩。在一般诗歌中蕴含着昂扬生机的事物，如春、蝶、花、柳、松等，到了李商隐笔下，往往都化作了他本人悲剧命运的幻影，如"后庭玉树承恩泽，不信年华有断肠"(《柳》)；"风露凄凄秋景繁，可怜荣落在朝昏"(《槿花》)。他笔下的花是残花——"残花啼露莫留春"(《残花》)，蝶是孤蝶——"孤蝶小徘徊"(《蝶》)，这些玉树残花、风露孤蝶，映照着诗人那颗被末世王朝、坎坷人生摧残得千疮百孔的心！

李商隐的抒情诗，爱情和绮艳题材所占比重较大，最突出的当数"无题"诗。在李商隐之前，唐代宗大历年间(766—780年)诗人卢纶写过一首七律《无题》，年辈略早于李商隐的李德裕写过一首五绝《无题》，都属于感遇一类。以男女之情为题材的无题诗，始自李商隐。李商隐的无题诗讲究辞藻声律、对仗用典，在内容上一改齐梁宫体重声色而轻性情的创作手法，侧重对人的感情的表现，如这首《无题》诗：

昨夜星辰昨夜风，画楼西畔桂堂东。

身无彩凤双飞翼，心有灵犀一点通。

隔座送钩春酒暖，分曹射覆蜡灯红。
嗟余听鼓应官去，走马兰台类转蓬。

这首诗抒写对昨夜一夕相会、旋成间隔的意中人的缠绵之情，展现了一段终生难忘而又不易言说的恋情。尤其是颔联"身无"与"心有"相互映衬，对仗工整，既抒发了不能长相厮守的思念和无奈，又表达了两人心心相印的欣喜与欢愉。这两句诗因此广为流传，成为千古名句。

综览李商隐的各类诗作，那一首首充满个人深情与时代哀伤的诗歌，让我们体味到深刻的情感与完美的艺术所带来的心灵愉悦，感受到穿越千年的悲伤情怀和因壮志难酬而带来的刻骨悲冷。李商隐以他独特的生命体验为中国古典诗歌增添了朦胧而凄美的一笔。

三

义山诗在艺术上的成就是多方面的，有沉郁典重之篇，也有高古健举之作，诗体则古近体兼具。从创新的角度来看，最值得重视的当推李商隐以近体创作的无题诗以及风格接近无题的《锦瑟》《春雨》等篇。在李商隐之前，中唐形成了韩孟奇崛、元白平易的两大创作倾向。他们的创作风格并不适宜于表现内心复杂敏感的情感体验。中唐后期，由李贺开启了晚唐重表现心灵和自我的趋向。而李商隐沿着这一趋向，在诗歌表现爱情体验和心灵世界方面做了重大开拓。李商隐的抒情诗情调幽美，以幽微隐约、迂回曲折的方式抒发感情，层次多变，情思叠加，幽深缥缈，意蕴无穷。具体来说，李商隐最善于将心灵中那些朦胧的图像化作恍惚迷离的意象。试看下面这首《锦瑟》：

锦瑟无端五十弦，一弦一柱思华年。
庄生晓梦迷蝴蝶，望帝春心托杜鹃。
沧海月明珠有泪，蓝田日暖玉生烟。
此情可待成追忆，只是当时已惘然。

诗歌首联以锦瑟起兴，引起对华年往事的追思，"无端"一词将诗人盛满千重往事、九曲情肠的郁悒心怀托出。颔联紧承而来，思忆起庄周晓梦化蝴蝶，缥缈迷惘；望帝啼血变杜鹃，凄然哀怨。颈联如承似转，华年往事中弃落不遇的，有如沧海月下之泣泪，又似蓝田山中之玉烟。尾联收束全诗，"此情"一笔绾结起华年思忆的千种情怀，万般境遇，随即又通通归落入"惘然"二字。在庄生梦蝶、杜鹃啼血、沧海珠泪、良玉生烟这些没有逻辑关联、似有实无的意象中，熔铸了诗人心中那不言难禁、欲言又止的纷杂情绪。全诗的意象呈现出时空交错的跳跃，既表现了丰富纤细的内心情感，又让人无法捕捉情感的具体指向：是理想幻灭的无奈？是爱情失落的隐痛？还是年华消逝的凄怆？一切尽在不言中，却让人玩之无穷、味之无尽。

诗歌境界和情思的朦胧，也造成了义山诗内涵的多义性。清人何焯认为《锦瑟》是悼亡诗(《义门读书记》)，黄叔灿则认为是义山追溯平生所作(《唐诗笺注》)。诗从一种无端的思绪而起，到一种无尽的惘然而止，将不同的时空情景交错穿插地加以映现，一缕缕意绪、一个个意象、一串串思忆，缭乱纷飞地相互交错，就算是义山死而复生，恐怕都难以说清楚那如梦如烟、如玉如珠之象折射的究竟是何种心境、何种情感？清人陆次云说得好："义山晚唐佳手，佳莫于此矣。意致迷离，在可解不可解之间。"(《唐诗善鸣集》)一篇《锦瑟》，几百年来有多种笺解，咏瑟说、恋情说、自伤身世说、政治寄托说等莫衷一是，达成共识的只有一句：题旨委曲幽深。

义山诗的多义性与其意象独特也是密不可分的。一般的诗人往往把情感的广度、深度、状态以可观可感、可绘可比的方式清晰地表达出来，而李商隐的意象却没有具体形态，如玉烟、珠泪、灵风、梦雨、青鸟、瑶台、灵犀等。这些意象源自诗人内心，是一种心灵化的印象，其主观性决定了它们复杂多变的内涵。义山诗意象的组合也很有特色，诗人笔下的意象之间往往具有一种情绪性的跳跃转换，需要读者通过艺术联想加以连贯，如"紫府仙人号宝灯，云浆未饮结成冰。如何雪月交光夜，更在瑶台十二层？"(《无题》)这首诗从叙事角度看是难以理解的。云浆还没有饮就结成了冰，这不是客观事实的陈述，而是人在迷茫失落时的心象。"如何"二句由雪月一下子就转到了十二层瑶台，其实表现的是因追求对象变幻莫测而无法追攀的意乱情迷。由于每一位读者的人生经历、生活感受都不同，所以产生的艺术联想也千差万别，解读时就会出现多义。

把心灵世界作为表现对象，是义山诗产生多义性的根本原因。李商隐的许多诗歌描写的都是他自己复杂的心境和变化的心理状态，即使是由具体可感的事物而触动，也仍将着力点落在整个心灵之上，如诗人曾因登长安乐游原遥望着夕阳而触发了"意不适"之感，一句"夕阳无限好，只是近黄昏"(《登乐游原》，也作《乐游原》)，汇聚了诗人全部的生命体验和人生感受。

四

从艺术风格来看，义山诗可用凄艳浑融来概括。李商隐不重意象的外部联系，又喜用典故，辞藻华美，意象也多精致纤细，这非常容易造成支离破碎和镶金嵌玉之感。但是细细读来，义山诗却在浑融之中体现出凄艳绝伦之美，不仅没有流于靡艳浮华，反而具有一种博大气象，这是由诗人的创作才华决定的。

首先，艺术技巧纯熟。诗歌声调的和谐优美、事典的巧妙组织、形式上的工整规范，都使作品读来圆融畅适。其次，情感基调一致。孤独飘零也好，惘然寥落也罢，感伤的情绪总是弥漫在诗作中。这种情绪将没有逻辑关联的跳跃意象，统一在具有相同美学色彩的情绪中，故而显得浑融。虽然义山的感伤是在时世、家世、身世三者的共同作用下造成的，但是经过作者的艺术化表现，这种个体性的体验进入集体性的经验中，从而获得了普遍的美学意义。"身无彩凤双飞翼，心有灵犀一点通""相见时难别亦难，东风无力百花残""春蚕到死丝方尽，蜡炬成灰泪始干""夕阳无限好，只是近黄昏"等诗句穿越1000多年的时空，仍然鲜活地流传在人们的口耳之间，即是明证。

义山诗的凄艳与诗人爱情生活的不幸、身世际遇的坎坷、对末世王朝命运的深切关怀等紧密相连，如以下诸句：

青女素娥俱耐冷，月中霜里斗婵娟。（《霜月》）

一春梦雨常飘瓦，尽日灵风不满旗。（《重过圣女祠》）

嫦娥应悔偷灵药，碧海青天夜夜心。（《嫦娥》）

曾是寂寥金烬暗，断无消息石榴红。（《无题二首》其一）

义山诗中忧郁感伤的情绪，贯注到月霜婵娟、碧海青天、石榴红花、梦雨灵风这些朦胧清丽的意象中，诗境自然而然地呈现出一种凄艳之美。

李商隐以其杰出的诗歌创作成就，让晚唐诗歌获得了一次大放异彩的机会，推动了中国古典诗歌的发展。具体来说，其艺术贡献主要有以下几个方面。

第一，他开创了以无题诗抒写爱情的先河，使其成为一种富有特色的体式。他的咏史诗突破了史的局限，将"史论"寓于深情的抒发和境界的冶铸之中，真正进入了"诗"的创作领域。他的咏物诗描摹工巧，寄寓深刻，将客观物象转变为内心意绪，构建了哀伤心灵世界的文化意象。

第二，他超越前人，对心灵世界的复杂微妙、丰富层次做了细腻、妥帖的描写。他充分发掘了诗歌语言的潜力，对前人常用的比兴象征手法和事典，进行了独到的探索，[①]表达出一种流动多变的心理状态。

第三，他采用非写实的艺术表现手法，扩大了诗歌容量，给读者留下了更大的联想空间。[②]他打破常规的时空叙述，以非逻辑关联的意象进行跳跃转换，将人生体验与朦胧意象完美组合，形成了朦胧多义的丰富内涵。

如果说思想上的兼容并蓄、文化上的中外融合、盛世特有的恢宏气度，共同孕育了被后世倾慕不已的盛唐气象，掀开了中国诗歌史最辉煌的一页，那么在失去了造就盛唐气象的外在条件后，李商隐却以杰出的创作才华转向丰富的内心世界，将沉沦多艰的身世、抱负成空的人生感喟、情感失落的苦痛，煅铸成一首首朦胧多义的心灵之歌，为"国家不幸诗家幸"做了一个生动的注解，为大唐诗国的天空画出了最后一抹晚霞。

[①][②] 袁行霈. 中国文学史(第三卷)[M]. 北京：高等教育出版社，2005：363.

【思考与练习】

1. 为什么说李商隐的诗歌是晚唐时代生活与诗人心灵的写照？
2. 阅读李商隐的无题诗，体会其幽微朦胧的美学特征。
3. 阅读李商隐的各类诗作，探讨他对中国古典诗歌发展所做的贡献。

第五节　书写女性的生命本真
——李清照的《漱玉词》

词是一种传统的文学体裁，又称乐府、诗余、长短句、曲子词等，性质上是一种歌词或抒情诗。词起源于民间，通常认为它始于隋，中晚唐已经定型，盛于宋。两宋词坛名家辈出，涌现了苏轼、辛弃疾、黄庭坚、柳永、秦观等一大批著名词人，风格上形成了"婉约""豪放"两大流派，而李清照则属于婉约派著名女词人。李清照词是她生命本真的艺术表达，也是时代风雨在词这个小宇宙中的回声，具有独特的认识意义和审美价值。

一

李清照(1084—1155)，号易安居士，齐州章丘(今山东济南)人，出身于书香门第。其父李格非是宋神宗熙宁九年(1076年)进士，著名学者，著有《礼记说》《洛阳名园记》，《宋史》卷四百四十四有传。李清照早年生活优裕，18岁时嫁与金石考据家赵明诚，夫妻共同从事金石字画的搜集整理，生活一度风雅而甜蜜。1127年，金兵攻破汴京，宋徽宗、宋钦宗父子被俘，宋高宗南逃。李清照夫妇随难民流落江南，多年搜集的金石字画丧失殆尽，不久赵明诚病死于建康(今江苏南京)，李清照痛苦无比。后来她一度改嫁，因遇人不淑而离异，晚境孤苦，约71岁时病逝。其词流传下来的有后人辑录本《漱玉词》，收50首左右，今人有《李清照集笺注》等[①]。

以金兵南渡为界，李清照词的内容与风格有明显变化。前期词表现闺阁生活的欢乐，惜春伤春的闲愁，夫妻恩爱的欢乐；后期词多有身世之悲、家国之痛，笔触抑郁沉痛。她的词去除了南唐以来词作的艳冶雕琢，显得本色自然，清丽婉约，后人称之为"易安体"。她也是最早提出词学理论的著名词人，在其《词论》中，她纵论柳永、苏轼等词坛名家，提出了词"别是一家"的观点，认为词是"歌词"，有别于诗，词应高雅、典重、浑成、协乐，这些见解对后世词的创作产生了较大影响。她还是一个诗人，诗虽不多，但颇有巾帼豪气，如《乌江》诗"生当作人杰，死亦为鬼雄"句，慷慨激昂，深受人们的

---

① 徐培均. 李清照集笺注[M]. 上海：上海古籍出版社，2002.

喜爱。

长期以来，人们对《漱玉词》已逐一进行了赏析解读，在此基础上，从女词人的生命本真来感受其词，有助于进一步凸显其创作个性与艺术价值。所谓生命本真，这里指的是女词人对生命的自我体认与真切表达。生命本应是真实自然的，但由于政治、宗教、伦理、习俗等因素的制约，本真却易陷入被"遮蔽"的状态。因此，表现生命本真，就是要呈现生命的灵性与自由，展示古代女性对自我、家国的诗性观照。由于生命本真是通过词境来表现的，因而它意味着一种审美化的生存。

二

词被称为"艳科"，因为它语言华艳，常将女性、闺阁生活作为表现对象，如李白的《清平调》(一枝红艳露凝香)、温庭筠的《菩萨蛮》(小山重叠金明灭)、冯延巳的《谒金门》(风乍起，吹绉一池春水)(注：此处的"绉"有时也写成"皱")。由于封建社会剥夺了绝大多数女子受教育的权利，因此诗文中的女性主要是由男性来表现的，这就难免渗入男性的审美意识，他们不自觉地把女性视为"尤物""他者"。《漱玉词》是女人写，写女人，因此具备了抒写女性自然本真的客观条件。同时，相对于绝大多数古代妇女，李清照具有高度的艺术修养和过人才情，这就使表现女性本真成为可能。

《漱玉词》是李清照情感历程的真实记录，词中的抒情主人公主要是她的自我形象。在其既平凡又不平凡的一生中，词始终伴随着她的情感生活，记录着她的欢欣与悲愁，她把女性的自然本真袒露在世人面前，并以词特有的艺术魅力，给人们带来感动与审美愉悦。在前期词作中，她表现青春少女的欢乐、惜春伤春的感伤、爱情婚姻的甜蜜，创造了清丽高洁、深情婉约的女性意象，给男性主导、充斥着富贵香艳的词坛，带来了一股清新、活泼的气息。在她的笔下，闺阁少女也显出天真活泼的本色，带有鲜明的个体心理特征，如《点绛唇》：

蹴罢秋千，起来慵整纤纤手。露浓花瘦，薄汗轻衣透。见有人来，袜刬金钗溜，和羞走。倚门回首，却把青梅嗅。

这首词写少女在家中庭园荡秋千，忽见客至，于是充满羞涩、慌乱地回避，但又忍不住好奇地回头张望，并以嗅青梅的动作来掩饰。词中情境固然可以视为李清照早年生活的实录，但就人物形象本身来说，她却具有独特的审美意味：人物已不限于李清照本人，而是任何时代、任何地点都可以看到的一个令人喜爱的普通邻家小姑娘，词的成功之处正在于从个别中见一般，从平淡中见真情，它带给读者的不仅是如画般的场景，还能引起人们对青春、童年的向往与追忆。具体到写法上，这首词语言十分精练，在精雕细琢中透露出淡淡的脂粉气，但末三句又能跳出俗套，给人以别开生面的感受。"慵整"两句，写女主人公荡秋千后的倦态，显得闲适而随意。"露浓"与"薄汗"映衬，用花带露衬托汗透

第一章 中国古典文学

衣，暗喻人面如花，香汗似露，两句构成互文。由于衣轻汗透有失雅范，所以要"和羞走"，这句写出了少女的心理特征。"倚门回首"句中一个"嗅"字，把少女的好奇顽皮表露无遗。青梅能给人青涩的感觉，因而此句也可以理解为青涩年华的隐喻。

由于封建礼教的束缚，古代妇女的生活环境比较封闭，所接触的除了闺中事物，就是花草庭园，难免产生深闺寂寞情绪。对很多贵妇人来说，沉溺逸乐是排遣寂寞的主要方式，而李清照却把情思寄托在三春美景之中，并从中引发出珍惜青春的感慨。在这首《如梦令》中，她通过女主人公与婢女的对话，在对比衬托中表现了伤春情绪：

昨夜雨疏风骤，浓睡不消残酒。试问卷帘人，却道海棠依旧。知否？知否？应是绿肥红瘦。

女主人公关切地询问海棠花是否经得起一夜风吹雨打，而"卷帘人"却漫不经心地作答。于是，她连用两个"知否"来强调，语气急切，充满惜花之情，而"应是绿肥红瘦"的断语则形象地再现了雨过花残的景象。"瘦"字既状花瓣之轻盈单薄，又暗将其拟人化，潜含楚楚可怜之意，这就把女主人公爱花、爱美、爱自然的情感表露无遗。"肥"是一个俗字眼，当她与形容词作名词用的"绿"字搭配时，却显示出十分别致的修辞效果，因而"绿肥红瘦"成了后世津津乐道的名句。

爱情是人类最美好的情感之一，人无论是伟大还是平凡，都会经历爱情的甜蜜与痛苦，古今无不同。作为与男性对等的角色，女性在自己倾心的爱人面前总会显露自己不为人知的娇纵和羞涩，易安词就真切地表现了这一点，如《减字木兰花》：

卖花担上，买得一枝春欲放。泪染轻匀，犹带彤霞晓露痕。 怕郎猜道，奴面不如花面好。云鬓斜簪，徒要教郎比并看。

李清照和赵明诚志趣相投，十分恩爱，这在门第等级婚姻中是十分少见的。这首词通常认为是她新婚之初所作，洋溢着做女人的幸福感。词从买花起句，那"春欲放"的鲜花映照着她美丽的容貌，"泪染"既写花上露珠，更是写她晶莹的喜泪、幸福的热泪。"怕郎猜道"两句写女主人公的心理，"奴"是女子的自称，"郎"指夫婿，人物声口与主人公的身份和特定情境十分吻合。显然，女主人公对自己的容貌是很自信的，所以敢与花相比，而呼"郎"称"奴"不仅显得非常亲昵，还表现出人物略带娇羞的内心活动。这首词显露了作者爱美、好强的个性，其情感表达婉约而隽永，可谓语短情长。比较而言，过去的女诗人也写情，但诗中的女主人公往往充满被弃的怨恨和无法把握命运的忧伤，如汉代班婕妤的《怨歌行》、乌孙公主的《乌孙公主歌》、相传为卓文君所作的《白头吟》等，而易安词则充满了新婚的幸福感和喜悦感，情调温馨而浪漫。

易安词既能写乐景，也善写离情。由于"欢乐极兮哀情多"的缘故，她把相思离别之情写得诚挚婉转，留下不少传世名篇，如《醉花阴》：

薄雾浓云愁永昼，瑞脑消金兽。佳节又重阳，玉枕纱厨，半夜凉初透。
东篱把酒黄昏后，有暗香盈袖。莫道不销魂，帘卷西风，人比黄花瘦。

上阕起句用"薄雾浓云"点染出愁云密布的白昼光景，这也是女主人公绵绵愁思的物化；"瑞脑"是一种薰香名，又称龙脑，即冰片，此句写香料青烟袅袅，时间随之流逝，一缕情思随之交织而弥散开去。"佳节又重阳"即又到重阳佳节，重阳节早在唐代就被正式定为民间节日，而赏菊正是其中的一项重要活动。"玉枕纱厨"写卧榻景象，纱厨即防蚊蝇的纱帐，"半夜凉初透"句暗示孤枕独眠，是思夫感情的含蓄流露。由此可见，上阕主要是咏节令、叙别愁，从女性视角表达了"每逢佳节倍思亲"的情绪。下阕写赏菊情景，"东篱"系化用晋代陶渊明"采菊东篱下"的诗意，表现出女词人的本色。她花间把酒，情思飞扬，这就生动地塑造出一代才女的自我形象。"暗香"典出《古诗十九首·庭中有奇树》："馨香盈怀袖，路远莫致之。"这里是师其意。下阕两句就用两个典故，足见易安以诗人自况的豪气。然而西风乍起，黄花摇曳，勃发的诗兴很快就发展成满怀愁绪。"莫道"即"不要说"；"销魂"形容极度忧愁、悲伤，典出南朝江淹《别赋》："黯然销魂者，惟别而已矣"；"西风"指秋风，与时令呼应。"人比黄花瘦"是个名句，其高妙之处在于，以花喻人尚不足奇，但与花比瘦，词意就显得十分新鲜奇特，能够唤起读者丰富的联想。"莫道"三句也因此成就了一段词坛佳话，据说赵明诚收到此词，曾废寝忘食三昼夜，自作词 50 首，将易安之句掺入其中，以示友人陆德夫，陆把玩再三，认为仅此三句绝佳。

三

李清照生活在兵荒马乱的时代，作为柔弱的妇女，她比男子要经历更多的人生磨难，如夫死、家破、名损、流亡、孤独、无助；作为多愁善感的女词人，她比普通女性有着更复杂的内心世界，相应也就要承受更为深重的情感煎熬。其后期词作脱离了闺阁气息，从个人命运的角度，折射出家国破碎的历史变局，格调从清丽婉约转向凄恻、幽独与旷放。

宋钦宗靖康二年(1127 年)，金人大举南侵，俘获宋徽宗、宋钦宗父子北去，史称"靖康之变"，北宋朝廷崩溃。五月，康王赵构即位于南京应天府(今河南商丘)，改元建炎，是为宋高宗，南宋开始。战乱时期，李清照押送所藏书画器物 15 车南下至江宁，她对南宋政权的妥协偏安之策十分不满，曾写诗刺政。建炎三年(1129 年)八月，赵明诚染病卒于建康，是年李清照 46 岁，她已饱经离乱之苦、家国之悲，这种经历和体验，自然会在她的创作中流露出来。她在祭赵明诚文中说："白日正中，叹庞翁之机敏；坚城自堕，怜杞妇之悲深。"①"杞妇"是个典故，指春秋齐大夫杞梁妻为战死的丈夫哀哭，城为之崩。

---

① 傅庚生，傅光. 百家唐宋词新话[M]. 成都：四川文艺出版社，1989：284.

第一章 中国古典文学

李清照以杞妇自喻,创作心境已非昔日可比,但她追求理想的意志却更加坚定,如《渔家傲》:

> 天接云涛连晓雾,星河欲转千帆舞。仿佛梦魂归帝所,闻天语,殷勤问我归何处?
> 我报路长嗟日暮,学诗漫有惊人句。九万里风鹏正举,风休住,蓬舟吹取三山去。

据《李清照集笺注》,此词作于1130年,正是赵明诚病故的次年。词一开头,便展现一幅辽阔、壮美的海天一色图卷,境界开阔雄浑,为唐五代以及两宋词所少见。词中的天、云、雾、星河、千帆,景象十分壮丽,动词"接""连"二字把四垂的天幕、汹涌的波涛、弥漫的云雾,自然地组合在一起,意境更显浑茫无际;"转""舞"两字写风浪中的感受,词人从颠簸的船舱中仰望天空,银河似乎在转动。"千帆舞"写怒海劲风,无数舟船在风浪中飞舞。开头两句写梦,所以接下来有"仿佛"三句。"梦魂"二字是全词关键,词人仿佛梦见天帝,他"殷勤"问候,表达了对词人归宿的关切。上片末二句写天帝问话,过片二句写词人对答,语气衔接,可称之为"跨片格"。"我报路长"中的"报"与上片"问"字将两片联结,"我报"陈述了词人晚年孤独无依的境况,"学诗"句则是自谦之词。"风鹏"句用庄子典故,鹏举进一步烘托大风,同时喻示了词人的高远志向。"风休住"两句是一声断喝,以毅然决然的态度,表现了追求理想的决心。这首词具有浪漫、雄浑、豪放的艺术特点。因此,梁启超评曰:"此绝似苏辛派,不类《漱玉集》中语。"

晚年的李清照,境遇更加悲凉,她抚今追昔,暗自神伤,甚至因容貌老去而怕见人。这种苍凉复杂的心态,她真实地写进了《永遇乐》词中:

> 中州盛日,闺门多暇,记得偏重三五。铺翠冠儿,捻金雪柳,簇带争济楚。如今憔悴,风鬟雾鬓,怕见夜间出去。不如向,帘儿底下,听人笑语。

"中州"以下六句,采用综述、铺叙手法,极写当年酒朋诗侣欢会的盛况,对京洛旧游满怀追念之情。"如今憔悴"句从忆昔转向伤今,"风鬟雾鬓"是词人对自我形象的描述,嗟叹自己日渐老去。末三句着重表现词人的矛盾心理,她希望热闹,又怕"笑语"触动伤心事,所以只能在"帘儿底下"静听。词以铺叙为主,对比强烈,层层推进,最后达到情感高潮,不仅充满自伤身世的悲慨,更是对恶劣环境的抗议。

词有令、引、近、慢之分,慢词字句稍多,便于抒发复杂情绪。李清照的《声声慢》是慢词中的名篇,它把孤苦凄凉的情绪渲染到了极致:

> 寻寻觅觅,冷冷清清,凄凄惨惨戚戚。乍暖还寒时候,最难将息。三杯两盏淡酒,怎敌他、晚来风急。雁过也,正伤心,却是旧时相识。
> 满地黄花堆积,憔悴损,如今有谁堪摘?守着窗儿,独自怎生得黑?梧桐更兼细雨,到黄昏、点点滴滴。这次第,怎一个愁字了得!

词一开始就打破修辞常规,连用 14 个叠字来抒发幽独痛苦情绪,她在寻觅什么呢?也许是散失的金石书画、亡夫熟悉的身影、故园的海棠纱窗,然而这一切已无可能,因此寻觅的结果只能是孤苦哀痛。"乍暖还寒"句点明时令,"难将息"表现出自怜的情绪,而用来排遣孤独、冷寂的几杯淡酒,已难抵御晚间的凄风苦雨。词人把绝望的目光投向漠漠天空,殊不知看见的却是"旧时相识"的过雁!雁可以南来北去,而她却流落江南,无家可归,可谓人不如雁,情何以堪。下片从天空回到眼前景象,"满地黄花"本来萧索凄凉,而摘花赏春的思忆却加深了她的感伤,而时光偏偏如停滞一般,让她更觉百无聊赖。"梧桐"三句写黄昏时分的雨中景象,元人白朴著有《唐明皇秋夜梧桐雨》杂剧,梧桐雨遂成为触景生情、更添愁闷的典故。词人将这个意象写得更加真切具体,那点点滴滴的声音,敲击着词人破碎的心灵,为末三句的直抒胸臆做足了铺垫,使一个"愁"字喷薄而出,把主观抒情推向极致。

四

词与诗、曲有千丝万缕的联系。就其自身特点而言,词主要由文人、士大夫所创作,用来述怀纪兴、应酬唱和,内容比较雅致;由于受严格的字数、句式限制,它崇尚简约、内敛、隽永、意纵。李清照对词有独到见解,在创作上也取得了突出成就。俞平伯在《唐宋词选释》的前言中,曾略评其特点:"她擅长白描,善用口语,不艰深,也不庸俗,真是所谓'别是一家'。"①

白描与工笔相对,指简练、准确地勾勒形象,无须浓墨重彩,但求自然浑成。在易安词中,闺阁物象、庭院花树、自然景色、生活细节仿佛信手拈来,但都渗透了女词人细腻、高洁的情思,如《添字采桑子》:

窗前谁种芭蕉树?阴满中庭;阴满中庭,叶叶心心、舒卷有余情。伤心枕上三更雨,点滴霖霪;点滴霖霪,愁损北人、不惯起来听!

此词从窗外即景起笔,仿佛随口道出,不知芭蕉何人所种,可见主人已不知去向,这就把战乱的现实含蓄写出。"阴满"两句重叠使用,既渲染浓荫匝地的凄清,又暗示女主人公的幽独心境。"叶叶心心"句十分巧妙,它以朴实无华的语言描摹出芭蕉形状,暗喻词人心有千千结的复杂心情。"伤心"诸句从白昼转到夜间,从视觉转到听觉,从南国芭蕉转到孤枕"北人",进一步把故国家园的怀想、个人的寂愁表现出来,语句看似直白浅显,实则深婉曲折。

白描与秀雅、铺叙并不矛盾。李清照不满柳永的"词语尘下",因此她自己的词往往注意选用高洁、秀丽的修辞意象,使用时又很有节制,这就使她的白描显得清丽脱俗。如其词中的花、月、玉枕、纱厨(也作纱橱)、暗香、彤霞、晓露、漏残、金兽之类意象,既

---

① 俞平伯. 唐宋词选释[M]. 北京:人民文学出版社,1979:13.

描画出特定的女性生活环境,渗透着女性气质,又为词带来了雅致脱俗的书香气息。李清照评晏叔原词时,有"苦无铺叙"之语,可见她自己是重铺叙的。铺叙即《诗经》中的"赋",它直陈其事,曲尽其情,这在李清照的《永遇乐》(落日熔金)、《声声慢》(寻寻觅觅)中比较典型。

词要求和乐能歌,可读可听,因而语言不能太生僻拗口。易安词常把精心提炼过的口语引入词中,给人以清新脱俗、自然浑成的感觉,很多词句即使在今天也显得十分口语化,如"旧时天气旧时衣,只有情怀不似、旧家时!"(《南歌子》);"生怕离怀别苦,多少事,欲说还休"(《凤凰台上忆吹箫》);"水光山色与人亲,说不尽、无穷好"(《怨王孙》)。有时她使用儿化句,句气柔和亲切,有吴侬软语的味道,如"甚霎儿晴,霎儿雨,霎儿风"(《行香子·七夕》);"守着窗儿,独自怎生得黑?"(《声声慢》)。

词对字数句式的要求,既是一种限制,又促使词人注重炼字炼句炼意,这就把语言的表现力提升到精纯、唯美的高度。李清照就是一位注重炼字的杰出词人。她的《孤雁儿》词前小识云:"世人作梅词,下笔便俗。予试作一篇,乃知前言不妄耳。"可见脱俗是她的艺术追求。她修辞造句十分新颖别致,很多词语原本平常,但一经她点化,就产生了化腐朽为神奇的效果。例如《蝶恋花》中词句:"暖日晴风初破冻,柳眼梅腮,已觉春心动。"词中不直称柳叶,著一"眼"字,仿佛满树柳叶都如眼睛一般,试图窥伺女主人公的"春心"。"梅腮"亦别出机杼,用"桃腮"便俗。易安词类似的奇语还有很多,如"绿肥红瘦""雪清玉瘦""浓烟暗雨""红稀香少""云阶月地""被翻红浪"等。

词重境界,古人所谓有境界自有高格;词重意深,最擅长抒发个人襟抱。《漱玉词》不独做到了情与景偕、神与物游,更体现出词的别家旨趣。首先,触景生情,且词中别有机杼,如《武陵春》:

风住尘香花已尽,日晚倦梳头。物是人非事事休,欲语泪先流。闻说双溪春尚好,也拟泛轻舟。只恐双溪舴艋舟,载不动、许多愁。

起句"风住尘香花已尽,日晚倦梳头",写暮春时节,花败春残,为"物是人非事事休"张本。词中有"我",即抒情主人公;有生活琐事,即"梳头";有情,达到了"欲语泪先流"程度;有景,包括狂风摧花、"双溪"景色。此词把景、人、事、情、思依次贯通,达到了境静而意纵的艺术效果。其次,移情于景,妙在羚羊挂角,无迹可寻。如《醉花阴》起句"薄雾浓云愁永昼",此句极似实景,然则"薄雾"安得终日不散?可见其中移入了女主人公的愁思,薄雾只是她抑郁、烦闷心情的主观投射。最后,情景呼应,相互衬托。如《声声慢》起句就是"寻寻觅觅"一串叠字,使凄苦心情笼罩全篇,然后次第出现雁、黄花、梧桐细雨诸物象。又如《念奴娇·春情》起句"萧条庭院,又斜风细雨,重门须闭",衬托出女主人公的"万千心事难寄"。由此看出,易安词在造景、写景及技巧运用上,同样显示出丰沛的艺术创造力。

李清照的词语言简练，通俗易懂，富有音韵美，往往通过白描的手法，描绘出细腻感人的意境，既让人从文字中体会到词的魅力，又能从文字所表达的意境中获得如临其境之感。她在词中所表现的欢乐之情、相思之苦、离别之愁、孤独之悲，深深地打动了一代又一代的读者。

【思考与练习】

1. 如何理解易安词中的抒情女主人公形象？
2. 易安词的艺术特色有哪些？试结合作品予以具体分析。

第六节　在爱与美中彰显人性光辉
——王实甫的《西厢记》

元代杂剧是中国文学史上的又一朵奇葩，它与唐诗、宋词、明清小说一样，标志着不同时期文学的最高成就。在元代前期戏剧家中，王实甫与关汉卿、白朴、马致远齐名，他的《西厢记》曾赢得"天下夺魁"的盛誉，不仅在元代风靡一时，至今仍有巨大的影响力。从这部戏派生的折子戏《拷红》，已成为地方戏的保留剧目，它成功地塑造了"红娘"的形象，并使"红娘"一词成为婚姻关系说合人的代名词。《西厢记》既是一部舞台剧，也是一部意境优美的文学名著，作品表达了追求个性解放、婚姻幸福的思想，绽放出绚烂的人性光辉。

一

元杂剧是一种具有民族特色的戏剧形式，由于兴于北方而流传到南方，也叫北杂剧、北曲，它与元散曲一起并称元曲。元杂剧受两宋戏曲、金代院本和诸宫调影响，融合了丰富的表演形式，在艺术上已经非常成熟。院本即行院之本，行院是指倡优表演的场所。诸宫调是讲唱小说、传奇的一种演唱形式，据周德清《中原音韵》统计，其曲调多达315种。从结构上看，"元剧以一宫调之曲为一套为一折。普通杂剧，大率四折，或加楔子以足其未尽之意。"① 科、白、曲是元杂剧三要素，人物动作叫"科"，对话叫"宾白"，曲则采用"一人主唱""曲白相生"的方式。元杂剧具有强烈的表现性、浪漫性和虚拟性，因而被誉为东方的歌剧、诗剧。

《西厢记》作者王实甫(1230？—1310)，字德信，大都(今北京市)人。他出身官宦之家，本人做过官，最终却弃官从艺，其创作活动大约在元成宗(铁穆耳)元贞、大德年间

---

① 王易. 词曲史[M]. 北京：东方出版社，1996：284.

(1295—1307)。元代钟嗣成《录鬼簿》著录其杂剧 14 种，但全本保存的只有《崔莺莺待月西厢记》《四丞相歌舞丽春堂》。《西厢记》的题材可以上溯到唐代元稹的传奇小说《会真记》(又名《莺莺传》)。在小说中，张生对莺莺始乱终弃，甚至用女色祸水的陈词滥调为自己开脱。金代董解元在《西厢记诸宫调》中，把莺莺悲剧改成"自是佳人，合配才子"的喜剧，而王实甫据此进行了再创作。

《西厢记》①共五本，每本四折，其中有相当于序幕的楔子。故事发生在唐德宗时期，崔莺莺是已故崔相国的女儿，她随母亲崔夫人送父亲灵柩归葬博陵，因路途遇阻，一家人便暂住河中府普救寺。张生赴考途经此地，与她一见钟情。二人两情相悦之际，地方将领孙飞虎突然兵围普救寺，要强娶崔莺莺。危急时刻，崔莺莺愿牺牲自己保全家人和僧众，还提出愿嫁给能退敌的人。张生修书向官居大元帅的结拜兄弟杜确求助，击退了孙飞虎，然而，崔夫人却悔婚，只让崔莺莺与张生以兄妹相称。在红娘的帮助下，崔张二人私订终身，老夫人迫于既成事实只好同意，但要张生考取功名。由于崔相国生前曾把女儿许配给郑恒，张生走后，郑恒前来争婚，谎称张生已变心另娶。这时杜确再度干预，压制了郑恒的嚣张气焰，而此时张生也寄回书信表达了对崔莺莺的深情。郑恒的谎言被戳穿，羞愧自杀，崔、张则由唐皇"敕赐为夫妇"。作品戏剧冲突曲折精彩，人物形象生动鲜明，风格华美典雅，是一部著名的爱情喜剧。

《西厢记》主题在剧终已点明，即"愿天下有情的都成了眷属"。作品通过崔、张的爱情波折，歌颂了男女主人公冲破封建道德束缚、追求恋爱自由与婚姻幸福的勇敢行为，将爱情与责任、个人幸福与社稷安危融为一体，从而使传统的爱情主题包含了丰富的社会意义，实现了真善美的有机统一。

二

元初经过长期战乱，天下初定，人心思安，《西厢记》间接地反映了这样的时代情绪。作品采用才子佳人大团圆的模式，围绕爱情主线，从个人、家庭、社会三个层面表达了对社会安宁、人民幸福的无限期待。加拿大文学批评家弗莱认为："喜剧的主题是如何维护社会的一体化，通常采取的形式为是否接纳某个中心人物为其一员。"②在这部作品中，张生能否为崔家接纳、真情能否见容于社会，构成了戏剧冲突的焦点，主题就是在矛盾冲突中表现出来的。

在接纳的个人层面，喜剧把自由恋爱处理成人性的正当要求，渲染了其激动人心的情感力量，颠覆了封建的礼教规范与道德秩序。封建礼教从来主张婚姻要依从"父母之命，

---

① 王季思. 中国十大古典喜剧集[M]. 济南：齐鲁书社，1989：63.
② 诺斯罗普•弗莱(Northrop Frye). 批评的解剖[M]. 陈慧，袁宪军，吴伟仁译. 天津：百花文艺出版社，2006：62.

媒妁之言",把私自结合诅咒为"淫奔",并把"好德"与"好色"对立。然而,《西厢记》却把张生的追求建立在倾慕女性美的基础上,这就肯定了爱情的自然人性特质。张生一见莺莺,顿时"魂灵儿飞在半天",作品用了四首曲来渲染崔莺莺的美貌,例如:

恰便似呖呖莺声花外啭,行一步可人怜。解舞腰肢娇又软,千般袅娜,万般旖旎,似垂柳晚风前。

这种女性美是一种娇柔美、仪态美、气质美,在道学家眼中它是"色"、是"祸水",而对张生来说,却是一种正常的感情需要。为此,他把功名置诸脑后,日思夜梦,甚至打算殉情而死。对崔莺莺来说,接纳张生需要更大的勇气,因为男权社会给女性设置了更多的道德束缚。正因此,她对张生的态度是有所顾忌的。当红娘笑谈张生自报家门时,她说:"红娘,休对夫人说。"一句话就表现出她对爱情既向往又担心的心理。由于红娘的穿针引线,她逐渐被张生的痴情与才情所打动,终于冲破了封建家庭的女德闺训。当听到张生墙脚咏诗时,她脱口而出"好清新之诗,我依韵做一首",终于以诗为媒相约西厢。由此可见,作品是从自主选择、相互接纳的角度来表现爱情的,对自由恋爱的肯定也就是对包办婚姻的否定。

接纳的家庭层面构成了喜剧冲突的核心。崔夫人是封建家长的代表、社会一体化的维护者,她是用礼教来约束崔莺莺的,她指责女儿:"汝为女子,不告而出闺门,倘遇游客小僧私视,岂不自耻。"在其心目中,"私视"尚且可耻,私奔自然更不能容忍。这样,崔莺莺对爱情的接纳就与母亲的排斥产生了喜剧冲突,这种冲突既是子女对家长的反叛,也是真实的人性与虚伪的伦理道德的交锋。崔夫人对女儿的婚事其实是有考虑的,但她把金钱与门第作为择婿的首要条件。正如崔莺莺所说:"他怕我是赔钱货,两当一便成合。"她之所以坚持女儿与郑恒的婚约,主要不是为了信守诺言,而是要维护家长的权威,由于郑恒比张生有钱有势,所以她背弃"白马之围"时的承诺,两次悔婚。至于她后来同意女儿嫁给张生,其出发点则是封建贞操观念。当然,崔夫人也不是一个简单的反面人物,作为母亲,她对女儿名声的考虑可以理解;作为孀居老妇,她自然要比年轻人更现实。喜剧既讽刺了她的顽固守旧,又使她的心愿最终得以满足。

接纳的社会层面展示了剧作家爱情叙事的开阔视野。兵围普救寺是全剧的关键情节,它把人性与兽性、文明与野蛮、治世与乱世进行了强烈对比,从而讴歌了爱情激发出来的道义力量,表现了对天下太平的美好憧憬。孙飞虎对崔莺莺充满占有欲,为了强娶,他竟以"僧俗寸斩,一个不留"相威胁,其野蛮行为恰恰与张生的文雅善良形成鲜明对比。危急时刻,崔莺莺宁可牺牲自我,张生修书求救,而和尚惠明则奋勇杀出重围报信。正是这种可歌可泣的团结抗暴精神化解了危难,拉近了崔、张二人的距离。事实上,崔莺莺正是在危难之际才与张生私定终身的。这种处理表明,戏剧家意识到单纯的两性相吸是不够的,爱情还需要人格魅力,还需要一个和谐安宁的社会环境。这样,作品的内涵就不断延

第一章 中国古典文学

伸,它从个人走向家庭,从家庭走向社会,从而表现了戏剧家的开阔视野、高尚情怀和兼济天下的理想主义精神。

三

张生和崔莺莺是喜剧成功塑造的人物形象,是爱与美的化身。喜剧把男女主人公作为平等主体来对待,热烈地歌颂了他们的人性美和人情美,并在对比衬托中,讽刺了封建家长的荒唐保守,揭露了地方军阀的灭绝人性。此外,作品还塑造了热心牵线搭桥的侍女红娘的形象,表现了剧作家鲜明的民主倾向。

张生是热烈追求婚姻幸福的书生形象,痴情、专情是其基本特征。张生虽是前任礼部尚书之子,但父亲"平生直无偏向,止留下四海一空囊"。父母双亡后,他在郑恒眼里已是"穷酸饿醋""酸丁",与普通读书人没有什么两样。他对崔莺莺一见钟情,如醉如痴,作品通过他吟诗、琴挑、解围、害相思、梦莺莺等情节,表现了人物的炽热感情与书生气质。果敢直爽、任侠仗义是张生性格的又一特点。佛门清净之地,他敢大胆追求;危急关头,他能挺身而出;面对科场,他"视官如拾芥耳",这些都显现出唐代士子风流倜傥、任侠仗义的性格。作为喜剧人物,他还有诚而近迂的个性。例如,他对红娘这样表白:"小生姓张,名珙,字君瑞,本贯西洛人也,年方二十三岁,正月十七日子时建生,并不曾娶妻。"这就难怪红娘要抢白他:"谁问你来?"在把张生理想化的同时,喜剧还写出了他世俗的一面。例如,他懂得打通和尚关节以便住进寺内;他对崔莺莺的欣赏也混合着情欲骚动,而这些又使人物更能给观众和读者以真实感。

崔莺莺是美丽多情、聪慧勇敢的小姐形象,对于张生的追求,她起初是回避的,收到红娘转交的书信时还假装生气。在红娘的鼓励下,她压抑的激情终于迸发出来。从夜听琴、以诗相约、私定终身的情节来看,她不仅美丽可人,而且极富才情慧心。基于这种远高于普通女子的精神气质,她自然不会为礼法所左右,并在婚姻问题上表现出强烈的自主性和反叛性。崔莺莺在爱情上敢作敢为,在生死关头,其表现也与须眉并不稍逊。为了保全家人和僧众生命,她提出了五条自我牺牲的条件,最后更是以许婚来激励众人:

不拣何人,建立功勋,杀退贼军,扫荡妖氛;倒陪家门,情愿与英雄结婚姻,成秦晋。

作品赋予崔莺莺理想化的色彩,在她身上集中了至真至善至美的品质,使其形象具有浓郁的浪漫性。在《西厢记》之后,古典文学中曾出现了大量描写才子佳人的小说、戏剧,很多作品或者表现出露骨的男权意识,或者掺杂着陈腐的封建说教,其女性形象与莺莺不可同日而语。

《西厢记》中的红娘是热情泼辣、乐于助人的丫鬟形象,她集中体现了下层妇女的优

秀品质，虽不是喜剧主角，但剧作家对她着墨甚多，让她在情节发展中起到了重要作用。作为小姐的贴身丫鬟，红娘没有封建礼教意识，她理解崔莺莺的内心矛盾，同情张生的情感痛苦，因此热情地为崔张牵线搭桥。当张生要给她报酬时，她反问："莫不图谋你的东西来到此？"可见她的热情中丝毫没有自私杂念。在"拷红"一场戏中，她敢于义正词严地指责老夫人："非是张生小姐红娘之罪，乃夫人之过也。"表现了她无私无畏的胆识。红娘形象寄托了人民群众的情感愿望，表达了真爱必将挣脱封建枷锁的历史必然要求，几百年来一直深受观众和读者喜爱。

四

《西厢记》是一部现实主义喜剧作品，但从情节奇特，抒情浓烈，词曲典丽诸方面看，它又带有一定的浪漫色彩，体现出古典戏曲鲜明的民族特色。作为一部优秀的古典戏曲作品，作品的民族特色主要体现在情节模式、人物形象、讽刺幽默和语言艺术等方面，具有高度的思想性和艺术性。

《西厢记》采用了大团圆情节模式，戏剧冲突在经过一波三折之后，最终峰回路转，柳暗花明，呈现出皆大欢喜的结局。具体而言，大团圆模式包括相遇、阻隔、分离、团圆四个段落程式，尽管其间有风云突变，但人物总能逐一化解，并最终结成眷属。相遇是剧情的发生阶段，在《西厢记》中，这一部分主要叙述张生被"惊艳"，崔莺莺的"思春"，初步渲染出喜剧气氛。阻隔是戏剧冲突的主体部分，分为家庭成员的内部阻隔和残暴势力的外部阻隔两个层次，它们使有情人近在咫尺却难相会。阻隔引发了一系列戏剧冲突，推动了情节发展。分离是情节由阻隔向团圆的过渡，既为写张生草桥店梦莺莺留出空间，又为郑恒争婚埋下伏笔。团圆是矛盾的最后解决，横亘在有情人之间的各种障碍逐一化解，才子佳人"庆团圆"。相对于后世表现才子佳人的俗套作品，《西厢记》的团圆模式具有高度的思想性和艺术性。首先，它表现了追求世俗幸福、反对战乱与社会动荡的乐感文化精神。王实甫生活在宋元易代的特殊历史时期。1279年，元军在崖山海战中灭南宋统一中国，结束了自晚唐五代以来的分裂局面，使中国陷入异族的统治之下。深受战乱之苦的民众，迫切希望有一个和平安宁的生活，而作品正好反映了中原民众的心声，这一点从孙飞虎兵围普救寺的叙述中就可见出。其次，它从根本上改变了《莺莺传》的悲剧结局，给团圆故事注入了积极的精神内涵。作品把男女主人公塑造成在爱情上坚贞不渝，敢于冲破封建礼教束缚，并经过不懈努力，终于获得婚姻幸福的艺术形象，这就表现出鲜明的反封建倾向。最后，这种团圆模式具有鲜明的戏剧性。作品情节曲折，冲突尖锐，人物之间的情感关系复杂，崔张二人从相遇、相爱、惊变到团圆，情节波澜起伏，环环紧扣。老夫人和张生、崔莺莺、红娘有矛盾，而张生、崔莺莺与孙飞虎又有尖锐冲突，即使在人物将要团圆之时，作品仍穿插了郑恒的争婚闹剧，使叙述再添波澜。至于情感关系，则张

生的痴心、红娘的热心、崔莺莺的决心，无不表现得深切委婉，使人物之间的情感关系极富喜剧意味。

《西厢记》的人物形象具有程度不同的喜剧性。剧作家根据不同对象，分别采取了批评性讽刺、揭露性讽刺和幽默谐谑的不同态度。崔夫人是封建家长的代表，她虽然守旧顽固，毕竟其行为的动机是为女儿的幸福考虑，因此剧作家对她进行了批评性讽刺。崔夫人按礼教规范来塑造女儿，结果却事与愿违，事态发展远远超出了她的想象。她威严刻板，但因悔婚而受红娘责备时却无言相对。她本想对崔、张婚事顺水推舟，但郑恒的一派胡言却吓得她六神无主。喜剧通过人物言行悖谬、出尔反尔、临事糊涂、偏听偏信的种种表现，把崔夫人写成了一个具有典型意义的喜剧人物。对于孙飞虎和郑恒，喜剧是用漫画式笔法和闹剧性场面进行讽刺揭露的。孙飞虎性格暴虐，人性丑陋，但本质虚弱。他用5000士兵围寺，却拦不住惠明报信；杜确一出兵，他就束手就擒，被训诫一番后仓皇离去。由于言行粗野夸张，结局狼狈滑稽，其形象具有讽刺漫画的意味。郑恒在第五本第三折才出场，他粗鄙愚蠢，自以为是，谎言拙劣。当骗局被揭穿时，他竟无地自容而自尽，这种处理为喜剧增添了闹剧元素。

中国古典戏剧属于戏曲，它是由民间歌舞、说唱和滑稽戏三种不同艺术形式综合而成的。而元杂剧则是成熟的高级戏剧形态，由于它最富于时代特色，最具有艺术独创性而被视为一代文学的主流。作品曲调优美典雅，但科白却俚俗诙谐，生动活泼。人物语言有时寓庄于谐，看似一本正经，其实潜含剧作家的诙谐幽默。例如，张生向红娘自报家门，其迂阔很容易使观众捧腹。作品有时用戏仿与反讽笔法来产生喜剧效果。例如，红娘抢白张生时故意说反话，用一长串圣人教导来嘲谑张生，表现了民众对礼教规范的不以为然。作品有时采用点破机关的方式，通过直接揭穿隐秘来产生喜剧效果。例如，崔莺莺焚香祝祷，心事欲说还羞，红娘就当场给她点破："看姐姐不祝这一炷香，我替姐姐祝告，愿俺姐姐早寻一个姐夫，拖带红娘咱！"这番话写活了红娘的心直口快、崔莺莺的羞怯含蓄，由于一语道破天机，引起了观众善意的笑声。对于反面人物，作品则采用自曝其丑的方式产生喜剧效果，其中又明显融入了剧作家的叙事倾向。例如，孙飞虎、郑恒的说白让观众感到可恶可恨，当他们受到惩罚时，观众自然会拍手称快。

五

元杂剧秉承民间讲唱文学传统，剧情大都具有传奇浪漫色彩，《西厢记》也不例外。作品本来就是依据唐代传奇进行的再创作，情节带有传奇性是很自然的。传奇主要是指情节扣人心弦，有奇可传；浪漫则侧重抒情的浓郁和文辞的典丽，传奇与浪漫的结合，就给这部作品带来了华美典雅的诗性气质，因此明宁献王称赞王实甫是"花间美人"。从戏曲审美的角度看，作品的审美意蕴主要包括情美、景美、词美三个层次。

情美主要表现为爱情的真挚、热烈、高尚，它贯穿全剧，是主题之所系。与元稹小说的始乱终弃不同，作品把崔张爱情写得真诚专一，经得起生死考验，这就充分表现了男女主人公追求婚姻自主、生活幸福的美好愿望。不仅如此，作品还将爱情上升到伦理高度，力图赋予其崇高的精神力量。例如，在兵围普救寺这场戏中，崔莺莺把僧众安危看得比个人幸福更重要，这就把儿女私情上升到仁爱境界，显示出儒家文化所崇尚的伦理精神。虽然作品写情时偶有轻亵之语，但瑕不掩瑜，并不损害情感的美质。

景美是通过诗化的环境来表现的，作品中的普救寺巍峨雄伟，它是武则天的香火殿，女皇的传奇身世给环境平添了几许风流余韵。同时，作品还描写了花树掩映的西厢，清幽高洁的月光，玲琮悦耳的琴声，雅致低回的吟诵，营造出一种典雅高洁的意境，从而有力地衬托了男女主人公的人格形象。

词美早已为世人所公认，被视为中国戏曲史上"文采派"的最杰出代表。剧作家继承了唐诗宋词精美的语言艺术，又吸收了元代民间生动活泼的口语，并将两者完美融合，创造了文采璀璨的元曲词汇。例如，第一本第三折写张生想见莺莺又忐忑不安的心理：

玉宇无尘，银河泻影，月色横空，花阴满庭；罗袂生寒，芳心自警。侧着耳朵儿听，蹑着脚步儿行：悄悄冥冥，潜潜等等。

此曲从环境描写入手，在月色、花阴的烘托下，叙述了人物屏息静听，蹑手蹑脚，欲行又止的动作姿态。前六句以静写动，句式整齐，一气呵成，既渲染了环境的宁静清丽，又反衬出主人公的窘迫心情；后四句写动作姿态，两个叠音词尽显人物的局促心情，两个儿化词又显得十分口语化。

剧作家常用长短句来写景抒情，语言凝练，色彩浓丽，抒情气氛热烈，如崔莺莺送别张生的唱词：

碧云天，黄花地，西风紧，北雁南飞。晓来谁染霜林醉？总是离人泪！

词中的碧、黄、霜林表现秋景，色彩明丽，画面开阔；一个"醉"字更是巧妙传神，它兼有拟人、夸张、隐喻的修辞效果，把人物的离情别绪表现得淋漓尽致。

作品不仅为人物拟定精美的唱词，甚至还将前人诗作引入剧中，作为情节的一部分，如崔莺莺的约会诗：

待月西厢下，迎风户半开。拂墙花影动，疑是玉人来。

这首诗出自元稹的《明月三五夜》，诗意本来就是写情人的月下约会，用在剧中却起到了照应剧名、推动情节、表现人物、丰富文采的作用，其二次传播效果远胜原作。

《西厢记》的诸多美质，使它兼有喜剧、歌剧、诗剧之妙，显示出独特的喜剧风格和鲜明的民族特色。它不仅是中华文化的杰出创造，也是世界文化遗产的一部分。

【思考与练习】

1. 如何理解《西厢记》主题的丰富层次？
2. 作品是怎样塑造喜剧人物的？
3. 阅读这部作品，体会其艺术风格特色。

第七节　民族正义的诗性书写
——纪君祥的《赵氏孤儿》

在元代杂剧中，纪君祥的《赵氏孤儿》是一部惊心动魄、充满道义力量的历史悲剧。作品抨击野蛮残暴势力，歌颂舍生取义精神，不仅在中国文学史上产生了深远影响，而且也给世界带来感动。王国维在《宋元戏曲考》中曾这样评价该剧："即列之于世界大悲剧中，亦无愧色也。"事实正是这样，这部戏早在 1735 年就被译为法文在西方演出，是最早影响欧洲的元杂剧；1755 年，伏尔泰据此创作的《中国孤儿》，曾在巴黎引起轰动；该剧还被译为英、德、俄、意等文字，对中外文化交流产生了积极作用。

一

悲剧(Tragedy)源于古希腊，是西方最古老的戏剧样式，主要包括英雄悲剧、命运悲剧和家庭悲剧。从美学层面上说，悲剧往往通过主人公的抗争、受难和毁灭，揭示生命的价值和人生的意义，追求崇高的悲剧美。恩格斯在评论拉萨尔的剧本《济金根》时指出，悲剧是"历史必然的要求与这个要求实际上不可能实现之间的悲剧冲突"；鲁迅先生认为，悲剧是"把人生有价值的东西毁灭给人看"。由此可见，悲剧具有深刻的社会认识价值和强烈的审美价值。比较而言，中国古代虽无悲剧概念，但并不缺乏具有悲剧性的文艺作品，如汉代歌舞《湘妃怨》、乐府长诗《孔雀东南飞》等；至于戏剧中的悲剧，则是元杂剧兴起后才出现的。

元朝是蒙古贵族入主中原后建立的一个封建帝国，对被征服的民族而言，它是一个悲剧的时代。1271 年，元世祖忽必烈击败南宋、金和西夏，改国号为大元；1276 年攻陷南宋京城临安，三年后陆秀夫背负南宋的小皇帝投海自尽，大元帝国从此进入中国历史。在元蒙对华夏各民族的征服过程中，百姓深受国破家亡、民族压迫、文化排斥之苦，这种刻骨铭心的体验，就为悲剧创作提供了内在动力，由此产生了元代四大悲剧，即关汉卿的《窦娥冤》、马致远的《汉宫秋》、白朴的《梧桐雨》和纪君祥的《赵氏孤儿》。

纪君祥是元代前期戏剧家，其生卒年已不可考，据后人推测大约生活在元世祖至元年间(1264—1294)，他写过 6 本杂剧，只有《赵氏孤儿》一剧保留下来。《赵氏孤儿》全称是《赵氏孤儿冤报冤》，题材来自《左传》《史记·赵世家》和刘向《新序》，《说苑》中也有叙述。故事发生在春秋时期。暴君晋灵公手下有文武两大臣，文臣赵盾，武将屠岸贾，两人矛盾很深。屠岸贾嫉恨赵盾正直，先后用神獒、刺客来加害他，但都没有得逞。后来他"诈传灵公之命"，杀害了赵盾全家300余口，赵盾之子赵朔虽贵为驸马也被迫自杀。赵朔临死前，其妻已有身孕，屠岸贾为了斩草除根，命令将军韩厥率兵把守宫门，一旦公主生下儿子就马上杀掉。孤儿出生后，公主把他托付给民间医生程婴，程婴由于受公主一家"十分优待"，虽有短暂犹豫，但还是接受了救孤重任。公主为避免走漏风声，毅然自缢。程婴把孤儿藏入药箱欲混出宫去，但被把守宫门的韩厥搜出。程婴说明原因后，韩厥出于同情放行，然后自刎而死。屠岸贾得知此事，勒令救孤者三天内交出孤儿，否则就杀掉全国一个月以上半岁以下的全部婴儿。为保全孤儿和众多小生命，程婴到太平庄与公孙杵臼商议，决定由程婴用自己的儿子替换孤儿，假孤儿交给公孙杵臼，然后由程婴去告发，让屠岸贾误认为公孙杵臼窝藏了孤儿，从而使真孤儿能够逃过劫难。屠岸贾搜出假孤儿后将其用剑砍死，公孙杵臼被棍棒毒打，撞阶身亡。屠岸贾误认为程婴忠心，将他收养的真孤儿作为养子，取名屠成(在程家叫程勃)。20年后孤儿长大成人，文武双全，程婴用书卷画出当年惨景，孤儿了解后悲愤万分，上奏晋悼公后将屠岸贾生擒处死。

作品是一部历史悲剧，虽然叙述古事，但对元蒙统治者的暴虐颇有讽意。悲剧紧紧围绕着托孤、救孤、报仇来展开情节，通过正义与非正义的一次次生死较量，揭露了屠岸贾凶残奸诈而又虚弱的本质，热情歌颂了程婴等人前仆后继、舍生取义的崇高精神，体现了正义必将战胜邪恶的历史必然要求。

二

《赵氏孤儿》具有赏善罚恶的性质，贯穿着慷慨激昂的诗性正义(Poetic Justice)。诗性即"强旺的感觉力和生动的想象力"①；正义包含伦理正义、政治正义和法律正义等层次，属于伦理道德范畴。诗性诉诸直观、体验与想象，正义诉诸理性、认知与分析，两者看似对立，在悲剧中却是融合的。

作品把屠岸贾写成邪恶的化身，他和赵盾的冲突表面上是"文武不和"，实际上是忠奸善恶的殊死较量。屠岸贾的后台晋灵公是春秋时期的暴君，有"不君"的恶名，因此屠、赵冲突还反映出仁人志士对暴政的坚决斗争。悲剧开始就是一长段楔子，通过屠岸贾的说白，交代了忠奸斗争的残酷性。在杀害赵盾家族300余人后，屠岸贾为了"剪草除根，萌芽不发"，逼死赵盾之子赵朔及其妻晋公主。面对奸臣的万丈凶焰，有正义感的人们鲜明地表现了自己的立场，除了赵盾一方的提弥明、灵辄奋起抗暴外，就是屠岸贾的刺客也不惜杀身抗命。通过这些叙述，作品为救孤和复仇提供了特殊的悲剧情境，进而展开

---

① [意]维柯(G.Vico). 新科学[M]. 朱光潜译. 北京：人民文学出版社，1986：161.

第一章 中国古典文学

了毁灭与救赎的悲剧冲突。对程婴和公孙杵臼来说，保护孤儿与拯救苍生都是头等重要的，当两者难以兼得时，他们毅然牺牲自己，担当道义：程婴牺牲儿子，负起救孤责任；公孙杵臼杀身成仁，以掩护程婴，麻痹屠岸贾。两人的选择具有舍生取义的性质，表现出儒家文化传统对人物道德实践的深刻影响。

在孟子思想中，理想人格以"不忍人之心"为情感心理根源，具体表现为"四端"："恻隐之心，仁之端也；羞恶之心，义之端也；辞让之心，礼之端也；是非之心，智之端也。"（《孟子·公孙丑上》）"四端"是人性与兽性的本质区别，合于"四端"则符合伦理正义。孟子还以激进的姿态提出了舍生取义的主张，从而形成了绝对主义伦理观。从悲剧情节来看，正面人物不仅符合"四端"要求，而且大都能作出舍生取义的选择。刺客为何不杀赵盾而触树自尽？因为他既不忍心加害正直大臣，又无法向屠岸贾交代，这就是一种羞恶之心。韩厥为何放走程婴而自杀？其中既有感激赵盾提携的报恩因素，也有对赵家满门抄斩、婴儿无辜受累的恻隐之心、是非之心。程婴与公孙杵臼都争着把死留给自己，这显然是一种辞让之心。悲剧全面演绎了儒家的伦理正义，体现出鲜明的民族文化特色。正因为如此，伏尔泰在依据该剧创作《中国孤儿》时，干脆把副题写为"孔子的五幕伦理学"。尽管这样，《赵氏孤儿》却不是抽象的伦理寓意之作，而是一部极富英雄气概和理想主义精神的复仇悲剧。

作品以"冤报冤"作为悲剧主题，字里行间始终跳动着强烈的复仇意识，这种意识在孔子学说中是找不到的。孟子提倡舍生取义，将伦理正义推到重于生命的绝对高度，但他将"舍生"和"取义"作为互斥性的选项，也没有涉及复仇以彰善、求生以惩恶的伦理正当性问题。由此可见，儒家伦理对复仇的态度是十分谨慎的，它的核心价值是仁爱、忠恕，而不是复仇。如果说孔孟仁学有助于维护封建社会的内部和谐的话，那么在民族危亡的生死关头，它就显得不合时宜了。剧作家生活在元灭南宋的崖山之战(1279 年)前后，作品中的救孤存赵情节，隐含着拯救赵宋和中华文化的意图。面对异族的野蛮征服，作品既依托儒家伦理，又为舍生取义注入了民间的侠义精神和复仇意识，这就使悲剧主题隐现出民族正义的思想光辉。

作为悲剧冲突的价值内涵，正义不是抽象的说教，而是从剧作家的诗性叙事中表现出来的倾向性。"诗性"可以理解为叙事内容的想象性和情感性，当它和"思维"组合为偏正词组时，它又可以指涉质朴、雄健的神话或原始思维。在《赵氏孤儿》中，诗性正义就是用神话思维方式来表现伦理正义和民族正义，追求艺术性和倾向性的有机统一。对历史悲剧来说，诗性主要是通过改编和再创作来实现的，剧作家的想象空间虽然受到素材的制约，但仍然体现出丰富的想象力。如在《史记·赵世家》中，公孙杵臼是赵朔的门客，剧中却改成了不满朝政、辞官归田的隐士，这就避免了门客报主的俗套，为人物舍生取义的壮举提供了合理的心理动机。史料中的孤儿赵武本来是韩厥和景公所立，剧中却改成了程婴，这就有利于刻画性格，深化主题，增强情节的戏剧性。情感性涉及悲剧的伦理净化问

题，历来为戏剧美学所重视。对《赵氏孤儿》而言，情感性是通过惊心动魄的戏剧冲突、荡气回肠的抒情唱段、带有鲜明倾向性的说白表现出来的，它把正义价值化为一种强烈的感染力，从而实现了悲剧的净化功能。

三

作为叙事文学作品，悲剧必然要塑造形象、刻画性格，对于悲剧人物的伦理审视，向来是西方悲剧美学的一个重要议题。亚里士多德在《诗学》第十三章中说，人物"在道德品质和正义上并不是好到极点，但是他们遭殃并不是由于罪恶，而是由于某种过失或弱点"。这种"过失说"是诗性正义概念的起源，曾经引起激烈争论。[①]比较而言，《赵氏孤儿》中的人物却具有不一样的精神气质，剧作家既把人物的品格理想化，又不回避人性的某些弱点，这就使人物形象显得真实可信、丰满感人。

程婴是《赵氏孤儿》中的主要人物，是剧作家精心塑造的平民英雄。作为普通的游方郎中，程婴在给公主看病时，意外卷入了残酷的政治斗争。他之所以接受公主托孤，既有知恩图报的因素，更有对赵家命运的同情，他说："天也，可怜见赵家三百余口，诛尽杀绝，只有一点点孩儿。我如今救得他出去，你便有福，我便成功；若是搜将出来呵，你便身亡，俺一家儿都也性命不保。"在接受托孤后，他的同情心就发展为一种道义担当，不惜冒着生命危险，将孤儿藏在药箱里带出宫去。在屠岸贾发出灭婴令后，程婴与公孙在育孤与赴死问题上发生争执，这就充分表现了人物舍生取义的高贵品格。更为难得的是，为了让孤儿长大成人、报仇复位，他竟忍辱负重20年，直到目标实现后才功成身退。由此可见，人物在道德品质和正义上并没有"过失"，他受磨难不是出于内生性的人格弱点，而是源于屠岸贾的狡诈凶残。

作品既把程婴写成高于常人的平民英雄，又把他写成普通人。作为普通人，他也有父子亲情，有对死亡的恐惧，在非常环境下甚至谨慎多疑，但这些并不是人格的弱点，而是人性的自然流露。当他救孤儿出宫时，他有过犹豫；当他看到拷打公孙杵臼时，深恐他招架不住会把自己供出，特别是看着亲儿被剁成三段时，他禁不住惊痛掩泪；就是在助孤儿报仇后，他仍然担忧自己：念叨着"则可怜老汉一家儿无所靠也！"由于剧作家对人物的自然人性作了合乎情理的细腻描写，就使形象显得有血有肉，真实可信。以自然人性为前提，剧作家进一步刻画了人物性格。程婴的性格特点主要有三：一是谨慎多疑。在接受托孤时，他曾担心公主经不起折磨而泄露孤儿去向；在韩厥放他走时他不敢相信，没走几步又折回；他对公孙杵臼能否经得住拷打也心存疑虑。这种谨慎多疑的性格固然与特殊环境有关，但更与长期的人生历练分不开。二是坚定勇敢。韩厥的三擒三纵，他心理极度紧张，以致抱定了必死决心；面对育孤与赴死的选择，他和公孙杵臼一样勇敢。三是机智坚

---

① 朱光潜. 悲剧心理学[M]. 北京：人民文学出版社，1983：93.

韧。人物置于险境却能一次次转危为安，特别是他能忍辱负重20年而不被屠岸贾发现，这些都表现出人物机智坚韧的性格特点。

对于其他正面人物，悲剧则赋予其传奇浪漫色彩，将其形象理想化。公孙杵臼虽然年事已高，但在担当道义问题上当仁不让，甚至在严刑拷打面前还有心情愚弄屠岸贾。提弥明具有神力，他可以抓住神獒下巴，"只一劈将那神獒分为两半"；灵辄面对拆去一边轮子的马车，可以"一臂扶轮，一手策马，逢山开路，救出赵盾去了"。这些传奇浪漫情节，给伦理叙事打上了诗性思维的鲜明印记，也使作品形成了古朴、雄浑、崇高的风格特征。罗曼·罗兰在《名人传·序》中说，英雄并不在于超凡的体能，而在于伟大的心灵。如果说程婴、公孙杵臼属于心灵伟大的英雄，那么提弥明和灵辄则属于体能上的英雄。由于写出了英雄群体，所以说《赵氏孤儿》既是历史悲剧，又是中国式的英雄悲剧。

在刻画正面人物的同时，作品并没有把反面人物简单化。屠岸贾是暴虐、狡诈、专权的奸臣形象，暴虐是其性格的突出特征。他在晋灵公的残暴统治中如鱼得水，怙恶不悛，不仅加害赵盾全家，为了斩草除根，不惜杀掉全国新生儿。奸诈是其性格的又一突出特征。在程婴首告一场戏中，他一开始并不相信程婴，于是让他棒打公孙杵臼，自己仔细观察两人的反应。他对公孙杵臼的口误穷追不舍，几乎发现其中隐情。作品既表现人物的暴虐、奸诈，又揭示其虚弱、孤独的本质。屠岸贾以晋灵公为靠山，但暴虐让他众叛亲离，成为孤家寡人，以致误收孤儿为养子，最终为其所擒。

总的来说，《赵氏孤儿》中的主要人物具有强烈的典型意义，次要人物则在不同程度上具有类型化和漫画式的特点。就人物塑造的方式而言，作品依托史实又超越史实，既采用现实主义手法，又借助浪漫主义的艺术夸张，既传承史笔、传奇的劲健，又发挥了北曲语言风格的通俗活泼，所有这些，都在不同层次上丰富了人物形象，增加了其魅力。

四

作为一部优秀的古典悲剧，《赵氏孤儿》具有强烈的艺术性。艺术性是诗性的直观显示，主要涉及悲剧冲突、悲剧心理、悲剧效果、悲剧形式诸多方面。艺术性又是正义的感性显现，它把民族正义、政治正义、伦理正义和法律正义等价值内涵融入精彩的复仇故事当中，使作品既能起到净化心灵的作用，又能给人以强烈的悲剧美感。

悲剧冲突规定了悲剧的性质和意义，是悲剧艺术中的关键要素。作品的悲剧冲突围绕杀孤、救孤与复仇这一主线展开，在用主线贯穿全剧的同时，还交织了正义人物之间的冲突、人物的内部性格冲突和外部的环境冲突。程婴以亲子救孤，这是冲突的开端部分，包含楔子和前两折戏。楔子简要叙述了屠、赵之争的原因，揭示了戏剧冲突的背景。第一折写韩厥搜孤，他看出药箱中藏有"肉人参"，孤儿危在旦夕。通过韩厥对程婴的三擒三纵，把紧张气氛渲染到极点。第二折写程婴和公孙杵臼在太平庄商议对策，两人为掩护孤

儿而争死，结果老公孙杵臼以年龄原因胜出，程婴则牺牲亲生儿子并承担护孤重任。第三折戏是重场戏、高潮戏，主要写程婴首告和棒打公孙，叙述极尽一波三折之妙。在听到程婴告发时，屠岸贾先是一声断喝"你怎瞒得过我"，令冲突陡然紧张万分；程婴解释后，"屠岸贾笑科"，紧张感顿时缓和。紧接着，屠岸贾为了考验程婴，让他棒打公孙。此时的程婴心如刀绞，却必须装得若无其事，这就充分表现了人物内心的痛苦挣扎。这折戏最具震撼性的场面是程婴看着亲生儿被砍成三段，作品既写出人物"作惊痛科"，又不能让他在屠岸贾面前暴露，这就把人物的内心冲突渲染到极致。第四折是冲突的结局，写孤儿报仇，这一折写得绘声绘色，叙述得轻重缓急，深得章法之妙。

作品善于表现悲剧心理，往往将人物置于极限处境之中，进而揭示人物的深度心理，表现其个性和性格。以主人公程婴为例，京剧表演艺术家张君秋曾总结出人物有八种情感心理，即焦、智、勇、慎、假、愿、痛、欢。"焦"是焦虑，反映程婴急于把婴儿带出宫的心情；"智"表现为制定调包计和画图教孤；"勇"是面对死亡威胁，始终不改初心；"慎"是谨慎，思考部署周密；"假"是对屠岸贾的欺骗；"愿"是惩恶扬善、伸张正义的心愿；"痛"是面对亲友受难的悲痛；"欢"是大仇得报、正义回归的欢欣。八种情感心理都与特定的情节细节相联系，都采用了相应的抒情唱段和身段动作，从而增强了人物形象的生动性，如第四折：

程婴拿手卷上，诗云：日月催人老，光阴趱少年；心中无限事，未敢尽明言。

这首诗是程婴在孤儿长大成人后所咏，表现了他急于报仇的心愿。由于尚不能确认孤儿是否贪图富贵、认贼作父，这种"愿"又掺入了焦虑情绪。

《赵氏孤儿》追求强烈的悲剧效果，剧中多次出现死亡与毁灭场面，如自缢、自刎、撞阶、剑刹等。这类场面是由题材性质和悲剧精神决定的，其目的不是渲染恐怖，而是为了唤起人们对施暴者的仇恨，对受难者的同情，为复仇的正当性提供感性依据。在艺术处理上，作品并不表现死亡细节，而是用叙述语作简略交代，把叙述重点转移到人物的内心世界，这样就虚化了感官刺激，强化了场面的悲剧意义。

悲剧形式涉及内在的结构形式和外在的表现形式两大方面，具有高度的概括性。作为中国古典悲剧名著，《赵氏孤儿》的悲剧形式具有突出的代表性。从内在形式来看，它通常采用由顺转逆、继而转顺、惩恶扬善、悲欢离合的圆形结构，其格局与西方悲剧具有明显差异。在作品中，程婴本来处于顺境，他的命运因托孤而逆转；在第三折中，他时而因几乎暴露而陷逆境，时而因蒙混过关而暂处顺境，情节结构就在顺逆之间产生短暂而剧烈的波动。就外在形式而言，它具有元杂剧的共同特点，如"四折一楔子"，北曲联套，角色分类定型，一人主唱或男、女角主唱，使用宾白和科介等，这些就更显出了中国古典悲剧与西方悲剧的差异。就科、白、曲而言，剧作家将三者的关系处理得流转自如、浑然一体。"科"用来虚拟性地表现人物动作，注重简练准确。例如，韩厥发现婴儿后，"程婴

做慌，跪伏科"，这一动作不是写他畏死，而是出于对婴儿难保的极度恐慌。"白"即宾白，如果细分，则宾是对话，白是念白、说白。作品中宾白用得较多，如戏剧开头就是一大段屠岸贾的说白，它既交代了故事背景，又表现了人物的毒辣。"曲"即诸宫调，它由人物唱出，主要用于抒情与议论，如第二折：

〔正末云〕程婴，你说那里话？我是七十岁的人，死是常事，也不争这早晚。(唱)【菩萨梁州】向这傀儡棚中，鼓笛搬弄，只当做场短梦。猛回头早老尽英雄。有恩不报怎相逢，见义不为非为勇，〔程婴云〕老宰辅既应承了，休要失信。〔正末唱〕言而无信言何用！〔程婴云〕老宰辅，你若存的赵氏孤儿，当名标青史，万古留芳。

这段话把宾白与曲调紧密结合，宾白写两人的个体心理，曲调进行抒情咏叹，两者有机结合，准确地表现了人物的相互关系和性格差异，从不同视角表现了悲剧主题。

【思考与练习】

1. 如何理解《赵氏孤儿》的复仇主题？
2. 试将《赵氏孤儿》与一部西方古典悲剧比较，说明两者在悲剧艺术上的差异性。

第八节 奇思丽词 至情绝唱
——汤显祖的《牡丹亭》

明代以小说名世，但戏剧创作也不乏名篇佳作，其代表者当推汤显祖的《牡丹亭》。这是一部浪漫传奇剧，它规模宏大，情节奇幻，曲白优美，足以与元杂剧一流作品比肩。自问世以来，这部戏就深受人们的喜爱，不仅长演不衰，而且其丽词浓情对后人的诗词、小说创作产生了深远影响。

一

明朝是汉族地主阶级建立的最后一个封建政权，虽然它一度发展了经济和文化，但宦官当道、缇骑横行、党争不断始终是其政治上的顽症。明朝统治者一方面荒淫贪酷，另一方面却竭力宣扬理学和纲常名教，而且大树贞节牌坊，给妇女戴上沉重的精神镣铐。明朝中后期，随着商品经济的迅速发展，市民阶层不断壮大，资本主义萌芽产生，个体意识不断增强，这些都有力地冲击了封建意识形态。汤显祖的《牡丹亭》就是在这种历史条件下创作的。

汤显祖(1550—1616)，字义仍，号海若，自称清远道人，江西临川人，书斋名玉茗堂。他出身于书香门第，34岁考取进士，有文名。他为人耿介，不愿依附权贵，因而只担任过太常寺博士之类小官闲职，49岁弃官回家。戏剧创作现存五种，包括"玉茗堂四梦"和《紫箫记》。"玉茗堂四梦"又称"临川四梦"，含《紫钗记》《牡丹亭》《邯郸记》和《南柯记》四部戏，其中，《牡丹亭》的影响最大。此外，他还著有诗文集《红泉逸草》《玉茗堂文集》等。汤显祖受罗汝芳、达观、李贽等人的影响，把"情"字作为人性的最高范畴，以排诋程朱理学的"性"与"理"。同时，他还受公安三袁"性灵说"影响，主张写真性情、真面目与真境界。在《答吕姜山》一文中，他提出"凡文以意、趣、神、色为主"的主张，这在《牡丹亭》中有所体现。

《牡丹亭》共55出，完成于明神宗万历二十六年(1598年)，是参照明代话本《杜丽娘慕色还魂》进行的再创作。剧情大意是：南安太守杜宝的女儿杜丽娘，才貌端妍，随塾师陈最良读《诗经·关雎》，但陪读丫鬟春香不满其迂酸，闹了学堂。杜丽娘游园困倦入梦，见一书生求爱，两人遂在牡丹亭结合。梦醒后她怅然若失，相思成疾，弥留之际，要求母亲将她葬在花园梅树下，并将自画像藏于太湖石底。杜宝升任淮阳安抚使去抗击金兵，临行委托陈最良葬女，并修建"梅花庵观"祭奠。三年后，穷书生柳梦梅赴京应试，冻饿于路，被陈最良救下，安排在庵内调养。期间，杜丽娘的魂灵深夜与他幽会，引起道姑等人猜疑。后来柳梦梅在太湖石下拾得杜丽娘自画像，发现她正是当年的梦中情人。在道姑的帮助下，柳梦梅掘墓开棺，杜丽娘起死回生，两人结为夫妻。由于事情怪异，掘墓违法，两人逃往临安。柳梦梅临安应试，受杜丽娘之托去杜家报告还魂消息，结果被杜宝囚禁。发榜后，柳梦梅高中状元，但杜宝仍不认亲，最后只得"敕赐团圆"。

《牡丹亭》是一部浪漫主义传奇剧，它通过杜丽娘生生死死的爱情追求，有力地抨击了纲常名教对人性的压抑，表达了追求个性解放、婚姻自主的热烈愿望。作品视野开阔，内容宏富，想象奇诡，抒情缠绵，语言华艳，意境深远，代表了明代戏剧的最高水平。

二

《牡丹亭》的创作意图十分清楚。剧作家在"标目"中宣称："如丽娘者，乃可谓之有情人耳。情不知所起，一往而深。生者可以死，死可以生。生而不可与死，死而不可复生者，皆非情之至也。"可见"情"是全剧着力表现的内容，是认识戏剧冲突的出发点。情即爱情，但它并非泛泛的儿女情，而是一种自发而又专注的、可以超越生死的深度情感，从这个意义上来说，它意味着爱的最高境界，寄托着剧作家的审美理想。

爱情是中外文学作品中的传统主题，在元杂剧中，就出现过很多优秀之作。对汤显祖来说，言情并非目的，以情抗"理"，以情讽世，以情求真，这才是他的深层次目的。在明朝的主流意识形态中，情是与"人欲"密切相连的概念，它必须受到"理"的严格约束。程朱理学所说的"理"，是抽去了物质欲望的"性"，即"在天为命，在义为理，在人为性，主于身为心，其实一也"，其现实目标是实现教条化的封建纲常名教。[①]因此，

---

① 李泽厚. 中国古代思想史论[M]. 北京：人民出版社，1986：229.

第一章 中国古典文学

《牡丹亭》以情标目意味着"情"与"理"的对抗，显示出强烈的反封建精神。

作品是把情作为道学的对立面来表现的，少女的怀春之情显得如此自然而美好，由此反衬出陈旧礼教的不人道。杜丽娘是剧中的主角，她既是情的化身，又具有闺阁淑女的精神气质，切身感受到旧家教对人性的压抑。丽娘的父亲杜宝是南安太守，信奉"莲步鲤庭趋，儒门旧家数"，对于女儿，总是想方设法"要他拘束身心"。杜宝不仅自己用礼教来约束杜丽娘，还延请塾师陈最良来对杜丽娘进行规训。作品用嘲戏的语句，把陈最良写得极为迂腐不堪，以揭露旧家教的荒唐可笑。陈最良绰号"陈绝粮""百杂碎"，他醉心科举，但"观场一十五次。不幸前任宗师，考居劣等停廪"，可见才智平庸，思想保守。作品在第四出戏《腐叹》、第五出戏《延师》、第七出戏《闺塾》中，把封建家庭的淑女教育写成了一幕幕滑稽剧，让人不禁联想起法国喜剧家莫里哀的《可笑的女才子》。有所不同的是，莫里哀是讽刺受教育者，而汤显祖则把矛头指向教育者本人及其代表的礼教体制。陈最良把《诗经·关雎》解读为"后妃之德"，这显然是照搬了朱熹的说法，因此，这一细节隐含着对理学家的讽刺。由于旧家教不近人情，引起了丫鬟春香的不满，以致闹了学堂。更具讽刺意味的是，《关雎》不仅没有唤起杜丽娘的"无邪"之心，反而触动了她的思春之心，这是教育者和理学家们绝对想不到的。

通过对比和反讽，剧作家肯定了人物对爱情的朦胧向往，接着就通过游园惊梦一出戏，表现杜丽娘对爱与美的追求。闹学之后，春香打探到一个春光明媚的小世界，即杜宝官衙后面的花园。花园俨然是自然美、青春美、理想美的象征，它与"闺塾"形成了鲜明对照。在第十出戏《惊梦》中，剧作家用前半出戏来咏叹花园，让杜丽娘一口气唱出"绕地游""乌夜啼""步步娇"等6首曲子，赞美春花烂漫，伤感青春寂寞，憧憬爱情幸福。后半出戏写"惊梦"，作品以惊世骇俗之笔，写杜丽娘与书生交欢，把情思变成行动，直接冒犯了封建道德！奥地利心理分析学家弗洛伊德认为："无意识冲动是真正的致梦因素，它提供了梦的形成所需的心力……在每一个梦境中，本能愿望均表现为得到满足。"[①]由此可见，梦是爱欲的一种满足，由于爱欲在现实生活中无法实现，它就转化为梦；惊梦使人物回到现实，代表正统意识的"超我"把爱欲再度挤压到无意识的深处，这样就产生了心理创伤并导致女主人公的死亡。从这些因素看，剧作家笔下的梦，可以从心理分析中得到一定程度的解释。

如果按照俗常的写法，杜丽娘既死，关于她的戏也就告一段落，但作品却不是这样，它以人鬼交欢的方式，进一步表现了丽娘的痴情与勇敢，强有力地冲击了封建的道德人伦。在剧作家看来，爱欲是爱情的自然结果，它虽然不符合人间的礼法，但却符合人道的"天理"。因此，在第二十三出戏《冥判》中，作品让花神判令杜丽娘还魂成婚，这就无

---

① [奥]K.霍尔,等. 弗洛伊德心理学与西方文学[M]. 包华富,陈明全,等编译. 长沙：湖南文艺出版社, 1986：120.

异于用神的律法代替了封建家法,给幻想情节打上了理想主义的印记。

  作品不仅让爱情感动鬼神,还为其注入了丰富的现实内容,表明了幸福需要抗争,自由在于争取的进步倾向。第三十五出戏《回生》是人鬼情的终点、人间情的起点,剧作家从写梦转向写实,通过广阔的时代生活的描绘,既为奇情提供丰富的现实内容,又彰显了男女主人公的反抗意志和批判精神。杜丽娘和柳梦梅是逃离梅花庵的,逃离本身就是一种反抗。当柳梦梅被杜宝拿下严刑拷打时,他连用十个"我为她"来为爱情辩护,义正词严地批驳了封建家长和官僚阶级,肯定了恋爱自由和婚姻自主,表现出强烈的倾向性。

  作为封建社会的言情之作,《牡丹亭》对情的描写,也具有一定的历史局限性。为了迎合市民趣味,作品的爱欲描写有时比较露骨;在爱欲与文明的关系上,剧作家的情感立场也存在某些矛盾,作品主要把爱欲置于梦境之中来表现,一旦回到现实,人物的态度就马上发生了变化,仿佛爱欲并不具有现实性。例如在第三十六出戏《婚走》中,柳梦梅对复活的杜丽娘提出了爱欲要求,杜丽娘是这样回答的:"秀才,比前不同。前夕鬼也,今日人也。鬼可虚情,人须实礼。"这段对白既不符合人物的性格逻辑,又与作品的批判精神相悖。

三

  成功塑造杜丽娘的艺术形象,是《牡丹亭》取得的突出成就。与《西厢记》中的崔莺莺有所不同,杜丽娘并不是现实主义的喜剧人物,而是具有传奇色彩的浪漫主义艺术形象。就人物性格而言,杜丽娘具有独特的个性,她外表娴静,内心却热情奔放;她既聪颖美丽,娇弱善感,又坚定果敢,富有叛逆性;她向往爱情,追求幸福,是人物形象的基本特点。从"闺塾"到"游园",作品是把杜丽娘作为官宦人家的淑女来表现的。她秀外慧中,温良贤淑,"无书不知",并擅长卫夫人书法;她孝顺父母,对教书先生很尊重,与陈最良见面后,她表示要为师母绣双寿鞋,当春香"唐突了师父"时,她就让春香赔罪,还说"容学生责认一遭儿"。然而,在娴静外表的背后,她的内心深处却始终涌动着生命的激情,这是16岁女孩的青春觉醒,是对爱情的向往、对幸福的追寻。在封建礼教的约束下,这种激情虽然处于压抑状态,但只要一有合适的契机,它就会喷涌而出。作品细致地描写了诱发激情的动因,那是《关雎》中君子求偶诗句引出的遐思,是卖花郎带来的春天气息,更是后花园那姹紫嫣红的景致勾起的憧憬。花园外化了人物旖旎多情的内心世界,把激情表现为优美娴雅、生机勃勃的意境。

  超越生死,痴情专一,是人物形象的个性特点。作品不仅表现爱情的美好,还把它看成拯救生命的良药。在杜丽娘相思成疾时,作品描写了家人的多种治疗方式,但最终还是心病还得心药医,只有爱才能让人物起死回生。在第十六出戏《诘病》、第十七出戏《道觋》、第十七出戏《诊祟》三场戏中,作品写中药、"修斋""祈禳"均治不好丽娘的

病,倒是陈最良一语道破机关,说是"《毛诗》病用《毛诗》去医"。陈最良找准了病因,但却开错了方剂,他开的"史君子"实属"虎狼药",因为道德君子的言行,只会压抑人性,加重病情。对剧作家来说,真正的良药是"至情",只有它能对禁欲、蒙昧的社会风气进行祛魅。祛魅作为一种叙事策略,作品中多有表现,例如道学家怕的是个"淫"字,作品就把欢爱放在道姑眼皮底下;纲常名教主张"饿死事小,失节事大",作品却写了人鬼交欢,男女私奔。从这些方面来看,杜丽娘又是一个以"欲"抗"理"的个人反叛者。

杜丽娘的至情不是无条件的滥情,它不仅需要男女双方的心心相印、相互忠诚,更需要双方不避流言、不畏艰险地全力追寻。"惊梦"过后,作品先安排杜丽娘"寻梦""留真",她因追寻而不可得,魂归冥界,在三年的阴风苦雨中继续寻找那个手持柳枝的梦中情人。然后写柳梦梅的追寻,通过第二十四出戏《拾画》、第二十五出戏《忆女》、第二十六出戏《玩真》,表现他的痴情与忠诚。作品赋予二人的双向追寻以惊天地泣鬼神的魔力,创造了复活还魂的奇迹。杜丽娘是真爱的探索者,她那种不畏艰险、坚定顽强、死而不已的性格,在古代文学作品中是极为罕见的。

还魂以后,杜丽娘的戏渐渐让位给柳梦梅。由于穿插了较多过场和背景,使笔力有所分散,因而"人间情"的叙述比梦中情、人鬼情稍显平淡。尽管这样,她的性格仍然有所发展。在经历了生死考验之后,她不再是伤春悲秋的弱女子,而是敢于直面世人非议的反叛者。她大胆地承认自媒自嫁:"真乃是无媒而嫁,保亲的是母丧门,送亲的是女夜叉。"这番话有悲愤,也有自信,其矛头直指父母之命、媒妁之言的封建传统,为人物的反叛性格增添了有力的一笔。

作品的其他人物也写得有声有色,特别是春香和陈最良。春香的戏在闹学中已经写完,虽然戏份不多,但她活泼顽皮、机灵诙谐的性格给人留下了难忘的印象,特别是用"学鸠声诨介"写她的言语动作,可谓活灵活现。陈最良虽是个带有喜剧色彩的平庸学究,但他迂酸可笑却不可恶,作品通过他救柳梦梅的情节,写出了他的善良;通过他告发柳梦梅掘墓,表现了他对女弟子的感情,也显示了他的顽固守旧。至于杜宝,作品并没有把他漫画化,他既是封建道德的维护者,又是镇守一方的干员能吏,他既蛮横固执,又对独女丽娘不乏舐犊温情,这些多侧面的性格描写,使人物显得真实而丰满。

四

作为一部著名的浪漫主义戏剧,《牡丹亭》在艺术上享有盛誉。作品紧扣杜丽娘和柳梦梅的生死离合,以"情"为价值内核,围绕"梦"展开想象,具有浓郁的浪漫传奇色彩。作品把喜剧与悲剧、幻想与写实、惊悚与华美熔于一炉,具有丰富的审美意蕴和独特的创作风格,在抒情绘景、心理描写、曲白运用等方面更是精彩纷呈,把明代戏剧创作推向了巅峰。传奇意味着奇情奇事,浪漫以想象性、表现性为显著标志,剧作家将两者统一在女主人公身上，这就使艺术形象给人以奇诡、凄美、热烈、坚毅的审美感受。

作品的传奇浪漫特色，与传奇小说、宋元爱情戏曲有联系。"临川四梦"大都取材于唐代传奇，如《紫钗记》以唐传奇《霍小玉传》为蓝本，《邯郸记》源于唐沈既济的《枕中记》，《南柯记》取材于唐李公佐的《南柯太守传》，可以说唐传奇启发了汤显祖的艺术想象力，使他能思接千载、视通万里。不仅如此，剧作家对唐诗文异常熟悉，他把大量唐诗集句引入剧本，使《牡丹亭》显得既奇诡艳丽，又醇厚典雅。就戏剧传承而言，元杂剧中出现了不少脍炙人口的爱情喜剧、悲剧，创造了一系列追求个性解放和婚姻幸福的女性形象，这些都为《牡丹亭》的创作提供了艺术范例。在继承文学传统的同时，作品又注重反映明代的社会现实，如"闺塾""道觋"都反映出明代崇尚理学、道教的社会观。文学传统与现实内容的有机交融，就使作品的传奇浪漫特色具有了特定的时代内涵。

中国古代戏剧并没有"悲喜混杂剧"的说法，但《牡丹亭》却可以让人产生悲中有喜、喜中含悲的复杂感情。人鬼情本应是欢乐的激情戏，但杜丽娘畏见生人，只能半夜来去，让人不禁产生悲悯情绪。杜宝立功、柳梦梅点状元应属喜事，但作品紧接着就在第五十二出戏《索元》、第五十三出戏《硬拷》中写杜宝蛮横、柳梦梅受苦，将喜剧色彩有意冲淡。凡此种种表明，作品虽最终未摆脱才子佳人大团圆的结构程式，却尽可能地进行了艺术创新，使戏剧意蕴显得更加丰富深沉。

《牡丹亭》规模宏大，结构巧妙，真幻交织。从规模上看，作品共五十五出戏，十万字左右，时间跨度为三年，空间从南安到淮扬，人物有柳梦梅、杜宝、杜母、陈最良、杜丽娘、春香、道姑、花神、丑角等。从结构上看，作品围绕入梦、惊梦、寻梦、殉梦、还魂来展开情节，线索明晰集中，开合有致。作品写梦分两条线索，即丽娘因梦夭亡与还魂，柳生因梦生情与寻梦，两条线索交汇于还魂出奔这一点上。从真幻关系上看，作品把至幻与至真两种事象交错叙述。例如，入梦是幻，寻梦是真；人鬼情是幻，道姑猜疑是真；还魂是幻，掘墓人心态是真。

作品曲调以深情凄艳著称，其中"游园"六支曲最为脍炙人口，如第四曲：

【皂罗袍】原来姹紫嫣红开遍，似这般都付与断井颓垣。良辰美景奈何天，赏心乐事谁家院！(合)朝飞暮卷，云霞翠轩；雨丝风片，烟波画船，锦屏人忒看的这韶光贱！

这支曲写杜丽娘入园后，面对满园春色的无限感慨。"原来"表现出她的惊讶心情，也反衬出家庭环境的封闭沉闷。"似这般"句写美景无人赏的寂寞，流露出惜春情绪。"良辰美景"两句含鲜明对比，前半句赞叹景美，后半句发出疑问，意绪饱含矛盾与沉痛。曹雪芹在《红楼梦》第二十三回《〈牡丹亭〉艳曲警芳心》中，写到黛玉听此曲的感受，她"十分感慨缠绵""不觉点头自叹"，可见这类精华唱段已成为经典中的经典。

作品科白简练准确、生动传神，不仅叙述了故事情节，而且刻画了人物性格，如杜丽娘与陈最良初次见面，仅用了两句对白：

〔旦拜〕学生自愧蒲柳之姿，敢烦桃李之教。
〔末〕愚老恭承捧珠之爱，谬加琢玉之功。

杜丽娘语言谦恭文雅，符合其身份教养；陈最良以对偶句相答，谦逊中不无自矜，两句话就把人物身份、教养、个性都写了出来。作品还善用科白来勾勒情景，推动剧情发展，如第七出戏《闺塾》写陈最良(末)和春香(贴)的一段对白：

〔末〕听讲。"关关雎鸠"，雎鸠是个鸟，关关鸟声也。〔贴〕怎样声儿？〔末作鸠声〕〔贴学鸠声诨介〕〔末〕此鸟性喜幽静，在河之洲。〔贴〕是了。不是昨日是前日，不是今年是去年，俺衙内关着个斑鸠儿，被小姐放去，一去去在何知州家。〔末〕胡说，这是兴。〔贴〕兴个甚的那？〔末〕兴者起也。起那下头窈窕淑女，是幽闲女子，有那等君子好好的来求他。
〔贴〕为甚好好的求他？〔末〕多嘴哩。

陈最良年近六旬，解诗时却"作鸠声"，这就未免可笑；春香学他的声音，并故意曲解其意，给场面增添了喜剧气氛。最妙的是"为甚好好的求他"一句，起到了撩拨杜丽娘思春的作用，这就引出了后来的春香探园、杜丽娘游园，从而推动了剧情的发展。

【思考与练习】

1. 选读《牡丹亭》的"游园"片段，分析其六支曲的情词之美。
2. 作品虚构的鬼魂情节有何寓意？应该如何认识？
3. 将杜丽娘和《西厢记》中的崔莺莺加以比较，说说有何差异。

第九节　百变人生　市井镜像
——冯梦龙的《喻世明言》

明朝是小说创作空前繁荣的时代，除《三国演义》《水浒传》《西游记》和《金瓶梅》"四大奇书"外，白话短篇小说也取得了重要成就，"三言二拍"就是其中的佼佼者。"三言"是指冯梦龙编纂的三部白话短篇小说集，包括《喻世明言》《警世通言》《醒世恒言》，每集收小说40篇，共120篇。"二拍"是指凌濛初编纂的《初刻拍案惊奇》与《二刻拍案惊奇》，共收小说78篇。《喻世明言》(旧题《古今小说》)是"三言"的第一本，它不仅开启了明人选编小说的风气，而且取精用宏，在艺术上取得了较高的成就。

一

明代白话短篇小说是从宋元话本发展而来的。话本就是"说话"艺人使用的底本，它

采用接近口语的白话来讲述故事,为白话小说的发展开辟了道路。话本有一定的结构程式:正文前有由诗词或故事组成的"入话",内容与正文相似或相反,作用是等候听众或集中听众注意力。正文中常穿插诗词和骈句,用来写景状物并起承上启下的作用。正文末用韵语概括主题或申说教诲。由于"三言"在继承话本传统时兼顾了案头阅读,且系文人模拟话本而作,因此被文学史家称为"拟话本"。

  拟话本在明代流行起来不是偶然的。明朝万历时期(1573—1620),由于一度推行改良措施,社会经济得到了较快发展,资本主义生产关系萌芽,城市日渐繁荣,市民阶层兴起,这就为小说和戏曲的繁荣创造了条件。就文学艺术而言,公安派对复古派发起猛烈攻击。李贽的"童心说"以惊世骇俗的言论冲击宋明理学,而繁荣的市民文化又不断地影响着人们的阅读趣味。这种状况促使更多的文人转向通俗文学创作,冯梦龙就是在这种背景下编纂"三言"的。

  冯梦龙(1574—1646),字犹龙,别号墨憨斋主人,长洲(今江苏苏州)人,通俗文学家、戏剧家。他出身于士大夫家庭,崇祯三年(1630年)考取贡生,做过丹徒县训导、福建寿宁知县,晚年经历了明清之变。他毕生从事通俗文学的搜集、整理和编纂工作,除"三言"外,还编有《古今谭概》《太平广记钞》《情史》,改编有悲剧《精忠旗》等。冯梦龙推崇李贽,主张小说要写真性情,不能重理学而轻感情。他肯定小说的虚构性,在《警世通言·叙》中说:"人不必有其事,事不必丽其人。"[①]针对正统文人对通俗文学的轻视,他认为小说可作为"六经国史之辅",并在"三言"集名中用"喻世""警世""醒世"来寄寓教化意图。在《喻世明言》中,冯梦龙实践了自己的文学主张。开卷篇《蒋兴哥重会珍珠衫》写商人的情爱与婚变,终卷篇《沈小霞相会出师表》表现了父子亲情,真情贯穿小说集的始终。作品兼容写实与浪漫,由真而幻,幻中见真,体现了编者对小说性质的深刻把握。作品中的叙述人评议虽多老生常谈,但也不乏新思想的光芒,并且深入浅出,俚俗生动。

  《喻世明言》所选作品不尽是明人所作,由于作者众多,题材广泛,其思想意识难免复杂,艺术水准自有参差。但从总体上看,作品主要反映了市民阶层的人生观和价值观,具有强烈的现实性、传奇性和娱乐性。

二

  中国小说源于古代神话,与传奇结下了不解之缘。"小说"一词最早出现于《庄子·外物》:"饰小说以干县令,其于大达亦远矣。"他所说的"小说"指的是琐屑的小道理或言说,还不是文学体裁。《汉书·艺文志》说:"小说家者流,盖出于稗官,街谈巷语,道听途说者之所造也。"这种解释把小说与信史区别开来,突出了小说的传奇叙事

[①] 冯梦龙. 警世通言[M]. 海口:海南出版社,1992:1.

第一章　中国古典文学

成分。唐代出现了文言短篇小说裴铏的《传奇》，因此后人又用传奇来指称小说。宋代出现了话本，这是小说发展史上的一件大事，它使小说最终脱离文言走向白话，成为一种雅俗共赏的通俗文学形式。拟话本踵武话本的叙事风格，但语言更通俗，描写更细腻，也就更受市民群众的欢迎。

《喻世明言》收短篇小说 40 篇，浓重的传奇性是其共同特点。尽管小说中的故事情节充满离奇巧合，但透过虚构故事的娱乐表象，人们可以明显感觉到市民社会的众声喧哗，民众情感愿望的宣泄奔涌。它们五光十色，生气勃勃，就像一条激流汹涌的河流，不断地冲刷着封建文化的古老堤防，改变着文学生态的地缘地貌。

讲述婚恋故事是小说集的重要内容，它们表现了市民阶层反抗人性压抑、追求个性解放、向往婚姻幸福的正当要求，具有反封建的历史进步意义。在《蒋兴哥重会珍珠衫》中，蒋兴哥外出经商，新婚妻子王三巧儿难耐孤独，客商陈大郎趁机通过薛婆将其引诱。后来这对夫妻历经离异波折，终于在吴知县的撮合下破镜重圆。作品以"珍珠衫"为线索串联情节，通过珍珠衫的私赠、偶遇、重会，显现了新型的婚姻观念。蒋兴哥虽然休了妻子，在她改嫁时却送了 16 个箱笼作"陪嫁"，可见"失节"已不能完全消除夫妻情分。再婚时他对媒人表示，"不拘头婚二婚，只要人才出众"，表明"贞操"已不是商人择偶的首要标准。第四卷《闲云庵阮三偿冤债》叙述的是玉兰和阮三的自由恋爱故事，一个是太尉家小姐，一个是市井青年，他们以笙箫为媒，在朋友与闲云庵尼姑的帮助下私自结合，双方家长虽然闹出了一场风波，但最后只得认可婚事。作品开宗明义就议论说："多少有女儿的人家，只管要拣门择户，攀高嫌低，耽误了婚姻日子。"这就从人性出发批评了门第等级婚姻观念。第二十七卷《金玉奴棒打薄情郎》把婚恋立场放在了社会底层，写书生莫稽中举后嫌弃妻子金玉奴出身低贱，竟将其推入河中。金玉奴被莫稽上司救下并收为养女，莫稽上司让莫稽重新迎娶金玉奴，莫稽不知就里，入洞房时被妻子一顿棒打教训。作品把悲喜剧性元素熔于一炉，肯定了下层女子的善良多情，揭露了忘恩负义之徒的丑恶灵魂。

拟话本体现出鲜明的现实主义精神。第四十卷《沈小霞相会出师表》讲述了明朝嘉靖时期尖锐激烈的忠奸斗争，其主人公沈炼事件见于《明史·沈炼传》。沈炼敬慕诸葛亮为人，曾将《出师表》"手自抄录数百遍"。他对专权的严嵩、严世蕃父子极为痛恨，后被诬为白莲教党惨遭杀害。沈小霞是沈炼长子，他逃脱后躲在冯主事家，8 年后冤案平反，在老人贾石的帮助下找到了父亲的灵柩。显然，《沈小霞相会出师表》具有隐喻意义，它表明了民众前仆后继、反抗黑暗政治的坚定信念。有的作品以人民大众的立场，叙述了底层民众与官府的阶级斗争。第三十六卷《宋四公大闹禁魂张》写宋代东京故事，禁魂张员外贪婪心狠，好汉宋四公便在夜里抢劫他家。四公之徒赵正也身手不凡，把官府搅得乱成一团。作品说"那时节东京扰乱，家家户户，不得太平"，还说"始知好官民自安"，这就把社会动荡归责于吏治腐败。官僚地主阶层是明代封建社会的统治阶级，作品对他们的

贪婪狡诈进行了辛辣的讽刺揭露。第十卷《滕大尹鬼断家私》是一出地主阶级的家庭闹剧与官场丑剧,它以明永乐(1403—1424)年间为背景。罢官还乡的老地主倪太守已满 80 岁,却娶 17 岁贫家孤女梅香做偏房,生一子善述。老地主死后,长子善继独霸家产,梅香母子不得已告上公堂。然而,老地主非常世故狡猾,死前已准备一幅行乐图,在画轴中藏有分金遗嘱。县官滕大尹察知画轴秘密,审案时装模作样与亡魂对话,把金子据为己有,还假惺惺地说:"更有一坛金子,方才倪老先生有命,送我作酬谢之意,我不敢当,他再三相强,我只得领了。"

拟话本作者大都是社会下层知识分子,他们有自己的人格理想和人生抱负,对社会风气败坏十分不满,于是写出了一篇篇歌颂信义的浪漫传奇。第七卷《羊角哀舍命全交》、第十六卷《范巨卿鸡黍死生交》、第八卷《吴保安弃家赎友》均属此类,作者把友情信义表现得比生命财产更重要,小说中的人物为了担当信义,不惜抛家弃产,甚至赴死践诺。

信义属于儒家伦理道德范畴,但拟话本作者并没有把它引向"王道",用来维护封建道德秩序,而是把它进行了个人化处理,并注入了民间的慷慨任侠之气。同时,信义还潜含着市民社会的时代内涵。商人经商需要诚信,老百姓做生意奔走四方需要朋友帮衬,面对官府与地方恶少的欺压,平民也需要团结互助。因此,表现信义的浪漫传奇是市民心态的折射。

科举取士深刻地影响着封建时代知识分子的命运,这在《喻世明言》中也有所反映。在第十一卷《赵伯升茶肆遇仁宗》中,书生赵旭因"唯"字偏旁写法不合皇帝的意思而落榜,他"吁嗟涕泣,流落东京,羞归故里"。后来他飞黄腾达,竟是因为宋仁宗的扇子从茶楼坠落,"偶然插于学生的破蓝衫袖上"。作品通过荒诞的情节,既写出了科举制度对知识分子的愚弄,也流露了富贵穷通的思想情绪。第十二卷《众名姬春风悼柳七》写宋代词人柳永的逸事,作品不仅说"当今做官的,都是不识字之辈",还把妓女惜才与朝廷罢黜相对比,其愤懑情绪显而易见。

上述内容在《喻世明言》中占有相当大的比重,可见这部作品的基本倾向是积极的,其社会认识价值和民俗历史价值不容忽视。至于某些表现神仙道化、因果报应的作品,则是受明代意识形态影响的产物,它们在艺术上也显得苍白无力,是无法与其中大量佳作相比的。

三

《喻世明言》秉承了有奇可传的小说传统,发展了宋元话本的白话叙事,在小说艺术上取得了较高成就,具有鲜明的艺术特色。

首先,作品具有浓郁的浪漫色彩。作品的艺术想象十分大胆,人物可以与鬼魂搏战,可以凭灵魂赴约,可以与怪物斗法,可以遨游地府龙宫,可以女扮男装,呈现出魔幻式的浪漫色彩。例如,第七卷《羊角哀舍命全交》写一对挚友生前推衣让食,死后共战荆轲亡

第一章 中国古典文学

魂，情节浪漫诡异，直追魏晋南北朝的志怪小说，例如写鬼魂大战：

是夜二更，风雨大作，雷电交加，喊杀之声，闻数十里。清晓视之，荆轲墓上，震烈如发，白骨散于墓前，墓前松柏和根拔起。

第三十四卷《李公子救蛇获称心》也属于纯粹的浪漫主义幻想作品。它写李公子救了龙王之子小蛇，龙王为报恩而把他请进龙宫，让他与名叫称心的龙女结合，称心又帮助他金榜题名。作品的报恩思想虽嫌俗套，但却表达了人民群众善有善报的理想。

浪漫往往伴随着抒情，使作品具有强烈的情感倾向。作品的抒情主要是通过讲述人评论与融入抒情性的诗词两种方式来实现的。讲述人评论主要出现在小说开头和结尾，拟话本作者直接表现了自己对人对事的情感评价，这种评价往往采用民间口语或顺口溜的形式，显得浅显明白，富有感染力。例如，"画虎画皮难画骨，知人知面不知心""贫家百事百难做，富家差得鬼推磨""朝中无宰相，湖上有平章"等，由于鲜明地反映了市民阶层的是非爱憎，因而容易引起他们的共鸣。融入前人诗词文句是话本、拟话本的一种结构程式，由于这些诗词文句以抒情见长，自然就增添了小说浓郁的抒情意味，并且显示了白话小说的民族文化特色。

作品写实与浪漫有机结合。有的作品取材于历史掌故与传说，但人真而事未必真。例如，第五卷《穷马周遭际卖䭔媪》通过一代名臣马周的落魄与发迹，抨击了"时人不具波斯眼，枉使明珠混俗尘"的世风。马周是真实的历史人物，但小说所述之事却具有明显的想象与夸张成分。有的作品完全是幻想虚构的，但作品却努力使之显得情真理真。第二十八卷《李秀卿义结黄贞女》讲述商人女儿黄善聪女扮男装，与男商人李英同吃同住的传奇故事，具有与梁祝传说相似的浪漫色彩。在写到女孩总是"和衣而卧"且耳朵上有环眼时，就让人物用"寒疾""关煞难养"来遮掩过去，从而做到了情节虚构与细节真实的统一。

其次，作品还具有较强的写实性。有的作品记录了民族的苦难，其场面描写得非常具有真实感。第十八卷《杨八老越国奇逢》写倭寇沿海抢劫，杨八老等百姓被掳掠到日本，"异国飘零十九年"，后来倭寇逼其到中国抢掠，他们被元军俘虏后却被当作"真倭"斩首，经历九死一生，才得以重返家园。其中，百姓逃难、倭寇袭杀的场面显得触目惊心：

又走了两个时辰，约离城三里之地，忽听得喊声震地。后面百姓们都号哭起来，却是倭寇杀来了。众人先唬得脚软，奔路不动。杨八老望见旁边有一林子，向斜刺里便走……林子内先是一个倭子跳将出来，众人欺他单身，正待一齐奋勇敌他。只见那倭子把海叵罗吹了一声，吹得呜呜的响。四围许多倭贼，一个个舞着长刀，跳跃而来，正不知哪里来的。

在人物描写上，作品不仅塑造了很多命运多舛的普通市民、商人形象，还刻画了反抗官府的草莽英雄形象。第三十九卷《汪信之一死救全家》中的汪革是个地方豪强，他占山冶铁，富甲一方，"四方穷民，归之如市"。他还收罗了忠义军遣散军官练兵经武，投书

反对朝廷与金人议和，准备报效国家。后来他被诬陷谋反，只得聚众反抗，事败被杀。通过这些极富时代特征的情节事件，作品塑造了典型环境中的典型人物。作品不仅以事写人，还善于揣摩人物心理，通过动态的心理描写，既刻画人物性格，又推动情节发展。例如，第二十七卷《金玉奴棒打薄情郎》写莫稽考中科举后的心理变化：

将到丈人家里，只见街坊上一群小儿争先来看，指道："金团头的女婿做了官也。"莫稽在马上听得，又不好揽事，只得忍耐。见了丈人，虽然外面尽礼，却包着一肚子怨气，想道："早知有今日，怕没王侯贵戚招赘成婿，却拜个团头做岳丈，可不是终身之玷？养出儿女来，还是团头的外孙，被人传作话柄。"

这段心理描写深刻细腻，合乎情理，既写活了小人得志的典型心态，又为莫稽后来谋害妻子做了充分铺垫。

另外，在细节描写上，作品不仅抓住了大量生活细节，而且时常引入历史细节，从而极大地增强了叙事的真实性。第三卷《新桥市韩五卖春情》先叙新桥位置、吴防御的商人家境，接着写暗娼"私巢子"的卑劣伎俩，从细节中可以看出当时的世态民风。第二十二卷《木棉庵郑虎臣报冤》在大跨度的历史时空中叙述报冤的故事，其中分别交代了蒙古改元、宋代立法、寇准罢相等历史细节，从而让小说有了几分历史气息。

四

作为民间通俗文学作品，《喻世明言》具有突出的民俗娱乐功能，用小说作者的话说，是一本"有笑声的小说"(第三十六卷)。"笑声"是审美娱乐的通俗说法，它体现了作品对小说娱乐功能的自觉追求、对市民趣味的充分尊重。同时，"笑声"还意味着对腐朽势力的讽刺揭露，对真善美的人和事的欣悦喜乐，因此它又潜含着陶冶情操的功能。作品审美娱乐效果的发生涉及文本、受众、社会与文化习俗等因素。就《喻世明言》而言，鲜明的民俗性是其娱乐效果的显著标志。

作品的民俗性主要表现在风俗民情的摹绘、大众审美心理的把握、通俗语言的运用三方面，它使拟话本不仅与正统的雅文学有区别，更与宣扬理学的文本相对立。

就民俗风情而言，作者把明代的民俗生活画面勾勒得栩栩如生，其中有商贾贩运的艰苦漂泊、贫寒士子的科场命运、市民子弟的风流多情、忠臣贤士的舍死忘身、朋友之间的千金一诺、江湖豪杰的悲剧命运、地主官僚的狡诈贪婪、寺院僧尼的欲念俗心、暗娼乞丐的心态处境……在各色人等的悲喜人生中，随处可见鲜活的民俗生活场景，如环境风物、婚嫁习俗、社交礼节、衣食住行等。这些民俗与人的活动融为一体，由于来源于市井民众的生活，因此容易给人以亲切感，进而使读者对人物命运产生情感共鸣。

就大众审美的心理而言，由于拟话本作者深谙说唱文学传统，长期生活在民众中间，因此他们能够准确把握读者的兴趣好恶。具体来说，针对民众喜爱团圆结局的心理，不少故事都采用了分离—磨难—团圆的情节模式。这本小说集以重会珍珠衫开篇，以相会出师表结束。这种情节布局并非偶然，针对民众爱听故事的心理特点，拟话本作者往往把情节处理得紧张曲折，充满奇变巧合。例如，第二卷《陈御史巧勘金钗钿》，这篇公案小说讲述了一桩骗婚故事，穷书生鲁学曾向表兄梁上宾借鞋相亲，后者却冒名顶替骗财骗色，致使阿秀羞愤自尽，鲁学曾蒙冤入狱。后来陈御史假扮布商获得物证，案情真相大白。作品情节曲折离奇，充满阴差阳错的巧合，而结局则带有闹剧意味。

就通俗语言的运用而言，尽管作品大都保留着较浓的文人习气，如喜欢诗词入文、使用掌故、沿用修辞套话等，但其叙述语言基本上是俚俗浅显的白话，散发出浓厚的市民生活气息，如第二十八卷《李秀卿义结黄贞女》中写媒人：

东家走，西家走，两脚奔波气常吼；牵三带四有商量，走进人家不怕狗。
前街某，后街某，家家户户皆朋友；相逢先把笑颜开，惯报新闻不带叩。

这是一段顺口溜，语言直白浅显又不乏幽默感，应当来源于市民阶层。

《喻世明言》的语言往往犀利俏皮，讽刺十分尖刻，如第三十六卷《宋四公大闹禁魂张》写禁魂张员外吝啬：

这员外有件毛病，要去那虱子背上抽筋，鹭鸶腿上割股，古佛脸上剥金，黑豆皮上刮漆，痰唾留着点灯，捋松将来炒菜。这个员外平日发下四条大愿：一愿衣裳不破，二愿吃食不消，三愿拾得物事，四愿夜梦鬼交。

《喻世明言》的民俗娱乐效果，继承了民间说唱文学传统，吸收了明代市民社会的俚语方言，反映了世态人情、审美情趣的历史变迁，使之成为一部雅俗共赏、深受欢迎的通俗文学名作。

【思考与练习】

1. 如何认识《喻世明言》思想内容的复杂性？
2. 简析作品的民俗娱乐特色。
3. 拟话本和现代小说有何区别？

第十节 寓"孤愤"于"异史"
——蒲松龄的《聊斋志异》

在中国古典小说中，蒲松龄的《聊斋志异》称得上是一部奇书。它上承魏晋志怪、唐宋传奇之余绪，以谈狐说鬼的特殊方式，曲折地反映了 17 世纪清朝初期的社会现实，寄托了作家对美好生活的向往。作品情节离奇，风格冷峭、幽艳，代表了清代文言短篇小说的最高成就，甚至被称为传统文言短篇小说的集大成之作。

一

蒲松龄(1640—1715)，字留仙，一字剑臣，号柳泉居士，淄川(今山东淄博)人。他出身于一个殷实的地主兼商人家庭，但后来家道败落，生活困苦。蒲松龄热衷功名，19岁时曾以县、府、道三个第一补博士弟子员，闻名诸生间，此后却屡试不第，31岁时，一度南游扬州做"幕宾"，返乡后设馆教书，继续应考，但直到71岁才补了一个岁贡生，五年后去世。他一生勤于著述，除《聊斋志异》外，还著有文章、诗词、俚曲等共千余篇。

《聊斋志异》共12卷，491篇，内容主要包括传奇、志怪、逸事等。作品素材大都来自民间口头传说，有的是作家自行采录，有的通过友人"邮筒相寄"。作品问世后，先后出现过沈起凤的《谐铎》、袁枚的《新齐谐》、纪昀的《阅微草堂笔记》等大批模仿之作，这证明了它的艺术价值和受欢迎程度。早在作家生前，这部作品即有抄本传世，不同版本的分卷、篇目数量不尽相同。1962年，中华书局出版了会校会注本，即通行版本。此书各作品的篇幅大都比较简短，长的不过数千字，如《婴宁》，短的甚至只有几十个字，如《土化兔》。作家以稗官野史的叙事姿态，把"异"作为全面记述的对象，从而创造了一个诡异浪漫的艺术世界。在这部作品中，人可以化为虎、蟋蟀、狼、狐、蜂、花、树，鬼魅可以化为佳人美妇，甚至瞳孔也能幻化成"小人"，其中数量最多、最感人的则是人与鬼、人与仙、人与花的爱情故事。

蒲松龄之所以创作《聊斋志异》，与其个人经历和社会环境有关。作为一个不得志的下层知识分子，他长期生活在乡村，因此对水旱灾害的危害、农民的疾苦、土豪劣绅的强横、地方官吏的贪酷有深切体会。他虽有才华，却一生受困科场，受尽愚弄，心中自然有一种郁勃不平之气。由于清代文网严密，他的内心郁积不能直言，于是采取了讲鬼故事的隐晦方式。对此，当时著名诗人王渔洋看得很清楚，他为《聊斋志异》原稿题下这样的诗句："姑妄言之姑听之，豆棚瓜架雨如丝。料应厌作人间语，爱听秋坟鬼唱诗。"当然，这并不是说蒲松龄悲观厌世，他厌恶的只是黑暗现实，对于幸福人生，他始终是满怀激情的。

从南北朝算起，"志异"在中国已有上千年的历史。在西方文学中，志异是以叙述变形故事、魔鬼与巫师故事等形式出现的。例如：古罗马奥维德有《变形记》，19世纪美国作家爱伦·坡有《怪异故事集》，俄国作家果戈理有《狄康卡近乡夜话》，20世纪初期奥地利作家卡夫卡有《变形记》。比较而言，《聊斋志异》植根于中国民俗文化传统，在人、鬼、仙、花草、动物的广阔范围内，把变异和幻想演绎得同样丰富多彩。

二

《聊斋志异》的创作意图是明确的,作家在《聊斋自志》中说:"集腋为裘,妄续幽冥之录;浮白载笔,仅成孤愤之书:寄托如此,亦足悲矣!"[①]因此,孤愤是作品寄托的主要情感。"孤"是孤独、寂寞,隐指作家孤高傲世、卓尔不群的人格个性。"愤"是愤慨、郁积,它上承司马迁的"发愤著书"、韩愈的"不平则鸣"(《送孟东野序》),渗透着一个正直知识分子的社会批判精神。其社会批判主要表现在以下几个方面。

暴露封建官僚集团贪婪狠毒的丑恶嘴脸。《席方平》写主人公席方平赴阴间代父申冤的故事。由于阎王受了贿赂,故对席方平施加残酷的锯刑。尽管这样,耿介刚直的席方平并不屈服,他"大骂狱吏""驱而骂""张目叱",表现出强烈的反抗精神。作品还借二郎神之口痛斥阴间大小官吏:"惟贪赃而枉法,真人面而兽心!"这分明是骂当世的大小贪官污吏。在虚拟的掩护下,作家甚至把批判锋芒指向最高统治者——皇帝。《促织》一开头就写道:"宣德间,宫中尚促织之戏,岁征民间",宫廷的骄奢淫逸,地方官的曲意逢迎,正是成名异化为虫的真正原因。这类作品还有很多,如《红玉》写贪官宋御史解职后仍欺男霸女,"大煽威虐";《梦狼》把白甲衙门写成"堂上、堂下、坐者、卧者,皆狼也",那里白骨山积,惨不忍睹;《续黄粱》写曾孝廉做梦当宰相后"荼毒人民,奴隶官府"。这些故事虽然把背景或放在阴间或放在前朝,却不难让读者联想到清军入关后对反抗者的残酷镇压。

抨击土豪劣绅勾结官府、为害乡里的残暴行径。在《商三官》中,商士禹因"醉谑忤邑豪",竟被对方的家奴乱棍打死。为报父仇,商士禹的女儿商三官化名李玉,扮成唱小曲的优伶混进仇家。当恶人正欲对她行不轨时,她毅然将其"身首两断"。作品揭露了邑豪的横暴、荒淫,塑造了具有侠气的反抗者商三官的形象。《向杲》是被人称道的一篇名作,表现了民众被逼迫而化虎的复仇情绪。恶霸庄公子为强占向晟的爱人,竟唆使家人将向晟打死。向杲为兄申冤,但庄公子行贿官府,使其有冤难申。向杲苦恨难消,在道人的帮助下,最终化成猛虎将庄某咬死。

讽刺科举制度戕害心灵的诸多弊端。蒲松龄父子两代均受过科举制度愚弄,他本人对其中的弊端具有切肤之恨。因此,他以嬉笑怒骂的笔调,勾勒"场屋"的腐败,讽刺考官的愚蠢,为自己,也为天下士子鸣不平。《叶生》中的主人公富有才情,他写的文章让丁县令"击节称叹",然而"文章憎命",他受困场屋,"形销骨立",竟致魂归故乡,其身世让人同情。《考弊司》是一篇讽刺奇文,作品写阴司的虚肚鬼王立下定例,考生进见,须割髀肉以献,若无丰厚贿赂,就免不了裸股割肉之苦。作者借人物闻人生之口大声疾呼:"惨毒如此,成何世界!"闻人生想向天帝控告,人们却嘲笑说:"迂哉,兰蔚苍

---

① 蒲松龄. 聊斋志异[M]. 长沙:岳麓书社,1989:1.

苍,何处觅天帝而诉之冤也!"科举之弊无异于生剜考生之肉,考生痛苦却控告无门,作家的愤慨是可想而知的。在《王子安》的文末点评中,作家漫画式地勾勒了科举制度对士子的身心摧残,他写生员进考场有七似:刚进去时,像乞丐;唱名时,像囚犯;各归号舍后,伸头露脚,像秋末的冷蜂;出考场时,像出笼的病鸟;担心考不上,坐立不安,像被绳子拴住的猴;忽然听到没考上,变色若死,像只吃了毒食的苍蝇;开头心灰意冷,不想再考,过些日子,手又发痒,像破卵的斑鸠。"七似"是清代科场的生动写照,如此腐朽没落的制度设计,对士人的身心是极大的摧残。

这三个方面均触及当时重大的社会政治问题,孤愤感情也表露得很充分。正因如此,该作品与单纯猎异搜奇、消闲破闷的作品有根本的区别。

《聊斋志异》中还有一些旨在总结人生经验、提供道德训诫的作品。《崂山道士》写王七慕名向崂山道士拜师学艺,刚开始,道士总是让他做砍柴之类的辛苦活,不教其法术,他便有了回家的念头。后来道士教给他穿墙术,但告诫他要勤恳做人,否则法术不灵。王七回家向妻子吹牛说可以穿墙,妻子不信,"王效其作为,去墙数尺,奔而入,头触硬壁,蓦然而踣。"作品讽刺了王七的异想天开、急功近利,寄寓了做人做事要务实勤勉的道理。《画皮》写恶鬼变成美女魅惑书生的故事,警示世人不要为假象所迷惑,要透过现象看本质。《狼三则》《贾儿》则提醒人们要对邪恶势力保持高度警惕,敢于斗争,善于斗争,这些故事都充满了人生智慧。

《聊斋志异》的思想倾向主要是积极的,但作家并没有超越他所处的时代。由于长期生活在蒙昧封闭的乡村社会,蒲松龄难免会受到佛教因果报应、封建纲常名教的思想影响,这些思想显然是消极的。

三

在《聊斋志异》中,爱情婚姻题材占有相当大的比重。在这类作品中,作家让想象力自由驰骋,虚构出人与狐、人与鬼、人与仙、人与花精树怪的各种爱情故事,塑造了众多美丽善良、活泼可爱的女性形象。虽然她们大都具有"异类"身份,却眷顾人间烟火、向往人间真情,并且不受封建礼法的限制。通过这些美丽多情的形象,作家批判了封建礼教对妇女的精神束缚,表达了个性解放、婚姻自主的朦胧愿望。

作品中的女性形象,通常具有痴情、果敢的特点,她们敢于反抗包办婚姻,大胆追求婚姻幸福,具有反叛精神。《连城》写人间的爱情,富家女连城与书生乔生相爱,但其父嫌乔生贫穷,就将连城另配给盐商的儿子。连城誓死反抗,后来和乔生在阴间结合,还阳后又几经曲折,最终得以团圆。作品着力刻画了连城"一笑之知,许之以身"的果敢性格,并将其与田横五百壮士相提并论,暗讽了男尊女卑的封建传统。作品中的乔生也很痴情,为救连城,他敢于引刀自割,连城病死后,他也"一痛而绝",与连城同样具有

第一章 中国古典文学

"痴"的特征。《鸦头》表面上是写狐女与人的爱情,但从情节来看,却具有市民爱情故事的写实成分。狐女鸦头被母亲逼迫沦为妓女,但坚决拒绝鸨母的接客要求。她与秀才王文一见钟情后,女扮男装与他私奔。逃跑过程中,她用卖驴钱做资本,开小店卖酒和豆浆,生活渐渐自足。后来鸨母将她追回并百般折磨,她儿子王孜也流落到育婴堂。多年后,王孜救出了母亲鸦头,全家团圆。作品中的妓女私奔、鸨母追逃、经商自足等情节,反映出市民社会的新动向、新思想,而狐女也以美丽的形象,勤劳、坚强的品格,成为理想女性的化身。

　　与过去诗文中大量的怨女、思妇、弃妇、娇娃形象不同,蒲松龄笔下的女性显得天真、活泼、慧黠,她们敢笑敢爱敢恨,充满生命活力和人性美质。《婴宁》的女主人公是狐妖,她自小远离尘世,由鬼母抚育成人,天真娇憨、活泼可爱。故事突出了婴宁爱笑的个性特征:有时拈花含笑,有时倚树狂笑,有时娇痴憨笑,有时纵情大笑。这人间罕有的笑声,是对女子"笑不露齿"闺训的有力冲击,也是对理想人格的热烈追求。《小翠》是一篇妙趣横生的狐女婚姻故事,狐女小翠因王太常家曾有恩于她,便嫁给了王家的痴公子。婚后,她大胆地用蒸闷法为痴公子治病,把王家人吓得不轻。分离时刻,她还变成钟家女儿的相貌,以免痴公子过度相思。小翠具有顽皮天真、善良热情的性格,这一点不仅表现在她的行事作风上,还表现在痴公子的叙述话语中。例如,写痴公子向母亲抱怨小翠:"公子告母曰:'借榻去,悍不还!小翠夜夜以足股加腹上,喘气不得;又惯掐人股里。'婢妪无不粲然。"

　　蒲松龄也写女主人公的侠骨柔情,她们刚烈而善良、有情有义。《侠女》中的女主人公,父亲被仇家陷害,家破人亡,她"负老母出",隐姓埋名多年,最终手刃仇人。在与顾生共同生活时,她还为他除掉了一条幻化成少年的白狐。作品把侠女写得很出格,她不愿结婚,却与顾生同居生子,这在崇尚贞节的封建社会,可谓大胆之笔。《金陵女子》讲述一个女仙重情好义的故事,她因"夫死无路",请求居民赵某将她救下,两人自愿结为夫妻,恩爱异常。分离后,赵某去金陵寻她,她赠之以"有奇验"的药方。作品虽没写明其身份,但从她"飘若仙奔"的行为来看,应是狐仙之属。

　　作家在把女性理想化的同时,也流露出一些男权社会的陈旧意识,反映出作家创作思想的矛盾性。例如在《莲香》《青凤》《巧娘》中,他写"二美一夫"的妻妾和谐或争风吃醋,在《青梅》《房文椒》中,他又表现狐女对侍妾地位的坚决抵制。这种矛盾态度表明,清初社会还远不具备妇女解放的社会条件和思想基础。如果说蒲松龄在表现女性追求爱情、追求人格独立、追求心灵自由、追求真善美方面迈出了重要一步,那么曹雪芹则通过"木石前盟"的爱情悲剧,跨出了否定封建婚姻、追求两性平等的一大步。

<h2 style="text-align:center">四</h2>

　　作为文言短篇小说的杰出代表,《聊斋志异》表现出精湛的艺术技巧,它把文言文的

艺术表现力提升到了一个新的高度。鲁迅先生在《中国小说史略》第二十二篇《清之拟晋唐小说及其支流》中指出，《聊斋志异》"描写委屈，叙次井然，用传奇法，而以志怪，变幻之状，如在目前；又或易调改弦，别叙畸人异行，出于幻域，顿入人间；偶述琐闻，亦多简洁，故读者耳目，为之一新"。这段话涉及小说的人物描写、传奇手法、艺术想象、语言风格诸方面，已成为这部作品艺术风格的定评。

作品的人物描写生动传神，惟妙惟肖。作品写狐鬼花妖，能兼顾人类性情与异类特征，使形象显得新颖别致，因此能让"读者耳目，为之一新"。《绿衣女》写绿蜂变成少女，她"绿衣长裙，婉妙无比"，但"腰细殆不盈掬""声细如蝇"，这就既暗示出她有蜂的特征，也夸张地写出了女子纤细的体态。更奇妙的是，当书生把她从蜘蛛网中救出时，她还能"自以身投墨汁，出伏几上，走作'谢'字"。这个细节把蜂的行为与人的情感融合在一起，设想十分奇特。《苗生》中的老虎精显得粗犷易怒；《葛巾》写牡丹精异香遍体。这些都是把人性与物性统一起来表现的。在人物的个性刻画上，作家注意抓住主要特征反复渲染，如写席方平的刚直不阿(《席方平》)、连琐的哀婉多情(《连琐》)、细侯的惊世骇俗(《细侯》)。作家还擅长捕捉细微动作，以极省俭的笔墨传达出丰富的神韵，如《红玉》写冯相如初见红玉：

一夜，相如坐月下，忽见东临女自墙上来窥。视之，美。近之，微笑。招以手，不来亦不去。

这段话把时间、地点、事件，人物红玉的外貌、情态都交代清楚了，作家用一个"窥"字写事件，用一个"美"字写容貌，用"不来亦不去"五字，写红玉顽皮而羞怯的情态，语言高度简洁，传神绘影，意趣盎然。

人物描写离不开特定的环境，作品所述环境幽寂、清丽，历历如画。基于内容的特殊性，作家往往把小说环境安排在夜间的寺院道观、古宅深院、幽僻山村、险峻山岭，渲染出一种惊悚凄艳的艺术氛围。《青凤》把一群夜饮的狐狸精置于一座荒楼，《婴宁》把狐妖的生活环境安排在密布丛花乱树的谷底，《青凤》的背景是一座堂门经常自开的荒废大宅，《聂小倩》的背景是"蓬蒿没人"的古寺。幽寂的环境为精怪出没提供了绝佳的舞台，并产生了以静衬动、古池蛙声的特殊效果。在描写奇风异俗时，作品设色浓郁，颇富画意，如《罗刹海市》是这样描写幻想之都的：

天明，始达都。都以黑石为墙，色如墨，楼阁近百尺。然少瓦，覆以红石。拾其残块磨甲上，无异丹砂。

作品的传奇手法主要体现在情节的曲折离奇上。《聊斋志异》平均每篇仅千字左右，但情节起伏曲折，内容丰富。例如，《画皮》的情节分遇鬼、受害、捉鬼、复活四段。第一段从"太原王生早行"入题，写他误把女鬼带回家中同居，引起妻子猜疑。第二段包含

两个层次,第一层写道士看出王生身上有邪气,王生偷窥果然发现女鬼凶相,因而求道士帮助;第二层写道士蝇拂镇不住女鬼,她见本相暴露,便将王生杀害。第三段写道士捉鬼,故事至此似乎已有结果,但王妻向道士"哭求回生之法",情节又起波澜。第四段写痰唾救人,王生起死回生,情节带有戏谑意味,冲淡了恐怖气氛。全文总共1500字左右,情节起伏变化,足见结构之缜密,章法之讲究。

作品的艺术想象十分丰富,这种想象既富于幻想色彩,又蕴含着对理想的憧憬、对现实的关切。文言小说兴起于魏晋,唐传奇将其推向高潮。随着宋元话本的兴起,白话短篇小说渐占优势,明清之际,文言小说已显颓势。由于《聊斋志异》的出现,文言小说显现出最后的辉煌。与一般志怪小说不同,蒲松龄写狐鬼故事,并不是为了"发明神道之不诬"(干宝《搜神记·自序》),他继承唐传奇,但更注重有所寄托,反映社会现实。这样,他的传奇想象总是在虚幻与真实、灵界与人间游走,让真幻相互对比、反衬。例如:他笔下的女性多是幻象,但与之发生情感纠葛的男子却大都是现实的书生,阴间是幻象,魂游的根源却在现实。

作品的语言简洁、准确、雅致又明白晓畅。蒲松龄以"异史氏"自命,常用史传笔法来写人记事,一开头直接介绍人物,如"霍恒,字匡九,晋人也"(《青娥》)。这种写法避免了过多的交代与铺垫,使叙事显得简洁利落。作家对文言文的句式规范非常娴熟,他常用四字句状物写景,如"迷目榛荒,鬼火狐鸣,骇人心目"(《公孙九娘》);有时用四六句叙述,如"引颈徘徊,觉白手之无济;垂头萧索,始玄夜以方归"(《赠符》)。作品语言继承了文言小说的优秀传统,用语准确形象,务求传神,如《胭脂》写女孩对一青年男子动情时的心态与表情"女意动,秋波萦转之""女犹凝眺""女晕红上颊,脉脉不作一语"。这些句子都极简练,表现了文言句式的独特魅力。

【思考与练习】

1. 如何认识《聊斋志异》中的"孤愤"情绪?
2. 《聊斋志异》中的女性形象有何性格特点?
3. 选读其中的优秀篇章,品味其艺术手法和语言风格。

第十一节　浓缩封建社会的衰亡史
——曹雪芹的《红楼梦》

曹雪芹的《红楼梦》家喻户晓。它思想深刻,艺术精湛,把中国古典小说推向了高峰。自问世以来,它一直受到人们的重视,从旧红学到新红学,从文学研究领域到思想文化运动,从文学文本到电影、电视剧、电视讲座,它在不同的历史时期均产生了特殊的影响力。因此，理解这部名著，不仅是吸收民族文化精华的需要，而且有助于认识近现代思想文化的演进历程。

一

中国古代长篇小说兴起于明代，采用章回体的结构形式。如《水浒传》《三国演义》《西游记》等，大都经过了长期的民间讲述过程，最后由文人加工完成。由文人独立创作的最早的长篇小说，通常认为是署名兰陵笑笑生的《金瓶梅》。由于有了前人充分的艺术积累，加之作家本人良好的艺术修养与丰富的生活阅历，曹雪芹才创作出《红楼梦》这部划时代的杰作。

曹雪芹(1715—1763)，名霑，字梦阮，号雪芹、芹圃、芹溪，祖籍辽阳，先世原是汉族，后为满洲正白旗"包衣"(家奴)。曹家祖宗三代曾担任江宁织造这一要职，备受康熙帝玄烨的宠信，享受过钟鸣鼎食的富贵荣华。雍正(1723—1735)初年，由于受统治阶级内部斗争的牵连，曹家受到革职抄家的沉重打击，家道从此败落。当曹雪芹迁居北京时，已是"举家食粥酒常赊"，生活困窘。尽管这样，他仍以坚韧不拔的毅力写作《红楼梦》。曹雪芹给人留下了未完成的八十回本《石头记》，后来高鹗续写了后四十回并于 1791 年出版，改名为《红楼梦》。这就是今人所见的一百二十回本《红楼梦》的最初版本，现行普及本大都是经过考订的一百二十回本。①

《红楼梦》采用章回体形式，但其艺术构思却超越了明人的长篇小说。明人长篇小说通常按回目组织故事，这些故事相对完整，可以拆开来单独阅读，如《水浒传》的林冲逼上梁山、晁盖智取生辰纲等。《红楼梦》却不是这样，它采用大全景叙事，以贾宝玉、林黛玉的爱情悲剧为主线，生动地描绘了贾、史、王、薛四大家族由盛而衰的必然趋势。如果把明人长篇小说比作雄浑巍峨、起伏错落的峰峦，那么《红楼梦》则是雕梁画栋、布局复杂的殿堂，它积淀着深厚的文化意蕴，显示出典雅庄重的美学气质。

二

《红楼梦》内容通常划分为四个部分：第一部分共五回，具有序幕性质；第二部分从第六回到第五十五回，描述贾府全盛时期的生活画面；第三部分从第五十六回到第一百零四回，写贾府的衰落过程；第四部分从第一百零五回到一百二十回，写贾府的凄凉结局。由于第一部分交代了题材来源、创作意图、艺术取向、贾府家世与人物命运，因此对认识整个作品的意蕴具有特殊的重要性。

第一部分以"甄士隐梦幻识通灵"开篇，采用了"真事隐去""假语村言"的隐晦写

---

① 曹雪芹，高鹗. 红楼梦[M]. 长沙：岳麓书社，1994.

法，这既是为应付清代文字狱而故布疑阵，又暗示了作品严肃的政治历史内容。第一回末的《好了歌》及其"解注"，暗示了作品的悲剧主题，调子悲怆，流露出人生无常的虚无情绪。第二回"冷子兴演说荣国府"，以史笔的叙述方式交代了贾府的家族世系，接着在第三回"林黛玉抛父进京都"中，通过林黛玉的观察，让府中主要人物次第登场亮相。林黛玉是在母亲去世、伤痛过度的情况下投靠贾府的，这就为后来写她多疑、敏感的性格作了铺垫。第四回"葫芦僧乱判葫芦案"是全书总纲，高屋建瓴地写出了四大家族通过联姻相互勾结、穷奢极侈，地方官吏巴结豪门、草菅人命的残酷现实。其中的"护官符"民谣，具有强烈的讽刺批判色彩：

贾不假，白玉为堂金作马。

阿房宫，三百里，住不下金陵一个史。

东海缺少白玉床，龙王来请金陵王。

丰年好大雪，珍珠如土金如铁。

第五回"饮仙醪曲演红楼梦" 在尊荣显贵、纸醉金迷的舞台上，把"十二钗"作为如梦如幻的女主角，表明叙事重心是一群贵族少女的悲情故事。作品把十二钗放在警幻仙境之中，她们的天生丽质、超尘脱俗反衬了贵族官僚社会的卑污恶俗；她们最终只能在仙界存在，则意味着理想与现实的尖锐对立。

随着情节的展开，作品多侧面地表现了贵族家庭衰败的必然性。

首先，作品揭露了贵族阶级的巧取豪夺、挥霍无度。尽管荣国府每年的地租银子"不少于十五万两"，此外还有俸禄、皇家恩赏、佃户的山货土产等"孝敬"，但惊人的财富却经不住贾府上下的恣意挥霍。为了元春"省亲"的片刻之欢，贾府大兴土木建造大观园，致使元气大伤；秦可卿只是一个晚辈媳妇，但她出殡时，车辆、轿子、仪仗却"压地银山一般"，奢靡到极点。在这种情况下，贵族主子们自然会感到钱不够用，由此产生了夫妻、兄弟、妯娌之间的明争暗斗，他们索贿强夺无所不用其极。例如：贾赦为谋取石呆子的 20 把古扇，就让贾雨村诬陷他"拖欠官银"，抄家把扇子抢走；王熙凤为了 3000 两银子的贿赂，让长安节度使云光破坏张金哥的婚姻，害死了两条人命。

其次，暴露了贵族男女的蛮横愚蠢与道德堕落。除了叛逆者贾宝玉，作品中的贵族子弟大都荒淫无耻、蛮横愚蠢。薛蟠绰号"呆霸王"，他"性情奢侈，言语傲慢，虽也上过学，不过略识几字，终日惟有斗鸡走马、游山玩水而已"。为强买英莲，他打死了冯渊，凭家族势力让贾雨村开脱了事。第十二回"王熙凤毒设相思局"，写主子之间的情欲丑剧，作品既刻画了凤姐的毒辣与心计，又表现了贾瑞的欲令智昏，可谓一箭双雕。而贾琏与多姑娘、鲍二家的纵欲荒淫，贾赦欲纳鸳鸯为妾等，无不表现了贵族阶级普遍的道德堕落。因而柳湘莲调侃宝玉说，宁国府除门口的石狮子外，竟无一个是干净的。

再次，作品肯定了婢女的人格尊严与反抗意志。清代中叶蓄奴风气很盛，奴婢可以买

卖，可以任凭主人处置，实与奴隶无异。贾家的主子不过 20 多人，奴婢却达数百人。她们中有姿色的，难免成为主人蹂躏的对象，长相普通的则成为粗使丫鬟，被任意打骂凌辱。第三十二回"含耻辱情烈死金钏"叙述婢女金钏不堪王夫人打骂羞辱，愤而跳井自尽；司棋与表兄潘又安相恋被搜出信物，也采用了自杀的方式表示反抗；晴雯只因长得秀气，王夫人就咬定她"勾引宝玉"，把她赶了出去，即使她卧病在床，仍对来探望的宝玉表达了一腔悲愤；鸳鸯坚决拒绝了要娶她为妾的贾赦，表示"要是老太太逼着我，一刀子抹死了，也不能从命"。除了大观园内部的悲剧性抗争，作品还提到了外面世界的阶级矛盾，如第一回写乡绅甄士隐打算到田庄安身时说："偏值近年水旱不收，贼盗蜂起，官兵剿捕，田庄上又难以安身。"第五十三回写贾珍向乌进孝索看地租贡物的账单，恼火地说："这够做什么的。"一句话写出了他的贪婪、农民的贫困，也间接写出了佃户的抗粮情绪。

最后，作品昭示了贵族地主阶级走向衰落的必然命运。《红楼梦》注重从统治阶级内部的腐朽来表现其灭亡的必然性。在家族的衰亡过程中，作者也描写了王熙凤的精明干练、杀伐决断，贾探春的兴利除弊、苦心操持，贾政的训子课读、"四书"传家，但这些毕竟治标不治本，不可能解决本质问题。到第一百零五回"锦衣军查抄宁国府"，贾家终于在自身腐朽与统治阶级的倾轧下走向了衰亡。对于贵族阶级的灭亡，作者的情感态度是充满矛盾的：曹雪芹深知统治阶级大厦将倾，想"补天"又徒唤奈何；他钟爱"金陵十二钗"，却为她们安排了"食尽鸟投林"的凄凉结局；他在贾宝玉、林黛玉二人身上寄托了人生理想，却不得不让理想的微光最终熄灭。

三

作为叙事文学作品，《红楼梦》创造了众多有血有肉的艺术形象，特别是一群美丽聪慧的少女形象。《红楼梦》既是女性的颂歌，又是女性的悲剧。在众多女性形象中，林黛玉、薛宝钗具有重要地位，是两个性格具有反差的艺术典型形象：一个是封建制度的叛逆者，一个是传统礼教的卫道者；一个孤芳自赏、敏感多愁，一个八面玲珑、春风得意。

林黛玉父亲林如海是前科探花，出身于"书香之族"，母亲是贾母的女儿，在林黛玉出场时已经去世。林黛玉是家中独女，幼时受教于贾雨村，由两个丫鬟伴读。她"本自怯弱多病"，加之母亲去世，父亲宦游，只能以嫡亲外孙女的身份来到贾母身边，常有寄人篱下、身世孤凄之感。林黛玉不仅美丽超群，而且才华远在大观园诸才女之上。第二十六回中有一首诗刻画了她的形象：

颦儿才貌世应稀，独抱幽芳出绣闱。呜咽一声犹未了，落花满地鸟惊飞。

在《葬花辞》中，林黛玉以落花自况，词旨浓丽缠绵，哀婉动人，而"葬花"行为本身又表现出她迥异于常人的高洁志趣。这样一个奇女子，必然与污浊的贵族社会格格不

第一章 中国古典文学

入，由此她形成了多疑、敏感，甚至尖酸刻薄的个性心理。林黛玉的个性，只有贾宝玉才能宽容与理解，由此就产生了宝黛之间真挚凄美的爱情，曹雪芹将其名为"木石前盟"，表明这种爱情具有至上、永恒、纯美的本质。既然这样，两个有情人同心相应、同气相求就在情理之中。贾宝玉厌恶仕途经济，林黛玉就"从不说这些混账话"；众人都说林黛玉言语刻薄，难以接近，唯独贾宝玉常见常亲，每每让她破涕为笑；长辈都说金玉良缘、富贵吉祥，而贾宝玉偏偏认准了林妹妹；就是在文学趣味上，两人也表现出高度的一致性，作品写了两人共读《西厢记》《牡丹亭》的情形，可见他们都向往个性解放、爱情幸福，对封建礼教充满了厌恶情绪。

对于林黛玉的悲剧，作品并没有简化处理，一方面写她自幼体弱多病，另一方面又写王熙凤的"调包计"给了她致命一击。第九十七回"林黛玉焚稿断痴情"是作品中感人的篇章，潇湘馆那凄清幽暗的环境、焚稿时燃起的幽幽火苗、手帕上那猩红的点点血渍，与那边厢"薛宝钗出闺成大礼"的喧天鼓乐形成强烈对比，从而强烈地控诉了封建家族势力摧残爱情、毁灭生命的罪恶。自从林黛玉死后，大观园再没有诗情画意，第九十七回以后，触目尽是"异兆""幽魂""妖孽""鬼哭""地府""冥曹"字样，可见没有林黛玉的世界是一个没有爱、没有诗、没有美的世界，一个人妖颠倒、不能不灭亡的世界！

作品中的薛宝钗也是一个大家闺秀，与敏感、尖刻的林黛玉不同，她气度雍容，处世练达，性格开朗，仪态风度处处合乎封建社会的礼教闺训，因此"金玉良缘"取得成功并非偶然。在第五回的"金陵十二钗正册判词"中，作品将她与林黛玉做了比较，写下了这样的总评：

可叹停机德，堪怜咏絮才！玉带林中挂，金簪雪里埋。

首尾两句写薛宝钗，中间两句写林黛玉。所谓"停机德"，是用后汉时期乐羊子妻劝夫求学典故，喻指薛宝钗总是用封建道德来劝贾宝玉。末句采用谐音双关的手法，点明薛宝钗必将成为旧礼教的殉葬品。围绕这一总评，作品对薛宝钗的描写常常潜含着巧妙的反讽，如第三十二回写金钏不堪王夫人责打羞辱而跳井自尽，王夫人难免感到有"罪过"，薛宝钗就这样劝慰："姨娘是慈善人，固然这么想。据我看来，他并不是赌气投井，多半他下去住着，或是在井跟前憨顽，失了脚掉下去的。"这番话写出了薛宝钗会说话、体贴人的世故圆通，又活画出她投人所好、内心冷酷的个性。

除了林黛玉、薛宝钗外，作品中其他女性形象也显得极具个性。例如：写王熙凤，说她"嘴甜心苦，两面三刀""上头一脸笑，脚下使绊子""明是一盆火，暗是一把刀"；写晴雯，突出她外表秀丽，性格倔强；写袭人，表现她朴实、体贴又有心眼。这些形象都能给读者留下深刻印象，并从不同侧面丰富了作品的意蕴。

在大观园的女儿世界，作为男性的贾宝玉显得十分特殊。曹雪芹仿佛意识到，女性之间很难互赏其美，因而把贾宝玉处理成了一个女性美的欣赏者、观察者，用这个形象来颠

覆男权社会的陈词滥调。贾宝玉宣称，女儿是水做的骨肉，男儿是泥做的骨肉，见了女儿便觉清爽，见了男子便觉浊臭逼人。乍看起来，这是一番痴话，其实是另有所指。所谓浊臭男人，其实指的是那些名利熏心、荒淫无耻之徒，如贾雨村、薛蟠、贾琏之流，至于清高侠气的柳湘莲、禀性温厚的秦钟，贾宝玉还是乐于接近的。作品通过宝玉对女性的颂扬，就把大观园的女性世界，隐喻性地写成了一个理想国、乌托邦，用它来暂时隔离充满功利物欲的男权社会。由于后者毕竟树大根深，因而美好的女性世界只能成为"一番梦幻"。

如果说欣赏女性意味着反讽男权社会的话，那么拒斥男权社会的价值观念，就使贾宝玉进一步地融入了脂浓粉香的女性天地。小说第三回用了两首《西江月》词来刻画宝玉的思想性格，其一云：

无故寻愁觅恨，有时似傻如狂。纵然生得好皮囊，腹内原来草莽。潦倒不通庶务，愚顽怕读文章。行为偏僻性乖张，哪管世人诽谤。

这首词看似贬斥，其实在调侃中蕴含着作者对贾宝玉的欣赏。"无故寻愁"两句，写出了他的诗人气质：敏感多思，行为乖僻。这种气质使得他和林黛玉有了共同语言。"世务"和"文章"两句皆有特定所指，前者指仕途经营，后者指贾政要求他必须"讲明背熟"的"四书"。这些均是规训社会对贵族青年男子的根本要求，是他们得到封建统治阶级承认的两件法宝。然而，宝玉却将其弃如敝屣，这就无异于拒绝接受贵族子弟的成人仪式，从而使自己只能在女儿国中另觅知音。由于这个缘故，贾政对他恨铁不成钢，动不动就厉声呵斥，甚至痛打；侄子辈对他不仅没有敬畏之心，反而一有机会就给他使绊子；婢女不把他当主子看，在他面前总是无所顾忌。由于这个缘故，产生了他对林黛玉、薛宝钗的情感差异：林黛玉认同、理解他的行为做派，因而木石前盟感天动地；薛宝钗力图将他劝化，所以金玉良缘难逃貌合神离。还是由于这个缘故，小姐、太太、婢女均能在他面前呈现自己的本真，从而使作品能够游刃有余地表现其生活情态与内心世界。

四

成功地塑造典型是《红楼梦》艺术成就的显著标志。围绕人物塑造，作者把长篇小说的叙事艺术提升到了一个新的高度。作品既是一部具有社会认识价值的政治历史小说，又是一部以情动人、以美感人、别开生面的言情小说。其艺术手法主要表现在以下五个方面。

第一，写实与浪漫妙合无垠。我国古典小说向来注重传奇浪漫，从六朝志怪小说、唐传奇到蒲松龄的《聊斋志异》莫不如此。《红楼梦》继承了这一传统，在叙事中注入了浓郁的浪漫元素，具体表现在补天石、警幻仙子的神话叙述上。更为重要的是，这种浪漫性并不局限于情节，而是一种诗性的浪漫，它渗透在文本的诗词意境和抒情描写当中，成为表现人物性格、展示情感心灵的一种重要手段。作品既注重浪漫性，又突出写实性。过去

第一章　中国古典文学

的才子佳人小说往往充满粉饰，英雄传奇显得夸张，而《红楼梦》则把人物还原到生活本身的状态中，写出了人物性格的多面性，具有浓郁的生活气息。例如，写刘姥姥，活脱脱就是一个乐观、风趣、善良的乡村老太太形象，贾府的富贵排场透过她的眼睛来显现，显得特别真切。

第二，心理描写细腻入微。《红楼梦》之前的小说心理描写比较简略，往往在对话和行动描写中点染人物心理，而《红楼梦》则赋予心理描写以重要地位，把人物内心活动写得起伏变化，细腻入微。例如，第三十二回"诉肺腑心迷活宝玉"，当黛玉听到宝玉赞扬她不说仕途经济这类"混账话"时，其心理活动是这样的：

黛玉听了这话，不觉又喜又惊，又悲又叹。所喜者，果然自己眼力不错，素日认他是个知己，果然是个知己。所惊者，他在人前一片私心称扬于我，其亲热厚密，竟不避嫌疑。所叹者，你既为我之知己，自然我亦可为你之知己矣；既你我为知己，则又何必有金玉之论哉；既有金玉之论，亦该你我有之，则又何必来一宝钗哉！所悲者，父母早逝，虽有铭心刻骨之言，无人为我主张……

这段描写非常贴合黛玉此情此景的心态。她悲喜交集，内心充满矛盾，不断地进行自审、推理。黛玉先由自己想到宝玉，进而想到宝钗，然后想到婚姻大事无人可说，这种思绪反过来又加重了她自伤身世的悲苦心态。

第三，环境描写形象生动。作品写的是贵族之家，因而环境描写往往呈现出雅致富贵气象。特别值得称道的是，环境描写往往烘托、暗示了人物性格，景语与情语相得益彰。例如，宝玉所居的怡红院、黛玉所居的潇湘馆景物各有特点，衬托出人物趣味、个性上的差异，且有效地渲染了情境氛围。作品还通过人物视角来观察环境，让环境反作用于人物的言行与心理。例如，黛玉初进荣国府，作品是以孤女、弱女的视角观察新的环境，因此她处处小心谨慎，而贾府环境也就从她的观察中显现出来。刘姥姥进大观园意味着引入了乡村老太太的视角，在她眼里，一切都是那么的富丽堂皇，以致她手足无措、笑话不断。

第四，情节设计自然合理。小说情节是人物行动的展开，通过情节来表现性格是小说艺术的基本手法。在平庸的小说中，情节与性格常有游离，出现见事不见人的现象，而《红楼梦》则不是这样，它的情节不仅典型，而且始终围绕着表现性格来安排，体现了偶然与必然的对立统一。不难想见，没有葬花的情节，黛玉的性格必将大大减色；没有醉卧芍药裀的情节，史湘云娇憨可爱的个性也表现不出来。曹雪芹并不刻意追求情节离奇曲折，他叙述的内容大都是生活化的，但其间包含着大量丰富、具体又耐人寻味的生活细节。这种写法是对既往情节小说的超越，预示着中国古典小说的现代性在逐步增强。

第五，语言运用炉火纯青。文学是语言艺术，小说语言主要分为叙述语言和人物语言。作品的叙述语言是经过艺术提炼的白话，它通俗而不失典雅，流畅又含蓄蕴藉，准确而毫不雕琢，把汉语的表现力发挥得淋漓尽致。根据叙述的需要，行文中出现了很多诗

词,这虽是明清小说的成例,但作家却把它们写得符合人物的身份、教养、个性,并为文本增添了浓郁的中国古典文化情调。作品的人物语言是口语化的,十分贴合人物个性,例如王熙凤绰号"凤辣子",其语言也常带"辣味",作品采用"未见其人、先闻其声"的写法,突出她泼辣、风风火火、无所顾忌的性格;刘姥姥的语言带有一股"土味",显得俚俗而又生动有趣,她奉承贾家财大气粗并不直说,而是说"你老拔根寒毛比我们的腰还粗呢",这就充满了乡土气息,并且表现了刘姥姥式的风趣幽默。

作为中国古典文学的杰出代表,《红楼梦》的思想内容与艺术成就是说不尽的。几百年来,人们不知构想过多少种"读法",阐释出多少种意义,但远不能穷尽其丰富的内涵,这也正是这部名著的魅力所在。

【思考与练习】

1. 如何认识《红楼梦》的思想内涵?
2. 试就《红楼梦》的几个主要人物谈谈自己的理解。
3. 谈谈《红楼梦》塑造人物的主要手法。

第二章 中国现当代文学

中国现当代文学名家辈出，灿若星河；经典荟萃，数不胜数。本章选篇囊括现代文学先驱和至今依然活跃于文坛的中坚作家的代表之作，既呈现出风格各异的审美形态，又体现出鲜活的时代气息。鲁迅的《故乡》是现代乡土小说的范本，沈从文的《边城》以抒情风格见长；曹禺的话剧《原野》、老舍的短篇小说《月牙儿》及萧红的长篇小说《呼兰河传》以各种文学体式，写尽了现代中国的磨难与挣扎；赵树理的《李家庄的变迁》是民族革命转折期的历史缩影，曲波的《林海雪原》是对中国现代革命浪漫激越的想象，二者均呈现出浓郁的中国传统叙事风格；新时期以来，"先锋小说"《十八岁出门远行》、深度抒情的诗歌《海子的诗》、气势恢宏的史诗《白鹿原》共同书写了 20 世纪八九十年代中国社会生活和世人思想情感的变迁；王小波的《万寿寺》谱写了一部"自由思想者的浪漫传奇"；王安忆的《长恨歌》则刻画出一个亮丽而又沧桑的现代世纪影像。一切伤痛与繁华尽收眼底，一个世纪的时光均铭刻在历史的画卷里。

第一节　乡土情结与现代性渴望之间的困惑
——鲁迅的《故乡》

《故乡》是鲁迅小说集《呐喊》中的一篇短篇小说，最初发表于 1921 年 5 月《新青年》第 9 卷第 1 号，是中国现代"乡土小说"的代表作品。小说通过写"我"在外奔波多年后回乡的所见所感，表现了一个现代中国知识分子浓厚的乡土情结以及从回乡"寻梦"到"梦"的幻灭的心灵感受。20 世纪 30 年代，著名批评家李长之在他的《鲁迅批判》中将《故乡》推崇为鲁迅抒情类作品的杰作。

一

现代乡土小说兴起于 20 世纪 20 年代，是在现代小说艺术发展的基础上慢慢形成的一种小说潮流。随着小说叙事空间的拓展以及读者阅读心理的丰富，现代作家开始跳出个人狭小的生活书写圈层，去表现更加广阔的社会人生。他们将艺术个性、社会改造思想与地域性统一起来，追求一种对真实的人生背景下人的命运及性格的描绘。这样，一大批具有浓厚乡土气息的小说如雨后春笋般涌现。鲁迅开"现代乡土小说"风气之先，其小说《孔乙己》《风波》《故乡》等，为后来的乡土小说作家们树立了文体的规范。随后，一大批的青年作家，纷纷以自己熟悉的故乡村镇为书写背景，把对乡村农民命运的关注融入作家

乡村风物的描绘和浓郁的故乡回忆之中，形成一种清新淳朴的乡土小说风格。鲁迅在《中国新文学大系·小说二集》序言中就用"乡土文学"的概念描述了这一早期现代小说流派的特色，指出那些侨寓在城市的青年作者，如蹇先艾、王鲁彦、许钦文、台静农、许杰、彭家煌等，"用笔写出他的胸臆的人们"，其作品大都是"回忆故乡的""只见隐现着乡愁"。这些受现代文明洗礼的青年作家，将自身从落后的乡土社会出走的苦难经历及朴素真切的思乡之情，转化为对中国乡村社会的悲凉书写和现代审视，体现出一种深切的"为人生"的现代文学主题，也为后来的现代小说在题材的开拓和民族风格的发展上做出了重要的贡献。

鲁迅(1881—1936)，中国现代文学家、思想家、革命家和教育家，本名周树人，字豫才，浙江绍兴人，1881年9月25日出生于没落的封建大家庭里。1902年去日本留学，开始学医，后从事文艺工作，希望用文艺改变国民精神，1918年5月，他首次用"鲁迅"的笔名发表中国现代文学史上第一篇白话小说《狂人日记》，奠定了新文学运动的基石。其主要著作有：小说集《呐喊》《彷徨》《故事新编》，论文集《坟》，散文诗集《野草》，散文集《朝花夕拾》，杂文集《热风》《华盖集》《华盖集续编》等专集。其中1921年12月发表的《阿Q正传》是中国现代文学史上的不朽杰作。1936年10月19日，鲁迅因肺结核病逝于上海。

中国早期现代知识分子开启并领导的1917年年初发生的文学革命和"五四"新文化运动，标志着中国文学进入了一个划时代的剧变期。自此，古典文学结束，现代文学开始，中国作家们开始了探索现代文学之路的艰难历程。但中国的"文学现代化"在一开始便呈现出了自己的特点，如"现代都市与乡土中国"的对峙与互渗，以及现代化本身所产生的新的矛盾、困惑等，这些都明显地投射到了这一时期的中国文学面貌上来。[①]以鲁迅为代表的第一代中国现代文学先驱们在追求文学的现代化时就已表现出了一种精神撕裂的痛苦，且无可避免地流露出了或多或少的"乡土情结"。

二

小说写"我""回到相隔二千余里，别了二十余年的故乡"，通过自己在故乡的所见所闻表达了离乡多年后重新回乡的一番物是人非的感慨。小说一开始所极力渲染的那种悲凉的气氛，是为后面的感慨作渲染和铺垫："时候既然是深冬；渐近故乡时，天气又阴晦了，冷风吹进船舱中，呜呜的响，从篷隙向外一望，苍黄的天底下，远近横着几个萧索的荒村，没有一些活气。"这也正是"我"此次回乡的悲凉心境的反映。作者写到此处，笔锋一转，提出质疑："这可是我二十年来时时记得的故乡？"旋即转入"我"对故乡的回忆："我的故乡好得多了。"但又恍然意识到，"故乡本也如此"，只不过是"我"的

---

① 钱理群，温儒敏，吴福辉. 中国现代文学三十年[M]. 北京：北京大学出版社，1998.

第二章 中国现当代文学

心境变化而已,"因为我这次回乡,本来就没什么好心绪"。这"心境的变化"表明了"我"在经过了二十多年的离乡、"走异路,逃异地",到现代都市"寻求别样的人们"①这一段隐藏在小说背后的曲折经历之后,却仍然在为生活而"辛苦辗转"的失落和悲哀,而这一切正是作为一个现代知识分子的普遍困惑和迷茫。带着这样的心绪,"我"回到了久别的故乡,心中自然感到了无限的凄凉。在这个意义上,"回乡"也正是"寻梦",从而带有了一层形而上的人生况味,表达了一个出走异乡的现代文明人对于故乡的眷恋和一种难以割舍的乡土情怀。

然而,"我"又是带着失望与悲凉离开故乡而再度远走的,因为这故乡已不能带给"我"所需的慰藉和满足,小说因此而蒙上了一层浓郁的悲雾。诚如茅盾所言:"悲哀那人与人之间的不了解,隔膜。"这"隔膜"具体体现在"我"与闰土的身上。小说写到"我"在听到母亲提到闰土时,脑子忽然闪出了一幅"神异的图画""似乎看到了我的美丽的故乡了":

深蓝的天空中挂着一轮金黄的圆月,下面是海边的沙地,都种着一望无际的碧绿的西瓜,其间有一个十一二岁的少年,项带银圈,手捏一柄钢叉,向一匹猹尽力的刺去,那猹却将身一扭,反从他的胯下逃走了。②

这图画正是"我"记忆中的美好童年的幻影;而"我"的这次回乡,一半也是想要寻回那已经逝去的美好回忆吧?然而并不能,因为那"时时记得的故乡"不过是"心象世界里的幻影"③而已,那一幅美丽的、神异的画面,其实是"我"幼年时凭着一颗童稚的心,根据闰土的描述而幻想出来的梦罢了,"我"只是如"我"往常的朋友们一样,"只看见院子里高墙上的四角的天空"。可以说,闰土的出现给"我"的童年带来了无尽的欢乐——虽然"我"也一直未能亲身体会到闰土所讲的装弶捉小鸟雀、海边拾贝壳和瓜田刺猹的乐趣,这些欢乐的记忆只在"我"脑中蕴藏、发酵,最后汇结成了那一幅神异的美妙的图画。也就是说,那美妙的"故乡"从未在现实中真正地存在过,所谓的"我"所记得的"好得多了"的故乡,也只是永远地存在于童年时光的美好回忆中——真正有过的,不过是"我"所幻化的故乡的美妙而已。因此,要"我""记起它的美丽,说出它的佳处来""我"就"没有影像,没有言辞"了。那么所谓的"寻梦",也只是一种充满渴望的幻象而已,一个永远悬置而不可到达的梦境。这是在小说一开始就已潜藏的一个困扰现代人的悲哀——精神家园的失落。小说从"还乡"到再次"出走",真切地记录了现代知识分子在乡土情结与现代渴望之间纠缠难解的心路历程。

---

① 钱理群,王得后. 鲁迅作品全编(小说卷)[M]. 杭州:浙江文艺出版社,1998:3.
② 钱理群,王得后. 鲁迅作品全编(小说卷)[M]. 杭州:浙江文艺出版社,1998:63.
③ 钱理群,温儒敏,吴福辉. 中国现代文学三十年[M]. 北京:北京大学出版社,1998:33.

三

　　二十多年后"我"见到闰土的隔膜,正是"我"对故乡美好梦幻的破灭。茅盾将这"隔膜"归咎于"历史遗传的阶级观念",这是从社会学来看待的。闰土见到"我"时,分明叫出的那一声"老爷",让"我"感到了我们之间已经隔着的一层"可悲的厚障壁"。母亲听了后说:"阿,你怎的这样客气起来。你们先前不是哥弟称呼么?还是照旧,迅哥儿。"闰土却说:"阿呀,老太太真是……这成什么规矩。那时是孩子,不懂事……"而这"规矩",便正是从祖祖辈辈"历史遗传"下来的尊卑有序的等级观念,亦即封建宗法制的儒家主流文化的体现。而闰土叫水生"给老爷磕头",将这等级观念继续传承下去,这种麻木和不自觉更让人感到了窒息般的心酸。但如果抛开具体的历史时代背景来看,即使在今天,在这个乡土社会逐步瓦解的现代社会中,这种人与人之间的"隔膜"也依然存在。从某种角度来看,乡村社会的人们带着一种既势利又羡慕的眼光打量衣锦还乡者,而回归者却永远怀着一种浓郁的乡土情结来期待故乡的温情。这种心理的错位即是另一种"隔膜",是出走还乡的现代人普遍遭遇到的难以磨灭的情感伤痛。这样看来,"我"与闰土之间的"隔膜",其实已深入到现代人普遍性的生活经验和生命体验之中了。而且,"我"的离乡寻梦——追求现代文明的一种"飞向远方、高空"的生活和理想追求,和闰土的坚守故土、安于现状的一辈辈扎根大地"生于斯死于斯"的传统农民保守的生活和生命观念之间,犹如两条相交的线条,从过去到未来,向着巨大的时空方向无限地背离,而这种背离也并不因我们从小想要"一气"的亲密而有所改变,正是残酷的生活(或者说是命运)将我们推向了不同的人生轨道,并越走越远。或许在现代人的生命体验中,他们渴望超越这种社会既定阶层,不论是在物质上还是精神上;无论他们在外面的世界闯荡得成功或失败,他们都不想在故乡这一特定的空间遭遇这种"隔膜"与背离。但他们却无法改变这一点,就像"我"无法让闰土一如既往地接受自己一样,因此不免有着深沉的压抑和悲哀。这种悲哀又在"我们"的后代——水生和宏儿身上继续延续。两个孩子一方面让我们看到了"我"与闰土的昨天,另一方面也给我们留下了无尽的内心纠结和困惑:是不是水生和宏儿将来也会如今日的"我"和闰土一样地隔膜起来,还是他们真的会有更好的生活?整篇小说几乎在阐释这样一个富有意味的"绝望的轮回"。这种现代人的追问和精神探寻,或许会让后来的"我"以及今天的读者有了一种精神渴望的寄托。

　　小说中写到的"豆腐西施"杨二嫂也是个颇有意味的人物。有评论者说她是一个"在不合理的社会制度压榨下产生的畸形儿""典型的小市民形象"①。她刚出场的那一声"尖利的怪叫"打破了通篇的沉闷、压抑的气氛,给小说注入了一丝轻松、活泼的气息,

---

① 史志谨. 鲁迅小说解读[M]. 北京:中国社会科学出版社,2004:192.

堪与《红楼梦》中王熙凤的出场相比。她那一副"细脚伶仃"的"圆规形象"也让人印象深刻。不仅如此，杨二嫂的那种自以为是的满足感和小市民式的尖酸刻薄也得到了很好的展示：她来"我"家无非是为了索取一点东西，为此她竭力强调"我"的"阔"而近似于捕风捉影；对于"我"的否认，又愤愤地说，"真是愈有钱，便愈是一毫不肯放松，愈是一毫不肯放松，便愈有钱……"醋意十足；甚至对生活悲苦的闰土也表现出了难以置信的冷漠，从灰堆里拿出碗碟来给闰土栽赃……但归根到底，杨二嫂也只是小说中一个颇为可笑的小人物。从原来的坐在门口以姿色吸引顾客的"豆腐西施"，到如今的"细脚伶仃的圆规"，岁月的磨轮只是将她磨得更为圆滑和势利而已。虽然杨二嫂的尖酸刻薄与闰土的本分老实在小说中形成了鲜明的对照，但是她与闰土一样，是"我"还乡遭遇的又一个梦魇，同样导致了"我"的焦虑以及"我"与故乡之间的隔膜。这正是作者为什么要在创作中刻画她这样一个人物的深层次原因。"我"对她的诧异和对闰土的诧异，从根本上看，是相同的，源于他们有着同样的麻木与自足感；他们浑然不觉自己的生存境况正在备受现代世界的冲击。这样，两个小人物共同促成了"我"对这次回乡"寻梦"的绝望性的现代焦虑，加剧了"我"对故乡美好想象的幻灭。

小说的最后讲到了"希望"："我希望他们不再像我，又大家隔膜起来……他们应该有新的生活，为我们所未经生活过的。"这是作者对现实失望后对未来产生的美好向往，但又很快地怀疑起来："现在我所谓希望，不也是我自己手制的偶像么？"这与作者在《野草》中一再表达的对希望和绝望的思考是一致的。"于一切眼中看见无所有，于无所希望中得救"[①]，作者不仅反对盲目的希望，甚至对绝望亦感到虚无，"绝望之为虚妄，正与希望相同"[②]。但作者并非绝对的虚无主义者，他深信："世上本没有路的，走的人多了，也就成了路。"作者正是这样在希望与绝望的反复斗争中寻求精神出路。"反抗绝望"，这几乎成为富有"鲁迅特色"的思维哲学和生命体验，昭示着一个现代知识分子独特的思想和人格魅力。

四

需要指出的是，人教社 1987 年版以来的初中语文课本和教学参考书，普遍都将《故乡》的主题归为"批判辛亥革命的不彻底性""反映了辛亥革命前后农村破产，农民痛苦生活的现实……"这种阅读理解无疑在青年读者的心目中产生了定式性的影响。今天我们抛开这种单一的主题论，可以获得一种超越时代的久远意蕴。经典的小说总是超越它的写作时代，触发一种更为普遍的人生体验。随着时代的进步和更加开放的阅读环境，我们对作品的理解会更加接近艺术的真实。现代文学专家曾指出：《故乡》反映旧社会农民的

---

① 鲁迅. 野草 [M]. 北京：人民文学出版社，1999：41.

② 鲁迅《野草·希望》中引的裴多菲的诗句。

"悲惨命运"。正如小说中所写到的闰土生活境况的不如意,"非常难。第六个孩子也会帮忙了,却总是吃不够……又不太平……什么地方都要钱,没有定规……收成又坏。种出东西来,挑去卖,总要捐几回钱,折了本,不去卖,又只能烂掉……"正是底层农民悲惨境遇的写照;小说还直接指出了造成农民贫苦的原因,"多子,饥荒,苛税,兵,匪,官,绅",可以引发今天的读者对农民问题的思考,或许从社会学的视野来阅读这部小说,依然对今天的社会发展有一定的启发意义。

当然,阅读文学作品还是要回归到文学的情感上,就像作者的归乡一样,这种巨大的故乡情感源是触发创作的最大诱因。几乎我们每一个现代人都会体验到这样一种"归乡"的现代性遭遇,只是有时候会强烈一点,有时候会平淡到引不起内心的波动。然而,故乡总是要远离的,童年总是要逝去的,无法排遣的故乡情结萦绕在每个个体的脑海,从第一代现代知识分子到今天的我们,均无法逃避这种乡土情结或梦魇,这正是吸引今天的读者重读这部作品的魅力所在。

【思考与练习】

1. 如何理解《故乡》表达了一个中国现代知识分子的乡土情结与现代性渴望之间的困惑?

2. 联系历来对小说《故乡》的主题的各种认识,谈一谈你阅读这篇小说的感受。

3. 阅读鲁迅的其他小说及散文作品,深入体会鲁迅对于"希望"和"绝望"的深刻思考,体会鲁迅"反抗绝望"的独特的人生哲学和人格魅力。

第二节　永远的田园梦与理想化的现代改造
——沈从文的《边城》

在动荡的 20 世纪 30 年代里,出现了《边城》这样的田园诗般的抒情小说作品,不能不令人感到惊奇。随着工业化的城市文明渐渐侵入广阔而衰败的东方宗法制农业社会,民族压迫以及激进的政治抵抗浪潮不断地冲击着这片落后滞缓的土地,一批诚实、从容、典雅的现代文化精英转而追寻那逝去的传统理想和美好愿望。这也是现代人逐渐远离传统宁静自足生活背景下的一种梦幻般的文学怀想。他们虽然关注的是乡村中国的生存形态,但并非盲目地悲观,而是一种积极的怀旧。他们以知识者的高瞻远瞩和世界性的眼光,来感受落后的中国乡村社会中"常"与"变"的现代节奏步伐,并用学院式的理性来节制情感,构建一种整体性的乡村叙述,以文化自由立场来书写和探索中国民族现代化的前景。他们是 20 世纪 30 年代以"京派"文人著称的作家们,如沈从文、废名、芦焚、朱光潜、林徽因等。这些乡土抒情小说中最具代表性的作家作品就是沈从文的《边城》。

第二章　中国现当代文学

一

沈从文(1902—1988)，原名沈岳焕，湖南凤凰县人，汉族，有部分苗族血统，现代著名作家、历史文物研究家、京派小说代表人物，笔名休芸芸、甲辰、上官碧、璇若等。14岁时，他投身行伍，浪迹湘川黔边境地区；1924年开始文学创作，抗战爆发后到西南联大任教，1946年回到北京大学任教。中华人民共和国成立后在中国历史博物馆和中国社会科学院历史研究所工作，主要从事中国古代服饰的研究，1988年病逝于北京。

沈从文自20世纪30年代起就开始用小说构造他心中的"湘西世界"。他以"乡下人"的主体视角审视当时城乡对峙的现状，批判现代文明在进入中国的过程中所显露出的丑陋，这种与新文学主将们相悖反的观念大大地丰富了现代小说的表现范围。他一生创作的结集有80多部，是现代作家中成书最多的一个。早期的小说集有《蜜柑》《雨后及其他》《神巫之爱》等，基本主题已见端倪，但城乡两条线索尚不清晰，两性关系的描写较浅，文学的纯净度也差些。20世纪30年代后，他的创作显著成熟，主要成集的小说有《龙朱》《旅店及其他》《石子船》《虎雏》《阿黑小史》《月下小景》《八骏图》《如蕤集》《从文小说习作选》《新与旧》《主妇集》《春灯集》《黑凤集》等，中长篇《阿丽思中国游记》《边城》《长河》，散文《从文自传》《记丁玲》《湘行散记》《湘西》，文论《废邮存底》及续集、《烛虚》《云南看云集》等。

沈从文还是一位自觉的文学文体家，有着自己完整的文艺理论思想。他的"湘西系列"，在对乡村生命形式的理想书写，以及对城市生命形式的文化批判中，提出了人与自然"和谐共存"——本于自然、回归自然的哲学。"湘西"所能代表的健康、完美的人性，是一种"优美、健康、自然，而又不悖乎人性的人生形式"，这正是他的全部创作所要负载的内容。"沈从文是中国现代文学史上罕见的坚守人格底线，抗争恶劣的文学生态环境，执着追求个体审美理想、生命理想和人类共同美好生活远景的理想主义者。"①

二

《边城》为我们讲述的就是这样一个故事：川湘交界、茶峒、小溪白塔旁，一户人家，老船夫、翠翠、黄狗，一老一小在渡船上悠然度日。青山绿水，养育出淳朴、善良、公正、慷慨、乐天知命的人民。在这里，自然和人浑然一体，只有顺从的和谐，从未有埋怨的抗争。茶峒城里的船总顺顺，洒脱大方，喜欢交朋结友，且慷慨助人。他的大儿子叫天保，像他一样豪放豁达，不拘俗套小节。老二的气质则有些像他的母亲，不爱说话，秀拔出群，叫傩送。小城里的人提起他们三人的名字，没有不竖大拇指的。这一年的端午节，翠翠十一岁，她和爷爷一起去看龙舟赛，偶遇相貌英俊的青年水手傩送。傩送在她

---

① 康长福. 沈从文文学理想研究[M]. 北京：人民出版社，2007：3.

心里留下了深刻的印象。然而，天保也喜欢上了翠翠，并先傩送一步托媒人提了亲。两年后，兄弟俩在偶然的谈话中得知双方两年前都已爱上了美丽的翠翠。

当地的团总以新磨坊为陪嫁，想把女儿许配给傩送，而傩送却选择了翠翠。爷爷得知孙女的心事，想让她自己做主。于是，兄弟俩没有按照当地风俗以决斗论胜负，而是约定采用公平而浪漫的唱山歌的方式表达感情，将选择的难题交给了翠翠。天保自知唱不过弟弟，心灰意冷，断然驾船远行做生意，却不幸被淹死。误会由此而生，顺顺对老船夫变得冷淡，傩送也选择逃离这尴尬伤感之地。

为孙女的幸福担忧奔走的老船夫终于在一个雷雨交加的晚上离开了人间，白塔也塌了……曾经深爱着翠翠母亲的老军人杨马兵热心地前来陪伴翠翠，并以渡船为生，等待着傩送的归来。而他也许永远不会回来了，也许明天就会回来……

《边城》是沈从文最具代表性的中篇小说，全文分为二十一节，每节独立却相互间有着齿轮般的融合与补充，完整而留有遐想。它一经出版，就在美国、英国、德国、日本等国家翻译流传。它的问世标志着沈从文的创作进入了成熟阶段。夏志清说："在他成熟的时期，他对几种不同文体的应用，可说已达到随心所欲的境界，具有玲珑剔透牧歌式的文体，里面的山水人物，呼之欲出，这是沈从文最拿手的文体。而《边城》是最完善的代表作。"①文中不仅寄托了作者对美好人性的向往和追求、对生命的崇高敬仰和对中国田园梦的憧憬，也包含了作者的文学理想——借此来进行田园梦的理想化的现代改造。

作为一位从封闭乡村社会走向城市文明的典型的现代知识分子，在接受"现代性"改造世界的方案上，沈从文有着近乎顽固的民族地域性的文化选择态度，他持守"城乡之间边缘人"的矛盾心态，徘徊于"传统、现代之间的两难处境"，游离于"党派、社团之外"，坚持自己相对独立的人生立场。所有这一切的生命体验，造就了他强烈的"现代孤独感"和"落伍"意识。在当时疾风骤雨式的年代里，他弱小的理性呼喊理所当然地被淹没在浩浩荡荡的革命大旗口号下。因此，《边城》又表现出对现代人生命前途的淡淡忧虑，也隐藏着作者内心中对整个民族进行现代性改造的困惑。一如评论家所感受到的："沈从文要小说家超越现实，进入梦象，进入一般作家不能到达的地方，描写眼睛看不到的状态，探索人类的灵魂或意识底层，他的目的是要发现人，重新对人给予诠释，因为他在寻找中的人类，甚至自我的生命与灵魂，'都已破破碎碎，得重新用一种带胶性的观念把它粘合起来'。"②

《边城》呈现了一个充满人性之美、人情之爱的伊甸园。作家在对人物的刻画上，可说是"入乎其内，出乎其外"，点到即止，完美却不入幻，真实而不琐碎，一张一弛之中将人物栩栩如生地刻画于作品之中，使每一个人物都有血有肉，真实可感。"不仅生动地

---

① [美]夏志清. 中国现代小说史[M]. 上海：复旦大学出版社，2005：146.
② 王润华. 沈从文小说创作的理论架构.//刘洪涛，王瑞仁. 沈从文研究资料(下)[M]. 天津：天津人民出版社，2006：716.

展现了人物的言语活动,而且多层次多角度地捕捉着主人公那微妙的心绪。"①例如,在对翠翠这个"小兽物"的塑造上,一开始是"风日里长养""把皮肤变得黑黑的""眸子清明如水晶""随时皆可举步逃入深山的神气""从不发愁""从不动怒";但是,时间的流逝带来的是"小兽物"的自然成长,她会"两颊绯红",会感受到"薄薄的凄凉",会在碰着心上人时吃醋地想"碾坊陪嫁,稀奇事情咧",也会"大吃一惊,同小兽物见到猎人一样,回头便向山竹林里跑掉了"。一个活泼、乖巧的妙龄少女形象跃然纸上,羞涩与胆怯皆成自然。老船夫可说是中国传统美德的集结者,他一心为公,勤俭幽默,乐善好施,与邻里关系谐和融洽,会为了自认为不能要的酬劳做出"俨然吵嘴时的认真神气",也会为战胜屠户而"简直是妩媚的微笑着走了"。船总顺顺"大方洒脱""慷慨而又能济人之急""这人虽然脚上有点小毛病,还能泅水;走路难得其平,为人却那么公正无私"。就连商人妓女"也永远那么浑厚"……所有人都保存着生之初的那份纯真,合乎自然,守善求美,体现出作者生活在混乱污浊的都市文明中对纯真的向往。顺顺在磨炼儿子的人格时,让他们吃"干鱼、辣子、臭酸菜""荡桨时选最重的一把""穿草鞋,接受寒暑雨雪的考验""用刀对付仇敌、联结朋友",从而学得"做人的勇气与义气",这也仿佛隐含了作者心中人格塑造的理想方案。

但是,人物的尽善尽美却逃不过命运的摆弄,最终演绎成了一出淡淡哀伤的温情悲剧。在这个"边城"世界里,柔美的翠翠无法像 20 世纪 30 年代的现代青年女性那样,大胆地追求个人的爱情,只是那样静美地等待,等待着心爱的人归来,等待着命运的安排。这种等待几乎有点儿残酷,因为她是在等待一个没有确信的未来,像古代在闺中守望征夫的思妇一样,在一段漫长的时间中空等一生。天保的意外死亡,不管是因为爱情未果的失望,还是出于手足之情的成全,都不免带来哀痛;而傩送的心中尽管有着翠翠,但兄弟的意外死亡也压在心上,导致他内心无比的落寞和伤痛,无法让他作出下一步的选择,只好悲凉地出走;因为对孙女无私的爱,老船夫忧虑重重,然而对世事过于关切,反而引起了顺顺和傩送的误会,心愿未了却命数已尽;顺顺虽异常豪放,却"不愿意间接把第一个儿子弄死的女孩子,又来做第二个儿子的媳妇"。命运如此摆弄,最终给这和谐而温情的人世间留下一种莫名的遗憾和刻骨的伤痛。《边城》就是这样"融入了作者对湘西下层人民因不能自主把握自己人生命运,一代又一代继续着悲哀人生命运的认识,和自己生命从自在向自为途路中,遭受种种压抑的内心感慨"②。

这种淡然的憾意来自现代人对古典和谐的田园梦想的向往与怀念。在那个日益动荡变化的现代世界里,作者极力将自己的视线转移到一个充满东方文化韵味的地域生活空间,描述落后中国的小小一隅的人生故事,努力构筑一个连接过去与未来在人们心目中永远的

---

① 许守卫. 美的聚合,爱的载体——浅谈《边城》中翠翠的形象[J]. 甘肃广播电视大学学报. 2005(3).

② 凌宇. 从边城走向世界[M]. 北京:生活·读书·新知三联书店,1985:3、6.

田园梦。当然，这不只是梦，而是对远离动荡的理想生活的想象与向往。作者用饱含深情的细腻笔触，描绘了一种充满风景美、人性美、风俗美、世态美的现代乡村生活，它触动了在动乱的变革中经受现代文明生活折磨的人们对逝去的古典式宁静的生活方式的渴望。无疑，那个年代里的混乱、麻木、丑恶的世态已经深深地伤害到作者内心的纯真，使他感受到浮躁而喧嚣的现代文明生活方式在不断地摧残着他自身固有的心性。田园梦的古典文明生活越来越远离了现代人生活的轨道，现代人几乎以一种南辕北辙的方式沿着时代前进。正是这种不可能的梦想与现代生活的节奏之间的背离，使得作者内心烙下了一种刻骨的伤痛，并成就了他对理想生活的一种偏执式的虚构描绘。这种偏执几乎和鲁迅对乡土生活的绝望感受一样，只是沈从文更加执着地固守自己的文学领地，用满怀赤诚之笔墨，将自己的理想——"构筑人性神庙、探寻生命的庄严、重造民族品德"——诉诸笔中的理想世界，选择了与主流文学相逆的方式，开始了一生的"重造的工具"的征程。

三

《边城》以中国文学特有的散文式抒情章法，体现出中国传统的文化精髓，充分显示了沈从文对自己民族从传统向现代的改造有着更具思想底蕴的文化思考。这也是作家以期通过提升中国传统文化中的精华以达到自己的"重造的工具"的理想。儒家的"仁"讲"仁义爱人"，所谓"老者安之，朋友信之，少者怀之"，这在《边城》里体现得淋漓尽致，老船夫、杨马兵、翠翠就是杰出的榜样；"义"是"重义轻利"，船总顺顺对受困的船工仗义疏财、屠户对老船夫的好肉相送、妓女对船夫的情意待之，将孔子的"君子喻于义"实践得不偏不倚；"中庸"尚"中正"，傩送的英俊与善良体现的是君子的质文统一。在情感上，翠翠、天宝、傩送自然而然的抒发，"乐而不淫，哀而不伤"，即使是悲剧，更多的却是满怀希望的等待。至于道家精神，"边城"世界则着重强调的是"天人合一、顺乎自然、万物平等"。触目的青山绿水造就的是恬静醇厚的民风，人人都是自然的精灵，顺应自然的规律生、长、老、死，没有埋怨，没有抗争，更没有对自然环境的破坏和对自然规律的挑战，虽有贫富差异，却无贵贱界限，自然化的人性给这个田园社会蒙上了一层牧歌般的纱帐。

《边城》的田园牧歌式的美，不是雕琢的精工之美，而是来自生命、流于血液的，"是大自然和古文明所孕育起来的富于生命活力，与自然和谐，重情爱美，人际关系素朴，活生生存在着的一种健康而优美的人生形式"[①]。当然，无休止的美或许让读者徘徊于虚幻的现实之外，即便是生命的悲剧也成了美的影子。自然，凑巧也会在冥冥之中变成不凑巧，我们在聆听这首沁人心脾的田园牧歌的同时，始终无法完全放开心怀，尽情地享

---

① 刘一友. 沈从文与楚文化. //刘洪涛，杨瑞仁. 沈从文研究资料(下)[M], 天津：天津人民出版社，2006：684.

受下去，似乎被一缕无形的丝线牵绊着，又像被一把不锋利的匕首压住了脉搏，牧歌唱完，肌肤也已在不知不觉中渗出了血液，心也同样如此。沈从文担心的是："你们能欣赏我故事的清新，照例那作品背后隐藏的热情却忽略了，你们能欣赏我文字的朴实，照例那作品背后隐伏的悲痛也忽略了。"① 显然，艺术文本的纯美净化了作者生活体验背后多少浓烈的人生悲剧的体味。由于其早年行伍的生活经历，作者深切地感触到中国落后乡村的真实面貌，无数鲜活的生命卑贱地挣扎在残酷的现实面前，他虽然怀着一颗真挚的心，但是他也意识到"并不是什么一切好的都可以不朽和永生……只偶然有极小一部分，因种种偶然条件而保存下来……却依旧能证明艺术不朽和永生……无形中鼓舞了人克服一切困难挫折，完成他个人的生命，这是一件事"②。显然，他对于完成"艺术的不朽和永生"的目标是有信心的。虽然他在残酷的革命现实面前，一直有着"落伍"的心理，但他还是固守着这一艺术理念，在这条古老而又常新的"人生、命运、生命"路上一走就是一辈子。坚守，换来了自身价值的实现，也给现今的我们留下了不朽的印记、怀念与思考。

　　沈从文是怀了"对于农人与兵士""不可言说的温爱"来写这篇作品的。因此，他们的"正直"与"诚实"，"伟大"与"平凡"，"美丽"与"琐碎"，注定了这是一篇充满向善力量的作品。然而"二十年来的内战，使一些首当其冲的农民，性格灵魂被时代的重负所压，失去了原来的质朴，勤俭，和平，正直""变成了如何穷困与懒惰"。于是，我们在了解我们民族"真正的爱憎与哀乐"之后，或许会获取"一个对照的机会"来"认识这个民族的过去伟大处与目前堕落处"，或许我们会"苦笑"，会"噩梦"，然"勇气同信心"才是沈从文最初也是最终的愿望。沈先生一个人的力量很单薄，他的田园梦很理想，但是建构在人类伟大的终极追求和中华民族传统精华上的理想，却是如此动人心魄。在我们体会"怀古的幽情"的同时，是否会像沈从文一样单纯地坚守着我们的理想呢？沈从文只是一位文学家、历史学家，他没有对社会制度提出具体的改造方案，也没有尽情地暴露国民的堕落处，他只是向我们注射了一管慢性疗养剂，在与血液的融合中直达我们内心，激发起我们心中的叫作"善"的激素。这的确是一项伟大的工程，因为人们对它的吸收是因人而异的，见效期也是可长可短的。人们或许会不屑，会排斥，会遗忘，但是，既然我们会因为真挚的情感而感动，会因为命运的作弄而遗憾，甚至诺贝尔文学奖也曾青睐于他，这说明他已经不仅仅是对我们个人，也不仅仅是对我们民族，而是对世界产生过不朽的影响(因为越是民族的，也就越是世界的)。而这种影响，也会毫无疑问地持续下去，支持着我们以赤诚的信仰、严谨的态度、不懈的努力迈向现代化乃至未来化的田园梦！

　　《边城》的语言运用了散文式的抒情笔法，又融合了游记和诗的表现方式，文章中的

---

① 沈从文. 习作选集代序. //沈从文全集(第九卷)[M]. 太原：北岳文艺出版社，2002：4.
② 沈从文. 抽象的抒情[M]. 上海：复旦大学出版社，2004：281～282.

景物,清新自然、简洁疏朗,人物的刻画,动静结合、活泼感人。文笔的自由挥洒,完美地顺应着文中情节的流动、节奏的跳动,配合着人物的所思所感,将牧歌式的田园景物真实地呈现于读者面前。李健吾在《咀华集·边城》里曾这样称赞道:"《边城》是这样一部 idyllie(编者按:英文,田园诗的、牧歌的意思)杰作。这里一切是谐和,光与影的适度配置,什么样的人生活在什么样的空间里,一件艺术品,正要叫人看了不是艺术的,一切准乎自然,而我们明白,在这种自然的气势之下,藏着一个艺术家的心力。细致,然而绝不琐碎;真实,然而绝不教训;风韵,然而绝不弄姿;美丽,然而绝不做作。这不是一个大东西,然而这是一颗千古不磨的珠玉,在现代大都市病了的男女,我保险这是一副可口的良药。"①今天的读者,在触摸《边城》这些美丽的文字时,是否也有同感?

【思考与练习】

1. 读完《边城》,你如何理解沈从文的田园梦,它是否具有现代意义?
2. 你如何看待《边城》的理想化的唯美和与之同在的局限?
3. 《边城》给了你怎样的生命反思或感悟?

第三节　挣不脱的旧中国梦魇
——曹禺的《原野》

中国现代话剧发展到 20 世纪 30 年代,终于出现了一个辉煌的亮点——曹禺。曹禺以其《雷雨》《日出》《原野》《北京人》等剧作,确定了他及其作品在我国话剧中的重要地位,也将中国现代话剧推向了成熟的阶段。其中,《原野》以它独特的现代戏剧艺术手段,将旧中国的精神梦魇与农民的现代命运牢牢地纠缠在一处,显示出深厚的戏剧艺术力量。

一

曹禺,中国现代最杰出的剧作家之一,原名万家宝。他的主要剧作有:创作于 20 世纪 30 年代的《雷雨》《日出》《原野》(被称作曹禺三部曲);完成于抗日战争时期的《蜕变》《北京人》《家》(根据巴金同名小说改编);以及创作于 20 世纪 50 年代到 70 年代的《明朗的天》《胆剑篇》(与梅阡、于是之合作)、《王昭君》。曹禺一生创作的剧本不多,但他以质取胜,几乎每一部剧作都以巨大的艺术力量打动了读者和观众。

1936 年,曹禺在写了《雷雨》《日出》之后,开始了《原野》的构思。他想以一个曾

---

① 李健吾. 咀华集[M]. 上海:文化生活出版社,1936:74.

经见过的人为原型，塑造一个脸"黑"不一定心"黑"的艺术形象。《原野》是一部以农村为背景的作品，剧中描写的农民"处在一种万分黑暗、痛苦、想反抗，但又找不到出路的状况中"。该剧作的目的在于"表现受尽封建压迫的农民的一生和逐渐觉醒"。然而，《原野》是一部独具特色的剧作，曹禺在这之前创作的《雷雨》《日出》都是典型的现实主义作品，但在《原野》一剧中，在现实主义基础上还采用了表现主义的手法，让真实与幻觉交叉，人与鬼同台，富有浓厚的"神秘"气息，因此它一出世就引起了争议。发表之初，就有批评家指责剧作模仿前人的成作，太接近欧美的作品，甚至有人把它说成是曹禺最失败的一部作品，批评《原野》把现实的问题和农民复仇的故事写得玄奥、抽象、鬼气森森，远离现实，缺乏人间味，称剧作家用这样荒唐的想象处理农民复仇的现实题材，是歪曲了事实。

1937 年 4 月，《原野》开始在靳以主编、广州出版的《文丛》上连载，1937 年 8 月，《原野》由上海文化生活出版社出版。当时人称《雷雨》《日出》《原野》为曹禺早期创作的"三部曲"。曹禺后来也曾说过，这三个剧本中，《原野》是最难演的一部。因为对一个普通的专业剧团来说，演《雷雨》会获得成功，演《日出》会轰动，但演《原野》会失败，因为太难演了。①

尽管《原野》难演，但它问世不久就有剧团演出，1937 年 8 月 7 日至 14 日，《原野》一剧首演于上海卡尔登大戏院。在《原野》的排演中，曹禺曾应邀前去上海，谈了有关创作的想法和对演出的意见。此后，在抗战时期的大后方，1939 年 8 月 14 日至 24 日，曹禺亲自导演的《原野》，由昆明联大剧团在新演剧社演出，抗战时期则在南洋演出，1939 年 10 月，武汉合唱团在吉隆坡中华大会堂演出此剧。

然而，好景不长，1945 年，《原野》《雷雨》遭到重庆国民党宣传部查禁。

中华人民共和国成立后，《原野》在很长一段时间内未能演出，直到 1984 年，北京中国青年艺术剧院上演了《原野》，由张奇虹任导演并改编。虽然本次演出对剧情进行了许多压缩和删减，但因其主题思想深刻、人物性格鲜明、故事情节生动、表现手法新颖，演出还是受到了观众的热烈欢迎。

《原野》还曾经改编成电影。1981 年，由凌子、吉思改编，凌子导演，中国南海影业公司《原野》摄制完成。该片最初在一些国家和香港地区公映后，引起了很大反响，不少人惊叹这样的剧作长期竟不为人所知。正如影片编导凌子所说：《原野》是一块"被蒙上了尘土的金子""是历史长河中间不该被人遗忘的一颗明珠"。

对于《原野》曾经遭遇的指责，后来的评论家也给出了中肯的评价，他们认为一方面是由于评论者不可避免地受到特定历史条件下复杂的政治斗争、社会矛盾和文学思想的影响，也受到评论者自身政治观点和美学思想的制约，同时也由于曹禺剧作本身创作个性的

---

① 田本相. 曹禺传[M]. 北京：北京十月文艺出版社，1988：215.

独特不凡，观众对他剧作的深刻的思想意义和巨大的艺术价值，对他独特的艺术探索和美学追求，对他为中国话剧艺术作出的非凡的贡献及在中国现代戏剧史的杰出地位的认识，都有个逐渐加深的过程。

二

"秋天沉郁的傍晚，一切都笼罩在密密匝匝的黑云下面，苍茫的原野里，不知由何处引来的两根铁轨寂静地躺着，在它们延伸的方向，也许是希望，也许是险恶，也许是反抗。"

《原野》就是在这种气氛中拉开了帷幕，那原始的气氛、扭曲的人性以及沉郁的大地，都使全剧笼罩上了一层神秘的色彩。

剧本的序幕首先写到复仇者仇虎的归来，由白傻子向他诉说了焦家的情况。作为曹禺"生命三部曲"之一的经典性剧作《原野》，其复仇只是表层的，而在深层中，则是通过戏剧人物外部及其内部的矛盾冲突，揭示了传统文化观念对人性的不同程度的扭曲。在本质上，把人物外在或内在的冲突提升为人性的冲突，生命的悲剧提升为文化的悲剧。在人的自然性与社会性的对立与碰撞中，完成了对生命和文化命题的感性表述。

《原野》中的象征意象随处可见。当然，象征意象的点染是非具象的，剧中依惯例也没有旁白、独白，却有人物由内心臆想出来的种种幻想，对剧中神秘的象征意象的理解只能仁者见仁、智者见智了。但这恰恰给了读者和观众无限思考和感受的空间：在微露出的冰山一角，作者通过精湛的笔触，让读者凭借自身的艺术领悟力，去窥探冰山的全貌，从而超越故事情节本身的描述，去品味悲剧的真意所在。

在这片苍茫的原野上，孕育出了老实忠厚的焦大星、阴险狡诈的焦母，也产生了像金子和仇虎这样心性各异的人物。垂而不死的封建社会精神枷锁与人类的挣扎奔突的自然天性合力拧成了他们的人性之绳。作家在戏剧人物内在的和外在的矛盾冲突中，聚焦于人物的主观世界，运用多种艺术手法，刻画了不同类型、不同性格的人物形象。剧作中，金子与焦母形成了鲜明对比，她们是反抗与顺从、美与丑、善与恶的代言人。在婆媳复杂的矛盾关系中，人物独特的精神本质被凸显出来，体现出作家用"原始"批判"文化"的意图。在封建传统文化占统治地位的社会和婆婆畸形地爱子的家庭氛围中，金子在表面上不得不表现出对婆婆百依百顺、循规蹈矩的样子。在焦家非常态的生存环境中，她"是死了的"，但在与仇虎重逢后，充满野性和生命力的仇虎，唤醒了她生命的激情，使她深刻地体验到"现在我才知道我是活着的"，并由对仇虎肉体的欲望升华为精神的爱意。这不仅表明旧中国封建礼法的社会制度与以三纲五常为伦的家庭生活，对人性的压抑是多么明显，而且表明人们出于一种自觉或者不自觉的意识，但凡有某种机会可以脱离这种现状，他们都会奋不顾身，甚至铤而走险。正如金子对仇虎说的那样："我一辈子只

有跟着你才真像活了十天。"

人物之间的冲突也在序幕中做了交代，在听说焦阎王已经死了之后仇虎失望地说道："那么，我是白来了，白来了。"全文贯穿的线索是仇虎报仇。可在他回来之后，所面对的现实是仇人已死，这对仇虎来说无疑有些失望。然而，在传统的习俗看来，既然仇人已死，那么父债子偿也是理所应当的。于是，封建传统的集体无意识内在驱动力，促使仇虎找到了新的复仇目标，可悲的传统家族恩仇观念，使仇虎变成了一只复仇的动物，惩罚的拳头落在了弱势无辜者的身上。

在现实世界里，由于焦阎王的死，焦家的地位和势力已经衰退。面对失去威严和强势的焦家，仇虎像猫戏弄老鼠一样，把玩着焦家一个个无力的生命，反客为主地进入焦家。对于焦母的恐惧，他有一种恶意的快感，睡了金子，他恶狠狠地对着焦阎王的像说："老鬼，我一进你焦家的门，就叫你的儿媳妇在你这老脸上打了一巴掌""这是头一下！狠的还在后头呢"。善良、软弱、可怜的大星，作为仇虎的童年朋友，把自己的苦恼和困惑向仇虎诉说，并请求他的帮助，但仇虎没有一丝一毫的怜悯之心，仍然要杀死大星。无论金子如何劝说，都未能使仇虎改变初衷。小黑子只是襁褓中的一个婴儿，仇虎为了报复焦母，便设计假借焦母之手，让狠毒的焦母用自己的铁杖错把小孙子打死。他们都死了，但焦母不能死，"死了倒便宜她，我要她活着，一个人活着！"让她内心永远遭受痛苦的折磨——此时的仇虎，已经完全是一只被复仇操纵而失去人性的猛兽。如此残酷地以恶报恶，使我们看到了仇虎人性扭曲到了何种地步。

然而，这个快意复仇的戏剧主角在成功之后，却在焦母叫魂式的追喊中陷入了精神的恍惚状态，内心出现巨大的惶恐，冤魂索命式的传统精神枷锁牢牢地锁住了他的心智。作为一个旧式的农民，仇虎在没有现代知识和思想的引导下，无疑会陷入固有的文化精神及生存观念之中，纵然身体上完成了一个农民反抗地主的复仇使命，但在精神上同样依然受着传统文化的统治与控制，无法逃脱被奴役的命运。虽然眼前是一条很现代的引向希望的"铁路"，但对仇虎这个旧中国农民来说，这依然是圈定他生存区域的边界，使他永远到达不了"黄金铺地"的幸福彼岸。

三

焦母的形象具有表象的真实性，眼瞎心不瞎，可以敏感地感受到周围的一切。但如果作家只是塑造一个瞎子形象，那实在没有多大意义。事实上，我们从焦母的刻画及剧作的整体氛围中，完全可以体悟到作者别有用意。在焦家，父亲的缺席，并不意味着父权的陷落，墙上的焦阎王画像也有着类似于活人的权威，但真正继承父权的是焦母。焦阎王死后，她便是封建家长制的象征，是全部封建伦理道德的卫护者，又是封建宗法制度和传统观念扭曲人性的化身。她暴戾、凶残、诡计多端，看不惯儿媳的行为举止、穿着打扮，也不把金子"当作人看"，常常肆意凌虐、禁锢，处处想置之于死地。婆媳的矛盾冲突到了有你无我、有我无你的地步。金子与焦母的矛盾冲突，从表面上看是因为焦母的爱子，但在本质上，是自我、独立、不悖人性、追求个人价值与实施家长权威、取消自我、扼杀自由意志的专制家族文化的对峙。

焦母的"爱子"实质上是一种变态的母爱。焦母将自己的价值观强加于儿子，像苛刻的严父一样，有着不容挑战的权威。大星实质上被权威阉割了，其行为不是以内心的需要为依据，而是以施权者的意志为目的，完全丧失了自我意识和情感。变态的母爱铸成了大星"窝囊废""受气包"的性格，也造就了大星的婚姻悲剧和生命悲剧。在戏剧的开头我们就看到，焦母一面狠狠地教训着即将出门的大星，一面往地上丢下一袋钱给他，大星唯唯诺诺，卑屈地捡起来，随即焦母却厉声将他叫了回来，重新点数了钱再给他："拿去，快滚！"这个细节揭示了焦大星在家庭中的地位与生活及造成他现状的根本原因。焦母从来就没有将大星看作一个成人、一个有独立意志的生命个体。正如金子所说："可怜他一辈子没有长大，总是个在妈怀里吃哑儿的孩子。"严酷的封建家长制的绳索紧紧地捆绑了大星，在焦阎王夫妇的刚愎意志与封建淫威的任意驱使中，焦大星被扼杀了个人的意志与自由的天性，成为封建家长制文化传统祭坛上的牺牲品。

四

曹禺认为："剧本的复杂性、深刻性并不在于人物多、场面大，不在于豪言壮语，或故事的曲折奇特，而在于对社会、对人生、对人的了解。"[①]他像鲁迅一样，常把人作为注目的对象，"攀上高山之巅，仔仔细细地望穿、判断这些叫作'人'的东西是美是丑，究竟有怎样复杂的个性和灵魂"[②]。"内部的人"才是真正的人，灵魂的真实才是人的"内在真实"。

《原野》正是通过戏剧人物内在的心灵冲突表现人性问题的。钱理群在《中国现代文学三十年》中评述道："(《原野》)由外部的复仇行为(人与外在社会力量的关系)转向由复仇引发的内心矛盾(人与自身的关系，人的内心世界的揭示)，由外在命运的挣扎向自身的挣扎。于是，当仇虎依照'父仇子报''父债子还''断子绝孙'的传统，真的实现了残酷的复仇(杀死焦大星，并借焦母之手击杀了无辜的小黑子)，他却无法摆脱内心深处的'有罪感'，陷入了灵魂的分裂与挣扎。"[③]

所以，像仇虎这样的中国农民，或者说所有从传统走向现代的中国人，要到达"黄金铺地"的人类生活的理想乐园，"自由地活着，没有礼教来拘，没有文明来捆绑，没有虚

---

① 曹禺. 戏剧创作漫谈[J]. 剧本，1980(7).
② 田本相. 曹禺传[M]. 北京：北京十月文艺出版社，1988：143.
③ 钱理群，等. 中国现代文学三十年[M]. 北京：北京大学出版社，1998：418.

伪,没有欺诈,没有阴险,没有陷害,没有矛盾,也没有苦恼""没有现在这么多人吃人的文明",①就必须经过洗礼,走出自身因袭的传统文化所筑起的牢狱,摆脱封建宗法社会的沉重精神负累。由此看出,《原野》的创作跟《雷雨》一样,不仅反映落后的中国农民在专制制度下反抗命运的现实处境,也表达了对人的存在的思考。

【思考与练习】

1. 通过对人物的分析,阐述《原野》悲剧性存在的原因。
2. 谈谈你对作者在剧本中表现主义手法运用的效果。
3. 思考仇虎为什么最后会陷入精神错乱?

第四节 悲凉的现代中国意象
——老舍的《月牙儿》

《月牙儿》是老舍创作生涯中一部非常重要的作品,也是中国现代短篇小说史上的杰作。正如批评家所言:"老舍的小说一般都有诙谐的幽默感,《月牙儿》却别具一格。作品从始至终都笼罩着一种哀婉的抒情气氛。作者在字里行间深深地渗透着他对黑暗王国的愤怒与憎恨,洋溢着对被侮辱与被损害者的怜惜与同情。"②这篇作品不仅给我们带来了老舍一贯的对于现代资本主义文明的批判,而且还运用一种独特的"女性视角",创造了那个时代里一幕蕴含浓郁的"悲凉的现代中国"意象。

一

老舍(1899—1966),原名舒庆春,字舍予,笔名老舍,满族人。戊戌变法那年的旧历腊月二十三,老舍出生于北平西城小羊圈胡同(今名小杨家胡同),父亲舒永寿是清朝保卫皇城的一名满族(正红旗)护兵,阵亡于八国联军陷京之难。这种遭际,使他日后以小胡同中的贫民的眼光透视一个"礼仪之邦"的"首善之区",从而使作品带有深厚的城市庶民性和"京味"风格③。

1924 年开始的五年旅居英国的生活,开阔了老舍的视野,同时也激发了他的创作兴趣。1926 年他完成了长篇小说《老张的哲学》,同年还有第二部长篇《赵子曰》的面世。在旅居期间,1929 年完成了《二马》的写作。1930 年回国之后,在 20 世纪 30 年代中

---

① 曹禺. 日出[M]. 成都:四川人民出版社,1984.
② 奋飞. 母女两代的血泪控诉——老舍《月牙儿》赏析[J]. 名作欣赏,1981(5).
③ 杨义. 中国现代小说史[M]. 北京:人民文学出版社,1988:182.

期，他迎来了创作的鼎盛时期。此间，最出色的作品莫过于《骆驼祥子》，这也是中国现代文学史上最优秀的长篇小说之一。此外，老舍还著有《猫城记》(1932)、《离婚》(1933)、《牛天赐传》(1936)等长篇小说，《我这一辈子》等中篇小说，以及《断魂枪》《月牙儿》《柳家大院》《微神》等短篇小说。抗日战争爆发后，老舍担任1938年成立的中华全国文艺界抗敌协会总务部主任，并积极投身抗战文艺工作。20世纪40年代著成《四世同堂》，这是他这一时期的创作中最重要的长篇小说。20世纪50年代以后的主要作品是话剧《茶馆》(1957)和小说《正红旗下》(1961—1962，未完成)。老舍一生创作的作品有1000多篇(部)，七八百万字，是名副其实的多产作家。

老舍"没有直接参与激进的新文化运动，甚至对五四运动也采取了旁观的态度，在20世纪二三十年代，他始终与时代主流保持一些距离，在创作上也常表现出不拘于时事的特点。他常常试图在创作中超越一般感时忧国的范畴，去探索现代文明的病源"[1]。在几十年的创作生涯当中，老舍所提供的都市生活的丰富性和生动性，是无人可比拟的。他描绘了一个充满五行八作、三教九流、五光十色的市民王国，诸如对车夫、艺人、暗娼、巡警、教员、职员、拳师、土匪、游手好闲的八旗子弟和为非作歹的洋奴汉奸，都有栩栩如生的刻画，都市古风、市井俗态无不穷极描绘。我国古代话本小说是长于描绘市井俗态的，而这些市井俗态又在老舍手中得到现代意识的重新观照。老舍作为小说家的最杰出的代表，以他广阔的审美视野，提供了一部古都社会新旧更迭期的市民阶层、市民性格的百科全书。[2]

《月牙儿》主要描写了母女两人为生活所迫而相继沦为暗娼的悲剧故事。母亲经历了穷迫当家物、改嫁从他人、辛苦劳动赚钱之后，仍无法生存，只能靠卖淫来维持二人的生活。主人公"我"七岁丧父，与母亲相依为命，在母亲再次改嫁馒头铺掌柜之后，尝试自己生活。在一直照顾自己的女校长离任后，"我"也失去了在学校中靠打杂为生的机会，之后被校长的外甥占有，又因怜悯这个体面青年的瓷人儿一般的妻子，看透了所谓爱情而再次离开。到饭馆当招待成了她的下一条出路，可是因为不会、也不愿像别人一样以媚态取悦食客而被解雇。她最终决定用"浪漫的方式"来挣钱糊口，于是沦为暗娼。之后她染上了病，也看透了这个狼吞虎咽的吃人世界。妈妈被馒头铺掌柜抛弃之后找到她，却一心只希望她多赚钱。最终主人公入狱，在狱中的铁窗前，回想起了她那坎坷、沦落、惨败的人生。

老舍说，《月牙儿》是取长篇小说《大明湖》中20世纪30年代的上海被毁于战火之后，难以忘弃的一段情节，经镂刻点染而成。1935年首次发表于《樱海集》，和《上任》《牺牲》等短篇编在一起。1956年老舍自编的《老舍短篇小说选》里也收录了这一篇。按

---

[1] 钱理群，温儒敏，吴福辉. 中国现代文学三十年[M]. 北京：北京大学出版社，1998：242.
[2] 杨义. 中国现代小说史[M]. 北京：人民文学出版社，1988：182.

第二章 中国现当代文学

照篇幅来看，总共有 43 节的描述，而其内容和取材都有别于一般短篇的容量。所以，老舍在 1947 年编选中篇小说集《月牙集》的时候，就曾把它和《新时代的旧悲剧》《我这一辈子》等相当长的中篇编在一起，并以它为五个中篇之首。在《月牙集序》里，老舍说："我把它们硬放在一处，实在因为'肩膀齐是弟兄'。假若还另有理由的话，就是这几篇都是我自己所喜欢的东西。"在《我怎样写短篇小说》中，老舍曾说："由现在看来，我宁愿要《月牙儿》而不要《大明湖》了。"① 巴金在一篇怀念老舍的文章中说道："他虽然含恨死去，却留下许多美好的东西在人间，那就是他那些不朽的作品。我单单提两三个名字就够了，《月牙儿》《骆驼祥子》和《茶馆》。"

二

《月牙儿》以"月"为题，文中十余处出现"月"的意象。在中国的传统文化中，满月代表了团圆美满，而缺了大半的月牙儿总是笼罩着一种忧伤与悲凉的感觉。月牙儿与主人公的命运有着某种默契的关系，主人公每一次的转折或者不幸，都会在天空中出现那一钩或明或隐的泛着金色的月牙。

小说一开始就点题："是的，我又看见月牙儿了"，这个月牙儿是"带着寒气的一钩儿浅金"，它是唤起我记忆的一个重要物象，就像"一阵晚风吹破一朵欲睡的花"一样，月牙儿将"我"和读者带回了笼罩着寒气的过往岁月。这段描写蕴藉着作者淡淡的、哀婉的情绪，营造了一种强烈的摄人心魄的艺术氛围。

月牙儿在"我"的生命中第一次出现，就是带着"酸苦"意味的，"它那一点点微弱的浅金光儿照着我的泪"。那时"我"的重病的爸爸离"我"和妈妈而去，以后每次想起被一个木匣结束了一切的爸爸，"我就想到非打开那个木匣不能见着他"。月牙儿的出现、隐没和父亲的弥留、断气相映照，为《月牙儿》整个故事的凄凉奠定了悲剧的基调。古语有云："父为日，母为月，儿女为星。"这凄寒的月牙儿也似乎暗示着父亲过世以后，"我"和妈妈将走上一条更加黑暗坎坷的人生之路。但是，对小说中的人物来说，月牙儿的出现却是非常自然的生活景象；父亲的弥留逝去与月牙儿的出现隐没或许只是生活中两个不相关的现象在时间上的偶合。之后，月牙儿在主人公母女上坟回城时出现，在女主人公去当铺质典时出现，在妈妈改嫁时出现，也都是这样的巧合。父亲既死于月初，那么一个月后上坟，在暮色昏沉中回城，月牙儿自然会出现在天空。母女俩后来因为晚炊无米，在薄暮之中去当铺典当，疑心当铺关门过早而望望天色，月牙儿当然有可能很"巧"地挂在天上。另外，寡妇再嫁是不体面的、见不得青天白日的事，按旧时的规矩，娶再嫁妇人应当在太阳落山之后，所以母亲花轿前出现一枚月牙儿也就不足为怪了。就此而言，"月牙儿"的几次出现，又是严格按照生活的面貌描写生活，是生活中已经有过和可能发

---

① 老舍. 我怎样写短篇小说.//老舍生活与创作自述[M]. 北京：人民文学出版社，1982：38.

生的事,可见老舍的艺术匠心。

　　主人公"我"对于月牙儿的认识经历了一个由浅入深的过程。爸爸病危时,"我"只是倚着小屋的门垛,看着月牙儿。这时的月牙儿只是一个客观的与"我"似乎毫无关系的存在,只是月牙儿的寒光让"我"感觉屋里的凄惨,更觉得自己身世的悲凉:父亲久病不起,"我"冷、饿,没人理"我",没人招呼"我",没人顾得上给"我"做晚饭。此时"我"从未想过月牙儿会有什么暗示,会给"我"带来任何凶兆。之后,和妈妈去给爸爸上坟回来的时候,不记得别的,只记得天上模模糊糊有个月牙儿。

　　后来为生活所迫去典当东西而未果的晚上,"我"看到天上那个月牙儿,记起了在爸爸死去的那天,它也是那样歪歪地。在妈妈给人家洗衣服为生的某个晚上,"我"望着在夏天却始终带着凉气的月牙儿,开始觉得月牙儿的出现是与磨难和死亡联系在一起的,它总是有那么点凉气,像一条冰似的。这时,"我"似乎开始害怕因月牙儿而产生的那些联想。妈妈再嫁的那天晚上,轿子前面的那个月牙儿让"我"觉得"比哪一回都清楚,都可怕""可怕的月牙儿放着一点光,仿佛在凉风里颤动",在"像个要闭上的一道大眼缝"的月牙儿之下,妈妈的轿子进到了一个小巷当中。此时,"我"心中的关于月牙儿的那些朦胧的想法,经过这次以后,一下子成了占据"我"内心的强烈的意念。"月牙儿"预示着不幸,这个关联在"我"的心中成熟定型。此后,当继父出走,母亲为娼,社会贪婪、淫乱、凶恶的黑势力向"我"逼来时,心中的那个萌芽状态的想法迅速在现实生存处境之下抽条发叶了。之后,"我"甚至在白天,有时也望一望天上,不仅常常向上天寻找"月牙儿"来占卜凶吉,而且开始把"月牙儿"与心中的痛苦等同起来,它几乎成了儿时成长起来的精神"情结"。"我"心中的所有痛楚,若是用个形状来描绘,一定是一个月牙形的。

　　再到后来,"我"几乎已然把月牙儿看作了自己苦难身世的象征物。当和母亲分开各谋生的时候,月牙儿就再未出现,这似乎在预示着,母亲连月牙儿那点微弱的希望之光都没有了;而"我"因为年轻,还有一线希望可以去挣扎,"我"内心更加害怕月牙儿带来凶信。想看却又不敢去看,一个人在院中走,常常"被月牙儿赶进屋来"。没有了外在庇护的力量,支持着"我"生存的强烈信念则是尚属于自己的一个自由之身。当为了生存而奔走却四处碰壁之后,"我"终于懂了,母亲所走的路,是唯一的,"我"只有唯一的资本了。在绝境当中,"我"虽然还怀着渺茫的希望,即便不得不像母亲那样卖身,"我"也只想卖给一个人,只要那个人给"我"饭吃,"我"就什么都愿意干。于是,就是在另一片月光之下,"我"失掉了清白以及最后的希望。爱情是奢侈品,是填饱肚子以后用来自欺欺人的东西。"我"看清了一切努力和挣扎都是徒劳的,都将走向愿望的反面,像为了逃避黑暗而终步入黑暗的"月牙儿"一样。所以,当社会的黑暗吞噬了"我"所有妄想抗争的力量,"我"终于全部投身于黑暗之中了,所以今后再也见不到月牙儿了,或者说,月牙儿的出现与否对"我"都无所谓了。直到最后被捕入狱,"我"才在最黑暗的地

第二章　中国现当代文学

方，再次看到了久违的月牙儿，"我"凭着这个月牙儿，想起了一切生活历史的记忆。

这一缕残月的暗淡余光始终笼罩着全文，衬托着一个无辜少女的苦海残生，气氛萧索，缠绵哀切。小说于回旋往复之中不断变幻笔致，或写乌云遮月，或写暗夜无月，或写暂时快乐不曾观月，或写频遭蹂躏时无心思月，既能就月写月，也能于无月处写月，把整篇小说升华到一种象征的诗的境界。

三

《月牙儿》是老舍20世纪30年代中期的作品，以其浓郁的抒情性与老舍此前的作品拉开了一定的距离，给读者耳目一新的感觉。作家一反平常幽默调侃的"京味儿"格调，熟练地运用了第一人称内聚焦叙事的模式，这在老舍的作品中并不多见。在第一人称内聚焦的叙事模式中，叙述者往往与作品中的主人公重合，以故事主人公的视角观察作品中的世界。《月牙儿》中所采用的女性第一人称的讲述方式，在情绪不定的话语中始终流露出一种女性特有的气息。这可以算得上是一种"老舍式"的女性话语，以一种近乎呓语式的内心独白对女性世界进行了大胆的挖掘和表现。文中的"我"经常有歇斯底里的语言和行为，"我后悔，我要哭，我喜欢，我不知道怎样好""我有时，疯了似的吻他，然后把他推开，甚至于破口大骂，他老笑""有时候我管不住自己的脾气，我暴躁，我胡说，我已经不是我自己了，我的嘴不由得老胡说"。这样的语言和行为都是女性所特有的。在传统的男性作家占主导的时代，女性的所有心情与欲望是被忽略的，或者说是没有正当的欲望的。五四运动以来，郁达夫等男性作家开始冲破传统束缚，勇敢地写出了对于性的苦闷。但他们在描写男女关系时，多采用男性角度来描写，不可能站在女性的立场来细腻地描写女性的感情和心理体验。同时，五四运动初期的女性作家也大都不敢承认女性有正当的欲望，并且在文本中一再回避而高举精神恋爱的旗帜。丁玲或许是第一个正视女性欲望的女性作家，而以女性视角来表达女性的生存欲望的男性作家极少。老舍在《我怎样写〈大明湖〉》里谈道："它的故事的进展还是以爱情为联系，这里所谓爱情可并不是三角恋爱的那一套，痛快一点说，我写的是情欲问题。"小说中有这样的描述："什么都融化着春的力量，把春收在那微妙的地方，然后，放出一些香味来，像花蕊顶破了花瓣，我忘了自己，像四处的花草似的，承受着春的透入，我没了自己，像花在那点春风与月的微光中。"在大胆承认"我"的性体验的同时，成功地运用了"花蕊、花瓣、春风、微光"的意象来表达"我"的情绪和体味，而不是像其他现代男性作家一样从男性的触觉和视觉来描写性，把女性置于"被把玩""被观看""被消费"的地位，成为男性欲望化的符号。老舍利用含蓄的语言和象征性的手法使笔下的女性发出自己真实的声音，成功地运用了女性话语来表达女人的性别自我。

在《月牙儿》中，由于父亲形象的缺席，"我"和妈妈之间的命运关联成了整个文本世界的依托。妈妈是"我"在这个地狱般的世界里的唯一的亲人。从小和妈妈生活在一起,靠着妈妈解决衣食问题。当妈妈迫于生计而成为暗娼时,"我"开始"躲着她,我得恨她,要不然我就不存在了"。当时正在接受教育的"我"接受不了妈妈从事的这个让"我"感到羞耻的职业。而在这份"恨"的背后,隐藏着的是深深的爱。"我"不是恨妈妈,而是觉得"我们娘俩儿就像两个没人管的狗,为我们的嘴,我们得受着一切的苦楚,好像我们身上没有别的,只有一张嘴。为这张嘴,我们得把其余一切的东西都卖了。我不恨妈妈,我明白了。不是妈妈的毛病,也不是不该长那张嘴,是粮食的毛病,凭什么没有我们的吃食呢?"是因为生活太穷苦,而作为女子的我们,脆弱得无计可施。文中"我"常常梦到妈妈到"我"的梦中来,就是很好的证明。妈妈和"我"生活在社会的底层并相依为命,最终的结果都是为了吃饱而沦为娼妓。文中的"我"不禁这样感慨:"女人的职业是世袭的,是专门的!""我"和妈妈的命运虽然在开始或许有所不同,但最终殊途同归。作为一个男性作家,老舍通过心理的转换,巧妙而深刻地描绘了这对母女,或者说那个时代受压迫女性的最真实的感触。"共同的人性的存在就决定了男性在相当程度上理解女性的可能性。中国现代文化的一个巨大进步便是男女间对人性的认同。'五四''人的发现'的一个重要实绩就是认识到女性与男性一样的也是'神性加魔性''灵肉一致'(周作人语)的人,从而奠定了两性互相理解、相互沟通的思想基础。"①

四

《月牙儿》全篇浸染在浓得化不开的忧伤之中,有着深切的人生悲凉感。它聚焦于市民社会的底层,着眼于传统向现代转换的社会中女子被揉碎的心灵和凄惨的命运。它记录了一个本是纯洁的心灵,如何一步一步地走上唯一的不归之路,如何在泥泞和悲苦之中挣扎,如何以屈辱换得最后的生存;而这颗扭曲了的心灵,最终又是如何作为社会道德的牺牲品被推上了虚伪的祭台。这样一个凄凉的人生故事的讲述无疑得益于老舍对底层人民生活的熟悉。老舍自幼丧父,与母亲相依为命的城市平民生活,使得他深深地了解城市平民的疾苦,对他们充满了热爱与同情。跟同期的现代作家相比,老舍笔下《月牙儿》中的母女二人的生活不是向新思潮靠拢,而是缠绕成一个悲剧的轮回。这反映了作者对那个时代的社会底层细致洞察的艺术敏感力。

由此,我们或许可以将作品深化一层,将这关于女性命运的主题向着民族命运的意蕴上生发,即在一个软弱的东方国家里,当专制强权轰然倒塌、外来势力强硬入侵,整个中华民族及其子民突然处于现代世界性竞争的残酷境况之下,失去了原有庇护和生存的空间,她们只能发出一种柔弱者无尽的凄凉哀音。在 20 世纪 30 年代的悲凉氛围中,这弯深

---

① 乐黛云. 中国女性意识的觉醒[J]. 文学自由谈,1991(3).

蕴中国民族意象的"月牙儿"几乎传达了整个民族的情绪与生存气息。

作为一个强烈地感受到东西方国度差距，同时又有着丰富的底层生活经历的作家，《月牙儿》是老舍敏感地找到的一个时代的民族形象的象征物。它不仅向读者讲述了一个具体的悲凉人生故事，而且象征化地勾画出了 20 世纪 30 年代现代中国的历史氛围和整体形象。

【思考与练习】

1. 文中"月牙儿"代表了什么？主人公"我"对月牙儿的认识经历了哪几个层次？
2. 试分析老舍的女性视角并说明这样写的目的。
3. 为什么主人公会认为"妈妈是对的，妇人只有一条路走，就是妈妈所走的路"？
4. 为什么受过教育的主人公无法摆脱妈妈的路，而不顺着新思潮走上新的光明道路？

第五节　新老帝国双重压迫下的中国女性的哀音
——萧红的《呼兰河传》

20 世纪 30 年代崛起的"东北作家群"，以其关东粗犷的气息、深沉的亡国之痛和充满力度的反抗声音昂扬于当时的中国文坛。萧红、萧军、端木蕻良、舒群、白朗、骆宾基、李辉英、罗烽等，这批由东北沦陷区不断地往内地流亡迁徙的青年作家队伍，大大地激发并引领了抗战文艺的先声。其中，萧红以她独特的才情傲然出众，她温婉的女性抒情笔法和那细致、刻骨的书写力量，淋漓尽致地传达了整个抗战时代的中国情绪和落后中国的哀音。

一

萧红本名张乃莹，笔名有悄吟、玲玲、田娣，是中国现代文学史上一位才情突出的女作家。她的一生命运坎坷，创作生涯仅仅九年。1911 年，萧红出生在黑龙江省呼兰县一个地主家庭里，因接受了现代教育的新知识、新思想，20 岁的萧红反对父亲包办的旧式婚姻，并与父亲决裂，但不幸遭到家庭软禁长达 7 个月之久，后遇到萧军并被其救出，两人于清贫中开始了艰难的爱情旅程。在萧军及友人的一致鼓励下，萧红也开始尝试文学创作，并小有名气，后与萧军共同出版小说散文集《跋涉》，引起文坛关注。随后，"二萧"秘密转战青岛、上海，期间受到鲁迅先生的帮助和指导，与鲁迅建立了深厚的师生情谊。抗战爆发后，萧红与萧军及文化友人辗转于武汉、山西、西安、重庆、香港等地。太平洋战争爆发后，日军占领了香港和九龙，重病的萧红身陷九龙玛丽医院。1942 年 1 月 22 日，萧红在寂寞中病逝，年仅 32 岁。

在短暂的写作生涯里，萧红写出了小说、散文、诗歌、戏剧等大量作品。20 世纪 30 年代她凭借一部东北抗日题材的《生死场》蜚声文坛，并受到鲁迅的关怀。萧红前期著有《桥》《牛车上》《旷野的呼喊》等短篇小说及长篇小说《马伯乐》；后期的代表作有《呼兰河传》、短篇小说《小城三月》。其中，《呼兰河传》以它独特的艺术风格，被茅盾誉为"一篇叙事诗，一幅多彩的风土画，一串凄婉的歌谣"[1]，成为继鲁迅之后"乡土小说"中具有浓郁诗化色彩的文体风格的小说，被视为萧红的巅峰之作。

萧红是一位情绪浓郁、富有个性气质的作家，她的作品常用自传体的方式铺展开来，以一种自由而随心所至的散文化叙述，细致而敏锐地传达出其独特的地域文化及生命体验。《呼兰河传》属于自传体小说。全书共分七章：一二章介绍小城风貌、地理环境和风俗民情，从宏观上写出小镇的基调。后面五章则是微观描写，其中三四章描写家院及"我"与祖父朝夕相守的童年生活，最后三章笔触伸展到家庭以外，叙述了有二伯、小团圆媳妇、磨倌冯歪嘴子三个下层人物的悲剧命运。这七章经历了从宏观到微观，从整体到家庭，再到家庭以外，但无一不是在描画一个接一个的生命悲剧。在文体风格上，萧红以她独特的艺术感受，创造出一种介于小说与散文的边界模糊的文体。小说以意识流的手法书写家乡的环境和依托这个环境而生存的小人物的命运，具有浓厚的抒情性。萧红的文字有一种近乎童真的纯粹，但这不是指她外部性格的天真，而是一种特有的女性表达的纯净美。"萧红体"是她的独创，以新鲜自然、稚拙浑朴的美学情趣，自传式的叙事方法，超越了现代小说的一般写法。《呼兰河传》放弃以人物和情节为重心的现代小说规则，而是罕有地以一种整体的情绪为叙述的重心，整篇小说仿佛氤氲在情绪流动之中。这种非情节化、非角色化的写作手法，使得人物情绪与场景氛围的渲染非常突出，从而使作品凝聚了一种感伤之美。[2]

二

小说开头自然而率真，作家直接对呼兰小城的生活全景进行勾勒与铺叙。东北的一座寂寞小城，并不繁华，一年四个月飘着雪，人们的生活单调与四季更迭无异，对外来新鲜文化好奇又排斥。小说巧妙地将十字街口的拔牙洋医生与老字号李永春两处情景进行比较，很有幽默意味地刻画出小城人们的文化心理状态。这个封闭而寂寞的角落里生长的人们，无法跟上热闹开放的城市市民趋新时髦的消费观念，他们只是满足于生存的必需品，无须靠广告招徕他们的关注点，新鲜事物只会使其萌生怀疑和恐惧。这一细微的刻画，展现了这块冰封的土地所造就的保守与惰性。因此，东二道街上的"大泥坑"就具有一定的象征意义。大泥坑仿佛是活的，被赋予了生命，人们关心它随季节更迭的大小变化，却从

---

[1] 茅盾. 呼兰河传·序.//萧红全集[M]. 哈尔滨：哈尔滨出版社，1991：704～706.
[2] 陈晓彦. 萧红与张爱玲作品中的悲剧意识比较[J]. 湖南科技学院学报，2007(8).

未有人因其带来诸多不便提出填平它——这并非愚昧、懒惰,其中暗含着古老的"顺应天命"的思维方式①。"一切寻求自然的结果",精神生活的主宰形象——神鬼,亦是土地衍生出的幻象,凡是对其有不恭的行为都会受到相应的惩罚;"盛举"都是为鬼而设的,人只是"揩油借光"而已。

这种否定人的独立生存意识、泯灭人的个性发展而臣服于神秘自然的观念,几乎泯灭了人与人之间相互关爱怜悯之心。那些不幸者的遭遇理所应当被"顺手牵羊",成为人们茶余饭后的娱乐材料,并很快随风而去,抛掷脑后。不幸者被划为异类,殊不知这是五十步笑百步的愚蠢,正如萧红的隐痛陈诉,"自然的结果不大好的,便是被默默拉着离开这人间的世界""没有被拉去的,就风霜雨雪,仍旧在人间被吹打着"。空虚悲凉已渗入每一个生命的骨髓,人生没有希望,尤其是妇女的命运,"节妇坊上的赞词只写温尔雅顺、孝顺公婆,不提跳井之类的常闻,因为男人百害无益,造成负担""老爷庙的泥像盛气凌人,令观者望而生畏。娘娘庙的温顺老实,看上去好欺负""男人打女人是天经地义,神鬼齐一的"等。这世界一切以男人为中心,女人只是男人的附属品,女人就理所应当受男人的奴役,需要接受男权秩序的检验和改造。被指责为"妨夫"的少女在受尽百般侮辱和虐待后,也只有选择自贱生命的方式进行反抗。

这种男女不平等的野蛮传统的毒根深植于被压迫者的思维逻辑里。作者以现代女性的敏锐,冷静地将小团圆媳妇这样的下层女性的生存悲剧慢慢展开,让读者深切地感受传统而封闭的文化生存环境对被压迫女性生存权利的漠视。原本天真活泼的个性却被歪曲地指责为"太大方、不温顺、不乖巧",遂讨得以婆婆为首的家长对其进行粗暴的改造:毒打成为家常便饭,被吊起在大梁上用皮鞭子狠狠地抽,用烧红的烙铁烙脚心。更让人心寒的是,周遭的妇人还在自豪地各抒己见,一点儿都没有由人及己的反省意识。如此,生气勃勃的生命就这样被一步步折磨致死,个体生命的人性光芒似乎随着蒙蒙的日光默默地潜入地平线下,终不复出。萧红以孩童的纯真视角默默地注视这一生命陨落的时刻,静静地叙说生命如何在滞缓而封闭的时空里慢慢地凋萎。她没有现代女性作家笔力张扬的批判与揭露,纵然内心深处有着同情和痛惜,作家也几近爱莫能助,但读者却能够从那潜藏在文本背后深沉的悲剧氛围中感受到一种激荡的暗潮。

小说中的人物命运虽然足够引起读者的思考,但小说的整体格调却是这样不张扬、不跌宕;大多时候,作者只是在呈现一种过去的时光、单调的生活方式、寂静的生活场景,只是在其中融汇了麻木与美丽、善良与愚昧、残酷与温情、生存与死亡等;作家在字里行间更多地流连于那些淡淡的童年回忆,感受一种生命体验的感伤的静美。"从某种意义上,《呼兰河传》作为《生死场》的续篇或重写,出没在《呼兰河传》中的历史形象已不再是《生死场》中那个自然生产方式的轮回,而是死水式的社会病态的文明因袭;出现在

---

① 孟悦,戴锦华. 浮出历史地表——现代妇女文学研究[M]. 北京:中国人民大学出版社,1989:188.

《呼兰河传》中的国民灵魂也不再是动物性、非主体的乡土人众，而是无意识无主名杀人团式的群体；出现在《呼兰河传》中的希望也不再是某一个危机引致的大众觉醒，而是未被这文明社会所淹没的生命力。《呼兰河传》是萧红在她生命最后几年里对毕生经历和思想的凝聚。"①

读者可以感受到，祖父与后花园囊括了"我"童年时光宝库中爱与美的全部，但幸福又掺拌着单调与寂寞。在这里，作家的文字都显得絮絮叨叨："我出生的时候，祖父已经六十岁了，当我长到四五岁时，祖父就快七十了，我还没有长到二十岁，祖父就七八十岁了。祖父一过了八十，祖父就死了。"口齿伶俐又有点儿饶舌的受宠爱娇的小姑娘，活生生地在耳边嘀咕，每个句子简单而完整，即使每个主语都是"祖父"，也从未省略。足见祖父在萧红心目中的地位，简单的句子一如单纯的童年生活。②

即便在对像二伯这样充满劣根性的人物，作者仍然没有辛辣地批判，只是以一种淡淡的谴责，描绘他的那种毫不自觉、攀附权贵、自欺欺人、健忘自傲、麻木不仁的状态。这个活脱脱的东北阿Q，作者善意地揶揄：一个扛活儿的，却偏偏喜欢人家叫他"有二爷""有二东家""有二掌柜的"；不敢反抗真正的东家，只能对绊脚的石头发牢骚，"你为啥往我脚上撞，若有胆子撞，就撞那个耀武扬威的，脚上穿着靴子鞋的"；埋葬小团圆媳妇后归来，仿佛是过年回来的，充满了欢天喜地的气象；被主人打倒在院子里，只有两只鸭子相伴在他身边，但却是来吸食他流的血；自尊受到伤害，却拿出农村妇人泼辣的看家本领——哭闹上吊，最后落得一个笑话歌谣——"二伯上吊，白吓唬人"。显然，这个小人物的自我嘲弄、自我贬损、自我宣泄，都是其在精神窒息的生存环境下的异化的表现。这种淡淡的、温情式的揶揄，仿佛是无声的叹息，透露出作者所体味到的人情世态背后的生命苍凉。③

萧红笔下的一串零落萎靡的小人物形象，似乎游离于民族危亡的宏大主题之外，遂在抗战文学大放光彩的时代被忽略与漠视，但实际上却超越了时代，正如萧红自己所言："作家不是属于某个阶级，作家是属于人类的。现在或者过去，作家们写作的出发点是对着人类的愚昧。"④

三

《呼兰河传》是作者以独特细腻的女性视角对历史现实的重新审视。"她没有像男性友人那样盲目乐观，而是更为清醒地挖掘存在于人们头脑中和生活习性中的旧观念等的历

---

① 孟悦，戴锦华. 浮出历史地表——现代妇女文学研究[M]. 北京：中国人民大学出版社，1989：187.
② 宋晓萍. 萧红的地：封锁与游离——关于《呼兰河传》及女性空间. 中国文学网，http://www.literature.org.cn/.
③ 王科. "寂寞"论：不该再继续的"经典"误读——以萧红《呼兰河传》为个案[J]. 文学评论，2004(4).
④ 季红真. 叛逆者的不归之路. 读书，1999(9).

史沉积物。在外族入侵、全国掀起抗日热潮的大时代面前，历史的惰性从人们的眼中消失了，但并未在萧红的生活现实中消失，相反，愈是民族危亡时刻，反而愈见其沉重——它毕竟是古国文明在外族入侵下面临危机的内因。历史的惰性结构与外敌入侵摧毁力量的内外夹击，形成了一种民族的与女性共同的绝境。"①

历史上空的浮云遮不住自由女性的慧眼。在望见云隙间的一束阳光时，才女透彻地意识到女人生来之滞重。正如她曾经的感慨："女性的天空是低的，羽翼是稀薄的……女性有着过多的自我牺牲精神，这不是勇敢，倒是怯懦！是在长期无助的牺牲状态中养成的自甘牺牲的惰性。"因此在萧红的创作中，女性色彩非常浓重，她塑造了许多"生的坚强，死的挣扎"(鲁迅语)的北方农村女性形象，她们生活在社会的最底层，受人欺辱，像磨倌冯歪嘴子的媳妇、童养媳等，最终都难逃厄运，早年夭折。作者在冷静叙述的末尾寄寓了对生命的眷恋与美好期望，恰如她让小团圆媳妇死后，灵魂化为东桥下的一只大白兔，让其以另一种生命形式永存；让冯磨倌媳妇在分娩死后，留下小生命，使之成为冯磨倌继续生活下去的精神支柱。这些"萧红式"的女性悲剧美，既是写实的，又富有浪漫色彩。

在 20 世纪 30 年代的中国文坛上，萧红为中国现代文学创造了独特的艺术空间。作为一个柔弱的受压迫女性，她不仅挣脱了旧中国传统家庭制度的枷锁，而且强烈地发出了女性集体的时代哀音；同时，作为一个现代作家，她对受古老的封建帝国和新帝国主义殖民统治下的现代中国人的生存境况进行了深刻反思，继承了早期现代文学的人生启蒙的时代主题。在中国现代女性的"历史天空"中，她照亮了后代女性的生存求索之路。

【思考与练习】

1. 《呼兰河传》具有哪些超越所在时代的深刻思想性？
2. 体会并综述萧红所勾勒的呼兰小城的风俗美。

第六节　宗法社会诉讼与社会阶级斗争
　　　　——赵树理的《李家庄的变迁》

《李家庄的变迁》是 20 世纪 40 年代解放区一部较有阅读价值的长篇小说。小说"以一个村为缩影，展现北方农村从 20 世纪 20 年代到 40 年代的巨大变革"②。虽然从篇幅和思想深度看，小说还达不到鸿篇巨制的"史诗"标准，但今天的我们却可以透过文本充分感受到那个变革时代里复杂多样的社会面貌，重新认识在革命意识形态下的斗争叙事空间与封建宗法制社会下的乡村文化空间的离合。同时，这部小说也是农民题材的现代长篇向

---

① 孟悦，戴锦华. 浮出历史地表——现代妇女文学研究[M]. 北京：中国人民大学出版社，1989：186.
② 钱理群，温儒敏，吴福辉. 中国现代文学三十年[M]. 北京：北京大学出版社，1998：478.

新中国成立后的"红色经典"革命小说范式转换的一个关节点。通过今天的重读,读者依然可以清晰地体会到中国农民现代化转型的复杂性和艰巨性。

一

赵树理(1906—1976),原名赵树礼,山西沁水人。20世纪30年代开始文学创作,1943年发表《小二黑结婚》《李有才板话》,标志着他创作的成熟。新中国成立后,历任全国文联常务委员、中国曲艺协会主席、中国作家协会理事等职。其主要作品有:长篇小说《三里湾》,长篇评书《灵泉洞》(上),短篇小说《登记》《"锻炼锻炼"》《套不住的手》,人物传记《实干家潘永福》,剧本《十里店》等。

《李家庄的变迁》作于其成名作《小二黑结婚》《李有才板话》之后,完成并发表于1945年冬,是赵树理前期创作中唯一的一部长篇小说。小说以晋东南的一个山村为背景,通过展现李家庄外来户张铁锁的曲折人生经历,反映了从20世纪30年代至40年代农村宗法社会的变迁和阶级斗争的广阔社会历史内容,是一幅"堪称巨大的,应用油画笔法却简化为素描笔法的历史画卷"。①

小说发表不久,茅盾就指出,小说的背景虽然是"晋东南的一个山村。然而这山村分明是封建势力最强大的中国北方广大农村的缩影"。同时,山西有着"不倒翁式的既贪婪又狡猾无耻的地方军阀"②。小说描写的李家庄的各种社会势力之间的斗争具有普遍性和典型性,以李如珍为首的村公所、公道团便是这样一个"不倒翁"的代表。张铁锁曾多次疑惑:"李如珍怎么能永远不倒?三爷那样胡行怎么不办罪还能做官?小喜春喜那些人怎么永远吃得开?……"白狗后来也感叹:"小喜这东西,成个长生不老精了。"后来张铁锁见到了小常,才得到了一个答案:"总得把这伙仗势力不说理的家伙们一齐打倒,由我们正正派派的老百姓们出来当家,世界才能有真理。"那么怎样推倒这伙"长生不老精"的统治,便成为小说的一个主题。

二

小说一开始就上演了一场别开生面的精彩对峙:张铁锁被春喜诬陷侵占破厕所和小桑树,张铁锁在龙王庙的审判会上为自己辩解未果,却被反咬一口,被判处二百块现洋的"罚金",还要负责吃烙饼和开会的费用。从张铁锁的败诉,我们可以窥见传统农村宗法社会的一斑:对于"外来户",传统的"家本位"的宗法社会组织有其极大的排外性,外来户"缺乏宗族根基,常受乡村豪绅的排挤和欺压"③,即便是在今天的山西等地

---

① 杨义. 中国现代小说史(第三卷)[M]. 北京:人民文学出版社,1991:552.
② 茅盾. 论赵树理的小说.//黄修己编. 赵树理研究资料. 太原:北岳文艺出版社,1985:195.
③ 杨义. 中国现代小说史(第三卷)[M]. 北京:人民文学出版社,1991:539.

第二章 中国现当代文学

的北方农村中,我们仍能见到这种现象和观念的存在。然而,赵树理对这一场面的描绘,对各种人物形象的勾勒,以及对乡村宗法社会结构内部的稔熟,至今让读者在阅读中尤感新鲜、生动。

张铁锁作为一个外来户,本身就在本村中处于不利的地位。小说中李如珍的"你们这些外路人实在没有规矩!来了两三辈了还是不服教化!"和二妞的"只有你们活的了!外来户还有命啦?"等充分表明了这一点。更为重要的是,虽然张铁锁获得了村民们的同情,但依附于自然经济的农民的分散性和无组织性,以及乡村社会的人情世故和宗法制度的潜在淫威,使他们无法组织起对压迫他们的统治势力的有效反抗。在小说中,也可以找到这样的证据:老宋本来能给张铁锁做证,但是"他如果说句公道话,这个庙就住不成了",因此只好"推开";后来,张铁锁败诉后,邻居们出于同情,纷纷到张铁锁家里去解劝,并表示愿意为张铁锁作担保,但一听到有人偷听以后,均害怕连累到自己,"也就不多说了""慢慢散去"。后来,张铁锁问到小常,"大家怎么就齐心了?"小常给出的答案就是:"要把大家组织起来。"

需要注意的是,村民们自身内部并未能产生这样的使自己"组织起来"的力量和指导思想,他们也只是几千年来的宗法社会的一分子,早已在骨髓里认同了这一身份的生存境况。但随着革命形势以及阶级观念对乡村社会的影响和渗入,村民们听了小常的讲话后,明白了组织的重要性,便迫不及待地说道:"这回可不要错过,赶紧请人家组织咱们一下!"这一方面显示出了农民们在对李如珍等的斗争中有了朴素的觉醒意识;另一方面也可以看出农民们需要依赖外在强大力量的支撑,才敢于和能够组织起来。而小常等共产党员及其组织下的牺盟会,正是一种脱离了乡村宗法社会的外部力量,他们本着一种现代革命的意识,通过组织起处于宗法社会底层的农民,反抗阎锡山庇护下的李如珍等封建势力的统治,让"正正派派的老百姓出来当家",来打破现代革命中顽固落后的社会生态结构。

正是在全国抗战的历史大背景下,外部的组织力量才能很好地进入这种不合理的腐朽宗法社会,主导底层农民的精神动向。宏大的民族战争和阶级革命正好契合了乡村农民个体的生存需要和对宗法社会的不满情绪。于是,动员全体民众抗战的新的社会场景,取代了小说开头的令底层百姓感到紧张压抑的宗法制控诉场景。村民们听从了"有钱的出钱,有力的出力""要组织起来才有力量"的建议,接受了"阶级斗争""让老百姓出来当家"的革命思想。小说中,写抗击日本侵略者的民族斗争只是一个大背景,但它却时时影响着李永庄与李如珍等宗法势力斗争的起伏进程。小说中写李如珍看到牺盟会的迅速发展,不得不跟着王安福一起实行减息,心里反而"盼望敌人早些来把这事耽搁一下"。结果日本人逼近后,自己反而被孙殿英的侯大队绑票,并由小喜出面"说票"才得以脱身,不仅富有讽刺意味,更写出了在当时的时代背景下,各种势力的此消彼长,各种利益的相互交织的复杂局面。后来,小喜投降了县维持会,竟带日本骑兵数次骚扰李家庄,李如珍又成为村维持会会长。于是，抗日和反汉奸民族战争的大背景与具体的农村宗法社会斗争融合到了一起，拧成了一股绳子。小说最后，八路军反攻回来，在李家庄建立了抗日根据地后，才最终把李如珍等打倒，于是便有了小说第十五节中群情激奋、"血染龙王庙"的场面。然而，这一场面的血腥味不仅让我们看到了阶级斗争胜利的喜悦，更显示出宗法社会斗争一直存在的原始与野蛮力量。即使在今天的阅读中，我们也同样继续反思阶级斗争与宗法社会斗争两种不同形态的社会状况下存在的农民劣根性问题，以及中国社会在20世纪发展道路中引发的各种现代性精神病症。虽然小说产生的年代以及作家的主观创作动机还受限于对历史时代的认识。但优秀的文学作品本身就超越了作家所处时代的局限性，在以后的阅读历史中获得不断更新的文本思想意蕴。

《李家庄的变迁》作为一部具有"史诗性"的长篇小说，它没有图解阶级斗争，而是细致生动地刻画了特定时代背景下乡村宗法社会产生的动荡局面，历史地呈现了抗战前后以李家庄为代表的中国北方农村的剧烈的社会变迁。周扬在作品发表不久就发表评论文章赞扬道："《李家庄的变迁》虽只写一个村子的事情，但却衬托了十多年来山西政治的背景，涉及了抗战期间在山西发生的许多重要事件，包含了历史的和现实的政治内容，可以看出作者在这里有很大的企图。"①杨义在《中国现代小说史》中也高度评价了这一作品的史诗性内涵："它以开阔的思路和质朴淳厚的文笔，勾勒了敌我力量的消长、进退，揭示了在'官逼民反'和革命者发动群众的合力之下，中国农民在死路和生路之间的艰难选择。这是一幅堪称巨大的、应用油画笔法却简化为素描笔法的历史画卷。"②

三

赵树理小说重视故事的情节性，和传统叙事风格相一致，体现了赵树理小说对中国古典小说创作手法的借鉴。小说以"李家庄有座龙王庙，看庙的叫'老宋'"开头，以"老宋"这个在小说中似乎并不起眼的人物挑起一段"龙王庙断案"的时代斗争故事。比起现代小说从最精彩的横断面切入的方式，这一小说笔法看似轻盈而随意，却似有拨千斤之力，体现出传统叙事的气韵。在古典小说中，这是惯用的方法。例如，《水浒传》由"洪太尉误走妖魔"引起全篇，《红楼梦》由"甄士隐梦幻识通灵，贾雨村风尘怀闺秀"逐步引入等。它们均从看似琐碎的、与全篇情节无关的故事逐步引入正题，以增强小说情节的曲折性和可读性，以此来吸引读者。

小说生动地铺叙了乡村宗法诉讼的规则和场景，饶有趣味地介绍了民国前后李家庄这样的农村中办事说理的规矩，对李家庄各色人等及其关系作了交代。这些铺排不紧不慢，舒缓有致，为后文的叙事积蓄了张力，充分调动了读者对故事的期待心理。这种以静制

---

① 周扬. 论赵树理的创作. //黄修己编. 赵树理研究资料[M]. 太原：北岳文艺出版社，1985：181.
② 杨义. 中国现代小说史(第三卷)[M]. 北京：人民文学出版社，1991：552.

动、欲扬先抑的叙事安排，依然可以看出作家深谙中国古典小说叙事的精髓。

另外，小说以铁锁的"坏消息"作结尾也体现了赵树理对于中国古典小说"大团圆"式结局的全新理解和改造：一方面，抗日战争已经胜利，村里开起了庆祝大会；另一方面，反抗中央军和阎锡山军的斗争仍在继续，于是又增加了欢送参战人员的大会。这一破一立、一惊一喜之间，不仅让结尾不感到生冷、沉寂，而且为读者想象留有充分的余地。

《李家庄的变迁》是赵树理前期唯一的一部现实主义长篇小说，作为一篇包容量较大的书写现代农民革命的"史诗性"作品，有着独特的艺术魅力。作者创作虽然有着鲜明的政治意图，却没有图解革命和政治，而是通过对各种社会势力之间的复杂关系和斗争场景的真切描绘，使得小说的故事情节跌宕有致，农村的生活气息浓厚，并塑造出了一批鲜活的人物形象。例如小说中的二妞，虽然只是一个贫苦家庭的劳动妇女，却个性鲜明。在看到丈夫被李如珍一伙威逼欺辱时，大声地喊道："为什么不敢说，就是打伙讹人啦！"面对李如珍的质问，她说道："哪有这说理不叫正头事主的？""贼是我捉的，树是我砍的！谁杀人谁偿命！该犯什么罪我都领，不要连累我的男人。"而面对小喜厉喝棍打的淫威，她又说道："你杀了我吧！"毫无惧色，一个勇敢、泼辣的农民妇女形象跃然纸上。二妞与赵树理其他小说里的农村妇女形象如小芹（《小二黑结婚》）、孟祥英（《孟祥英翻身》）、金桂（《传家宝》）等，构成了赵树理小说中反映社会变动时期农村妇女新形象的人物系列。这些新形象，不再像鲁迅笔下的闰土那样"辛苦麻木"或阿Q那样愚顽不灵，他们身上潜藏的那种固有的执着或倔强的品质，在新的时代生活中，化成了追求自主和独立的革命意志，并能够以乐观的心态和昂扬的斗志去迎接新的生活。在处理人物与背景之间的关系上，赵树理也有着独到的艺术方法。在小说中，主人公张铁锁在加入牺盟会之前是被作为典型来塑造的，"作者对他的描写都达到了最高潮"；但在加入牺盟会之后，张铁锁逐渐融入了农民群众的集体斗争中，仅作为侧面描写的对象，成为"背景化"的人物，作者实现了"人物与背景的统一问题"，这样可能会削弱人物形象的个性化，但更有利于反映社会变革中农民真实的精神风貌。在作者笔下，张铁锁"成为英雄，并非因为他的个性，而是因为他是作为一般的或者说是具有代表性的人物而出现的"[①]。这正是赵树理小说的特色之一。

四

在小说的整体风格上，较之赵树理以前的作品，《李家庄的变迁》也有了一些新的特点。这部小说融入了作家抗战前后的亲身经历和见闻，其中所呈现的农民在抗日和反抗旧势力的斗争中的激情，甚至让人觉得"这种激情太原始了"，以至于近乎"残酷""在这

---

① [日]竹内好. 新颖的赵树理文学. //黄修己编. 赵树理研究资料[M]. 太原：北岳文艺出版社，1985：482.

个残酷的故事里，没有了李有才的机智，当然更谈不上什么幽默了"①。《小二黑结婚》《李有才板话》的喜剧化，在《李家庄的变迁》中变成了悲壮，轻松幽默、清新活泼的闲谈式的叙述风格也转为严肃的甚至有些紧张的叙述风格。小说描写尖锐的阶级矛盾和阶级斗争，描写"爆发式的"②"血染龙王庙"那样的惨烈场面，都是在以前的作品中不曾见到的。村民们对于李如珍等"不倒翁"式的顽固势力的痛恨，也达到了入骨的地步。张铁锁看到小喜、春喜他们张扬跋扈、积极反共时，暗道："共产党来了就要杀你们这些家伙呀！看你们还能逞几天霸？"王安福在听到八路军要打回李家庄，赶走日本人，捉汉奸时，竟兴奋得睡不着，"想到战场上怎样打、日本人怎样跑、李如珍被捉住以后是个什么可怜相、小毛怎样磕头祷告、村里人怎样骂他们"……到最后，大家斗倒李如珍后，村民们说道："这还算血淋淋的？人家杀我们那时候，庙里的血都跟水道流出去了！"由此可以看出赵树理的小说创作在新形势下的一些变化。

赵树理作为"山药蛋派"的开创者，其小说具有浓郁的晋东南地方特色。这部长篇也不例外，小说中不仅有大量具有山西地方特色的语言的运用，还有一些地方风俗的叙述和描写，小说中提到的"串门大碗"、很多重要的信息通过村民们"端着碗饭"走街串户聊天传递开来等风俗与场景，使得小说具有浓郁的生活气息和地域色彩，进而呈现出鲜明的民族风格。

【思考与练习】

1. 谈谈《李家庄的变迁》与后来的"红色经典"小说在讲述阶级斗争模式上的不同。

2. 阅读赵树理的其他小说作品，如《小二黑结婚》《李有才板话》等，分析作家一贯的传统叙事特点。

3. 结合《李家庄的变迁》谈谈赵树理小说在情节的构造和人物的塑造上对于中国古典小说和民间文学的借鉴。

第七节　武侠小说与革命史话的完美结合
——曲波的《林海雪原》

新中国成立后的"十七年"文学中，最能潜入当代读者心灵同时又最具时代话语风格的文字叙事当属那些"红色经典"作品。这些在那个年代曾达到出版高峰的文学作品，至今犹在影视大众和读者面前反复出场。其中，《林海雪原》可算是最投合大众阅读趣味的

---

① [美]西里尔·贝契. 共产党中国的小说家——赵树理(节录). //黄修己编. 赵树理研究资料[M]. 太原：北岳文艺出版社，1985：537.

② 周扬. 论赵树理的创作. //黄修己编. 赵树理研究资料[M]. 太原：北岳文艺出版社，1985：184.

一部作品。它不仅带给人们高昂的革命英雄主义和思想政治教育，更生动地体现出广大中国读者所熟悉的传统侠义情结和通俗叙事模式。

一

曲波(1923—2002)，山东龙口人，1938年参加八路军，曾任连、营指挥员，解放战争时期曾率领解放军小分队在东北牡丹江一带进行剿匪战斗，1950年以后转入工业战线，在工厂设计院及管理部门担任领导工作，1955年开始文学创作。主要作品有长篇小说《林海雪原》《山呼海啸》《桥隆飙》等。《林海雪原》是曲波根据自己的经历创作的长篇小说。小说一问世，在当时就引起了强烈反响。根据这部小说改编的评书、戏剧、电影广为流传，"文革"样板戏《智取威虎山》即取材于这部作品。

《林海雪原》属于典型的"革命通俗小说"或称"革命英雄传奇小说"。它是20世纪50年代中前期流行于文坛的一种文学类型，《铁道游击队》《野火春风斗古城》《敌后武工队》《烈火金钢》等都属于这一类型。这些作品多借用传统武侠小说的表现形式讲述新民主主义革命的历史故事。由于这类作品有很强的故事性，且都旨在表现"革命"历史的重大主题，所以在当时反响强烈。加之其近乎章回体的传统叙述模式，生动的口语化、通俗化风格，以及浪漫主义英雄人物的塑造，使这一类型的小说受到当时青年们的普遍欢迎。仅《林海雪原》一部小说便销售50万册之多，影响之大可见一斑。

著名批评家冯牧认为："这类作品着重于情节的惊险曲折，而人物性格则比较单薄，但由于情节的引人入胜，故事性强，也有一定的教育意义，容易收到普及的效果，它们已经占领了大部分过去泛滥着黄色书刊和旧式侦探小说的阵地，在这种意义上，它们的积极作用是不容许我们忽视的。"①《林海雪原》的作者曲波也曾指出："我读过《钢铁是怎样炼成的》等文学名著，其中人物高尚的共产主义道德品质和革命英雄主义的气概曾深深地教育了我，它们使我陶醉在伟大的英雄气概里。但叫我讲给别人听，我只能讲个大概，讲个精神，或者只能意会而不能言传，可是叫我讲《三国演义》《水浒》《说岳全传》，我就可以像说评书一样地讲出来，甚至最好的章节我还可以背诵。这些作品，在一些不识字的群众间也能口传。因此看起来工农兵群众还是习惯于这种民族风格的。"②显然，革命英雄传奇小说在写作手法和表现形式上更多地借鉴了中国传统武侠和通俗小说的艺术特征，并在这种传统形式中注入了中国革命的崭新主题，二者有机地结合在一起。

二

武侠小说的一个最基本的模式就是"平不平"。各类武侠小说几乎不能摆脱"结仇—寻

---

① 冯牧，黄昭彦. 新时代生活的画卷——略谈建国十年来长篇小说的丰收. 文艺报，1959(19).

② 曲波. 林海雪原[M]. 北京：人民文学出版社，2007：526.

仇—报仇"的叙事结构。故事的开场往往是主人公背负了深仇大恨,继而主人公踏上了学艺和寻找仇人的道路,故事于是就紧随着学艺和寻找仇人的编排而不断地向前推进,其间自然会历尽艰难险阻,经历重重考验。最后,主人公终于寻得仇人,并报仇雪恨。如金庸的武侠小说《笑傲江湖》中,小说开头就是一场灭门惨案,于是引发了江湖对"辟邪剑谱"的追寻;《天龙八部》中的萧峰,一生都背负着契丹与汉族之间仇恨纷争的那个杀父惨案,于是追查"带头大哥"成了他无法逃避的责任;《倚天屠龙记》中的张无忌出场也是背负着父母双亡的仇恨,虽然他并不以复仇为使命,但依然在不断地寻查中承担了江湖的责任。

毫无疑问,传统情节型的小说必然要付诸人物行动,以推动情节的不断发展和变化。而推动情节的动力显然在于人物内在的强大动机上,即仇恨。作为一部以讲述英雄与匪徒斗智斗勇的革命文学作品,作者在《林海雪原》的开头便为其注入了武侠的成分。小说第一章作者设计了这样一个开头:血债。主人公少剑波和他的战友接到营救杉岚站干部群众的任务,当他们赶到杉岚站的时候看到了一幕工作队被屠杀的惨剧。这种惨烈的场面深刻地激起了战士们心中的仇恨意识,他们每个人的心中都激荡着为人民报仇的信念。随后,作者为了强化主人公少剑波的复仇动机,进而有意地把仇恨具体化,讲述了少剑波自幼相依为命的最亲的姐姐——工作队的鞠县长,就死在了敌人的屠刀之下。

作为一部讲述革命历史的当代小说,《林海雪原》的开头并没有从国家、民族的宏大视角着眼,去展示革命历史风云的画面,寻找革命历史的合法性动机,而是将阶级矛盾和敌我矛盾形象地转化为普遍性的正义与邪恶的直观场景,使之成为和故事的主人公息息相关的屠杀亲人的仇恨。这样,随着故事的发展,少剑波和他的小分队的战斗过程就不单单是为信仰和阶级利益而战斗了,他们的斗争更多地带有报仇的成分。这样,一种本应是阶级斗争的当代革命模式,更多地染上了主人公的个人复仇色彩,变成了传统武侠中复仇式的文本模式。故事中,作者尽量把那种属于意识形态领域的阶级仇恨具体化,使之成为少剑波和他的小分队里的每一个人的人生经历的一部分,他们中的每一个人的身世背后都有着一段难以忘却的仇恨,而正是这一段段仇恨促使他们成为叙事的行动元素。故事中的另一个主要角色杨子荣的人生经历,在很大程度上更加符合"结仇—寻仇—报仇"的故事模式。

将一场剿匪斗争变成一次寻找仇人并报仇的经历似乎更加符合那个年代底层人们的生存逻辑,同时也更符合了他们那种文化阶层的阅读趣味。因为革命结束之后,大多数人的人生经历中都潜藏着一些仇恨式的创伤,而且残缺、贫乏的精神生活亟待填补。文学作品正好可以充当疗伤的灵药,填补精神的空缺。所以,当时代阶级的主题与个人经历的私恨融会一起,并巧妙地与传统史话的讲述风格结合时,这场复仇故事,同时也是剿匪的斗争才会更加合理而真实。于是,对于情节的编排、场面的描写、人物细致的刻画等,在原本

第二章 中国现当代文学

属于虚构性的武侠小说中显得那么真实、自然。小说的作者为烘托复仇的情绪，大量地加入惨烈的叙事元素。在故事的推进中，通过人物的所见所闻、所识所感，一次又一次地渲染复仇的正当性。这种写作的动机模式很好地切合了那个年代的人们的文化心理，使得作品在阅读接受层面比一般的阶级斗争故事有了更加非凡的影响力。它首先是完成了一次很好的阶级革命胜利的宣讲；同时又从道德伦理的角度判定了匪徒的罪行，使小分队的剿匪活动不再是一次共产党军队对国民党残余力量的搜捕，而更像是正义力量对邪恶行为的彻底纠正；更为引人注意的是，这种"报仇"行为也是对大多数人个体生命中存在的精神补偿机制的一次完善。

《林海雪原》复仇的结果既显示出传统武侠题材中伸张人间正义的主题，又包含着人们对中国共产党新的政治道路的肯定。两个主题不同层次的存在于作品之中，以旧主题为引导，让一直生活在传统文学之下的中国大众更容易接受新主题。

新文学时期，为了宣扬社会主义新文学，宣扬中国共产党的文艺路线，要求作家必须结合群众生活，反映新社会、新生活的作品。中国的读者在新中国成立之初，其主体成分与"五四"时期相比，有了很大的变化。作品面临的读者大多是知识文化水平不高的人，大部分群众是没有知识文化的。但这不表明他们没有精神娱乐世界，他们接受的大多是封建传统社会传承下来的民间文化艺术，如说书、戏曲、武侠小说、评书等。这些民间传统文化艺术的特色就是利用艺术的形式满足大众现实生活中无法满足的心理愿望，如成功复仇、意外获宝、才子佳人、高官爵位。但是，新时期文学为了"新"，必须铲除封建传统社会的文化因素，读者接受心理的延续性和新文学的独特性之间形成了矛盾。调和的方法是可以用传统文学的因素表达新时期文学的主题。《林海雪原》采用了这一方法，既吸引了大众的阅读目光，又达到了新时期的文艺标准。

三

这部当代革命小说具有武侠性的另一个重要标志，即富有传奇性的人物形象塑造。洪子诚在《中国当代文学史》中评述道："《林海雪原》的'独创性'，批评家大体上指出两个方面：一是艺术手法方面的'民族特色'，即借鉴中国古典小说如'水浒''三国''说岳'等的结构和叙事方式；另一是夸张、神奇化赋予的故事、人物的'传奇性'，这包括人物活动的环境(深山密林、莽莽雪原)的特征，故事情节上的偶然性，以及人物性格的'浪漫'色彩。"[①]

国共两党战争时期是一个乱世出英雄的时期。在历史上，战乱时期或者战乱末期，往往会出现很多侠义之士，也会产生很多曲折离奇的故事。这是中国武侠小说常常会选取的

---

① 洪子诚. 中国当代文学史(修订版)[M]. 北京：北京大学出版社，2007：116.

故事时间，《林海雪原》也不例外。它将故事放在国共两党刚刚结束战争之时，局部地区仍须重点打击，扫除残余势力。这样就会出现矛盾对立的双方，也会产生对立的价值观。用双方的对立矛盾、斗争、胜利表明中国共产党是时代、历史和人民的选择这一主题。这些被赋予侠义色彩的共产党员，最终指向的不是传统的家仇国恨，而是高昂的社会主义革命情操。

《林海雪原》故事中的人物不单如武侠小说中的人物一般具有仇恨的背景，同时他们也具有武侠人物所特有的传奇色彩。主人公少剑波，一个年仅二十二岁的小首长，却上知天文，下知地理，运筹帷幄，决胜千里之外，这不能不说是作者有意设置的一个近乎"全知全能"的人物形象。

在众多的人物形象中，最醒目的应该是杨子荣。如果说相对于大部队，小分队的孤军深入构成了一个行动的独立体，那么相对于小分队来说，杨子荣"打虎上山"便构成了另一个独立体。杨子荣打入土匪内部，乔装改扮，"为剿匪先把匪来扮"，独自一个人呼啸于山林之间，这本身便是一种超脱于部队这个纪律严明的集体之外的传奇。

在作者为杨子荣量身定做的几场重头戏中，不少武侠传奇的色彩包含于其中。为人们所熟知的"打虎上山"便是其中最具有代表性的一场。这个人物甚至不难让我们想到《水浒传》中的武松，一个在山林中与猛兽搏斗的英雄形象。但是作者的笔触似乎并不止于此，他所设计的类似于"武松"的杨子荣的形象更具有强于武松的智谋，在威虎山上面对敌人的多方盘问，杨子荣临危不惧，谨慎应对，在取得敌人信任的基础上出色地完成了任务，这样的人物是来源于生活却远远高于生活的传奇人物。就连小说的作者都坦言："子荣同志又是一个具有十分完美的共产主义道德品质的人。"①

另外，一些次要人物也时时染上了传奇般的色彩。如在攻打奶头山的过程中，小分队又幸运地结识了对于奶头山地形十分了解的蘑菇老人，为他们攻打奶头山做了指路的明灯，这不能不令我们想到武侠小说中的故事情节：当代表正义力量的一方受挫时，就会有一个解决矛盾的神奇人物出现，帮助他们铲除前进道路上的重重障碍。还有教会小分队滑雪的李勇奇、指导跳绝壁岩的姜青山、奇谈四方台的棒槌公公等。这些都是在小分队遇到困难时出现，为他们排忧解难的人。他们无疑都和蘑菇老人一样给了我们一种传奇式的巧合效果，为这个艰难的剿匪过程增加了一抹神奇而瑰丽的神侠色彩，也为故事情节的合理性延续增加了可能。

故事的传奇性的另一个重要表现便是浪漫的人物活动环境。茫茫无际的东北雪原，风光无限，人迹罕至，大自然赋予了这片土地神奇的魔力。就是在这样一个令人向往的浪漫的自然世界中，山崖兀立，险象环生，而且出现了这样一个小分队，孤军深入林海，在脱离了社会背景的情况下进行剿匪斗争。他们没有上级的领导，行动是完全自由的，有很大

---

① 曲波. 林海雪原[M]. 北京：人民文学出版社，2007：522.

的随意性,这和江湖游侠有着很大的相似性。同时他们所接触的敌人也并不是国民党的正规军队,而是一群国民党控制下的由土匪、恶霸、山贼组成的队伍。这些人本来就是一群"江湖儿女",他们的组织模式也并不是靠着共同的信仰和组织纪律,而是江湖义气以及权钱利益。这就意味着小分队整个行动并不是一个完全意义上的两种政治力量的较量,而更像是武侠小说中无数次提到的主题:正与邪的交锋。

此外,在小说的叙述过程中,作者大量地运用了林海神话和民间歌谣,借以表现地理结构的险要、人民生活的疾苦,为这部革命著作增加了更多的可读性和美感,同时也渲染了神秘、传奇的色彩。如小说的第七章,蘑菇老人介绍奶头山时就利用了很多的民谣。他讲述的关于"灵芝姑娘"和"狄英儿"的故事更为这部斗争小说增加了神秘而浪漫的色彩。

四

就现代小说的欣赏水准而言,人物形象的立体化、人物性格的多样化和故事讲述模式的多样化是很重要的艺术评价标准。但是我们阅读《林海雪原》这部当代小说时不难发现,其中更多的是单一而片面的人物性格和近乎类型化的小说讲述模式。

小说《林海雪原》在创作过程中受到作家本身艺术经验的局限,同时又和"十七年"文学整体艺术环境影响有关,使得作家无法用一种"现代文学"的手段来讲述,只能向中国古典叙事技巧寻求形式上的资源。文学主题的正确性、明确性几乎直接为阶级革命的意识形态服务,艺术形式上的保守策略是整个时代的风向,否则即遭批判。所以,作家只能着力打造一部以情节为主、叙事性强的传统小说类型,而无法讲述一部以塑造人物性格为主的现代心理型小说。受这种因素的影响,作者在传统章回体的叙事框架下,更加强调故事情节的戏剧性以及着力塑造夸张式的人物性格。

小说出版之后备受批评的一个原因就是,作者在人物的设置上过于单一化、平面化。我们在阅读小说时不难发现,小说中的人物形象其实是和生活中的人物形象有着很大脱节的。也就是说,作者所描绘的人物形象并不是来自生活,而是来自故事情节的需要。情节是第一位的,性格是第二位的,这是典型的传统叙事的理论主张。比如,小说中对于反面人物"蝴蝶迷"的一段外貌描写,字里行间极力地描绘她的丑态,甚至用一种"妖魔化"的手法塑造了这样一个令人作呕又罪大恶极的反面形象:

要论起她的长相,真令人发呕,脸长的有些过分,宽大与长度可大不相称,活像一穗包米大头朝下安在脖子上。她为了掩饰这伤心的缺陷,把前额上的那绺头发梳成了很长的头帘,一直盖到眉毛,就这样也丝毫挽救不了她的难看。还有那满脸雀斑,配在她那干黄的脸皮上,真是黄黑分明。为了这个她就大量地抹粉,有时竟抹得眼皮一眨巴,就向下掉渣渣。牙被大烟熏的焦黄,她索性让它大黄一黄,于是全包上金,张嘴一笑,晶明瓦亮。

相反，在对正面人物的形象设计上就在很大程度上进行了完美的妆点：

团参谋长少剑波，军容整齐，腰间的橙色皮带上，佩一支玲珑的手枪，更显得这位二十二岁的青年军官精悍俏爽，健美英俊。

小说一开头便不同凡响地设计了这样一个羽扇纶巾、具有儒将风度的解放军指战员的形象。相比于"蝴蝶迷"的形象，二者可谓是天壤之别。由此可见，作者对于人物形象的刻画带有脸谱化倾向，即从外部形象上就人为地划分出了正面人物和反面人物。

小说在人物形象塑造上的另一个特点便是，它赋予了正面人物战无不胜的能力和智力，而在涉及反面人物时却极力刻画其懦弱、愚笨的丑态，使正面人物显得愈发高大，而反面人物却显得异常卑劣。如小说中，奇袭奶头山、大破威虎山，一个个的艰难险阻小分队都应对自如，每次战斗的胜利都显得那么"轻而易举"，我们不能不说这是作者有意借用传统武侠的表现形式所造成的必然效果。试想，在茫茫的林海雪原中，小分队仅有三十几人，但是他们却消灭了数十倍于他们的敌人，这种斗争该是如何的惨烈和复杂。但是在小说的武侠类型化讲述中，一切都变得那么容易，似乎本来就应如此一般。小分队所到之处可以说是势如破竹、所向披靡，即使遇到困难也是微不足道的，这样的表述方式是完全"武侠"的，同时也充分满足了读者的需求。或许这在很大程度上是出于政治主题上的考虑决定了情节发展的设置，将本应是你死我活的敌我复杂战争变成了正面人物——也就是小分队展现其精神的工具。以现代小说叙述视野来看，那种传统小说的叙述模式，即邪不胜正的大团圆式的结局未免来得太简单，使得小说情节线条太平直，而人物的性格也完全没有活力，仿佛只是一个故事符号而已。

虽然《林海雪原》借用了传统武侠小说的艺术特色，但在主题上它表达的不是江湖恩义，而是歌颂了新民主主义革命的正义性。曲折的故事、正邪形象的塑造，最后都归结到赞扬推翻压迫百姓的旧势力，为人民解放的光荣事迹。如果没有这个主题，那么它只能是一部新时期的武侠小说。以少剑波为代表的是中国共产党的先进代表，他为了百姓安危，为了新民主主义革命的完全胜利，深入大山，扫除反动派残余势力。虽然，他的行动带有一部分的个人复仇性质，但是，他始终是把集体、国家、革命胜利放在第一位。这是符合那一时期革命历史小说的要求，先进人物要不惜一切为革命胜利做出贡献。少剑波曲折的人生经历，是革命历史的写照。新民主主义革命的胜利艰难曲折，少剑波的剿匪行动也是坎坷不平的。《林海雪原》从侧面烘托出那个时期人民艰难的生活和对革命必胜的信心。

新时期，阅读主体是那些并无多少文学修养的人民大众。为了能够传播革命的理念，大多数文学作品都采用传统叙事风格加入新时期主题的方法。人民群众的阅读兴趣是情节曲折，语言简单风趣，主题单一，易理解。《林海雪原》做到了这些。它的语言朴素、幽默，语调丰富，情感丰富。

不同人物具有不同的语言风格。少剑波的语言大多是关于正义的言论，语调也较为激

昂；杨子荣的语言幽默风趣，是农民式的调侃，多是机智的对话，语调也是变化多端，读起来容易引人发笑；而土匪的言辞大多是蛮横、愚蠢、残忍。在语言风格上偏口语化，这是符合传统武侠小说的特色。但是，当小说涉及革命主题时，语言会转变为一种庄重正式的书面语言风格，这是革命历史小说所需要的。

作为一部当代经典性的革命叙事小说，《林海雪原》在写作形式上差不多完全落入了传统"英雄传奇"小说的类型化写作套路之中，这无疑不是一种具有现代气息的艺术创作方式。但是，《林海雪原》的文学价值及阅读心理仍然值得今天的读者品味，它使我们市场消费主义环境下的读者获得一种另类的想象方式的满足。一如批评家黄子平评述的："相对于正统叙述的旗帜鲜明，这套话语的含混暧昧却产生出某种魅力，既暗示了另类生活方式，也承续了文化传统中对越轨的江湖世界的想象与满足。杨子荣在《林海雪原》前面的章节中，与小分队首长少剑波一样语言无味，不能给读者什么印象。打虎上山之后便突然大放异彩，盖得力于他骂骂咧咧地脏字连篇，与众匪徒详述许大马棒、郑三炮子和蝴蝶迷之间的'那堆破事'。"①

所以，我们依然要考量新中国成立后的那"十七年"的文化资源和文化策略对作家作品的影响力，历史地看待这一经典化的作品在今天的阅读价值。至少，中国传统小说叙述的资源还有相当的生命力，革命史诗性的浪漫传奇还深深地在我们的内心回响。今天的影视作品中，大量的帝王和英雄的古装戏，以及革命传奇故事在不断地上演。这让我们在重读这部将武侠传奇和革命史话结合较完美的《林海雪原》时，仍然能感受到大众化文学作品的审美情趣。

【思考与练习】

1. 试分析《林海雪原》所树立的"英雄"人物形象的传奇性。
2. 试分析武侠式革命小说的艺术优长和局限性。
3. 试分析《林海雪原》会成为那个时代经典作品的原因。

第八节　当代青年的成长寓言
——余华的《十八岁出门远行》

先锋小说兴起于 20 世纪 80 年代中后期，它不仅体现了开放时代小说风格、形态的多样化，而且体现出中国当代文学正在融入世界文学格局的努力方向。这批年轻的先锋小说家们比起之前的"寻根"和"现代派"小说家们，渐渐有了弱化思想表达和历史意识的趋

---

① 黄子平．"灰阑"中的叙述[M]．上海：上海文艺出版社，2001：70.

向,而在小说形式创新上做出了较为突出的贡献。其中,余华的《十八岁出门远行》不失为一篇思想意蕴丰富的短篇小说。

一

余华,祖籍山东高唐县,1960 年出生于浙江杭州,后来随着当医生的父母迁居海盐县,中学毕业后曾当过牙医,五年后弃医从文,先后进入县文化馆和嘉兴文联,曾两度进入北京鲁迅文学院进修深造,1984 年开始发表小说,是中国大陆先锋派作家的代表人物。同时他的许多作品受到卡夫卡小说的启发,显示出一种不同于传统小说的现代特色。

余华的主要作品有:中短篇小说《十八岁出门远行》《鲜血梅花》《一九八六年》《四月三日事件》《世事如烟》《难逃劫数》《河边的错误》《古典爱情》《现实一种》等;长篇小说《在细雨中呼喊》《活着》《许三观卖血记》《兄弟》。除此之外,也有不少散文、随笔、文论及音乐评论。其作品先后被翻译成英语、法语、德语、俄语、意大利语、荷兰语、挪威语、韩语、日语等在国外出版。长篇小说《活着》和《许三观卖血记》同时入选百位批评家和文学编辑评选的"90 年代最具有影响的十部作品"。1998 年获意大利格林扎纳·卡佛文学奖,2002 年获澳大利亚悬念句子文学奖,2004 年获法国文学骑士勋章。长篇小说《活着》由张艺谋执导拍成电影。

《十八岁出门远行》写于 1986 年,是作者的成名作品之一。这篇作品的发表可以说是余华踏进文坛以来引起人们极大关注的作品。从当时的文坛潮流来看,《十八岁出门远行》是作者先锋小说试验的初探。所谓先锋,意味着以一种前卫的姿态探索各种未知的、尚未得到普遍认可的可能性。而先锋小说则是以一种不避极端的态度对文学艺术进行种种新的尝试并对先前已经模式化的创作形成冲击,包括叙事方式、语言实验等层面的革新。然而,这并非是说先锋小说不注重对于思想的传达。当法国存在主义提出这样的口号:"世界是荒谬的,人生是痛苦的。"大多数现代主义流派的作家们纷纷接受和认可,他们以种种不同的方式来表现世界的荒谬、人生的无意义。显然,这样的思潮也涌入了中国先锋文坛。中国当代作家们并不是完全模仿、照搬国外的思想,而是有选择地吸纳和借鉴,用自己的话语书写对世界、对社会、对人生的认识。如果说荒诞派的"世界荒诞"主题的基调是悲凉而绝望的话,那么《十八岁出门远行》在某种程度上也浸染了这一色彩。作者以一种清醒而符合逻辑的叙事方式描述了一个迷梦般的荒诞故事——十八岁的"我"在某一天出门远行的一段遭遇与感受。

另一方面,从作者本身阅读层面所受的影响来看,余华受到 20 世纪现代主义小说家卡夫卡的影响颇深。《十八岁出门远行》的创作是作者在读了卡夫卡的小说《乡村医生》之后创作出来的。余华曾说道:"我记得那个冬天的晚上我读到了卡夫卡的《乡村医生》,这部作品给我终生难忘的印象,就是自由对于一个作家是多么重要。小说里面有一匹马，那匹马太奇妙了，卡夫卡完全不顾叙述上逻辑的要求，他想让马出现，它就出现，他不想让那匹马出现，那匹马就没了……大师都能这样写，那我也当然可以学习。"①卡夫卡的小说主要是一种寓言式的小说，不追求展示社会生活的丰富多彩，但十分看重作品所包含的深刻内涵。其小说的情节带有荒诞色彩，不明确交代故事的背景和人物的来历，小说气氛虚虚实实、扑朔迷离。更重要的是，在卡夫卡的感受中，世界是荒诞的、恐怖的、令人痛苦的。卡夫卡的《乡村医生》写的是一个医生在风雪之夜出诊并具荒诞色彩的故事。余华的《十八岁出门远行》正是叙述了有关"我"的远行路上富有荒诞色彩的奇特遭遇。小说中主题的荒诞与叙事的精巧，表现出很强的艺术张力。读者在阅读当中可以感受到这部作品所蕴含的深刻哲理性的寓意。这在一定程度上正好与卡夫卡的寓言式小说相契合。

二

《十八岁出门远行》首先可以看成是一部典型的成长"三部曲"的小说。作品中情节的起伏跌宕浓缩了当代中国青年成长历程中的心灵轨迹，叙述了一个初涉社会，经受种种疑惑、打击，最终认清社会真相的年轻人典型化的成长旅途。余华曾说："人类自身的肤浅来自经验的局限和对精神本质的疏远，只有脱离常识，背弃现状世界提供的秩序和逻辑，才能自由地接近真实。"这段话对《十八岁出门远行》作了很好的诠释。

小说的开头就给人一种"摇曳"感："柏油马路起伏不止，马路像是贴在海浪上。我走在这条山区公路上，我像一条船。"一个恰当的比喻：自己如船一般行驶在波涛起伏般的山区公路上，将人生的波折生动地道了出来。同时这种极富想象力的句子一下子给我们展示了人生的广阔空间。而且，当青年人有了人生旅途感时，肯定不是在离家出发的那一刻，而正是被抛入这波浪一样的旅途中的时候。在小说中，马路、船、旅店，构成了一系列指代"成长"旅途的象征化表述，预示着人生成长空间的结构。

一路上，年轻的"我"看什么都新鲜、快活，满眼都是浪漫的诗情。"所有的山所有的云，都让我联想起了熟悉的人。我就朝着它们呼唤他们的绰号。所以尽管走了一天，可我一点也不累。"当自己的双脚坚实地踏在大地上，感受独自一人的旅途，依靠自己的力量，内心总是快活而毫无倦意，充满着对外界的好奇。第一次出门闯荡世界总是这样的。当"我"意识到走了一天还未走进一家旅店时，当"我"意识到走了一天只在中午遇到一次汽车时，突然有一种被抛弃感，才略略觉察出社会的不安定。十八岁的年龄，刚出来闯世界总是任性而为，只有碰壁了才开始运用自己的头脑思考实际和利害。经历了中午搭车的失败后，"我"开始有了对这个世界的初步认知，只能继续走下去，从"我只能走过去看了"到对自己坚定地鼓励："这话不错，走过去看。""公路高低起伏，那高处总在诱

---

① 吴义勤. 余华研究资料[M]. 济南：山东文艺出版社，2006：45.

惑我，诱惑我没命奔上去看旅店，可每次都只看到另一个高处，中间是一个叫人沮丧的弧度。"

初涉世事的人，总是在几乎绝望的时候才会发现生存的机会，否则可能还是一味地沉浸在"山"和"云"的追逐里。而机会总是与风险对应而来，这是社会的守恒定律。所以，当我再一次碰到了开车的司机时，心里充满着刚出来闯荡时的欢快、兴奋，根本意识不到，人生的第一次真正磨难即将开始。"我""兴致勃勃地"向司机打招呼，学着成人的世故，装着老练地与这个陌生人套近乎。然而，这种幼稚的世故在成人面前遭到了漠视，当我提出要搭车时，司机却用"黑乎乎的手推了我一把，粗暴地说：滚开"。司机以粗鲁的态度给第一次接触外界的"我"以重大的打击：自以为佯装成熟的社交方式应该得到人家的认同与尊重，却依然被人当成是小毛孩般不屑一顾。这完全是一个陌生人对十八岁的"我"的一次具有破坏力的打击。所以"我"在窘迫之下发急动怒，"也拉开车门钻了进去，我准备与他在驾驶室里大打一场。"并冲他吼了起来，这时司机才态度迅速转变。但"我"根本不清楚，他只是对年轻人的鲁莽和冲动有所顾忌，而不是真正从心底产生尊重，况且他犯不着跟一个孩子发生不愉快。与中午搭车的失败相比，这算是"我"成长旅途中的第一次真正的重大挫折，有点意外，却没有风险。虽然"我"处理挫折的方式是靠着年轻人的冲动鲁莽，而不是利用头脑，但"我"并没有意识到这一点，以为自己很好地解决了这个麻烦，于是很快又回到最初的浪漫情怀当中去了，一切风险意识又置之脑后。

但有了第一次就会接着有第二次。很快，车坏了，"我"又被搁在旅途当中，前不着村后不着店。"我"有点急，又想起旅店来了，文中很形象地写道："旅店就这样重又来到了我脑中，并且逐渐膨胀，不一会便把我的脑袋塞满了。那时我的脑袋没有了，脑袋的地方长出了一个旅店。"我对旅店的渴求让自己心急不已，可司机不急。他居然泰然自若地做起了广播操，并没有为自己车的毛病而着急，似乎他早就料到，或者他已然经历过多次这种半路搁浅的事，早能从容对待了。可"我"不一样，从没碰到过如此棘手的问题，得冥思良策对付眼前的困难。可上一次挫折还能用鲁莽作为手段，这一次的困难则显得束手无策了，没有任何经验的人毕竟沉不住气，"我"的整个脑袋都是蒙的，茫然无助，只能想着旅店。小说中最具荒诞感的部分此时在读者眼前呈现开来，当"我"看到一大帮人过来时，以为绝处逢生，终于等来了机会，此时的"我"依然没有意识到自己所处的是一个陌生的、无力反抗的生存处境。当他们问"我"车上装的是什么的时候，"我"很高兴地答道是苹果。诚实的言语招来的却是一场赤裸裸的抢劫。这在一定程度上表明，十八岁的主人公缺乏一定的对世界认识的经验。"我"的诚实却让自己成为抢劫者们的帮凶，可"我"并非本意。当"我"去制止这一行为时，得到的却是一顿痛打。有时不得不思索是社会太残酷还是自己太单纯无知，成长的路上总是要经历，总是要付出代价。在充满风险的江湖世界中，没有任何本钱和能力时，只有任人宰割的份儿，哪儿还有资格讨价还价讲

第二章 中国现当代文学

条件。所以,人们毫无顾忌地来抢夺我们的东西,根本无暇跟我们理论。司机在此时知趣地走开了,"我"却"不识时务"地冲上来阻止。但这无疑是螳臂当车,心中纵有千般怒火,也架不住江湖社会的野蛮规则。然而最让"我"愤怒的不是被抢,而是司机的暧昧态度,他不仅无视自己的货物被抢,而且还跟着抢劫的人一起嘲笑无力挣扎的"我",甚至抢走了"我"唯一的财物——背包。之前还是好得不能再好的朋友,但现在却只剩下一股刺心的背叛感。这样荒唐的事情在余华的笔下向我们娓娓道来。在这里,似乎本只存在于脑海中想象的荒诞行为,却在小说中变成了生活的真实。

这整个一段难以按现实逻辑理解的事变构成了成长叙事的核心,一种荒诞感油然而生,这正如卡夫卡小说中的那种虚虚实实、扑朔迷离有如梦魇一般的荒诞氛围。"我"被暴打、司机泰然处之的态度,以及司机最后居然"劫"走了"我"的包。"我"所做的一切努力,却使得这荒诞的事儿变得有增无减,"我"困惑不已,深深地陷入孤独的绝望境地。让读者感觉这是一种梦境式的书写,而不是现实的讲述。因为只有在梦里,人才会时常感觉到自我力量的丧失、感觉到他人的背叛,这都是潜意识的作用,在梦里,"自我"的安全感总是不稳定的。但这种梦境叙事无疑又可以看成是现实的。因为不理解的是主人公"我",也许抢劫者与被抢者都能理解社会的"潜规则",都明白"识时务者为俊杰"。江湖上不存在绝对不平衡的力量对抗,只有不懂江湖社会的人才会"螳臂当车""与风车赛跑"。

从本能的鲁莽到茫然无助,再到这次愤怒至极的震惊,主人公完成了初涉世事、褪去单纯与浪漫的成长三部曲,也将这次青春的洗礼演绎得异常深刻。可能在真实的生活中,中国当代青年一代要经历一段漫长的时间才会有以上遭遇,但小说却将世界浓缩到一个极具荒诞意味的事件当中来,象征性地展示出青春遭遇所带来的心灵裂变。所以说,把这篇小说看成是一部当代青年的成长寓言,一点儿都不虚言。

在这个极大的遭遇过后,主人公"我"会感觉到天已经塌下来了,整个世界都是黑暗荒凉的;因为他从来没有遭遇过这种困难,连想都想不到。十八岁的主人公开始对自己的旅途体验进行反思。他感觉自己的身体和汽车一样遍体鳞伤,他顿时感到自己并不是孤独的,汽车的遭遇让他有了一种同病相怜的感觉。汽车在这里和主人公"我"融合为一体,彼此慰藉。主人公在此找到了精神的归宿,并对这一切开始重新定位。"它心窝还是健全的,还是暖和的。我知道自己的心窝也是暖和的。我一直在寻找旅店,没想到旅店你竟在这里。"就在这种绝望的深渊里,"我"却及时地感受到一丝温暖,这显然是年轻人的乐观天性和对世界的信心所给予的回报。其实"世界"比他想象的宽广得多,当他还在自艾自怜的时候,"座椅"却给了他温暖。用一句老话叫"天无绝人之路",换成另一种说法则是:只要人还抱有一丝生的希望,世界就会给你传递一丝温暖的气息。当然,这其中也能看出青年人生活的潜力和悟性,正如他想到自己的身体与被砸的汽车之间、自己的心与旅店之间是如此地契合。这不是内心泛起的浪漫诗意,像最初出门时的浪漫情绪一样,而

是残酷的生存体验之后的一份清醒。因为他第一次这样赤裸裸地感觉到了自我的存在，以至于他把这辆被砸的汽车看成自己。经过这一夜，他骤然成熟。

小说的最后，"我"在父亲的嘱托之下"欢快地冲出了家门，像一匹兴高采烈的马一样欢快地奔跑了起来"。这种叙事结构上的倒置，并非一般的倒叙手法，似乎更是一种回忆，以出门之初的乐观情绪反衬出成长途中遭遇的极度打击，从而寓示着成长如蝉蜕。所以，主人公不失时机地"想起"出门的一瞬，也透露出主人公在遭遇挫折之后绝望而返，挑战生活的信心和青春活力又重新回来了。这一叙事的倒置也强化了读者对作品的审美感受力，起到良好的艺术效果，体现了作者的独具匠心。

最后，主人公"我"在失掉了父辈留下的"红背包"之后，那种真正体验到的独立的自我意识终于在一系列挫折之后痛苦地出现了。感受自我生命的存在是成长最关键的一步，从此"我"已不在父辈们的阴影下生活了。对主人公来说，世界已经敞开了，时间开始了。

三

余华总是以一种简洁的叙事风格，去掉故事情节的逻辑链条，把中心事件悬置起来，却保留了人物心理、动作神情等许多生活场景的逼真描摹，用一种拟现实主义的书写，来揭示世界的真相与本质。所以，莫言才把余华说成是"清醒的说梦者"，称他："首先，这是一个具有很强的理性思维能力的人。他清晰的思想脉络借助着有条不紊的逻辑转换词，曲折但是并不隐晦地表达出来，其次这个人具有在小说中施放烟幕弹和在烟雾中捕捉亦鬼亦人的幻影的才能，而且是那么超卓。"①

余华也宣称："我觉得我所有的创作，都是在努力更加接近真实。我的这个真实，不是生活里的那种真实。我觉得生活实际上是不真实的，生活是一种真假参半、鱼目混珠的事物。"按照这种说法的反面推理，如果生活是真实的，那么他的《十八岁出门远行》就是一个生活的寓言——即非真实的，它只是透过这个寓言故事，来表现世界的本质——一个充满正义感极其富有生命力的十八岁的懵懂少年对于丑陋世界的初体验——世界荒谬而不可知，正义与坚强在世界面前只能遭到嘲笑。这是人成长的第一次遭遇，或者它教会你如何在这个世界上生存，或者它教会你畏惧，或者它教会你坚持。在这段成长的旅途中，主人公"我"体会了初次远行的新奇、快活、愤怒、暴力、迷惘、混乱，以及最后的满足和希望。十八岁的"我"，怀着希望上路，虽然前途不可知，"我"有一点鲁莽，有一点不羁，无所谓，但是"我"愿意相信世界的公正，人与人相处的坦诚、对等。"我"遭遇了挫折，世界对"我"打开的门内涌动着寒冷和嘲笑，但是"我"还是感到有那么一点温暖——"我躺在汽车的心窝里，想起了那么一个晴朗温和的中午，那时的阳光非常美

---

① 莫言. 清醒的说梦者，关于余华及其小说杂感. 当代作家评论, 1991(1).

丽"。从最开始的依靠自己到寻求搭车再到最后的被抛弃，在这样一个成长的历程中，主人公"我"经历了个性与自我的蜕变，找到自己成长的最终价值。回顾父亲给我红色背包让我远行，即使现在情况糟糕透顶，但"我"依然在远行的路上，从未停止。面对的世界是荒诞的，人生是痛苦的，但是你可以选择，你可以选择在这个荒诞的世界里如何存在。既然承认世界、命运和神的"永远的不公正(加缪语)"，那么人们能做的就是赋予没有任何意义的世界以一种意义，面对不公正行事的命运创造一点公正。虽然余华的一些作品，如《十八岁出门远行》《现实一种》等，貌似以一种"零度写作"的姿态，以一种平淡冷漠的口吻叙述一些生活真实之外的故事，其实他却正是以这样的叙事策略来警醒生活在真实世界里的人们——现实也许丑陋，令人不安，你却可以选择离弃这样的粗鄙和丑陋，你可以怀抱着希望，奋力发出自己的呐喊。

作者用他特有的方式表达他所见到的真实——人性的野蛮、无理、冷酷、残忍，这在《十八岁出门远行》中初见端倪，而在其另一作品《现实一种》中，更是着意突出。与《十八岁出门远行》所不同的是，在《现实一种》中，作者似乎更加绝望，"余华的惯用方式是：先在作品中确立一个寄寓在残忍本性之上的始基结构，然后将有关情感、价值、信仰的崇高事物诉诸于人物的形而下冲动，以此来展开他那漠然的叙述。"①以一种旁观冷漠的笔触，不带一丝情感色彩描述"现实一种"，而至少《十八岁出门远行》的"我"还是一个充满正义和希望的人物。

四

我们还可以看到，在这篇关于青年人成长主题的寓言小说中包容着许多其他的主题意识，如启蒙、漂泊、荒诞、暴力革命、探险等。一如唐小兵所指出的："作为一个关于启蒙与认知的寓言性故事，作品机敏地融会着一些显而易见的叙事成规，诸如传统的成长小说，带有幽默意味的卡夫卡式的荒诞，漂泊的主题，以及随时都可能爆发的暴力，这种既随意又有序的暴力，很快便发展为作者余华在一系列作品中精心探讨的一个主题。"②在他的其他作品中，如《难逃劫数》《四月三日事件》《现实一种》等，都有着不动声色的暴力场面描写。暴力死亡的描写透着一股令人难以承受的压抑，而作者却对这些暴力死亡有着异常的冷静和淡漠。人物最阴暗的心理向读者敞开，并且他们除了倒霉地死去或者莫名其妙地失踪，就不会有其他下场。

这种多重主题意蕴的呈现，也来源于先锋小说家特别的艺术表达方式上。在先锋小说中，对个人主体思想的表达以及历史意识的确立与追求已变得日趋淡薄，先锋小说更注重的是文体的自觉。这与之前的"寻根派""现代派"有着重要的区别。这种自觉不仅体现

---

① 谢有顺. 绝望：存在的深渊处境. 文艺评论，1993(6).
② 唐小兵. 英雄与凡人的时代：解读20世纪[M]. 上海：上海文艺出版社，2001：156～157.

在小说内容的虚构性上，而且还很强调叙述在小说中的重要地位。他们打破了已有的现实主义的艺术成规，打破了原有的语言秩序，将一种现实的真实无情地揭露出来。他们擅长于"那些随意性的时序颠倒和空间转换，那些扑朔迷离的心理错觉和梦境幻觉的捕捉和运用，那些通过拼接的和整体概括的象征性以及人物行动、对话，以及内心独白的自由交叉、随意穿插的叙述方式"，①将文本意蕴的表达隐匿于小说文体形式实验的变化之中。

《十八岁出门远行》作为余华最早的一篇先锋小说，在他的创作道路上具有原点的意义，之后引领《西北风呼啸的中午》《四月三日事件》《一九八六年》《现实一种》《世事如烟》《河边的错误》等一系列小说。这篇刊于1987年第一期《北京文学》的短篇小说让余华跻身先锋作家的行列成为可能。《十八岁出门远行》是余华第一次用新的形式写故事的尝试，让我们感受到早期先锋小说独特的叙述方式和"似梦"的艺术效果。十八岁的"我"出门远行，并有了一段在路上具有荒诞色彩的遭遇。这段遭遇中的有些事件又如梦一般让人难以解释，作者把现实的感觉、幻觉和梦境般的遭遇混合在了一起。虚构与真实在作品中混淆起来，并且两者的界限变得模糊以及可以自由地置换。这样一来，叙述呈现出一种自由和开放，这让作者对个性化感觉和体验的挖掘提到一定的高度。他仿佛营造出了另一种"真实"，似乎非要以这样的现代叙事手法，才能让人更加认真地思索这个司空见惯的当下现实。很明显，在阅读小说过程中，本篇小说叙述的清晰性与故事情节的荒诞产生了一种良好的艺术效果，这也正是先锋小说创作的精粹所在。

【思考与练习】

1. 如何理解《十八岁出门远行》是一个典型的青春成长寓言？
2. 你在成长之初遇到过哪些事？你有跟小说中主人公相似的遭遇吗？
3. 试分析"十七年"革命历史题材的小说与本篇小说在成长叙事上的区别。

第九节 陷落在深度意象里的致命飞翔
——海子的诗歌

20世纪80年代末到90年代初是一个时代的转折点。精英立场逐渐边缘化，大众文化市场日渐兴起，时代的精神风貌在特殊的政治事件和市场经济的影响下，发生了巨大的变化。从文学层面而言，海子诗歌的出现及诗人之死也足以成为这个时代转折的一大象征。诗评家谢冕这样称颂海子："他已成为一个诗歌时代的象征。作为一名知识分子，他拥有中国农村的厚重和质朴，他又有中国文化中心的现代感和创造性。海子是一种综合，这种

---

① 谢冕. 论二十世纪中国文学[M]. 石家庄：河北教育出版社，1998：282.

综合是诗化的。他在抒情诗和史诗方面的实践已经超越了新诗潮的前驱者。时间是无声无息的流水,但时间带给我们的不是遗忘,我们对海子的思念,似乎是时间愈久而愈深刻。"①

一

海子(1964—1989),原名查海生,1964 年 5 月生于安徽省怀宁县高河查湾,1979 年考入北京大学法律系,大学期间开始诗歌创作,1983 年大学毕业后到中国政法大学哲学教研室工作,1989 年 3 月 26 日在山海关卧轨自杀。由法医出具的死亡诊断书认定其死于精神分裂症。死时腹中空空,胃里仅存几瓣橘子,随身书包里装着四本心爱的书:《新旧约全书》、梭罗的《瓦尔登湖》、海雅达尔的《孤筏重洋》和《康拉德小说选》。诗人之死,引起了文化界的广泛议论。

海子的主要作品有:长诗《但是水,水》《土地》和《大扎撒》(未完成),诗剧《太阳》(未完成),第一合唱剧《弥赛亚》、第二合唱剧残稿,话剧《弑》及约 200 首抒情短诗。

作为 20 世纪 80 年代后期新诗潮的代表诗人,海子在中国当代诗坛的影响巨大:1986 年获北京大学第一届艺术节五四文学大奖赛特别奖,1988 年获第三届《十月》文学奖荣誉奖,2001 年与诗人郭路生(食指)共同获得第三届人民文学奖诗歌奖;已出版诗集有《土地》(1990 年,春风文艺出版社)、《海子、骆一禾作品集》(1991 年,南京大学出版社)、《海子的诗》(1995 年,人民文学出版社)、《海子诗全编》(1997 年,生活·读书·新知三联书店)。另外,在海子谢世十周年之际,中国文联出版社推出了崔卫平主编的题为《不死的海子》的纪念文集。

海子说过,"我的诗歌理想是在中国成就一种伟大的集体的诗,我不想成为一个抒情诗人,或一位戏剧诗人,甚至不想成为一名史诗诗人,我只想融合中国的行动成就一种民族和人类、诗和真理合一的大诗。""我恨东方诗人的文人气质。他们苍白孱弱,自以为是。他们隐藏和陶醉于自己的趣味之中。他们把一切都变成为趣味。这是最令我难以忍受的。比如说,陶渊明和梭罗同时归隐山水,但陶重趣味,梭罗却要对自己的生命和存在本身表示极大的珍惜和关注。这就是我的诗歌的理想,应该抛弃文人趣味,直接关注生命存在本身。"②

海子有着独特的诗学理论。在《诗学:一份提纲》③里,海子把诗人分为两类:一类是体现了伟大的人类精神,成为"人类的集体回忆或造型"的亚当型巨匠,他们是诗坛之

---

① 谢冕. 朦胧诗开启了一个诗歌的新时代——答安琪问. 诗观点文库,2007(1).
② 西川. 海子诗全编[M]. 上海:上海三联书店,1997:897.
③ 西川. 海子诗全编[M]. 上海:上海三联书店,1997:889~913.

王,其代表人物有但丁、莎士比亚、歌德等;另一类是从亚当挣脱出来的夏娃型诗人,也叫浪漫主义的王子型诗人,其代表人物有雪莱、普希金、叶赛宁、荷尔德林、爱伦·坡、马洛、韩波、克兰、狄兰。尽管海子觉得跻身于伟大诗人行列中的目标"可望而不可即",但他对于诗歌王座仍然痴迷。正如《夜色》中唱道:

在夜色中
我有三种受难:流浪、爱情、生存
我有三种幸福:诗歌、王位、太阳

《秋》中他也曾给自己加封为"王":"秋天深了,王在写诗"。海子用来角逐诗歌王座的是总题为《太阳》的长诗(他又称之为"大诗"或"真正的史诗"),海子自称要给世界留下两部书:《太阳》和他的自传,已写出或接近完稿的共有7部。

二

海子的诗歌中存在统贯全局、贯穿始终的主题意象,这一点已为不少学者所肯定。在《试论海子的诗歌创作》一文中,邹建军写道:"'麦子'意象之于海子,犹如'太阳'意象之于艾青,'雨巷'意象之于戴望舒。"[①]有人认为是"火"意象,在《海子〈亚洲铜〉探析》一文中,奚密说:"以火为中心,诗人创造开展出许多组意象;这些群组之间又互相联系,形成一复杂庞大的象征体系。"[②]有人认为是两类相对抗的意象:一类是麦子以及土地;一类是日月及其光芒。在《海子诗歌:双重悲剧下的双重绝望》一文中,宗匠说:"这两类意象的相互碰撞、物质与精神的永恒对抗,构成了海子诗歌的基本主题,也即生命痛苦的主题。"[③]在《海子:诗人中的歌者》一文中,王一川强调:"'远方'是海子诗反复出现的重要形象。"[④]洪子诚在《中国当代文学史》中提出:"麦地、村庄、月亮、天空等,是海子诗中经常出现的、带有原型意味的意象。"[⑤]

综观各家论述,我们认为海子诗歌常用的意象有三个重要系列:麦子与麦地,黑夜与死亡,远方。

(一)麦子与麦地

作为一个农业文明哺育出来的诗人,海子对麦地、村野、阳光,总是怀着一种难以言说的激情,他认为麦子是人最基本的生存凭借和生命构成。海子在对生命源头的探寻中,

---

① 邹建军.试论海子的诗歌创作.//崔卫平主编.不死的海子[M].北京:中国文联出版社,1999:243.
② 奚密.海子《亚洲铜》探析.//崔卫平主编.不死的海子[M].北京:中国文联出版社,1999:87.
③ 宗匠.海子诗歌:双重悲剧下的双重绝望.//崔卫平主编.不死的海子[M].北京:中国文联出版社,1999:151.
④ 王一川.海子:诗人中的歌者.//崔卫平主编.不死的海子[M].北京:中国文联出版社,1999:28.
⑤ 洪子诚.中国当代文学史[M].北京:北京大学出版社,1999:309.

最终在麦子与麦地的意象中找到最为契合的象征体,并以此为中心衍生出一个素朴而富于活力的意象群:村庄、河流、粮食、草原、牛羊等。就此而言,麦子与麦地毫无疑问是海子诗歌中最具代表性的意象。

在海子笔下,麦子及麦地如同"仁厚黑暗的地母"①,给予诗人纯朴的生命,是他存在的家园。在诗中我们能强烈地感受到诗人对"麦地"的情怀:

五月的麦地上/天鹅的村庄/沉默孤独的村庄/一个在前一个在后/这就是普希金和我/诞生的地方(《两座村庄》)

飞翔的是我/感觉到心脏,一颗光芒四射的星辰/醉倒在地,头举着王冠/头举着五月的麦地(《诗人叶赛宁》第6节"醉卧故乡")

诗人,你无力偿还/麦地和光芒的情义/一种愿望/一种善良/你无力偿还(《询问》)

诗人的生命、情爱,乃至尊严等一切,均融入"麦地"这片光辉的土地上。

对于麦地的恩赐,诗人无以为报,所以自封"诗歌之王"的他总是用诗歌表达对麦地的虔诚和热情,浓烈如火,一直燃烧到他的生命终点。他在《莫扎特在〈安魂曲〉中说》里这样写道:

当我没有希望/坐在一束麦子上回家/请整理好我那零乱的骨头/放入那暗红色的小木柜带回它

我们从这里看到了诗人对现实的不满,对淳朴人生的向往,以及绝望后的希望,这希望是存在于麦子以及麦地之中的。在诗人留下的 200 多首抒情短诗中,写到麦子或麦地的就有数十首之多,不少诗直接以此命名,如《熟了麦子》《麦地》《麦地与诗人》等。海子对"麦"的偏爱也常被评论者论及:"海子是南方人,按说该选择稻田,可他选择了北方,独钟麦地。麦地干裂,稻地湿润;麦地躁动,贫瘠,稻地平静、丰饶;麦地是火,是雪,而稻地是水,是雨。麦地比稻地更沉重,痛苦。这些投合了海子浪漫主义诗人的本性,追逐崇高,向往悲剧。"②

海子的"麦地"是神圣的,他咏叹道:

你是一个仙女……/我摘下你的头巾/走到你的麦地(《冬天的雨》)

麦浪——/天堂的桌子/摆在田野上/一块麦地(《麦地》)

全世界的兄弟们/要在麦地里拥抱/东方、西方、南方和北方/麦地里的四兄弟、好兄弟/回顾往昔/背诵各自的诗歌/要在麦地里拥抱(《五月的麦地》)

---

① 鲁迅. 阿长与《山海经》. //钱理群选编. 在酒楼上·伤逝·阿金[M]. 天津:天津人民出版社,2005:35.

② 李超. 形而上死.//崔卫平主编. 不死的海子[M]. 北京:中国文联出版社,1999:56.

神圣的麦地有宽广的胸怀,她包容一切,是爱和力量的源泉,能化解仇恨,"收麦这天我和仇人/握手言和";她像上帝一样一视同仁,为"穷人和富人/纽约和耶路撒冷/还有我",用"养我性命的麦子"编织了同样的甜蜜梦乡。

麦地不仅赋予诗人生命中的神圣感,也承载了诗人的痛苦。

麦地别人看见你/觉得你温暖而美丽/我则站在你痛苦质问的中心/被你灼伤/我站在太阳痛苦的芒上/麦地/神秘的质问者啊/当我站在你面前/你不能说我一无所有/你不能说我两手空空/麦地啊,人类的痛苦/是他放射的诗歌和光芒!(《麦地与诗人》)

正如评论者所言:"在麦地的孤独中,他把麦子放大成为一个客观宇宙时,也把自己放大成了与之对应的对话者。他广大的孤独使他把自己视作人类以诗歌与宇宙交流这一使命的唯一承受者和发言人,他沉迷于自己意识中的这一使命,并且为之焦灼。"①

出于对麦地的疯狂崇拜,诗人将自己化身为"麦子"。在给自己爱过的四位女子的诗中,他痛苦地吟唱:

四姐妹抱着这一棵/一棵空气中的麦子……这是绝望的麦子/请告诉四姐妹:这是绝望的麦子(《四姐妹》)

诗中,诗人化身为"空气中的麦子""绝望的麦子",既是其生命终途孤独与绝望的写照,也暗含着返回生命之源的神秘暗示。

在海子的数百首抒情短诗中,通过麦子—麦地—村庄(故乡)—河流—大地(草原)—太阳—宇宙,海子的诗思由近及远,生长出一个庞大的、有着内在紧密关联的美学空间。"麦子"则是这一美学建构的发端,也是其精神故乡的符号。"麦子"系列的诗歌还包括"粮食""村庄""草原""秋"等各个系列的短诗,共同构筑了独属于诗人的乌托邦。对海子来说,"麦子"作为诗人精神故乡的主要意象,它实质上是向"太阳"这一终极理想的过渡②。我们可以从《麦地和诗人》中看到清晰的痕迹:"诗人,你无力偿还麦地和光芒的情义/……麦地/别人看见你觉得你温暖,美丽/我站在你痛苦质问的中心被你灼伤/我站在太阳痛苦的芒上……"

(二)黑夜与死亡

海子的诗歌中从头至尾都贯彻着浓郁的死亡意象。在他早期的代表作《亚洲铜》的开头,海子就这样写道:

亚洲铜,亚洲铜/祖父死在这里,父亲死在这里,我也将死在这里/你是唯一的一块埋人的地方

在他最后的诗作《春天,十个海子》中,诗人说自己是"一个黑夜的孩子,沉浸于冬

---

① 陈东东. 丧失了歌唱的倾听.//崔卫平主编. 不死的海子[M]. 北京:中国文联出版社,1999:36.
② "太阳"这一终极意象在海子的长诗——特别是《太阳》——中更加鲜明。

天，倾心死亡"。在《死亡后记》中，海子的生前好友西川曾说，海子是一个有着自杀情结的人。对海子来说，死亡并不可怕，他将死亡看作必然：

众神创造物中只有我最易朽/带着不可抗拒的死亡的速度(《祖国》)
草原的末日就是我的末日/所有的牛羊都被抛弃，都逃不过死亡(《草原之夜》)

他甚至将死亡看得如此浪漫而伟大：

陪伴花朵和诗歌/静静的开放/安详的死亡(《美丽的白杨树》)
那些是在过去死去的马匹/在明天死去的马匹/因为我的存在/他们在今天不死(《怅望祁连》)

诗人作为"黑夜中孤独的僧侣"(《情诗一束·无名的野花》)，对于"黑夜"以及与之相连的"夜晚""黑暗"有一种与生俱来的敏感。诗人笔下的周遭事物无一例外地染上了黑夜的颜色：

村庄静坐，像黑漆漆的财宝(《两座村庄》)
茫茫长夜从四方围拢/如一场黑色的大火(《灯诗》)
十月的妇人则在婚礼上/吹熄盘中的火光/一扇扇漆黑的木门(《从六月到十月》)
谁身体黑如夜晚/两翼雪白/在思念，在鸣叫(《献诗——给S》)
来到我身边/你已经成熟/你的头发垂下像黑夜(《情诗一束·无名的野花》)
我/踩在青草上/感到自己是彻底干净的黑土块(《活在珍贵的人间》)
这黑夜的酒/变成我的双手(《酒杯：情诗一束》)
但夜更深也就更黑，但毕竟黑不过我的翅膀(《黑翅膀》)

黑色的村庄、黑色的火、黑色的婚礼、黑色的情人、黑色的自己、黑色的希望等。构成了海子诗歌中蕴含最为丰富的意象之一。正如他在《夜色》中的宣告"在夜色中/我有三次受难：流浪、爱情、生存/我有三种幸福：诗歌、王位、太阳"，诗人的幸福与受难都蕴含在"黑夜"的意象之中，他说"黑夜是神的伤口"(《最后一夜和第一日的献诗》)。

海子的"黑夜"是明亮、慷慨而又丰腴的，使人感到幸福：

明亮的夜晚/多么美丽的月亮/仿佛我们要彻夜谈论玫瑰/直到美丽的晨星升起(《玫瑰花园》)
今夜我遇见了世上的一切(《情诗一束·山楂树》)
一夜之间，草贴着地生长，你我都是草中的羊(《在大草原上预感到海的降临》)

海子的"黑夜"又是孤独、苦难、恐惧的：

在这个下雨的夜晚/如今只剩下我一个(《海子小夜曲》)
在十月的最后一夜/穷孩子夜里提灯还家/泪流满面/一切死于途中(《泪水》)

漆黑的夜里有一种笑声笑断我坟墓的木板(《死亡之诗(之一)》)

黑夜中的海子，在幸福与受难之间如风筝一般飘忽不定，自己难以掌握自己，有一种说不出的无助。

"黑夜"带来了"死亡"。在海子的创作历程中，"死亡"这个意象也被赋予了无比丰蕴的内涵。相对于当下的生命存在，死亡是一种未来状态。但在难以承受的痛苦现实中，死亡则成为一种超越苦难的生命方式，充满诗意的诱惑。

陪伴花朵和诗歌/静静的开放/安详的死亡(《美丽的白杨树》)

我也愿将自己埋葬在四周高高的山上/守望平静家园(《祖国(或以梦为马)》)

(三)远方

海子渴求在他的诗歌理想中登上至高无上的王者之位，"你一定要成为我的王冠/我将和人间的伟大诗人一同佩戴"(《王冠》)，在理想与现实的搏斗中，他的目光由贫瘠的大地投向遥远的天空、云朵、月亮、星星。海子追求精神的极度自由，"远方"便是他这一精神在诗中的对应物：

那时我在远方/那时我自由而贫穷(《远方》)

我要做远方的忠诚的儿子/和物质的短暂的情人(《祖国》)

海子对"远方"的偏爱，使他把"流浪"看作幸福，在其诗歌中则表现为对空旷、远方和四季、岁月的反复吟唱。为此，海子进行了一次次身体和精神上的流浪，他远行的地方总是离他的起点很遥远：四川、甘肃、青海、西藏……这些在地理意义上本就意味着偏僻而荒凉的地方，是他远行历程中的驿站。远行中，他饱尝了迷茫、痛苦、孤独、磨难与绝望：

飞遍了天空找不到一块落脚之地(《喜马拉雅》)

远方的幸福/是多么痛苦(《远方》)

西藏，一块孤独的石头坐满整个天空/没有任何夜晚能使我沉睡/没有任何黎明能使我醒来/一块孤独的石头坐满整个天空/他说：在这一千年里我只热爱我自己(《西藏》)

远方除了遥远一无所有/遥远的青稞地/除了青稞 一无所有/更远的地方 更加孤独/远方啊 除了遥远 一无所有……(《远方》)

远方只有在死亡中凝聚野花一片(《九月》)

"远方"本来寄寓着诗人的梦想，但在对"远方"的追寻中，诗人最终发现，"远方除了遥远一无所有"。于是远方的探索，重又回到孤独人生的原点：

远方就是这样，就是我站立的地方(《遥远的路程》)

你从远方来，我到远方去(《黑夜的献诗》)

第二章　中国现当代文学

我要还家/我要转回故乡，头上插满鲜花/我要在故乡的天空下/沉默寡言或大声谈吐/我要在头上插满故乡的鲜花(《诗人叶赛宁·浪子旅程》)

海子追寻的远方就是他灵魂所要飞跃而至的圣土。在他晚期的诗歌创作中，可以看得出他这种灵魂的飞跃；但是现实生活中的海子，面对着无穷无尽的只有遥远的远方。他幻想有个天梯，把他带到那灵魂的圣土。他的诗作《弥赛亚·夜歌》里就表达了这一意象。现实中，海子把"天梯"这一意象寄于那漫长的平行的铁轨，于是，面对着自己分裂的精神，他走上了他的天梯，走向了他的远方……

三

海子的抒情是暴烈的、纯粹的，而且具有先知一般的直觉性。诚如诗人自言，抒情诗有一股刀劈斧砍的力量。在《幸福的一日：致秋天的花楸树》中，海子先是描述出一个美好的仙境：

我无限的热爱着新的一日/今天的太阳/今天的马/今天的花楸树 /使我健康、富足/拥有一生/从黎明到黄昏/阳光充足/胜过一切过去的诗/幸福找到我/幸福说："瞧！这个诗人/他比我本人还要幸福。"

在"幸福的一日""阳光充足，胜过一切过去的诗"，并且诗人比幸福本身"还要幸福"。但这一切不是仙境而是幻境，诗人接着又写道："在劈开了我的秋天/在劈开了我的骨头的秋天/我爱你，花楸树。"两次"劈开"一下子将这种幻境击碎。"劈"字具有强烈的穿透感，为海子的抒情增加了力度。

诗人在自己的一则日记中说："我是诗，我是肉，抒情就是血。"[①]海子的抒情不重修辞，是一种纯粹的抒情。例如：

麦地/别人看见你/觉得你温暖，美丽/我则站在你痛苦质问的中心/被你灼伤/麦地/神秘的质问者啊/当我痛苦地站在你的面前/你不能说我一无所有/你不能说我两手空空(《麦地与诗人·答复》)

海子的诗歌中，这种令人震惊的诗句俯拾皆是。它似乎如作者自言"放弃了沉思和智慧"(《重建家园》)，放弃了修辞和一切有关诗歌的技巧，"作为沉默大地的嗓子"本能地唱出动人心魄的激情。

诗人里尔克说过："请你走向内心，探索那叫你写的缘由，考察它的根是不是盘在你心的深处……在你夜深最寂静的时刻问问自己：我必须写吗？你要在自身挖掘一个深的答复。"在海子火山爆发般的抒情篇章中，我们总能感受到"必须写"的急迫感，这或许正

---

① 西川. 海子诗全编[M]. 上海：上海三联书店，1997：879.

是海子抒情魅力的秘密之所在。

海子天性善良、敏感，又易受伤害。在 1986 年 11 月 18 日的《日记》中他坦言道："在我的身上，在我的诗中，我被多次撕裂。"①"撕裂"是一种极端的、残酷的生命体验，但也不幸地成为谶语。山海关的火车带走了他的生命，而诗人留下了幸福的梦想：

从明天起，做一个幸福的人
喂马、劈柴，周游世界
从明天起，关心粮食和蔬菜
我有一所房子，面朝大海，春暖花开……

【思考与练习】

1. 有人说，海子的诗歌是 20 世纪 80 年代纯洁诗歌时代的遗物，你是否感受到了诗人圣洁的灵魂以及对一切世俗和崇高的观照？请谈谈你的感受。

2. 以《麦地与诗人》《泪水》《远方》为例，试评论海子的三组意象之间的联系。

第十节　恢宏绚丽的现代民族史诗
——陈忠实的《白鹿原》

对中国现代历史变迁作全景式的史诗性描述，一直是长篇小说家们不舍的情结和为之努力的方向。《白鹿原》以其宏大的"家族叙事"不仅超越了现代长篇小说家族书写的"传统/现代"视野，更对当代"阶级"视野中的革命家族叙事进行了民族性的改写。正如雷达所言："《白鹿原》的作者不再站在狭义的、短视的政治观点上，而是站到了时代的、民族的、文化的思想制高点上来观照历史。他以民族秘史为构架，以宗法文化的悲剧和农民式的抗争作为主线来结构全书。"②显然，在 20 世纪的文学中，这篇小说占有非常重要的地位。

一

陈忠实，1942 年生于西安东郊灞桥区西蒋村，1965 年年初开始发表文学作品，1979 年加入中国作家协会，1982 年进陕西作协分会从事专业创作，现为中国作协陕西分会主席。他已出版中篇小说集《初夏》《四妹子》《夭折》，短篇小说集《乡村》《到老白杨

---

① 西川. 海子诗全编[M]. 上海：上海三联书店，1997：881.
② 雷达. 废墟上的精魂——《白鹿原》论. //陈忠实研究资料[M]. 济南：山东文艺出版社，2006：150、146.

树背后去》，文论集《创作感受谈》，长篇小说《白鹿原》1992 年发表于《当代》杂志，其后由人民文学出版社于 1993 年 6 月出版。《白鹿原》自 1997 年荣获第四届茅盾文学奖，截至 2001 年人民文学出版社的累计印数(含修订本、精装本和"茅盾文学奖获奖书系")已达 66 万多册(至 2009 年已达 150 多万册)，此外《白鹿原》还收入他的"小说自选集"和"文集"，海外则有香港天地图书公司版、台湾新锐出版社版和韩文版、日文版先后面世。《白鹿原》同时也是中国当代争议最多的小说之一，但这一切都不足以影响其作为一部经典作品的价值。

"小说被认为是一个民族的秘史。"作家在卷首引用了巴尔扎克的这句话。显然，《白鹿原》也是一部有意探寻"民族秘史"的作品。小说通过关中平原上白、鹿两姓家族不同的历史命运，以及白鹿原几代人纷繁曲折的身世变迁，揭示了传统儒家农业文明在现代文明的冲击下漫长而痛苦的精神裂变的历史进程。小说一方面对传统儒家人格和农耕文明的理想社会表达了深切的怀念和田园牧歌式的赞扬；另一方面又指出了传统文明走向衰落的无可挽回的命运。在这样的矛盾和纠结之中，整篇小说就笼罩了一层浓厚的悲剧气息，如作者所言，"所有悲剧的发生都不是偶然的，都是这个民族从衰败走向复兴、复壮过程的必然。"①

二

白、鹿两家之间的你争我斗是全书的主要线索，而两家之间的斗争却并不限于一些表面的政治、经济利益之争，而是深入到了"人格的对照，精神境界的较量"。从小说开头的白嘉轩巧取风水地，到后来两家因李寡妇卖地而"闹仗"——这还只是两种家族文化在传统封闭文化环境之中的矛盾。"反正"(即辛亥革命)之后，随着另一种新文化的涌入，鹿子霖便及时地依附上了田福贤、岳维山一伙，先是出任乡约催缴印章税，镇嵩军到来后又成为军阀"驱遣的狗"；在农协"风搅雪"运动中，被儿子鹿兆鹏推上了台；听说农协要没收土地，他预先辞退了长工，任庄稼疯长；旧政权还乡后，鹿子霖"两只船都没踩住"，落了个里外不是人，但最终还是归附了旧政权，被白嘉轩嗤笑为"人狂没好事，狗狂一摊屎"。与鹿子霖相比较，白嘉轩的心态似乎更加平静、保守和淡泊，一开始对这些满口新名词的"烧包儿的言谈举止"表现出了排拒的心理，县政府催收印章税之后，他发起了"交农运动"，跟农民们站在一起；后来闹农协，他却躲在家里轧棉花，"要乱的人巴不得大乱，不乱的人还是不乱"②，对纷乱的世事采取回避的态度。但白嘉轩并非完全对外界充耳不闻，而是忙着处理自己的家事，因为他清楚地知道，"家风不正，教子不严，是白鹿家族里鹿氏这一股儿的根深蒂固的弱点"。他因此要更加重视对自己儿女的教育，包

---

① 陈忠实. 关于《白鹿原》与李星的对话.//陈忠实研究资料[M]. 济南：山东文艺出版社，2006：22.

② 陈忠实. 白鹿原[M]. 北京：人民文学出版社，1993：203、575.

括对孝文、孝武、孝义三个儿子和女儿白灵的教育。然而不幸的是，尽管白嘉轩自己小心翼翼，还是出了白孝文这个逆子，连最亲爱的女儿白灵也成了一只无法管教的"海兽"。对于儿女的背叛，白嘉轩表现出了异常的决绝，对白孝文是逐出家门，对白灵则是不认这个女儿了。这在常情看来是太绝情了，但浸润在白嘉轩身上的儒家文化强烈地促使他认为，矫正家风对于一个家族——尤其是白家这样的家族——生存发展具有极其重要的意义，鹿家的教训则更加使他觉得这一道理颠扑不破；于是他说道，"要想在咱原上活人，心上就得插得住刀！"而鹿子霖也清楚地看到了白嘉轩的这一"软肋"，于是借田小娥巧施美人计，将白家未来的支柱白孝文引向了堕落，企图以此打倒白家。但无论鹿子霖的设计多么巧妙，白嘉轩最终并未被打倒。"天杀人，人不能自杀"，正体现了儒家自强不息、刚健有为的坚强生命和人格魅力。其结果正如鹿子霖所说，"这房子买来卖去搬来了又给拆走了……就那一码子事喀！"

  白、鹿两家不同的历史命运根本上正是由于不同的家族传统和"文化心理结构"所造成的：白家"耕读传家"的祖训和"枣木匣子"的传说，体现的是勤俭节约和注重家教的本本分分做人的传统；而鹿家的鹿马勺流传下的是"勾践灭吴"式的忍受屈辱，以图后报的传统和争取功名光宗耀祖的家族使命。所以白嘉轩永远是挺直了腰杆和鼓出双目的，一副大义凛然的样子，从村子里走过去，那些在街巷里袒胸裸怀给娃儿喂奶的女人，全都吓得跑回房门里头去了；而鹿子霖则显得更有人情味，包括他的深陷的眼睛、俊俏的嘴角，和人们在一起总是说说笑笑，甚至还能在荡着的秋千架上擤鼻涕，故意努出一串响屁……活泼而令人快乐。可以说，这两种人格都是中国传统文化结构的有机组成部分：白家是正统的儒家人格标榜的"仁义礼智信"的代表，而鹿家则是儒家大文化传统下的世俗人格的化身。在两个家族、两种人格的反复较量中，小说表达出了对传统儒家理想人格命运的思考。到最后，鹿子霖看着主持"镇压反革命集会"的白孝文，心里喊着"天爷爷，鹿家还是弄不过白家"，并由此变疯。而白家难道就真的获胜了吗？白家最终得势的，反而是当初被白嘉轩逐出家门的逆子、首鼠两端而忘恩负义的白孝文，这一结局本身就极具反讽意味。白嘉轩最后看着精神失常的鹿子霖说道："子霖，我对不住你。我一辈子就做下一件见不得人的事，我来生再世给你还债补心。"这一段忏悔是很值得回味的。陈忠实曾说道："这两类农民是一种文化底蕴之中的两种类型，他们的全部作为和最终结局不是我的评价，而是我所能理解到的历史和生活的必然。"[①] 而日本评论家吉田福夫也由衷地肯定道："《白鹿原》是继鲁迅的《阿Q正传》之后，真正以描写农民形象为使命的文学作品。"[②]

[①] 陈忠实. 关于《白鹿原》与李星的对话.//陈忠实研究资料[M]. 济南：山东文艺出版社，2006：27.
[②] [日]吉田福夫. 考验的方式.//陈忠实研究资料[M]. 济南：山东文艺出版社，2006：180.

三

小说除了描写白、鹿两家的家族斗争，还生动地塑造了鹿黑娃、白孝文、白灵、鹿兆鹏等一批从白、鹿家族中叛逃的逆子形象，以及作为传统精神象征的"白鹿"意象。其中，鹿黑娃和白孝文两个人具有相似的生命轨迹，他们都是在同一个女人——田小娥的手中走向堕落的。鹿黑娃、白孝文、田小娥形成一种另类的生存轨迹。从这三个人不同命运的比较中，我们能够得出一些有益的结论。

鹿黑娃是白家长工鹿三的儿子，他从小便害怕白嘉轩那挺直的腰杆和正经八百的神像一样的面孔，而对于鹿子霖那长条脸深眼窝感到十分亲切，对传统的儒家教育抱有排拒心理。在郭举人家遇到田小娥后，鹿黑娃激发起了内心深处潜藏的欲望，从此便无法自拔。回到白鹿村之后，白嘉轩不让他和田小娥进祠堂，他便和田小娥在村头的一眼破窑洞里过起了自己的"小日月"——如果没有鹿兆鹏的介入，鹿黑娃可能一辈子就会这样平平淡淡地过下去。由于鹿兆鹏作为外来的"阶级本位文化"的化身①，激发了鹿黑娃原本的"野性"和"倔豆脾气"，加之鹿黑娃回原之后自贱自卑的心理和年幼时形成的对鹿兆鹏的崇拜，鹿黑娃从此走上了"与人作对"的道路。而白孝文是在严格的儒家教育下长大的，作为白家家长和族长未来的继承人，白孝文先是在白鹿村学校完成了儒学启蒙，后来又进入朱先生的白鹿书院进行深造。为了能让他担当大任，白嘉轩还让他出面主持修复被黑娃"农协"运动砸碎的"仁义白鹿村"的石碑，还有对田小娥、狗蛋的惩罚。白孝文严格按照"耕读传家"的传统规划着自己的人生，在农耕中还坚持每天读书，甚至在新婚之夜还不知道男女之间的那层"秘密"。后来在田小娥的诱惑下，白孝文才一步步走向堕落。大饥荒的困厄让他尝到了绝望的滋味，鹿三一句"你去吃舍饭吧"，将他推向了那口沸腾着生命液汁的大铁锅前，白孝文便从此获得了新生；然而这并不是对自己从小生长其中的儒家文化的回归，而是在叛逆的道路上越走越远，用他自己的话说，他就像一只公鸡面对曾经哺育自己的蛋壳，"却再也无法重新蜷卧其中体验那蛋壳里头的全部美妙了"②。

虽然鹿黑娃和白孝文最后都回到了原上，两个人的回归却有着不同的含义。鹿黑娃最后跪倒祠堂里的时候，正是对传统儒家文化的一种虔诚的真心实意的皈依，他娶了知书达理的高玉凤作为自己的妻子，并和朱先生一起读书，"学做好人"，这一转变让鹿兆鹏感到难以理解，"哦呀呀黑娃兄弟呀……你怎能跑回原上跪倒在那个祠堂里？"③但鹿黑娃的回归正是人物的"文化心理结构"发展的必然归宿：一方面是鹿黑娃对于自己过去"老早闹农协跟人家作对，搞暴动跟人家作对，后来当土匪还是跟人家作对……"的生活的厌

---

① 郑万鹏.《白鹿原》研究[M]. 长春：时代文艺出版社，1998：91.
② 陈忠实. 白鹿原[M]. 北京：人民文学出版社，1993：506.
③ 陈忠实. 白鹿原[M]. 北京：人民文学出版社，1993：597.

倦；另一方面，也体现出了传统儒家文明极大的包容性及其强大的生命力。白嘉轩后来颇为骄傲地说，"凡是生在白鹿原炕脚地上的任何人，只要是人，迟早都要跪倒在祠堂里头的"。而白孝文直到后来还坚信："谁走不出这原谁一辈子都没出息。"对于自己的回归，说成"回来是另外一码事！"最后，鹿黑娃被白孝文污蔑，绑在戏台上当作"反革命分子"杀害。此时，白嘉轩"竟然惊慌失措起来"，因为他认定"这黑娃学好了，人学好了就该容得"。小说通过鹿黑娃和白孝文的不同命运，从另一个方面揭示了儒家理想人格面对现实利益斗争的尴尬处境和在新的文化的冲击下的迷失。

作为在鹿黑娃和白孝文生命中占有重要地位的一个女人，田小娥也是小说中极为重要的人物角色。田小娥原来在郭举人家只是性工具，正常的人性受到了严重的扭曲和压抑，而她和鹿黑娃的结合正是发自生命原欲的追求。后来她和鹿黑娃一起回到白鹿原之后并不被宗族所承认，但她只要能和鹿黑娃在一起便感到了最大的满足，她对鹿黑娃说："只要有你……我吃糠咽菜都情愿。"然而命运并不允许她过上正常人的生活。鹿黑娃走后，她又落到了鹿子霖的手里，重新成为一个供人泄欲的性奴隶。在鹿子霖的指使下，她巧施美人计，将白孝文拉进堕落的深渊，但她却并未享受到"报复的快活"，而在心里不断地呻吟着："我这是真正地害了一回人了！"这是灵魂深处的人性的觉醒。正是因此，她才敢给鹿子霖尿下一脸，真正开始了对自己性奴隶命运的有意识的反抗。然而，作为一个弱女子，这种反抗是无力且盲目的。当她和白孝文在那眼破窑洞中双宿双飞的时候，却无可挽回地落入了更加黑暗的纵欲的深渊，最终被自己的公公——鹿三当成"祸水"一刀刺死。但田小娥的命运并未到此结束，她在死后用瘟疫和鬼附身的方式对白鹿原上的人们展开了疯狂的报复，并借鹿三之口向人们申诉自己的冤屈，"我没偷旁人一朵棉花……白鹿村为啥容不得我住下。"然而这一切并未引起白嘉轩等一干人的同情，反而将她的尸骨烧成了骨灰，镇压在窑顶的宝塔之下永世不得翻身，甚至一向平和中庸的朱先生也说她的骨灰会污染了河海，要让她"永远不得出世"。小说正是通过田小娥的命运向读者演绎了一个另类的"红颜祸水"的悲剧，表达了对儒家文化在温文尔雅的面孔下吃人的残酷性的深刻拷问。

"白鹿"可说是小说中的一个中心意象。"一只雪白的神鹿，柔若无骨，欢欢蹦蹦，舞之蹈之，从南山飘逸而出，在开阔的原野上恣意嬉戏，所过之处，万木繁荣，禾苗茁壮，五谷丰登，六畜兴旺，疫疠廓清，毒虫灭绝，万家乐康，那是怎样美妙的太平盛世！"① 白鹿是一切美好和幸福的象征。朱先生和白灵便成为"白鹿"精灵在小说中的人格化身。

朱先生可以说是传统的儒家理想人格的代表。他在动乱的世道中，坚守着白鹿书院这块净土，授道讲学，同时又具有强烈的社会责任感，禁烟犁毁罂粟，只身赴乾州劝退清兵

---

① 陈忠实. 白鹿原[M]. 北京：人民文学出版社，1993：29.

总督，编修县志，放粮赈灾，投笔从戎，发表宣言等。对于这混乱的世道，朱先生主张施行"治本之道"，重建礼俗、道德，并为之制定了"乡约"，企图以此来维持白鹿原原始的平静的生存状态，真正地实践着"为天地立心，为生民立命，为往圣继绝学，为万世开太平"(张载语)的儒家人生理想。然而，他并未能挽救儒家文化传统日薄西山的命运。面对着"翻鏊子"的世事，他在新修的县志上犯了犹豫，"水深土厚，民风淳朴"，对滋水县的乡民还能作如是评价吗？县志编修完之后，索性关门谢客，自己也不再读书，只收了鹿黑娃这么一个土匪学生，在生命的最后一刻，化作一只飞腾的白鹿，消失在了白鹿原的原坡上。

白灵是一只活泼的小白鹿。她一方面天性聪灵，惹人喜爱，在白鹿村学堂时就过目不忘，一遍成诵，毛笔字又写得极好，"既有欧的骨架，又有柳的柔韧"。聪明的她还有一副喜人的外表，细嫩的皮肤，聪明稚气的大眼，胖乎乎的手腕，连白嘉轩这样不苟言笑的人也对她宠爱备至。然而这样一个让白嘉轩"心疼"的女儿却最后变成了一只无法管教的"海兽"，表现出了极大的叛逆性。她进城上学离家出走，父亲寻到她，她居然敢拿大铁剪架在自己的脖子上，仿佛是面对一个与她有生死之仇的敌人，直到后来一纸退婚，给父亲"揭了脸皮"。白嘉轩对这个女儿已彻底失望："白姓里没有白灵这个人了，死了。"在城里，白灵的思想由个性解放发展到了阶级革命，和鹿兆海天真的"掷铜圆"游戏使她阴差阳错地加入了共产党，从此便真诚而热情地投入到了阶级革命的斗争中，她的海誓山盟的婚姻也由鹿兆海转移到了鹿兆鹏。她甚至幻想："共产主义就是那只白鹿"。然而可悲的是，白灵最后却是被自己的同志当作"叛徒"活埋。白灵的悲剧反映了个性自由的反叛性格在复杂的阶级斗争中的迷失，但她最后也化成了一只白鹿，回到了自己生于斯长于斯的白鹿原。这充分体现了作家创作意识中对传统农业文明心理结构的体认。

小说通过"白鹿"这个富有象征性的意象，塑造了一个梦幻空灵的艺术世界，然而"白鹿已经融进白鹿原"[①]，这一梦幻世界已与《白鹿原》中的现实世界融为一体，因此显得格外的清新和动人。

四

大量的性描写也成为使《白鹿原》颇受争议的一个话题。但性爱描写显然不是迎合阅读趣味的元素，在小说中它无疑有着深刻的象征意味。小说正是通过性爱的描写揭示了传统文化对于人性的压抑，白嘉轩"在完全无知完全慌乱中度过了新婚之夜"，鹿黑娃初次面对田小娥时不知所措。白孝文的经历则更富有典型性，他在新婚之夜一无所知，经妻子冷大姑娘的性启蒙后却一发变得没有节制，在白赵氏和白嘉轩的一再劝阻之下才停止纵欲，却由此变成了性无能，以致在田小娥面前阳痿不举，直到自己被逐出白家后突然"行

---

① 陈忠实. 白鹿原[M]. 北京：人民文学出版社，1993：29.

了",便因此自嘲道:"过去要脸就是那个怪样子,而今不要脸了就是这个样子,不要脸了就像男人的样子了!"由此传达出传统文化制度下人被压制的生命力的禁锢。小说以"白嘉轩后来引以为豪壮的是一生里娶过七房女人"为开头,显示了白家的这一族长旺盛的生命力,虽然性在白嘉轩那里只是当成传宗接代的工具。小说最后写到朱先生死后儿媳为其换寿衣时瞥见了阿公的生殖器,惊异"那个器物竟然那么粗那么长",并想到"'本钱'大的男人都是有血性的硬汉子,而那些'本钱'小的男人大都是些软鼻脓包"的传言。显然,在小说中,性就成为黄土地上人的强盛的生命力的象征。

《白鹿原》作为20世纪末一部影响巨大的文学巨著,推翻了"新文化运动"以来长期对儒家文明为主的中国传统文化严厉批判的主流文学传统,重构了中国民族文化和灵魂,体现了对传统儒家文明的现代反思。白鹿村乡民们在朱先生制定的"乡约"下"一个个都变得和颜可掬文质彬彬",白鹿村几乎变成了"路不拾遗,夜不闭户"的世外桃源。这正是对传统自给自足的农耕文明理想生存状态下的写照。另外,小说借朱先生之口将反反复复的阶级斗争称作"翻鏊子",对于国共之间的分歧,朱先生说道:"一家主张'天下为公',一家宣扬'天下为共'……合起来不就是'天下为公共'吗?"这是对新中国成立以来长期的阶级斗争思想的颠覆,从中可以看出新时期的"伤痕文学""反思文学"对几十年社会状况的反思的延续。但小说对传统文明的重新体认,更为直接地受到了"寻根文学"潮流的影响。不过作者对于"寻根文学"的"越'寻'越远,'寻'到深山老林荒蛮野人那里去了"①感到担忧和不满,而是试图将儒家文明作为中国传统文化不可动摇的精髓加以反思,从这个意义上讲,《白鹿原》可以算是对20世纪中国文学乃至中国文化的总结②。

作为这样一部气势恢宏的史诗性著作,《白鹿原》注重对人物的"文化心理结构"的分析。它不去静止地解析人物,而是将这一个个"文化心理结构"放在历史进程中去解析,由此演绎出人物不同的"生命轨迹",几可比肩于托尔斯泰的"心理历史小说"③。

此外,《白鹿原》在叙事上融入了魔幻现实主义等现代派的手法,将悠久的家族神话、白鹿精灵的传说,还有拜神求雨、鬼附身等情节融合在一起,营造出了一种亦真亦假、虚虚实实的艺术氛围。在很多地方可以看到小说对马尔克斯的《百年孤独》的借鉴,如《百年孤独》中常见的"未来—过去"式的叙述方法在小说中的运用。后来,陈忠实也

---

① 陈忠实. 借助巨人的肩膀——翻译小说阅读记忆.//陈忠实研究资料[M]. 济南:山东文艺出版社,2006:93~94.

② 郑万鹏. 《白鹿原》研究·《白鹿原》:20世纪中国文学的总结[M]. 长春:时代文艺出版社,1998:200.

③ 郑万鹏. 《白鹿原》研究·《白鹿原》的史诗构造——与托尔斯泰长篇艺术比较谈[M]. 长春:时代文艺出版社,1998:14~15.

第二章　中国现当代文学

谈到美国谢尔顿的小说对于他注重小说的情节性和可读性的启迪①。《白鹿原》成功地将这些西方文学元素熔于一炉，并用一种民族的、富有乡土气息的方式加以锻造，最后铸成了对儒家传统文化和民族历史命运的深刻思考之鼎，啸出了一曲慷慨激昂而雄厚悲壮的历史悲歌！

确实，无论就文学作品的艺术价值，还是文学史地位而言，《白鹿原》都称得上是"20世纪90年代，中国长篇小说创作的重要收获之一，能够反映那一时期小说艺术所达到的最高水平。把这部作品放在整个20世纪中国文学的大格局里考量，无论就其思想容量还是就其审美境界而言，都有其独特的、无可取代的地位。即使与当代世界小说创作中的那些著名作品相比，《白鹿原》也应该说是独树一帜的……"②

【思考与练习】

1. 小说《白鹿原》是通过怎样的方式表达对传统儒家农耕文明的深切怀念和民族历史命运的思考？
2. 结合自己的理解，谈谈"白鹿"这一意象在小说中的象征意义。
3. 简要谈一谈《白鹿原》在20世纪中国文学史上的独特地位。

第十一节　自由思想者的浪漫传奇
——王小波的《万寿寺》

王小波几近是一个中国当代文学格局中的"边缘人"。然而，他的作品影响力却牢牢地占据了当代文学阅读的中心。他在文学作品中迸现出的自由光辉和人文情怀令读者钦慕不已。他是一位小说家，更是一位"浪漫骑士、行吟诗人、自由思想家"。因此，关于他的作品的阅读，就不单纯是一种文学欣赏，还是一种文化解读和思想旅行。阅读《万寿寺》，就是我们跟随着这位睿智的"自由思想者"的一次浪漫传奇旅行。

一

王小波(1952—1997)，当代著名学者、作家，1952年5月13日生于北京一个干部家庭，青年时曾在云南、山东等地插队，先后当过民办教师、工人等，1978年考入中国人民大学贸易经济系商品学专业，毕业后留校任教，1984留学美国，在匹兹堡大学东亚研究中心做研究生，转攻文科，1986年获硕士学位，1988年回国后，任教于北京大学和中国人民大学，1992年辞职专事写作，1997年4月11日心脏病发作，于北京逝世。其主要作品

---

① 陈忠实. 关于《白鹿原》与李星的对话.//陈忠实研究资料[M]. 济南：山东文艺出版社，2006：21.
② 何西来. 关于《白鹿原》及其评论——评《白鹿原》评论集.//陈忠实研究资料[M]. 济南：山东文艺出版社，2006：336.

有：小说及小说集《黄金时代》《白银时代》《青铜时代》《黑铁时代》《唐人故事》《万寿寺》《红拂夜奔》，杂文随笔集《思维的乐趣》《我的精神家园》《沉默的大多数》《个人尊严》《思想者说》(与李银河合著)等，另有《王小波文集》(4 卷本)和《王小波全集》(10 卷本)出版。

小说《万寿寺》是王小波的"时代三部曲"《青铜时代》中的一部长篇小说。红线的故事来源于杨巨元作的唐传奇《红线传》，初见于袁郊《甘泽谣》，但王小波笔下的故事已经与其故事原型相去甚远，他充分地发挥了其奇诡的想象，营造出了一个变幻离奇、富有荒诞意味的艺术世界。

正如王小波所言："写小说则需要深得虚构之美，也需要些无中生有的才能。"[①]那么，小说《万寿寺》正是充分地发挥了作者杰出的虚构才能。有趣的是，同是根据唐传奇改编的小说，《万寿寺》与《红拂夜奔》《寻找无双》一样，小说中有两个主人公、两条线索，各自在不同的时空中发展着自己的故事，有时候也交替发展。《万寿寺》中有一个生活在现代的人物王二，他在寻找自己因为车祸失去的记忆；与此参差进行的是他同时在阅读并续写着一个古代的故事——薛嵩和红线等人在湘西凤凰寨发生的故事。王小波在这部小说里打破了传统小说情节的线性叙事结构，使用了现代手法，时空错乱和从几种不同假设开头的"并行叙事"，使得他的叙事完全脱离了叙事规则，成为心理事件，成为毕加索的"立体"变形，或者达拉的"相对论"时空[②]。一方面，是王二的现实世界和薛嵩、红线等的虚幻世界的相互纠缠、相互渗透；另一方面，是虚幻世界中的情节纵横交错，人物也变幻莫测。因此，读者总会产生堕入迷宫般的阅读感受。然而，迷宫中又满是趣味，作者又以精妙的虚构和腾跃的想象为读者拓开了一条浪漫的传奇旅途，在这旅途中又不断地伸出各条支路，现实和虚幻两个时空分别按照自己的线索延伸，时而又相互交错，然后又如百川汇流一样逐渐地汇集在一起。最后，虚幻与现实慢慢交融，走向了"一切都无可挽回地走向庸俗"的批判性的终点。

二

《万寿寺》独特的叙事形式与风格牢牢地吸引了读者。整部小说的"叙述结构也往往采用双线、多线并行交织的方式，古今对话呼应，纪实与虚构、现实与想象、现时与历史、生活与文本构成一个虚实相生、真假莫辨、亦真亦幻的奇妙繁复的开放性叙述空间，叙述人在这个无限敞开的叙述空间里自由出入、往返"[③]。

---

① 王小波. 小说的艺术. //沉默的大多数：王小波杂文随笔全编[M]. 北京：中国青年出版社，1997：328.

② 汪丁丁. 王小波的说与思. //王毅主编. 不再沉默——人文学者论王小波[M]. 北京：光明日报出版社，1998：50～60.

③ 张伯存. 王小波的精神结构及其小说的结构艺术. 枣庄师专学报，2001(12).

第二章 中国现当代文学

小说的开头讲到王二丧失记忆后从医院的病房里出来，凭着带在身上的工作证找到了自己的工作单位"西郊万寿寺"，然后在房间里的桌子上发现了上面留有的薛嵩的故事。王二在阅读(或是叙述)这纸稿上的故事的同时，也开始了逐渐寻找自己记忆的过程。

在叙述虚构中的故事时，作者采用了"元小说"的叙事手法，从中也可以看出作者对现代叙事方法的借鉴。在这条结构线索中，故事的发展有了极大的开放性和无限的可能性。纸稿上的故事翻来覆去，枝节横生，"到处都是开头"，整个故事就在这样的推进中不断地变换着自己的面貌。一开始，薛嵩是个长安城的"纨绔子弟"，他先是被一个老娼妇拿住男根，"长大成人"，然后谋取了一个节度使的职位，又雄心勃勃地带着一拨雇佣兵来到湘西的凤凰寨想要建功立业，同时带来的还有一个老妓女，后来又来了一个小妓女。到了凤凰寨之后，薛嵩感到了一阵孤独："别人都去抢老婆，假如自己不去抢一个，未免吃了亏。"于是抢了苗人酋长的女儿红线为妻，又在红线面前"长大成人"。在这个故事中，还有一个突如其来的刺客，砍去了薛嵩的半只耳朵；这个刺客可男可女，于是故事又可以朝不同的方向发展。但无论如何，这名刺客还是被红线捉住了，最后被处以死刑，斩首示众，脑袋被悬在了高处，然后在那高空俯视着底下发生的一切。在那颗人头的俯视下，老妓女又雇用了一大帮刺客前去刺杀薛嵩(或是红线)——前面的刺客其实本来就是老妓女派去的。然后这群刺客深夜前去行刺，结果在激斗中被头上的马蜂蜇了一通，狼狈而回。薛嵩与红线趁乱逃了出来。

这个故事中的薛嵩一心想要建功立业，到达凤凰寨之后又一心一意地想要建立起自己的一套统治秩序，是一个像堂吉诃德一样的想入非非者，却一再地陷入了迷茫和寂寞之中，"就像一只捣臼里的蚂蚁，马上就会被粉碎"。他的困苦主要来自自己手下的那拨雇佣兵：他带着雇佣兵们到了天高皇帝远的地方，但这些雇佣兵随时准备出卖他；面对他的一本正经，这些雇佣兵只是发出了哄堂大笑；薛嵩被刺客行刺后，想要去跟苗人决战时，这些雇佣兵大声叫好，"并不是说打仗好，而是说薛嵩掉了耳朵好"，甚至还谋划要将薛嵩出卖给苗人；刺客们刺杀薛嵩未果，这些雇佣兵甚至逼迫未能成功的刺客再去刺杀他……薛嵩虽然是故事的主人公，但正如小说中所言，"不是他在控制着此事的节奏，而是那些雇佣兵在控制着此事的节奏"。在这个故事中还有一个小妓女，然而只是薛嵩发泄性欲的对象，或者是薛嵩杀鸡给猴看、树立威严的工具。薛嵩在凤凰寨整日忙忙碌碌，一本正经，甚至在红线面前也不忘摆"老爷"的架子，但"这些事和建功立业有什么关系，叫人殊难理解"。最后，薛嵩和红线在密林中经过一夜的避难，回到寨中，正准备"擒贼擒王"，扫除内奸时，原稿到此为止。

在叙述这样一个故事的同时，现实世界中的王二开始由失忆的状态逐渐地恢复自我意识。万寿寺里"满地枯黄的松针""古老的榆树，矮小的冬青丛都让我感到似曾相识"，还有空中飘荡的可疑的臭味。后来是一个黄色连衣裙的女孩跟"我"提到了一个叫"小黄"的人，然后，一个穿蓝色制服、戴蓝色制帽的"领导"给"我"送来了一份表格，上

面要填今年计划要完成的三部书稿,这份表格让"我"记起了"我们"是社会科学院的历史研究所,在万寿寺里借住。后来,一个白衣女人来到房间里把"我"带到外面吃饭,然后带回了家……

王二在重拾自己的记忆的同时,开始在原稿的基础上继续虚构着薛嵩的故事。这时,原来的故事有了另外一种面貌,并且开始被赋予了多重寓意。主人公薛嵩"已经不是个纨绔子弟,成了一位能工巧匠",他是湘西地方烧玻璃的一把好手,还是打造铜器的一把好手,是制造陶器、铸造铁器、编造竹器的高手,最优秀的皮匠和厨师——但这都是他迷上红线以前的事。见到红线以后,他决定抛下一切工作不做,去建造囚禁红线的囚车:这囚笼是用厚厚的柚木板做的,体现了薛嵩的"赤诚"和"温柔""用笼子的厚重、坚固体现他的赤诚,用柚木的质地和光泽来体现他的温柔……而红线坐在赤诚和温柔中间,双手和双脚各由一块木枷锁住,显得既孤独,又高傲"。薛嵩就这样设计、建造着囚车,"想把他所爱的女孩装进去"。虽然薛嵩做事有点乱糟糟,"但是可以像这样乱糟糟地做事,又是多么好啊!"薛嵩为了知道红线手脚的尺寸,几次去找红线,然后红着脸愣头愣脑地测量红线手腕脚腕的尺寸。起先,红线并不知道薛嵩的用意,后来从别人那里知道了。对此,她有点忧伤:"因为她已知道,薛嵩早晚要抢她为妻。"然后红线就跑去帮薛嵩干活,"帮他造那些打自己、关自己、约束自己的东西",引来了全凤凰寨人的围观,有人说薛嵩对红线真好,也有人说薛嵩太过奢华,要遭报应。后来,红线被套上了这些枷锁,关进囚笼,"成为永远的囚徒和家庭主妇……在此之前,她要做的是监督薛嵩把周到、细致、温柔和严酷都做到极致,在此之后,她就要享受这些周到、细致和温柔"。在这个故事里,薛嵩没有用繁文缛节去约束红线,他用枷锁把她魇住了。就像小说里说的那样,故事本身并没有什么寓意,如果有,那么这个故事的寓意只能是爱情。

三

当然,在这个故事里作者又拓展了另一种寓意,小说中出现了自由派和学院派的斗争,这显然是对现实的警喻。故事中的老妓女所属的那一派是学院派,严谨、认真,有很多清规戒律,努力追求着真善美;小妓女所属的是自由派,主张自由奔放,回归自然,率性而行。老妓女和一切道德卫道士一样,惯于训斥人,但不惯于和人说理;而小妓女和一切反道德的人一样,惯于和人说理,却不惯于训斥别人。学院派总是拘泥于俗套,这是他们的弱点,可供利用。可惜自由派和学院派斗嘴,虽然可以占到一些口舌上的便宜,但无法改善自己的地位,因为刀把子捏在人家的手里。后来老妓女雇用了一批刺客——这些刺客也是学院派的——去刺杀薛嵩和红线。因为她和薛嵩同是凤凰寨的创始人,"杀掉一位创始人,剩下一个创始人,就是她自己。此后她就是凤凰寨的当然主人"。

薛嵩是凤凰寨的一个自由派的能工巧匠,这些刺客闯入了薛嵩精心设计的迷宫,也就是"进入了一位自由派能工巧匠的内心",最后被这迷宫中各种复杂的机构搞得晕头转向，狼狈而返。后来，他们还是把薛嵩逮住了，给他套上了枷锁，但薛嵩总是跑去凭吊红线(红线已经死掉了)。老妓女于是给薛嵩出了一道难题：造一把自己打不开的锁——这也正是几千年来中国人文知识分子无法走出的一个怪圈，王小波曾在杂文里谈到这一情形时说，"自己屙屎自己吃""常常会害到自己"①。薛嵩也为此苦思不得其解，最后终于悟到：这样的锁只能是实心的铁疙瘩。于是，最恶毒的努力带来了崇高的牺牲。

值得玩味的是，故事的叙述者王二在这里笔锋一转，透露出了这个故事的来源——《甘泽谣》，还有刺客头子的名字田承嗣，并且开始决定"通过写作改变自己"，决定对"学院派"抱有善意。这样故事也就突然有了另外一个走向，并且越来越脱离了本来的虚幻色彩，同时又蒙上了一层道德的意味。那个"学院派"的老妓女并不老，也不难看，是个中年妇人，只是有点神神道道的。这个女人很爱薛嵩，并因为薛嵩的到处留情而吃醋。薛嵩也很爱这个老妓女，但他是一个处处留情的自由派。田承嗣——这时是邪恶的化身，并不再是学院派——行刺未果，就把小妓女和老妓女一起绑了起来，对她们进行鞭打，这时老妓女决定"用自己的皮肉去保全别人的皮肉"，企图以此而得到"崇高"。但田承嗣并没有买她的账，而是同时叫手下人把老妓女绑到另一棵树上，同时鞭打。"我想要颂扬崇高的精神，却让邪恶得了胜"，这正是一个绝妙的反讽。后来薛嵩在悬在空中的自己的院子上发射弩箭，想要解救老妓女，结果反而将老妓女和刺客们一起一箭钉在了树上，正是这种所谓"崇高"的续演。当薛嵩又把弓弩对准了被刺客们当作盾牌的小妓女时，身旁的红线发怒了，一刀砍断了弓弦：薛嵩得到了崇高，然而品行却有了问题。这时薛嵩才清醒了过来，为自己的所作所为追悔不已，号啕痛哭，然后开始埋头潜心修理他的弩车。

现实世界中，失去记忆的王二("我")在继续虚构自己的故事；同时，也在接受着陌生的外部世界的不断刺激。这时出现了"我"的一个"表弟"，沉甸甸的柚木名片上写着：陈某某，某某木材出口公司总经理，做的是柚木生意。这个表弟满是暴发户的气息，请"我"和白衣女人去吃饭。然后在这里，"我"见到了表弟媳。随着"我"的想入非非的继续虚构，虚幻中的世界和现实中的世界开始了慢慢渗透：薛嵩做囚笼，用的是"我"表弟津津乐道的柚木；表弟对表弟媳的粗暴态度让"我"想到了学院派老妓女对自由派小妓女的态度。最后，薛嵩给自己造了一个铁疙瘩把自己锁了起来，"我"也终于经过反复的修改和苦苦的思索，得到了三个让领导满意的书稿题目，用一个恶毒的玩笑换来了崇高。

故事继续发展，却重新蒙上了虚幻的色彩。故事的中心地点由湘西的凤凰寨又回到了长安城。在长安城外学院派的金字宝塔，薛嵩背着器具走上塔顶去修理锅炉，然后乘机与被捆绑在这里的女孩相会。后来，这个塔里的姑娘离开了长安城，随着薛嵩来到了凤凰

---

① 王小波. 知识分子的不幸. //沉默的大多数：王小波杂文随笔全编. 北京：中国青年出版社，1997：4.

寨。她始终爱着薛嵩，但薛嵩却用情不专，到处留情，最后还把她射死了——那么这个女孩也正是那个老妓女。入秋时节，薛嵩和他的"表弟"借着爱情的云梯，开始进攻这座"反爱情"的宝塔，解救自己的女孩，然后一起在黑色的斗篷下消失在了长安城外的大雪中，又在茫茫的大雪中回到了长安城。

随着故事的进行，"我"也开始慢慢地恢复了记忆："我"不是历史学家。我已经四十八岁了，还是研究实习员，没有中级职称……虚幻与现实也开始慢慢交融，正如小说中写到的，薛嵩的故事也正是"我"的故事。薛嵩一心一意地要去高塔上去修理热水锅炉，而"我"也正是这样一个有"修理癖"的人。在"我"门外踱来踱去，妨碍"我"和白衣女人在一起的"领导"，也正是高塔中的那个阻止"我"(薛嵩)去和心爱的女孩相会的老虔婆。"我"作为一个自由派一味地跟领导作对、"捣蛋"，正如那个奋力进攻学院派金字宝塔的薛嵩(或薛嵩的"表弟")；"我"在一切时间、一切地点追随着白衣女人，就像薛嵩不遗余力地去搭救自己的心上人。后来"我"终于明白："长安城里我不可能是别人，只能是薛嵩。薛嵩也不可能是别人，只能是我"。

就这样，虚幻与现实最终融为一体，"我"也终于拾回了自己丢失的记忆。幼年时，姥姥用野菜和着面粉给"我"和表弟蒸糕吃，青年时代，"我"和表弟生活在灰色的北京城里靠修理和贩卖电器发财，所有这些记忆都陆续地复苏起来。大雪中的长安城里，"我"和白衣女人在江边的木屋中幽会——"这也可以是薛嵩和他情人的故事"，因为"在这座城里，名字并无意义"。1975年的冬夜，在灰色的雪中，"我"穿着一件黑色的呢子大衣坐在路边的长凳上，像一只"袋鼠妈妈"，大衣之下，她像一只海狗在我和我的大衣的黑色海洋里潜水，我们的衣服都藏在公园内的树林里……现实和虚幻已经水乳交融，故事也就要结束了，"一切都无可挽回地沦为真实""我和过去的我融会贯通，变成了一个人。白衣女人和过去的女孩融会贯通，变成了一个人，我又和她融会贯通，这样就越变越少了。所谓真实，就是这样令人无可奈何的庸俗""长安城里的一切已经结束，一切都在无可挽回地走向庸俗"……

四

小说中开始就提到了莫迪阿诺的《暗店街》，并在后面的叙述中屡屡提及。可以看出，《万寿寺》与这篇小说的千丝万缕的联系。《暗店街》也是写一个失忆的人，并穷其一生苦苦追寻自己的记忆，直到书的结尾也没有找到。但《万寿寺》并不是这样，正如小说中所言："他(编者按：指莫迪阿诺)把记忆当作正面的东西，让主人公苦苦追寻它；我把记忆当成可厌的东西，像服苦药一样接受着。"《暗店街》应该是一部寻找自我的小说，而《万寿寺》则是一次作者"企图借以脱离现实、超越自我、寻找诗意"的旅程，是一部自由思想者的浪漫传奇。

王小波喜欢以"自由思想者"自命,声称自己是代表着"沉默的大多数"[①],是一个深受英美经验主义哲学影响的思想者。他在《〈怀疑三部曲〉序》里通过"推己及人"的方法提出了三个基本命题:凡人都热爱智慧,凡人都热爱异性,凡人都喜欢有趣。然而他却发现现实生活中别人未必都跟他一样,大多数人反而更热衷于生活在一个"无智无性无趣"的世界中,他对此感到不可理解;当有人企图强迫别人也生活在这个"无智无性无趣"的世界中时,他就觉得不可容忍了。王小波通过杂文来表达和申明自己的观点和立场,然而作为一个艺术家,他更看重他的小说。在他的小说中,可以明显地看到他作为一个"自由思想者"的自由理念的抒发和表达。《万寿寺》中,薛嵩是一个能工巧匠,整天沉迷于各种器具和机械的制造和设计,用情不专,到处留情,但直到看到红线以后,便埋头为她工作起来;现实生活中的王二也是这样一个有着强烈的"修理癖"的人,一心一意地追寻着白衣女人,还"热爱性生活",在自己的小说中寻找着诗意,"一个人只拥有此生此世是不够的,他还应该拥有诗意的世界"[②],这个世界正是在长安城里。确实,"在他心目中,世上只有一样东西具有自足的价值,那就是智慧。他所说的智慧实际上是一种从事自由思考并享受其乐趣的能力,这就透露了他的理性立场背后蕴涵的人文关怀,他真正捍卫的是个人的精神自由。"[③]因此,从某种程度上说,王小波的《万寿寺》正是他追求"有智有性有趣"的世界的浪漫旅程。

【思考与练习】

1. 如何理解小说《万寿寺》是一部"自由思想者的浪漫传奇"?
2. 细读《万寿寺》,体会小说多种叙事技巧的运用。
3. 试用现代叙事方法和"元小说"等叙事技巧,仿写一篇短篇小说。

第十二节 现代城市的性别史诗
——王安忆的《长恨歌》

《长恨歌》的书写是一个世纪的总结,出现在 20 世纪 90 年代繁华的世纪末似乎是必然。它对一个时代的细腻刻画正来自它的宏大,正如世界华文文学奖评委李欧梵评价的:"王安忆的《长恨歌》描写的不只是一座城市,而是将这座城市写成一个在历史研究或个人经验上很难感受的一种视野。这样的大手笔,在目前的小说界来说,仍是非常罕见的。

---

① 王小波. 沉默的大多数:王小波杂文随笔全编[M]. 北京:中国青年出版社,1997:4.
② 王小波.《怀疑三部曲》序. //沉默的大多数:王小波杂文随笔全编[M]. 北京:中国青年出版社,1997:343.
③ 周国平. 自由的灵魂. 躬耕,2006(9).

它可说是一部史诗。"

一

　　王安忆，中国当代著名女作家，1954年生于南京，1955年随母亲茹志鹃定居上海，初中毕业后到安徽淮北农村插队落户，1972年在江苏徐州地区文工团当演奏员，1978年到上海中国福利会《儿童文学》任编辑，自20世纪80年代中期就成为中国当代"知青文学""寻根文学"等文学流派的代表性作家，现任上海市作家协会主席、复旦大学教授。

　　王安忆1977年开始发表作品，迄今出版《王安忆自选集》六卷，长篇小说《黄河故道人》《69届初中生》《流水三十章》《富萍》《上种红菱下种藕》《长恨歌》，中短篇小说集《小鲍庄》《尾声》《我爱比尔》《隐居的时代》《忧伤的年代》《三恋》《妹头》，短篇小说集《王安忆短篇小说集》《剃度》，散文集《独语》《男人和女人，女人和城市》《我读我看》《寻找上海》，论著《故事和讲故事》《重建象牙塔》《心灵世界》等，共500万字，以及若干散文、文学理论著作，部分作品有英、德、荷、法、日、韩等译本。其中《谁是未来的中队长》获第二届全国优秀儿童文艺作品二等奖，《本次列车终点》获第一届全国短篇小说奖，《流逝》《小鲍庄》获全国中篇小说奖，《叔叔的故事》获首届上海中长篇小说二等奖，《文革轶事》《我爱比尔》分别获得第二届、第三届上海中长篇小说三等奖，《长恨歌》获第四届上海文学艺术奖、第五届茅盾文学奖，《富萍》获台湾地区2002年度《中国时报"开卷"好书奖》，《上种红菱下种藕》获台湾地区2002年度《中国时报"开卷"好书奖》，英文版《小鲍庄》获美国洛杉矶时代书刊提名奖。

　　《长恨歌》是王安忆创作生涯中的里程碑之作。自20世纪90年代《长恨歌》首次出版以来，前后共增印22次，总销量达50万册以上。1996年获选中国时报十大好书中文创作类开卷好书奖，1998年获选第四届上海文学艺术奖，1999获选亚洲周刊20世纪中文小说100强，2000年《长恨歌》获选20世纪90年代最有影响力的中国作品、第五届茅盾文学奖。2005年《长恨歌》被香港知名导演关锦鹏拍摄成电影，并产生强烈反响，引起了文学界和评论界的极大关注。

　　《长恨歌》所叙述的故事开始于20世纪40年代，还是中学生的王琦瑶被选为"上海小姐"，从此开始了她命运多舛的一生。做了某大员的"金丝雀"，从少女变成了真正的女人。上海解放后，大员遇难，王琦瑶成了普通百姓。她离开上海到乡下外婆家避难，再重返上海，表面的日子平淡似水，其实内心的情感潮水却从未平息。与几个男人的复杂关系，似乎有些命中注定。20世纪80年代，已是知天命之年的王琦瑶难逃劫数，与女儿的男同学发生畸形恋，最终死于非命。

　　小说有三条线索：第一条是写王琦瑶的遭遇。从片厂拍戏到登上摩登杂志到舞会流连

第二章 中国现当代文学

再到选举"上海小姐",她被推到一个前所未有的众人羡慕吹捧的高度。这不是幸事,为她的悲剧奠下基础。这里是小说叙事的高峰,月满则亏,水满则溢。王琦瑶开始走下坡路,在人们意味深长的眼里约定俗成地变为交际花,她堕胎后,成了最卑微的女人,最后死于他杀,无人同情。

第二条线索是从王琦瑶的友情出发。从吴佩珍到蒋文丽到严家师母再到张永红,这些友情不过如水般淡薄,各有各的利益出发点,各怀鬼胎,但彼此作为寂寞旅途中的聊友也未尝不可。

第三条线索是王琦瑶的爱情。从程先生到李主任到阿二到康明逊到萨特再到老克腊,王琦瑶并非多情也非滥情,而是生活所逼。一直以来,王琦瑶的生存意识强烈,即使有那么一刹那爱情的尾巴跳跃到她眼前,也是转瞬即逝,留也留不住。忧伤的缠绵,总是带着无可奈何的悲情,随时都要消逝。

王安忆用看似平淡却幽默冷峻的笔调,将一个女人四十年的情与爱的故事呈现于读者眼前,在对细小琐碎的生活细节的娓娓叙述中,细致地展现了时代变迁中的人和城市的生长过程。因此,《长恨歌》被誉为"现代上海史诗"。

二

进入20世纪90年代以来,众多女作家置身城市并以独特的视角进行对城市的书写,写出了城市的发展进程与人的成长命运之间的生命联系和时代气象。在她们的作品中,城市是背景,是实指;是题材,是内容;是形式,亦是象征。① 王安忆的《长恨歌》正是这种写作形式的典型代表。

很多人都说,读《长恨歌》,读来读去,读出了一个"痛"字。王琦瑶是女人中的精灵,她把女人做到了顶峰,做到了极致,到头来还是死于非命。王琦瑶还是上海这座城市的精灵,她像上海的弄堂,是无数细碎集合而成的壮观;又像上海的流言,没有大志气却用尽了全力。王琦瑶还是王琦瑶自己,像城市上空盘旋的鸽子,有点傲慢,但又并非不近人情,否则怎么会再是路远迢迢,也要泣血而回!正如上海之于王琦瑶,"上海真是不能想,想起就是心痛",那些"痛"在今天看来也是真真切切、断肠切肤的。王琦瑶曾经如此回想上海:"什么都是应该,合情合理,这恩怨苦乐都是洗礼。"这实在道出了人生真实的情境。所谓洗礼,即是一种仪式,王琦瑶不过是这个宏大仪式上的牺牲品。这仪式我们每个人都在经历,它本身即是一种悲痛。悲痛之后,是虚空一片。已经虚空了,逃避当然不算上策,那就临着虚空之深渊,紧紧用手、用身子去贴住生活中具有美感的细节,即便死亡是四十年前就演练好的宿命,即便旧上海一切的璀璨光华注定要堕入黑白胶片的滑动中,堕入永不醒来的死亡中。

---

① 谭湘,丹娅,戴锦华,荒林. 城市与女人——中国当代女性文学四人谈. 当代人,1988(2).

不难看出,《长恨歌》所描写的城市其实是一个女性视域中的城市。《长恨歌》用一种隽秀温婉的语调让小说的每一个角落都回旋着种种女性对这个世界的小感觉。这些小感觉是女性对这个城市细部津津有味的咀嚼:白色滚白边的旗袍,糟鸭掌和扬州干丝,隔壁哼唱着四季调的留声机,花样繁多的点心,咖啡馆弥漫出的香味,绣花的帐幔和桌围,紫罗兰香型的香水,各种好看的发髻,微微发潮的化妆粉盒,优雅羞涩的照相姿态,一扇扇后门之间传递的流言,书本里的落叶和胭脂盒里的死蝴蝶,王琦瑶们手挽手地从商店的橱窗面前走过……这个城市就是在这些细腻甚至琐碎的女性小感觉之中缓缓地浮现出来,肌理细密,纹路精致。

王安忆自己不止一次地说过:"《长恨歌》是一部非常非常写实的东西。在那里面我写了一个女人的命运,但事实上这个女人只不过是城市的代言人,我要写的其实是一个城市的故事。"① 然而这并不是简单地通过一个女人表现一个城市。"我们习惯于这样的表达,即'通过……表现……'并不是这样。我是在直接写城市的故事,但这个女人是这个城市的影子。所以你们看这部小说时可能会感到奇怪:我那么不厌其烦地描写这个城市,写城市的街道,城市的气氛,城市的思想和精神,不是通过女人去写,而是直接表现"。② 相较于故事,王安忆所关注的更多的是生活的情态,饮一盏香茗,蘸着生活的滋味,这盏茶便格外有味道。而触动王安忆心灵的是传闻中夹杂的声色滋味,至于内容如何,那并不重要。只有有滋味的事情,才能够调出一段有滋味的生活。于是她的笔往往恣意汪洋,流到生活的每一个角落去寻找那种声与色的滋味。

在这些漫长的流连声色的日子中,上海女人瓦解了人们的潜意识,赋予女人新的生命,赋予这个城市新的内涵。初识李主任的王琦瑶正值花样年华,而李主任已是人到中年。再加之当时国内政治的动荡不安,这场忘年恋也就以昙花一现的方式草草收场了。总觉得王琦瑶不过是李主任在众多"爱丽丝"中,养的众多"金丝雀"之一罢了。康明逊和王琦瑶一样,两人都是利益中人,都藏着有哀有乐的利益心,懂得适者生存的道理,谁也不是谁的救世主。程先生纵然再有情有义,却始终进入不了王琦瑶的心,有缘无分,只是苦了程先生一生的追逐。如果不是老克腊的负心离去,王琦瑶也许不会死在同瘪三无异的长脚手里。她本来是可以不在乎那盒金条的。然而天底下男子都薄情至此,老克腊是她最后的依靠,却也狠心离去了。对老克腊来说,"那歌乐中人实是镜中月水中花,伸手便是一个空。那似水的年月,他过桥,他渡舟,都也是个追不上"。所以王琦瑶只能死死抓住那盒金条不放。她相信这个世界,能让她依靠的是眼前这冰冷的金条,而非有血有肉、活生生的人。最初的王琦瑶也许是为了富贵荣华,但最后的王琦瑶却是用她此生换回的唯一的财产,去换取老克腊的陪伴。在老克腊交回钥匙的那一刻,她陡然发现,这个被虚荣心

---

① 王安忆. 重建象牙塔[M]. 上海:上海远东出版社,1997:191~192.
② 齐红,林舟. 王安忆访谈. 作家,1995(10).

颠覆后的世界，是再也无法还原的。王琦瑶悔悟得太迟了，她没想到自己的人生一步走错，只剩满盘皆输。阿二可谓是王琦瑶遭遇的人中最纯粹化的一个，但是他们的故事是属于邬桥的，不是属于上海的。而邬桥的王琦瑶也不是上海的王琦瑶。

声色上海中的王琦瑶是有声有色的，有愁有怨有恨有爱的，或许她爱的并不是男人，而是"上海"，这一点她在邬桥的时候最明白："上海真是不能想，想起就是心痛。那里的日日夜夜，都是情义无限。邬桥天上的云，都是上海的形状，变化无端，晴雨无定，且美轮美奂。上海真是不可思议，它的辉煌叫人一生难忘，什么都过去了，化泥化灰，化成爬墙虎，那辉煌的光却在照耀。这照耀辐射广大，穿透一切。从来没有它，倒也无所谓，曾经有过，便再也放不下了。"表面上看王琦瑶完全是为了钱财，与爱情无关，不值得同情，其实王琦瑶那颗上海心是真真无人能懂的。她是死在她深爱的上海的怀里，想了一辈子，怨了一辈子，却也是念了一辈子。对于那些男人们，她或许从没相信过所谓的"爱情"和"永恒"，男人在王琦瑶心里，也只不过是这个城市声和色的一部分。然而，真实的上海是温情脉脉与青面獠牙同在、风华绮艳与藏污纳垢并存的。这一点，王琦瑶至死都未能真正悟透。"她想：……她上海生上海长的王琦瑶，又何故非要远离着，将一颗心劈成两半，长相思不能忘呢？上海真是叫人相思，怎么样的折腾和打击都灭不了，稍一和缓便又抬头。它简直像情人对情人，化成石头也是一座望夫石，望断天涯路的。"王琦瑶对上海"长相思不能忘"的耿耿衷情，对风雅奢华的上海的痴迷与沉醉真是让人参不透道不明。可是即便如此，王琦瑶还是知道"鸽群就要起飞了。鸽子从它们的巢里弹射上天空时，在她的窗帘上掠过矫健的身影。对面盆里的夹竹桃开花，花草的又一季枯荣拉开了帷幕"，又一个上海的生命轮回开始，生命也"自是人生长恨水长东"般地生生不息。

三

王琦瑶的一生如梦如幻，似乎这才是一个女人的生存状态：反复，甚至是单调的反复，处在社会的边缘去展现另一种坚韧与执着。《长恨歌》不是歇斯底里的怒吼，也不是充满血泪的控诉，它只是在讲述女人，娓娓道来，其中夹杂着似乎漫不经心的低吟，但是正是在这种漫不经心中，王安忆巧妙地重构了一次历史，将本来完整的历史勾画成她所认识的面目。王安忆讲自己的勾画其实是"人和人、人和自己、人和世界之间关系的形式"。正是在这种看似漫不经心、东拉西扯的讲述中，她其实已经重构了女人的命运。她们稳稳地站立在了城市之上，甚至她们在超脱了历史的枷锁之后走向了一个真正意义上的女人的世界，而这座城市也成为具有女人标志的城市。王德威在《海派作家又见传人》一文中称道："她细写一位女子与一座城市的纠缠关系，历数十年而不悔，竟有一种神秘的悲剧气息。大量玩弄后设的趣味，却总也摆脱不了写实主义'原道'说教意味。在它驳杂百科全书式的架构下，兀自夸示着感伤的演出。但合而观之，这本小说则以其强劲的(女性)

叙述欲望，夹着千言万语，一路挥洒到篇末……王安忆失去了张爱玲那种有贵族气息的反讽笔锋，却(有意无意地)借小说实践了一种更实在的海派生活'形式'。这是海派的真传了：王安忆是属于上海的作家。"①

小说所构建的并非是一个城市的历史、典故，以及绵延于城市中千百年的情愫，它更像是在一笔一画琐碎平淡地勾勒出上海这个城市的纹路肌理。情节不再是至关重要的必需品，只要有弄堂、有闺阁、有女人、有情调，任情节反复变换，或者悲凉沁骨，或者锦绣繁华，都是映射着同样的一个上海，这也正是为什么王安忆将上海的世俗气息如此大肆渲染的原因。人们可以细腻地品味这个城市的每个角落，但是，人们找不到一个精神的制高点来纵览这个城市的历史风云。

王安忆认为，历史的面貌不是由若干重大事件构成的，历史是日复一日、点点滴滴生活的演变。作家的目光疏离了宏大的历史叙事，将政治、战争和运动推到了遥远的背景后，叙写瞬息万变的都市中最稳定的人生轨迹：当革命爆发时，王琦瑶沉醉在自己的梦想中；抗日战争如火如荼时，她却在参加"上海小姐"的评选；内战烽起时，她独守爱丽丝公寓；反右斗争此起彼伏时，她却过着个人自在的生活。王安忆以强烈的对照手法，"拉开了文本与现实的距离，凸显出时代的变迁与永恒，人生的平凡与虚无，还有上海永不失态的华贵品格和永不凋零的文化气息——用一种更沉静、更柔性、更平民的方式打量世界，解释世界，这是一次返璞归真的艺术实践。"②

在这个艺术实践的过程中，王安忆笔下的上海不是紫殿金阁的达官显贵以及翻云覆雨的财阀大亨们钩心斗角、各显神通的天堂，也不是那些窝棚里弄、举家食粥的下层人挣扎的地狱。她所描写的是二者中间的一层，在时代的夹缝、社会的隔层中的边缘人。他们在两个极端之间承受双倍压力的同时，也用他们的故事构筑起了这样一个不同的社会阶层。"在贫富悬殊的社会两极，有一片广大的中间地带。在每一个社会之中，他们如果不是在数量上构成多数，也总是在社会文化和价值空间构成中最值得重视的。上海的城市精神因而明显地体现在上海弄堂之中。上海的繁华其实是女性风采的，这样王安忆把笔墨倾注在生活于上海里弄的女性平凡的人生状态与最世俗的生活方式，在那些世俗男女如蚁如尘的城市生存的歌哭里，听出了聚集其上的'静声'。"③在王安忆的包括《长恨歌》在内的"城市系列"小说中，上海女性从过去的边缘人慢慢成为一个"城市的代言人"，成为上海的"英雄"。

《长恨歌》告诉我们这样一个事实：女性天然是和城市一体的。一个女人的命运或许微不足道，但是一群女人的命运却能铸就一个城市的史诗。

---

① 王德威. 当代小说二十家[M]. 北京：生活·读书·新知三联书店，2006：25～32.
② 陆瑾. 独特的女性叙事曲——析王安忆《长恨歌》的叙事特点. 小说写作，2006(3).
③ 王德威. 海派作家又见传人. 读书，1996(6).

第二章　中国现当代文学

【思考与练习】

1. 小说《长恨歌》是怎样通过王琦瑶这个都市女性小角色来表现上海的发展变迁的？
2. 试比较张爱玲和王安忆笔下旧上海的相同和不同之处。
3. 如果你是作者，你会为王琦瑶和程先生安排怎样的结局？

第三章 外国文学

外国文学涵盖古今，囊括东西，不但源远流长，而且卷帙浩繁，丰富多彩。本章从几千年的外国文学中采撷精华——起于公元前12世纪的《荷马史诗》，迄于20世纪末叶的《我的名字叫红》——筛选作品14部，或对作品产生的社会时代背景、作者生平、创作契机和创作经历、题材来源与人物原型等情况进行介绍，使读者了解作家作品的基本知识；或对作品的思想内容和艺术特色进行全面系统的分析，指明其文学价值之所在，说明其在文学史上的意义、对文学发展的影响；或选取作品中某一段落、某一脍炙人口的经典句子，使读者获得真实生动的阅读体验。编撰者从多种角度鉴赏作品，引领读者登堂入室，一窥异彩纷呈的外国文学精品，领略名著的魅力，接受人文精神的陶冶。

第一节 欧洲叙事诗的典范
——荷马的《荷马史诗》

《荷马史诗》包括《伊利亚特》和《奥德赛》，是古希腊早期文学中最主要的两部作品，也是欧洲文学史上最早的两部重要作品。

一

无数学者研究过这两部史诗，成果可谓汗牛充栋。关于史诗的作者和形成过程，争议颇多。目前，比较一致的看法是：史诗取材于发生在公元前12世纪初的一次战争。根据西方考古学家考证，这次战争在历史上的确发生过。小亚细亚西北部曾有一座富庶的城市特洛伊。它扼地中海、黑海航运要冲，是一个极其重要的交通枢纽。公元前12世纪初期，希腊半岛上的一些城邦联合进攻特洛伊，引发了一场历时10年的战争。最后，战争以希腊联军的胜利告终，特洛伊则被洗劫一空，从此不复存在。这就是历史上有名的特洛伊战争。

特洛伊战争是一种荣誉，为文学和艺术提供了取之不尽的素材。战争结束以后，在小亚细亚和希腊各地，流传着许多关于这次战争的歌谣和传说，多是歌颂战争中英雄人物的故事片段。当时的希腊人喜欢在英雄人物的事迹中增添一些神话因素，以增强其传奇色彩。因此在流传过程中，这些歌谣和传说便自然地和神话结合在一起，成为了史诗的特色。《伊利亚特》和《奥德赛》演唱本史诗的形式是在公元前9世纪至前8世纪形成的，据说是由民间盲歌人荷马(其生平已不可考)加工整理而成。得益于荷马高超的艺术才能，

第三章　外国文学

这些流散的民间歌谣被汇集到一部宏大的史诗中。因此，这部史诗被称为"荷马史诗"。公元前 6 世纪，雅典的学者们在执政官庇士特拉图的要求下把史诗记录了下来并使其基本定型。以后又经过长期的流传和演变，到了公元前 3 世纪至前 2 世纪，经埃及亚历山大城的学者们最后编定后(当时由于亚历山大帝国的兴起，希腊文化的中心也从雅典转移到亚历山大城)，便成了今天我们见到的样子。

史上到底有无荷马？史诗真是他所写？这些问题在西方学术界争论已久。在古希腊时代，著名历史学家希罗多德、修昔底德，哲学家柏拉图、亚里士多德都肯定荷马是这两部史诗的作者。据传说，荷马四海为家，带着竖琴于各城邦行吟卖唱。直到 18 世纪初，欧洲人仍然认为荷马是历史上确实存在过的一位远古的伟大诗人。然而，当时已有学者怀疑其存在，以为荷马可能是希腊各族说唱艺人的总代表，也可能是许多诗篇组合在一起的意思，因为这两部史诗前后相隔数百年，不可能是一人一时之作。这一新的观点，可谓石破天惊，迅速地在西方学术界引起了轰动，"荷马问题"骤起。此后，学者们各抒己见，说法不一。经过若干人的精心考证，现代学者大多认为荷马确有其人。荷马大概生活在公元前 9 世纪至前 8 世纪小亚细亚西北海岸一带。

至于《荷马史诗》是否出自荷马一人之手，我们认为，《荷马史诗》的编写经历了古希腊氏从氏族社会晚期到奴隶社会衰落这样一个漫长的历史过程，不可能是荷马一个人的创作，而是在民间歌谣的基础上，由集体与个人智慧相结合，最后经文人学者编订而成的。《荷马史诗》的形成经历了几个世纪，掺杂了各个时代的历史因素，因此可以看成是古代希腊人的全民性创作。

二

《伊利亚特》又译作《伊利昂记》，由于希腊人将特洛伊城又称为伊利昂，所以《伊利亚特》也就是关于伊利昂战争的故事。

在史诗中，这场战争的起因和经过是这样的：《伊利亚特》中的主要英雄阿喀琉斯的父母举行婚礼时，忘记了邀请不和女神厄里斯。不和女神便伺机报复，在宴席上扔下一个"不和的金苹果"，上面写着"给最美的女神"。天后赫拉、智慧女神雅典娜和美神阿佛洛狄忒都想赢得金苹果和"最美的女神"这一称号。众神之王宙斯让她们去找特洛伊王子帕里斯评判。为了收买帕里斯，三位女神分别向他许诺：赫拉许他成为最伟大的君王，雅典娜许他成为最勇敢的战士，阿佛洛狄忒许他得到最美貌的妻子。帕里斯把金苹果判给了阿佛洛狄忒。这位女神帮助帕里斯拐走了斯巴达国王墨涅拉俄斯的妻子——美丽的海伦，并助其劫走了大批财富。帕里斯的行为激怒了希腊人，希腊各城邦决定联合起来兴兵讨伐。他们公推墨涅拉俄斯的哥哥、迈锡尼王阿伽门农为首领，组织了 10 万大军和 1000 多只战船，渡海攻打特洛伊。由于奥林匹斯诸神也参与其中并且各助一方，战争持续了 9 年多，虽然进行得十分惨烈，但仍然胜负难分。

到了第十年，希腊联军的一次内讧使战争出现了转折。身为主帅的阿伽门农将阿波罗神庙祭司的漂亮女儿作为自己的战利品，此事得罪了阿波罗。阿波罗降灾于希腊联军，致使许多人染病而亡。阿伽门农迫于压力放走了祭司的女儿，但为了满足私欲，又蛮横地夺走了最勇猛的首领阿喀琉斯的一名女俘，阿喀琉斯愤怒地退出了战争。《伊利亚特》的故事就是以阿喀琉斯的愤怒为开端，集中地描写了第十年里最后 51 天内发生的事情(全诗共 15693 行，24 卷)。由于主将的退出，希腊联军无法抵御特洛伊人的猛烈反攻，一路败退到了海岸边。尽管如此，阿喀琉斯仍不愿同阿伽门农和解，希腊联军节节败退。这时，阿喀琉斯的好友帕特洛克洛斯急中生智借到阿喀琉斯的盔甲杀上战场，击退了特洛伊人的进攻，但自己却被帕里斯的哥哥赫克托尔杀死。阿喀琉斯闻讯后悲痛欲绝。他悔恨自己的意气用事，一怒之下重上战场，杀死了赫克托尔并将其尸体拖在战车后绕城一周。后来，赫克托尔的父亲、特洛伊老王普里阿姆斯向阿喀琉斯赎回了儿子的尸首，双方暂时休战。特洛伊老王为赫克托尔举行了隆重的葬礼。《伊利亚特》到此戛然而止。

但是战争并没有结束。希腊联军虽获得了短暂的胜利但随即又付出了惨重的代价，阿喀琉斯被帕里斯用箭射死。希腊联军只好用勇力过人的埃阿斯和足智多谋的奥德修斯取而代之。埃阿斯又因与奥德修斯争夺阿喀琉斯的盔甲未果而怨愤自杀。最后，奥德修斯设木马计，把藏有伏兵的木马弃于特洛伊城外，假意退兵。不知就里的特洛伊人将木马推入城内。当夜，希腊联军里应外合，终于攻破了特洛伊城，战争结束。希腊联军的首领们携带着掠夺来的财物和俘虏陆续回国。奥德修斯也带着他的伙伴返乡。《奥德赛》的故事就从这里开始了。

《奥德赛》又译《奥德修记》，全诗共 12110 行，24 卷，写的是伊塔克国王奥德修斯回国途中在海上漂流十年的故事，但又只集中描写这 10 年中的最后一年。《奥德赛》采取中途倒叙的手法，先讲奥德修斯在海上漂游了 10 年之后，天神们决定让他返回故乡伊塔克。此时奥德修斯家中的儿子帖雷马科已经长大成人，并且为寻找父亲走遍了希腊各地。而许多伊塔克人却认为奥德修斯已死，不少贵族向其妻子珀涅罗珀求婚，逼她改嫁。珀涅罗珀忠于丈夫，用计应付求婚者。奥德修斯在海上经历了无数艰难险阻，最后到了斯赫里岛，受到当地国王阿吉诺的款待，在宴席上讲述了这 10 年的经历。他率领部下历经千难万苦，差点在独眼巨人波吕菲摩斯的巢穴里全军覆灭，遇到过把人变成猪的魔女喀尔克，还到过回荡着海妖歌声的海湾和阿波罗之岛等匪夷所思的地方。同伴们先后丧生，到了奥杰吉厄岛之后，只剩下奥德修斯。岛上的仙女卡吕普索把他扣留了 7 年，直到宙斯下命令，才放他回国。国王阿吉诺听了奥德修斯的故事，很受感动，给了他一大批礼物，又送他回家。奥德修斯回到伊塔克岛以后，先化装成乞丐，试探他的妻子、儿子和家奴，然后和儿子一起惩办了那些霸占他王宫、纠缠他妻子的无耻贵族，重登王位。

第三章 外国文学

三

　　《荷马史诗》塑造了一系列英勇高大的英雄形象，因此，也被誉为"英雄史诗"。《伊利亚特》主要写战争，歌颂的是与异族顽强抗争的战斗英雄；《奥德赛》主要写航海，歌颂的是与大自然抗争的冒险家。虽然二者侧重点不同，但基本格调是一致的。史诗通过对英雄形象的描写，表现了古希腊崇尚个人能力的文化价值观念。史诗是古希腊从氏族公社制向奴隶制过渡时期的产物，刻画的主要英雄虽个性十足，但又都体现了这一时期的普遍特征：在他们身上既有关心部族利益的高度责任感，又有氏族社会贵族和早期奴隶主的个人意识。英雄们视个人荣誉为第一生命，他们的行为动机都与个人的荣誉、爱情、财产、王位等分不开。在他们看来，与其默默无闻而长寿，不如在光荣的战斗或冒险中获得巨大而短促的欢乐。这些都表现了热爱生活、追寻人生意义、肯定和追求人的现世价值的积极乐观的人本思想，显示了希腊文化乃至整个西方古典文化的一个重要特征：重视生命的意义和个人的价值。其中，阿喀琉斯、赫克托尔和奥德修斯是史诗中塑造得最为鲜明的几位英雄人物。

　　桀骜不驯的阿喀琉斯是个人英雄主义的代表。他是希腊联军的主将，臂力过人，健步如飞，除脚踵外，浑身刀枪不入。他具有英雄观念，把建立战功看作无上的光荣，甚至比生命更重要。他关心自己的部落，对集体有强烈的责任感。尽管他生性暴躁，一怒之下退出了战场，而且固执己见不肯和解，但最终还是顾全大局，不计前嫌，把女俘交给了阿伽门农。他讲义气，视友谊如生命，因好友的阵亡而悲痛欲绝，在战况危急的情况下消除私恨，毅然出战，而且一举扭转了战局。他冷酷残暴，为了给好友报仇，残忍地杀死了赫克托尔，凌辱其尸体，当赫克托尔白发苍苍的老父跪在他面前时，又不免动了恻隐之心。这些都体现了他英雄主义的本色，也说明在他心目中集体利益最终还是占据着主要地位的。可是他过于任性，过于自尊，因为个人利益蒙受了损失就拒绝参战，并且为了显示自己的重要地位而不肯息怒，不愿和解，最终导致了希腊联军方面的严重伤亡。这种易怒与任性正显示了他身上所具有的氏族贵族的个人意识，可以说他是希腊英雄中最具个人主义色彩的一位。阿喀琉斯是个复杂的形象，他既凶猛暴悍又富有同情心，既英勇无畏又自私任性，既执拗无情又重情重义。总之，他是一个任性单纯的古代英雄典型。复杂的个性和鲜明的个人主义色彩，正是这一形象永恒的、独特的魅力。

　　与阿喀琉斯相比，赫克托尔则显得较为成熟，更具有英雄主义气概和集体主义精神。他是个精明强干的氏族社会的贵族英雄形象，带有浓厚的悲剧色彩。希腊大军兵临城下之时，他预感到城邦将被摧毁，自己将要战死，亲人将沦为奴隶，但是他依然坚守自己保家卫国的职责，毅然代父上阵，身先士卒，最后血洒疆场。与妻子的诀别，突出了他的慈爱和责任感；同阿喀琉斯的战斗，显示出他的顽强无畏；海伦的悼词，则表现出他的宽宏大度。总之，这是一个意识到自己光荣职责的成熟的英雄形象，他的英雄主义是建立在非常自觉的社会责任感之上的，具有自我牺牲精神，因此受到亲人和民众的爱戴。《伊利亚特》中对赫克托尔辞别妻子出战和阵亡后全城为其举哀场面的描写加重了这一形象的悲剧色彩。

奥德修斯是伊塔克国王，也是希腊联军中智勇双全的将领。他身上更多地体现出奴隶主的各种品质和才干。他老谋深算，能言善辩，善于克制，顾全大局，具有百折不挠的意志，虽历尽磨难仍一心要返回家乡。在海上漂流的 10 年中，无论是遭遇艰险还是诱惑，他都能以智慧和毅力从容应对、化险为夷，表现出超凡的能力。他关心下属，同情奴隶，受人爱戴，但同时也有虚伪狡诈、自私自利的一面。相比于其他英雄人物，他的个人意识更强，私欲也更重，是《荷马史诗》中奴隶主特征最明显的人物。他向妻子的追求者复仇的故事，实际上是一场保护财产私有权的斗争。他对求婚者进行报复的同时，对不忠的家奴也进行了残酷的杀戮，手段极其残忍，表现了奴隶主的占有欲和凶残性。由此可以看出，史诗在竭力渲染英雄人物高贵品质的同时，也对他们的缺点进行了揭露和批判，真实地反映了人物的复杂性、多面性。因此，一直以来，人们还把荷马看作是批判现实主义文学的先驱。

四

史诗风格崇高，情绪激昂，规模宏伟，内容丰富，表现了古希腊社会的生活图景和精神面貌。史诗对当时的社会形态、思想观念、宗教祭祀、农业耕作、体育竞技、家庭生活、商品交换、风俗礼仪等，都作了细致的描绘，堪称人类社会童年时期的"百科全书"。它是西方古典文学中的一座丰碑，从公元前 8 世纪开始，就被公认为文学作品的楷模。

在政治生活方面，当时实行的是原始军事民主制，军事首领是部族的"王"，但并不是绝对的统治者，部族的最高权力属于民众大会，一切重大问题都要在民众大会上讨论解决。这在史诗中时有描述。除民众大会外，还有长老议会，这是一个高级决策机构，由经验丰富、德高望重的族长参加。但同时，军事首领已经拥有了很大权力，他们发动战争，掠夺大量的财富和战俘，以满足自己的私欲。社会生活中出现了私有财产及其观念，氏族内部开始分化，产生了阶级，部落首领也开始贵族化。

在经济生活方面，史诗多次提到耕作田地使用牛犁、铁锄等，并提到灌溉、施肥的技术，这表明铁器已用于农业生产，并促成农业的兴旺发达，而且出现了私人占有土地的现象。史诗中还有对锻工场的描写，可以看出当时的工艺技术水平已比较高，同时出现了木匠、铁匠、皮匠等手工业者，表明手工业开始与农业分离，成为独立的生产部门。由于生产的发展，促使商品交换的萌芽产生。

史诗还反映了当时的日常生活和风俗民情。氏族社会贵族的奴隶多是家庭的仆役，耕

第三章 外国文学

种和畜牧的奴隶还可以领到一点土地。部落首领过着富裕的生活，但是并不完全脱离劳动。妇女的地位很卑微，她们不能参加公民大会，没有政治权利，从事家务劳动是她们的任务，连部落首领们的妻子也不例外。随着一夫一妻制的确定，人们很重视妇女的贞操。此外，当时的社会崇尚英雄，崇尚武力，史诗中歌颂的都是武艺高超、英勇善战、机智敏捷、富有冒险精神的英雄。人们喜欢竞技，利用婚丧嫁娶等各种宴会进行体育竞技比赛，跳远、竞走、拳术、赛跑、铁饼、射箭等体育活动在当时很流行。

与世界上其他民族一样，古希腊上古时代的历史也都是以传说的方式保留在古代先民的记忆之中，稍后又以史诗的形式在人们中间口口相传。这种传说和史诗虽有想象和创作的成分，但是它们保留了许多古代社会的历史事实，具有重要的史料价值。比如在史诗中，许多事物的描写同克里特文化和迈锡尼文化的实物相符，这都可以作为了解当时历史风貌的一扇窗户。

总之，《荷马史诗》是古代希腊从氏族社会过渡到奴隶制时期的一部社会史、风俗史，在历史、地理、考古和民俗等方面具有极高的研究价值。

五

《荷马史诗》在艺术上也相当完美，达到了在当时历史条件下所能达到的最高水平。

历史和神话的结合是其独特的艺术风格。《荷马史诗》中所描写的世界，是人和神结合为一体的世界。神干预人间的战争，英雄是神的后代，神被人化了，人也被神化了。史诗不仅保留了许多古老的神话，连史诗所描写的真实事件也带有明显的神话性质，这就是古代史诗的特点。那时候社会生活比较简单，人们的意识还很单纯、蒙昧，容易受神话观念的支配，艺术创作是以人们口头集体创作的形式进行的，这也就是史诗产生的历史条件。而当人类社会进一步发展，这种不成熟的社会形态不再存在的时候，也就不可能再产生像《荷马史诗》这样的艺术作品了，史诗也就作为人类历史上不可重现的艺术珍品而永远保留其不朽的价值。

史诗人物形象生动，个性鲜明。如傲慢的阿伽门农、任性的阿喀琉斯、直率的埃阿斯、急躁的狄俄墨得斯，这些个性鲜明的英雄形象都给读者留下了深刻的印象。当然由于时代的限制，史诗所写的人物性格比起现代人来要简单得多，而且一般来讲是静止的，没有发展变化的。

史诗结构精巧、完整。作品摒弃了平铺直叙的叙述，采用高度集中的手法，分别选取了特洛伊战争第十年中的 51 天和奥德修斯在海上漂流了 10 年之后终于回到故乡的这几天来写，把故事集中在一个人物、一个事件和一小段时间上，把众多的人物、丰富的情节和画面组织成一个严谨的整体。《伊利亚特》的情节，是以阿喀琉斯的愤怒为中心的，第一次愤怒表现了希腊联军的内部矛盾；第二次愤怒则由内部矛盾转向外部矛盾——希腊联军与特洛伊人的矛盾。故事以愤怒起，以息怒止，首尾呼应，前后连贯。《奥德赛》采用

"双线发展"的组合形式,帖雷马科的寻父与奥德修斯的回归同时进行,以奥德修斯的经历为主线,采用倒叙的方法展开情节。奥德修斯 10 年漂流的遭遇,由他自己向阿吉诺国王叙述,然后写他返乡复仇。帖雷马科的出访、神的干预、求婚人的恶行等都带有陪衬和铺垫的性质,起着解说、转折和牵引的作用。整个诗篇从寻父开始,最后又以父子合力惩处求婚者作结,故事情节集中紧凑,高潮迭起,首尾呼应。这种高超的结构手法,至今仍令人叹服。

《荷马史诗》充满口头文学的鲜活气息。《荷马史诗》用质朴、自然、丰富、生动的口语写成,富有生活气息和表现力,民间文学中反复、比喻、夸张等手法在诗中也广泛运用。如反复,有反复的形容词、反复的句子、反复的段落,还有些固定的套语。这并不一定是在强调意义,主要是出于说唱时增强节奏感的需要。《荷马史诗》中的比喻,多半来自自然现象,也有的来自日常生活、劳动生活,形象生动易于理解,类似这种来自常识的比喻就叫作"荷马式比喻"。因此,全诗充满新鲜质朴、趣味盎然的生活气息。

《荷马史诗》采用六音步诗行,以"长短短"的韵律排列,即每行 12 个长短音,不用尾韵,但节奏感很强。这种诗体显然是为歌吟或朗诵而创造出来的,被后世称为"英雄格"。它开创了希腊诗的独特形式,也为其他诗体在韵律方面奠定了基础。

《荷马史诗》是西方文学中最著名、最优秀的叙事长诗,两千年来一直受到重视,成为后来史诗作品的典范。它表现了早期的人文主义思想,肯定了人的尊严、价值和力量,是后世诗人灵感和思想的源泉。《荷马史诗》保留了绝大部分的希腊神话,这些神话成为后世文学家们创作的题材。"悲剧之父"埃斯库罗斯说自己的作品是"荷马盛宴的残渣";维吉尔、但丁、弥尔顿、莎士比亚、歌德这些享誉世界的文学家们都从史诗中汲取了丰富的营养;直到 20 世纪,詹姆斯·乔伊斯在创作《尤利西斯》时,仍然借用了《奥德赛》的故事;另外如"特洛伊木马""不和的金苹果""阿喀琉斯之踵"这些从史诗中演化来的典故也早已广为流传。这部人类童年时代的滥觞之作,虽然还没有达到艺术上的至善至美,但却展现了人类奔放的想象力和无尽的创造力。

【思考与练习】

1. 你如何看待《荷马史诗》中的英雄主义?这种英雄主义与古希腊的人文思想有何关系?
2. 《荷马史诗》中体现出了古希腊人怎样的战争观、生命观和自然观?
3. 你是如何理解《荷马史诗》中的英雄群像的?

第三章 外国文学

第二节 跨越千年的文坛巨著
——紫式部的《源氏物语》

《源氏物语》被称为"日本的《红楼梦》",是日本古典文学的巅峰之作。其成书年代一般认为是在 1001 年至 1008 年间,可谓世界上最早的长篇写实小说。《源氏物语》对日本文学的发展产生过巨大影响,在世界文学史上也占有重要地位。

一

作者紫式部(约 978—1015),是日本平安时期的著名女作家,本姓藤原,原名不详,因其父亲官居式部丞,故称为藤式部。这是当时宫里女官中的一种时尚,她们往往以父兄的官衔为名,以示其身份。后来因其作品《源氏物语》中的女主人公紫姬为世人传诵,遂又称作紫式部。紫式部出身中层贵族家庭,她的曾祖父、祖父、叔父、兄长等都是著名歌人,父亲藤原为时是当时著名学者、诗人。紫式部自幼受到熏陶,熟悉先秦以来的中国古代文献和作品,对唐代白居易的诗颇有研究,造诣颇深。此外,她还通晓音律,熟悉佛经。但后来不幸家道中落,紫式部嫁给了比她年长二十多岁的地方官藤原宣孝。婚后不久,丈夫去世,生活孤苦。

孀居的紫式部对女人的幸福和生存价值进行了深入的思考。《源氏物语》即是她那时心境的产物。这部作品的部分篇章从流传于世起便广受好评,并引起了太政大臣藤原道长的重视。1005 年,藤原道长令其入宫,为自己的女儿——一条天皇皇后藤原彰子讲读《日本书纪》及中国经典作品。这就使她有机会直接接触宫廷生活,了解宫廷内幕,进而感受到妇女的不幸和贵族阶级的没落;加之本身的婚姻不幸,紫式部对一夫多妻制下贵族妇女的痛苦感同身受。这些都为她继续创作《源氏物语》提供了艺术构思的广阔天地和坚实的生活基础。

《源氏物语》产生的时代,是平安王朝贵族社会的全盛时期。这时,平安京的上层贵族恣意享乐,表面上一派太平盛世,实际上暗流涌动。外戚藤原道长施行摄关政治,由其一族垄断了所有的高官显职,肆意扩大自己的庄园。而藤原氏同族之间也展开了激烈的权力之争。皇室贵族则依靠大寺院,设置上皇"院政",以对抗藤原氏的势力。至于中下层贵族,虽有才能却得不到晋身之阶,便纷纷自寻出路,使得地方贵族势力迅速抬头。庄园百姓的反抗,使这些矛盾更加激化,甚至爆发了多次武装叛乱。整个贵族社会危机四起,已经到了盛极而衰的转折时期。《源氏物语》正是以这段历史为背景,通过主人公源氏的生活经历和爱情故事,描写了当时贵族社会的腐败政治和淫逸生活,以典型的艺术形象真实地反映了当时的社会面貌。

二

故事开始于桐壶帝在位时期。出身低微的更衣独得桐壶帝的宠爱，诞下皇子，因此遭到其他有权势背景的妃嫔的嫉妒与凌辱，不久便郁郁寡欢而亡。小皇子没有强大的外戚做靠山，很难在宫中立足。桐壶帝为保护他不受皇族斗争的伤害，不得已将其降为臣籍，赐姓源氏。

源氏不仅相貌出众，而且才华横溢，12岁行冠礼后，娶了当权的左大臣之女葵姬为妻，但葵姬不合源氏的意。源氏听说桐壶帝续娶的藤壶女御，容貌酷似自己的生母，便与其亲近并产生恋慕之情。两人乱伦产下一子，即后来的冷泉帝。多情的源氏还到处偷香窃玉，强行占有了伊豫介的续弦空蝉，还向比他大7岁的六条御息所(已故皇太子妃)求欢，并同时辗转在夕颜、末摘花等众女子之间。当他劫持了夕颜去荒屋幽会时，后者不幸暴亡，源氏为此大病一场，病愈进香时遇到一个女孩，她酷似自己日思夜想而不得相见的藤壶女御，得知她是藤壶女御的侄女，名叫紫姬，两人常常相见，后来将她收为养女，朝夕相伴，以寄托对藤壶女御的思慕。几年后紫姬出落得亭亭玉立，高贵优雅，才艺超群，源氏便把她据为己有。后来，葵姬因六条妃子生魂附体过世后，紫姬被扶为正夫人。

源氏21岁晋升为近卫大将。次年，桐壶帝让位给源氏之兄朱雀帝(右大臣之女弘徽殿女御所生)，源氏及岳父左大臣一派从此失势。恰巧源氏与右大臣女儿胧月夜偷情之事败露，源氏自觉大难临头，便远离京城，退隐到须磨、明石等荒凉之地。这期间，他与明石道人的女儿明石姬结合，生有一女，此女后被选入宫中做了皇后。由于天降异兆，朱雀帝病重，朝政不稳，源氏被赦免回京辅佐朝廷。不久，朱雀帝让位给冷泉帝，源氏升任太政大臣，源氏及左大臣一门恢复了往日的繁华气派。

源氏40岁时，是他的荣华绝顶时期，冷泉帝亲自为他祝寿。他还修筑了气派的六条院寓所，将过去结识的十多个妇女收养在里面。他经常与这些妇女赠歌酬答，举行各种"风雅"的活动。但此时，源氏在精神上产生了不安与苦恼。原来朱雀帝退位后，考虑到源氏的权势，决定将小女儿女三宫嫁给他。源氏辞退不得，只好将其纳为正妻，这使得紫姬十分不安，源氏周旋其间，十分痛苦。不料女三宫年纪幼小，举止失于检点，与头中将之子柏木私通，生下私生子薰君。被源氏发现后，柏木惧悔交加，大病而亡，女三宫也落发为尼。恰巧紫姬不久又逝，源氏失去精神支柱，他深感自己和藤壶乱伦之罪的报应临头，心如死灰，隐遁出家，过了几年也去世了。

薰君生性严谨。20岁时他来到宇治山庄，爱上了庄主八亲王的大女儿，不料遭到拒绝。后来，他又追求八亲王的私生女浮舟。可是匂亲王深夜闯入浮舟卧房，假冒薰君的声音，占有了她。当浮舟意识到自己一身事二主后，羞愧地跳水自尽，被人救起后毅然削发出家。薰君多方打听得知她尚在人间，捎信以求一见，但最终未能如愿。小说在悲凉的气氛中结束。

三

　　《源氏物语》一书，除了描写源氏与众女的爱情故事外，作者的笔触还真实、广泛、细致地涉及平安时期日本贵族社会的各个领域。

　　作品描绘了宫廷贵族骄奢淫逸的生活。桐壶帝举行红叶贺、樱花宴时，"乐声震耳，鼓声惊天动地"①，规模盛大，极尽人间奢华。冷泉帝行幸大原野时，"举世骚动，万人空巷"②。源氏兴师动众营造的六条院，艳丽精巧，耗尽民脂民膏。贵族子弟们追求感官刺激，拼命享乐，动辄对酒当歌、临风感怀，一副温文尔雅的样子，然而一旦在生活中遭受挫败，就长吁短叹，想要出家。他们十分迷信，经常请神官、阴阳师为他们祈祷、诵咒。这些都表明贵族阶级的精神世界已处于腐朽状态中。

　　作品从侧面表现了贵族内部争权夺利的斗争。以源氏及其岳父左大臣为代表的皇室一派政治势力同以弘徽殿女御及其父右大臣为代表的皇室外戚一派政治势力之间的较量，正是这种斗争的反映。桐壶帝当政时，前者处于优势，朱雀帝登基后，右大臣掌政，源氏一派完全失势；然而，冷泉帝继位，源氏一派东山再起。但是，贵族统治阶级内部的斗争并没有停息，源氏与左大臣之子围绕为冷泉帝立后一事又产生了新的矛盾。虽然作品对政治斗争的反映多采用侧面描写，但是我们仍能清晰地看出上层贵族之间互相倾轧、权力之争是贯穿全书的一条主线，主人公的荣辱沉浮都与之密不可分。小说隐蔽地折射出这个阶级走向灭亡的必然趋势。

　　作品还细致刻画了地方贵族追名逐利的丑态。地方贵族明石道人和常陆介，一个为了求得富贵，强迫自己的女儿嫁给源氏；一个为了混上高官，将自己的女儿许给左近少将。他们把满足自己对权势、地位及财富的欲望，凌驾在女儿的幸福之上，充分暴露了贵族阶级极端贪婪与自私的本质。

四

　　小说通过记述源氏公子的情史，塑造了一系列血肉丰满的女性形象，广泛而有代表性地展现了各个阶层的贵族妇女面貌，也深刻地揭示了一夫多妻制下妇女的悲惨命运。她们有的受父母摆布，成为政治斗争的工具；有的任男性朝秦暮楚，肆意玩弄凌辱。每当她们遭受不幸时，总是以"宿世罪业"的宿命论思想来麻痹自己，而摆脱困境的出路，往往不是自杀就是落发为尼。

　　夕颜是源氏的妻兄——左大臣之子头中将所结识的贵族妇女。她出身低微，也无特殊的才艺，但性情温顺，十分天真。由于头中将的正妻依仗娘家的权势，企图迫害夕颜，逼

---

① [日]紫式部著. 源氏物语(上)[M]. 丰子恺译. 北京：人民文学出版社，1980：129.
② [日]紫式部著. 源氏物语(中)[M]. 丰子恺译. 北京：人民文学出版社，1980：469.

使夕颜藏踪匿迹以避祸。源氏与她结识后，为避人耳目与其幽会，将她安置在一处阴森狭僻的院所。由于夜宿僻处夕颜受到惊吓，过早地结束了年轻的生命。她遗下的幼女，也被迫流落到外地。夕颜这个贵族妇女，就是一夫多妻制的受害者。

六条御息所妃子是已故皇太子的遗孀，以她的年龄身份与源氏产生私情，自然招致诸多非议。在当时迷信观念大行其道，竟传出她由于嫉妒，生魂经常出现在源氏所结识的其他妇女面前的谣言，这无疑增加了她的痛苦。加上源氏朝三暮四，对她的态度逐渐冷淡，使她发觉与源氏的爱情不过是逢场作戏。于是她趁随女儿到伊势去做"斋宫"的机会，远远避开源氏，以理智结束了这段痛苦的关系。

末摘花的身世则更为可怜。她虽然是亲王的女儿，门第高贵，但家道中落，成为一个孤女。源氏与她结识，发现其容貌丑陋后，出于对她的怜悯，仍然给予她经济上的援助，但却在跟她进行和歌赠答中不断嘲笑、侮辱她的人格。当源氏谪居须磨时，她失去了经济靠山，饱尝艰辛，后来虽又被源氏接进府中，但终生不过是供其取笑的玩物。

女三宫的遭遇，是贵族政治婚姻造成的恶果。朱雀帝退位后，执意要把小女儿女三宫嫁给源氏，源氏当时年已四十，家中又收养着许多妻子，而女三宫只有十三四岁。朱雀帝这样做完全是出于源氏赫赫权势的考虑。女三宫和源氏的婚姻是畸形的，其结果注定是不幸的。

明石姬是源氏在被流放时认识的明石道人之女，其祖父尚居大臣之列，但父辈已失去官职。与出身高贵的源氏的结合，使她常常因卑贱的身份而耿耿于怀。由于生下了女儿，而源氏又打算将其培养成皇后，她才被破格迁入六条院生活。虽然这里的物质条件丰富，但她却被迫与女儿分开，饱受思念之苦。这个看似美满的结局，其实充满了辛酸和泪水。

紫姬是作者塑造的一个以忍从为美德的女性形象，也是源氏按照贵族阶级的标准培养出来的"理想"女性。她出身高贵，才貌出众，被源氏立为正妻。面对源氏与众多贵族妇女的情感纠葛，她尽量不把内心的痛苦流露于外。尤其在女三宫嫁过来后，源氏贪恋新欢，紫姬表面上强装笑颜，背地里却黯然落泪，把痛苦深藏于心。即使如此，源氏仍认为她"有一个缺点，嫉妒"。这种"嫉妒"，并不是女人间的争风吃醋，而是对源氏用情不专的抗议。在她生前的最后几年，她几次要求源氏允许她出家，源氏不许，抑郁的心情使她身体逐渐衰弱，不幸于中年就染病身亡了。这说明紫姬绝不是什么幸福的正夫人。无论身处多么尊贵的地位，无论拥有多么优越的生活条件，当时的贵族妇女都不过是一夫多妻制下的牺牲品罢了。

作者同情这些受侮辱、受伤害的妇女，着力塑造了空蝉和浮舟这两个具有反抗性格的妇女形象。

空蝉是个有夫之妇，她嫁给一个老地方官。源氏对她的钟情，不过是贵公子为了满足"偷情"的好奇心，但却引起了空蝉的理智与情感的矛盾，平白给她增添了无限痛苦。她也曾在年轻英俊的源氏的追求下动摇过，但幸而理智战胜了情感，她毅然拒绝了源氏的非礼行为。特别是在丈夫死后，失去唯一的依靠，源氏又未忘情于她，但她仍然没有妥协，最后削发为尼，坚持了贵族社会中一个妇女的情操和尊严，表现出弱者对强者的一种反抗。

浮舟的反抗性格更为鲜明。浮舟的父亲是天皇兄弟宇治亲王，他奸污了一个侍女，生下浮舟，遂又将浮舟母女抛弃。浮舟随母亲改嫁地方官，后许配人家，因身世卑贱被退婚。后来她又遭到薰君、匂亲王两个贵族公子的逼迫，走投无路，跳河自尽，被人救起后为求死不得而遗憾，毅然决定出家为尼，在佛教中求得解脱。她的种种果断措施，表现了对残酷命运强烈而无奈的抗争。

然而，无论是空蝉还是浮舟，她们的反抗都是绝望无力的。作者用浮舟这个悲剧色彩浓重的角色作为结尾，既象征着整个贵族妇女社会陷入绝望的境地，也象征着整个贵族阶级已经腐朽到无可救药的地步。

五

紫式部在《源氏物语》中精心塑造的源氏形象，是整部作品的灵魂，也是平安时期贵族的理想人物。

源氏具有美艳的容貌和出色的才能。他一出世，便异常清秀可爱，"容华如玉，盖世无双"①。他读书"聪明颖悟，绝世无双"②，舞蹈"姿态之美妙，无可比拟"③，"歌咏尤为动听"，仿佛佛国的仙乐，琴、笛、琵琶也都样样精通。

不仅如此，源氏还宽厚仁慈。对曾把他流放到须磨的弘徽殿太后，源氏以德报怨，当其时运不济时，仍然时常关怀，表示敬意。源氏身居高位，却绝不盛气凌人，对民众普施恩惠，有求必应，善举不可胜数。

在政治上，他淡泊名利。作品多次写到源氏不愿担任高官厚爵。任内大臣应兼任摄政，但源氏却再三推辞说，将摄政的职务让给年迈的左大臣。冷泉帝知道自己与源氏是父子关系以后，想让位与他，源氏坚决不肯接受。面对权力极大的"太政大臣"职务，源氏仍然拒绝担任。

在爱情方面，源氏虽"任情而动"，对女子用情不专，但却也是一个重情重义之人。他修建六条院，将所有结识的女子收养其中，使其终老；对一生中挚爱的两个女子——藤壶和紫姬至死不忘。藤壶死后，源氏"祈求往生极乐世界，与藤壶母后同坐莲台"；紫姬死后，源氏顿觉得失去了存在的意义，不久便撒手西归。

在源氏这个人物身上，有许多作者极力美化的成分，同时也显示了作者矛盾复杂的思想：一方面，她不满当时的社会现实，哀叹贵族阶级的没落；另一方面，却又无法彻底否定这个社会和这个阶级。她在小说中袒护源氏一派，企图将源氏理想化，作为自己政治上

---

① [日]紫式部著. 源氏物语(上)[M]. 丰子恺译. 北京：人民文学出版社，1980：2.
② [日]紫式部著. 源氏物语(上)[M]. 丰子恺译. 北京：人民文学出版社，1980：11.
③ [日]紫式部著. 源氏物语(上)[M]. 丰子恺译. 北京：人民文学出版社，1980：147.

的希望和寄托，对其生命的完结不胜其悲。书中第四十一回只有题目《云隐》而无正文，以这种独特的表现手法来暗喻源氏的结局，正透露出作者的哀婉心情。另外，她一方面对女性悲惨的命运寄予深切的同情；另一方面又竭力美化源氏，把他写成一个广大无边的博爱主义者，一个对女性有始有终的庇护者。这在一定程度上反映了作为贵族妇女出身的作者，在试图调节一夫多妻制的矛盾时，对男性所抱的不切实际的幻想。

六

《源氏物语》在艺术上也极具魅力，它开辟了日本物语文学的新道路，使日本古典现实主义文学达到了一个新的高峰。

在小说结构上，《源氏物语》既是一部完整统一的长篇，也可以视为许多相对独立的短篇的集锦。作品的前四十一卷为第一部分，以源氏为主人公，叙述他一生的经历。第四十二卷以后为第二部分，以源氏后代薰君为主人公，叙述薰君与几个女子的故事。全书以几个大事件作为故事发展的关键和转折，尤其是源氏与自己的继母藤壶私通，生下儿子一事，成为贯穿小说始终、决定情节发展的一条重要线索。因为冷泉帝的上台，才有了源氏政治上的中兴及日后的鼎盛繁华；因为与藤壶容貌和血缘相近，源氏才会娶紫姬为妻；因为柏木和女三宫的私通勾起了源氏内心"原罪"的记忆，认为是"因果报应"对他的惩罚，所以才精神压抑，绝尘出家。作者在大事件中有条不紊地穿插各种小事件，铺陈复杂的纠葛，使主干单纯而集中，支脉清晰而紧凑，故事的发展与高潮的涌现彼此融汇，逐步深入地揭开贵族生活的内幕。

在描写手法上，《源氏物语》以人物串联故事的情节。全书历时三朝四代 70 余年，出场人物 400 余人，给读者留下鲜明印象的也有二三十人，作者对人物复杂微妙的心理活动和丰富多彩的性格特点，作了细腻而深刻的描绘，使其栩栩如生，富有艺术感染力。如主人公源氏在爱欲经历当中显示出的思前想后、多愁善感、柔弱纤靡的性格特征。在源氏将夕颜带往一所废邸的描写中，源氏一方面陶醉在与夕颜的爱欲旋涡里，一方面却想着父亲若寻觅不到他，将会如何惊慌，同时又想到新结识的 6 个妃子，如果得知他与夕颜的缱绻，将会怎样嫉妒得发狂。又如藤壶与源氏私通后，在分娩时经历的复杂心态：先是忧心忡忡，怕事情败露，身败名裂，心中痛苦万状；不久平安生产男婴后心情又平复下来；但当看到婴儿相貌酷似源氏时，又受到良心的苛责。这里将藤壶的担忧、恐惧、羞愧、负罪感等心态，一一展现在读者面前，使人仿佛能触摸到人物的心理变化。另外，其他女性形象也鲜明动人，如空蝉的明敏克制、末摘花的古板执着、明石姬的稳重、紫姬的贤淑、葵姬的偏执等。作者在塑造不同人物时，注重与各自的身世、处境相吻合，即使写某种处境相似的人物，作者也善于突出她们各自鲜明的性格特征来说明最终导致的不同结局。

作者还善于利用景物描写来渲染气氛。生动细致的景物与人物的性格表现、情感的波动、命运的变迁及生活的发展紧密相关，情景交融。如更衣死后，桐壶帝经常感时伤怀：

"深秋有一天黄昏，朔风乍起，顿感寒风侵肤。皇上追思往事，倍觉伤心。"①又如桐壶天皇死后，源氏赴北山拜谒父皇陵墓时，"墓道上蔓草繁茂。踏草而行，晓露沾衣。云遮月暗，树影阴森，有凄凉惨栗之感。"②夕颜暴亡时，作品着力渲染荒凉山庄的阴森怪异氛围，"时候已过夜半，风渐渐紧起来。茂密的松林发出凄惨的啸声，怪鸟发出枯嘎的叫声。"③源氏流放须磨时，作品以萧瑟秋风、惊涛骇浪、冷月、冬雪来衬托源氏悲凉心情，"须磨浦风吹来的波涛声，夜夜近在耳边，凄凉无比""但闻四面秋风猛厉，那波涛声越来越高，仿佛就在枕边。眼泪不知不觉地涌出，几乎教枕头浮了起来"。④此类融情入景的描写，作品中比比皆是。

在体裁方面，《源氏物语》颇似我国唐代的变文、传奇和宋代的话本，采取散文、韵文相结合的形式，叙事以散文为主，抒情、状物使用和歌，诗文合璧，交相辉映。这不仅使行文典雅，而且对于丰富故事内容、推动情节发展，以及抒发人物情感，都起到了良好的辅助作用，形成了婉约多姿、缠绵悱恻、典雅艳丽的独特风格。作者还广泛地采用汉诗文，单是引用白居易的诗文就达 100 余处，如卷首作者用《长恨歌》诗句，突出桐壶帝与更衣的真挚爱情："以前晨夕相处，惯说'在天愿作比翼鸟，在地愿为连理枝'之句，共交盟誓。如今都变成了空花泡影。天命如此，抱恨无穷！"⑤此外，还大量地引用《史记》《汉书》等中国典籍，因此读来颇具"唐风"的韵味，让中国读者倍感亲切。

总之，《源氏物语》是日本王朝文化臻于成熟阶段开出的一朵妖艳之花，非但光耀了日本文学，而且在世界文学的花园里熠熠生辉，独得一席之地。它的艺术形式，恰恰适应了它的主题需要，达到了两相和谐的境界，成为后世文学作品的典范。

【思考与练习】

1. "物哀美"是日本文学中最重要的美学观念之一，其源头可追溯到紫式部的《源氏物语》。细读这部名著，谈谈你的理解。
2. 试比较源氏与贾宝玉这两个艺术形象的异同。

第三节　古代阿拉伯文学的最高成就
——《一千零一夜》

《一千零一夜》，又译《天方夜谭》，是阿拉伯文学中最令人叹为观止的鸿篇巨制，享有"世界最大奇书"之美称。其确切的成书时间和作者都已不可考，但却在世界范围内

---

① [日]紫式部著. 源氏物语(上)[M]. 丰子恺译. 北京：人民文学出版社，1980：6.
② [日]紫式部著. 源氏物语(上)[M]. 丰子恺译. 北京：人民文学出版社，1980：225.
③ [日]紫式部著. 源氏物语(上)[M]. 丰子恺译. 北京：人民文学出版社，1980：68.
④ [日]紫式部著. 源氏物语(上)[M]. 丰子恺译. 北京：人民文学出版社，1980：233.
⑤ [日]紫式部著. 源氏物语(上)[M]. 丰子恺译. 北京：人民文学出版社，1980：10.

家喻户晓。天方是中国古代对阿拉伯地区的泛称,称呼源于"天房"的异译,"天房"是指伊斯兰教圣地麦加城的一所寺院内内安放圣石的四方形房子克尔白圣殿;夜谭("谭"同谈话的"谈")指这些故事是夜间讲述的。它是古代阿拉伯文学中一部规模宏大、内容丰富的民间故事集,是中世纪阿拉伯人民的艺术丰碑,也是世界文学宝库中一颗灿烂的明珠。

一

《一千零一夜》的书名出自这部故事集的开头部分。古时候,有一个名叫山鲁亚尔的国王很喜欢打猎。他每次外出时,皇后和宫女便同奴仆们饮酒作乐,国王得知后怒火中烧,杀死王后并决心对天下女子进行报复。从此,他每天娶一个妻子,过完夜就杀死她,这件事使得百姓惶惶不安。宰相的女儿山鲁佐德为了拯救其他女子,自愿嫁给国王。她进宫后每晚都给国王讲有趣的故事,每当讲到关键时刻天就亮了,于是便停住,留着夜里再讲。国王为继续听她的故事,没有杀她。这样一直讲到第 1001 个晚上,国王终于被故事的内容所感动,放弃了暴行并立她为王后,还让史官记下她讲的所有的故事,于是便有了《一千零一夜》。

这个故事的实际意义并不说明《一千零一夜》故事的产生,而在于它使全书大量的故事在结构上有机地联系起来。实际上,《一千零一夜》的产生和发展情况相当复杂。阿拉伯人民是一个非常爱讲故事的民族。那些讲故事的能手,把现实生活中发生的事和民间传说以及从印度、波斯等地传来的轶闻趣事加以改造,编成各种各样的故事,讲给人们听。这些故事在流传的过程中,随着时代的变迁不断地增加新的内容,最后汇集成一部洋洋巨著。大约 8 世纪中叶到 9 世纪中叶,由口头流传的民间故事整理的手抄本开始出现。到了 12 世纪,埃及人首先使用了《一千零一夜》的书名。又经过几百年的搜集、整理、加工、补充,大约到 16 世纪才最后定型。《一千零一夜》的产生、发展、定型,经历了阿拉伯社会的不同历史时期,并且深深地根植于阿拉伯土壤,因此,带有鲜明的阿拉伯和伊斯兰色彩。从这个意义上说,《一千零一夜》是在中世纪阿拉伯文化沃土孕育而成的多民族文化交融的产物。

二

《一千零一夜》整个故事集并没有 1001 个故事,按照阿拉伯人的语言习惯,在百、千之后加上一表示"多"的意思。据统计,全书共有大故事 134 个,每个大故事又包括若干小故事,组成一个庞大的故事群。其内容丰富多彩,有历史故事、冒险故事、恋爱故事;有人世间的生活,也有神话幻想世界。人物也是形形色色,从帝王将相、王子公主到商贾渔夫、工匠僧人、奴隶婢女,几乎涉及社会各个阶层和各种职业。这些故事和人物构成了一幅幅色彩斑斓的图画,形象地再现了中古时期阿拉伯地区及周边国家的社会风貌、

第三章 外国文学

风土人情和宗教信仰等，可以说是一部阿拉伯社会生活的"百科全书"。

《一千零一夜》反映了当时尖锐的阶级矛盾，揭露了统治阶级的残暴与罪恶，表现了人民群众的悲惨生活。

《一千零一夜》中收集了不少这类故事，这是与当时的社会历史分不开的。在中古时期的阿拉伯地区，伊斯兰教是占统治地位的宗教，伊斯兰教是公元 7 世纪初由穆罕默德创立的。伊斯兰教信仰安拉，把安拉当作唯一的尊神加以供奉。伊斯兰教还相信来世和灵魂不灭，教徒称为穆斯林，意思是"信仰安拉服从先知的人"。创始人穆罕默德逝世后，他的历代继承者叫哈里发，意思是"安拉使者的继承人"。尽管穆罕默德及历代哈里发在阿拉伯国家的经济、文化的发展方面作出了一些贡献，但由于他们在相当长的历史阶段，对内残酷剥削劳动人民，对外进行扩张侵略，致使国内各种矛盾日趋尖锐。《一千零一夜》中不少故事都直接、间接地揭露了哈里发以及官僚、贵族、政客的罪行，表达了劳动人民对统治阶级的愤懑情绪。

《国王山鲁亚尔及其兄弟的故事》就揭露了国王山鲁亚尔的荒淫和残暴。山鲁亚尔由于发现皇后和妃子不贞，不但杀死了她们和奴仆，而且每夜换一个女子供自己享乐，第二天早晨就杀掉。作者把矛头指向最高统治者，充分暴露其荒淫无耻、昏庸凶残的本性。《死神的故事》写了三个不同类型的国王，第一个"骄傲自满，好大喜功"；第二个"横征暴敛，刮削民脂民膏"；第三个"非常暴虐"，结果都没有得到好下场。这个故事把矛头直接对准最高统治者，把死神作为人民意愿的执行者，表达了对他们罪恶行径的无比愤恨。《渔夫和魔鬼的故事》中，渔夫终日冒着生命风险捕鱼求生，饱尝辛苦却总落得两手空空。而许多粗鲁愚昧之徒平日无所事事却可以飞黄腾达，两相对比显示出世道的极端不公平。《驼背的故事》中的法官昏庸无能、玩忽职守，视法律为儿戏，他不经调查就胡乱判人死罪，险些酿成冤案。这些有力地揭露了封建官僚草菅人命的专横行为，表达了人民群众对专制统治的抗议情绪。

《一千零一夜》中的许多故事歌颂了劳动人民和普通群众的优秀品德、智慧和斗争精神。那些渔夫、农民、仆人、木匠、修鞋匠等普通劳动者，具有高度智慧和无穷创造力，不仅是人类物质财富的创造者，而且是人类崇高道德的体现者。

《女人和她的五个追求者的故事》写的是国王、宰相、省长、法官不约而同地对一个向他们申冤的女人进行调戏，但这个普通妇女却敢于同统治者斗争的事迹。它不仅赞颂了一个普通女子的善良心地以及她不畏强暴、以智取胜的斗争精神，也揭露了上层统治者荒淫的生活和丑恶的灵魂。《渔夫和魔鬼的故事》通过渔夫机智地战胜魔鬼，颂扬了劳动人民的智慧和斗争力量。其中尤以《阿里巴巴和四十个大盗》为人们所津津乐道。主人公阿里巴巴原本是一个出身穷苦、一贫如洗的樵夫。他为人忠厚老实，心地善良。在砍柴的路上无意间发现了强盗集团的宝库，得到了大批财宝，但他并不据为己有。强盗们为除后患，秘密私访要谋害阿里巴巴。多亏聪明、机智、疾恶如仇的女仆马尔基娜的帮助，阿里

巴巴才化险为夷并最终战胜了强盗。马尔基娜先后三次机智地破坏了强盗们的罪恶计划，使 2 名匪徒死在自己同伴的刀下，另外 37 名匪徒被滚油浇死。最后，她又机警地发现匪首的险恶阴谋，勇敢地利用献舞的机会，用匕首将其刺死。阿里巴巴把宝库的一半财物送给了她，并让自己的侄儿娶她为妻。还有《白侯图的故事》《巴格达窃贼》等都较有代表性。主人公用他们的机智、勇敢，甚至幽默作为反抗的武器，产生了激发人民斗志的强烈效果。

《一千零一夜》还表现了人民对美满爱情的憧憬和对幸福生活的渴望。

中世纪阿拉伯妇女社会地位低下，伊斯兰教的经书《古兰经》里就公开宣称：男人比女人高一等，男人是管辖女人的。在当时伊斯兰教义的束缚下，男女之间很难有幸福的婚姻和真正的爱情，尤其是妇女更难获得婚姻上的自由，于是人们往往在文学作品中表达对真正爱情的追求和期望。《一千零一夜》中的爱情故事丰富多彩，其中有王子与公主之间的爱情；有奴隶、普通人与贵族、商人之间的爱情；有普通人与普通人之间的爱情；也有凡人同仙女之间的爱情等。《乌木马》描绘了王子与公主之间曲折的爱情故事，虽然带有神话色彩，但它所歌颂的却是忠贞、专一的爱情，《努伦丁·阿里和艾尼西、张丽丝的故事》是描写女奴隶张丽丝和宰相儿子阿里之间的爱情。他们经过艰难曲折的奋斗，终于获得了幸福。在表现人们对幸福生活的追求上，《阿拉丁和神灯的故事》是其中最杰出的代表。它描写一个穷裁缝的儿子依靠自己的顽强意志和神灯的大力帮助，经过种种艰难险阻，终于迎娶公主并继承皇位的过程。在王权神圣和等级森严的时代，一个普通百姓竟敢不畏权势、不顾等级差异，大胆地追求公主并获得成功，这体现了劳动人民追求美好生活的远大理想和改变现状的强烈要求。"神灯"作为主人公实现理想的必不可少的法宝，说明在当时的历史条件下，人们还不具备改变现实的能力，只好借助于想象创造出各种法宝来。但法宝不是让人们消极等待，而是要有勇气和智慧，经过努力才可以驾驭的，因此具有了引导人们积极进取的象征意义。类似的故事还有《努伦丁和白迪伦丁的故事》《尔辽温丁·艾彼·莎蒙特的故事》《巴索拉银匠哈桑的故事》等，它们都具有强烈的反封建色彩和曲折离奇、生动感人的故事情节，深受人民群众的喜爱。

《一千零一夜》中还有一些航海冒险的故事，表现了新兴商人探索新世界的进取精神。

自古以来，阿拉伯半岛就是东西方的交通要道，商业贸易相当繁荣。一些商人为了发财致富，不惜冒险到海外经商。《辛伯达航海旅行的故事》叙述了辛伯达在七次冒险远航中惊险曲折的经历，每次都九死一生，经历了种种难以想象的灾难：时而船只被飓风打翻，漂落荒岛；时而被巨人抓获，险些丧命；时而被裹在羊皮里被巨鹰叼起从高空抛入深谷；时而又遇到裸体的野蛮人差点儿被吃掉……但无论怎样，他都能凭借聪明的头脑、丰富的经验和顽强的精神，战胜千难万险，一次又一次地平安返航。故事表现了商人们在早期聚敛财富过程中积极进取的精神，也反映了古代人们对未知事物的好奇和探求精神。作

品把辛伯达描绘成一个有着顽强毅力和超人智慧的机敏、勇敢的人物。当然,在辛伯达航海旅行的过程中,作品也暴露了他作为商人剥削者的自私自利、唯利是图甚至贪婪狠毒的一面。如第四次航行遇难脱险后,他来到一个国家结婚并定居下来。这个国家有个极其野蛮残忍的殉葬制度,无论夫妻哪一方先死,另一方都得陪葬。不料他的妻子先去世了,人们就把他与他妻子的尸体一同扔进坑洞,只留给他很少的水和食物。为了活命,辛伯达打死了其他陪葬人,掠夺了他们的食物和财产,成功地逃出坑洞,还发了一笔大财。其中反映商人生活和海外冒险的故事还有《商人阿里·密斯里的故事》《朱德尔和他两个哥哥的故事》等。

《一千零一夜》内容驳杂,旨趣各异,多数故事是积极健康的,但由于形成和发展时间漫长,加上历代统治者和宗教祭司任意地篡改加工,一些故事中也保留了不少封建糟粕和浓重的宗教迷信色彩。如鼓吹"安于天命",相信"因果报应"。有的故事表现了消极的避世思想,还有的故事写劳动者凭借宝物战胜邪恶势力后,当上了皇帝或成为大富翁,也反映了小生产者的思想局限。此外,书中还宣扬了富商巨贾的"美德",发财致富的"奥秘",歧视妇女、丑化奴隶等思想。但瑕不掩瑜,该书作为一部绚丽辉煌的民间故事集,始终具有经久不衰的动人魅力。

三

《一千零一夜》在艺术表现上具有鲜明的特点,把民间故事这种体裁的水平提高到了一个新的高度。

浓郁的东方情调和浪漫色彩是该书显著的特点。作品中勾画的中古阿拉伯面貌,上至宫廷,下至奴隶各个阶层的不同生活,婚丧嫁娶、宗教礼仪、生活习俗、风土人情都充满着浓郁的东方色彩。全书以浪漫主义为主,并把现实世界与神话幻想世界有机地结合起来,绚丽的色彩、奇妙的想象、曲折的情节、大胆的夸张,集中体现了民间文学的艺术特征。比如:《死神的故事》把死神的幻想形象同国王的现实形象联系在一起;《巴索拉银匠哈桑的故事》把幻想的仙界同人间世界联系在一起等。作者展开想象和幻想的翅膀自由驰骋:无所不能的神灯与魔戒、一夜之间建成的宫殿、一闻能治百病的苹果、海岛一般大的鱼、能遮住阳光的巨大神鹰、一口能吞下一头大象的巨蟒、能隐身的头巾、物品取之不尽的宝鞍袋、会飞的地毯……艺术虚构发挥到最大限度,美好愿望的幻想性与现实的真实性奇妙地融为一体,浪漫主义和现实主义表现手法相映生辉、齐放异彩,达到了引人入胜的艺术效果。

《一千零一夜》开创了灵活简洁的框架式结构方式。作品通过连续讲故事的形式,把数百个故事镶嵌在这个大故事的框架之内,大故事套小故事,小故事有时又包含着故事,由一个引出另一个,既相对独立,又紧密相连。如《驼背的故事》引出四个小故事,再由

第四个小故事引出六个更小的故事,情节离奇多变。这些小故事既是独立存在的,又因围绕一个中心而紧密相连,大小故事交织,组成一个庞大的故事体系,让人感到长而不冗,杂而不乱,层次分明,丝丝入扣。这样的布局,不仅使故事内容跌宕起伏、波澜横生、变化多姿,激发了读者或听众的阅读欣赏兴趣,更重要的是有利于这部长篇故事集在漫长的流传过程中保持其完整性,使作品具有经久不衰的艺术生命力。

《一千零一夜》刻画了生动的人物形象。一般的民间故事往往注重故事情节,对人物性格的刻画比较简单,很少有心理活动的描绘。《一千零一夜》的故事不仅以情节取胜,而且注重刻画人物形象,其中有些优秀作品则加强了对人物性格的展现,有时还在一些关键时刻用诗歌形式抒发人物的内心感受。如《辛伯达航海旅行的故事》的主人公辛伯达的形象就是成功的一例,故事充分地表现了他性格的复杂性,并且达到了一定的深度。另外,故事还善于使用鲜明的对比手法突出人物性格的主要特征。其中众多人物善恶美丑分明醒目。如《渔翁的故事》中的忠厚机敏的渔夫与狡猾凶狠的魔鬼,《阿里巴巴和四十个大盗》中机智的马尔基娜与愚蠢的强盗,善良、淳朴的阿里巴巴与狠毒、贪婪的哥哥等,都是通过对比来凸显其性格特征的,对比中饱含着作者爱憎分明的思想感情。

《一千零一夜》语言丰富朴实、流畅自然、生动活泼、诗文并茂,很好地体现了民间文学的本色。《一千零一夜》打破了传统束缚,以明白晓畅的阿拉伯民间口语为主,并广泛运用了象征、比喻、幽默、讽刺等写作手法。如用从黑暗下界升起的太阳形容美少年,用与太阳争辉的月亮形容美少女,用珍珠形容眼泪和牙齿,用满月形容美貌的面容,用柳枝比喻细瘦的腰身,用夜晚比喻黑色的头发等,增加了艺术感染力。在文体方面,采用散文与诗文相互配合,诗文并茂,主体使用散文体,在不少地方插入了警句、格言、谚语、短诗,起到适当的调节作用,使故事不至于单调,而且作为说明某种道理的依据或是抒发人物内心情感的手段,进一步突显了故事的思想内容。

总之,《一千零一夜》开辟了阿拉伯大众文学的道路,在阿拉伯小说发展史上占有特殊的地位。

四

《一千零一夜》是一部享有世界声誉的优秀作品,受到广大读者的喜爱和许多作家的赞美,对世界各国的文学艺术产生了深远影响。故事早在十字军东征时期就流传到欧洲,18世纪初,法国人加朗第一次把它译成法文出版,以后在欧洲出现了各种文字的转译本和新译本,一时掀起了"东方热"。在我国,《一千零一夜》的传入也有百余年的历史了。在多种译本中,由我国回族翻译家纳训直接译自阿拉伯文的六卷全译本是最重要的版本。

《一千零一夜》采用大故事套小故事的结构方法使后世许多作家得到启发。文艺复兴时期意大利作家薄伽丘的《十日谈》,用佛罗伦萨10个躲避瘟疫的青年男女每人每天讲

一个故事作为全书 100 个故事的楔子，还有英国乔叟的《坎特伯雷故事集》等结构都很明显地借鉴于《一千零一夜》。

《一千零一夜》描绘了中古时期阿拉伯地区广阔丰富的生活画面，为后世作家的创作提供了充分的养料。戏剧大师莎士比亚的喜剧《终成眷属》中的"戒指认亲""进宫治病"的故事显然来源于《一千零一夜》；而当代埃及戏剧家陶菲格·哈基姆的剧本《阿里巴巴》《山鲁佐德》更是直接取材于《一千零一夜》；但丁《神曲》中的形形色色的精灵，我们可以在《一千零一夜》中找到影子；看了普希金的童话诗《渔夫和金鱼的故事》，我们立即会联想到《渔夫和魔鬼的故事》；哥伦比亚作家马尔克斯的魔幻现实主义代表作《百年孤独》中出现的"飞毯""会飞的床单""神灯"等都明显来自《一千零一夜》。

《一千零一夜》的影响还表现在世界各国的音乐、舞蹈、雕塑、绘画等方面。例如，在 19 世纪法国浪漫派画家德拉克洛瓦、俄国作曲家黎姆斯基·科萨克夫、法国导演阿历克山德尔·巴努瓦，甚至在贝多芬、柴可夫斯基等名家的一些作品中，都不难找到《一千零一夜》的蛛丝马迹。

《一千零一夜》以其博大的内涵和高超的艺术，推动了世界文学艺术和文明的不断发展。高尔基把它誉为民间口头创作中"最壮丽的一座纪念碑"，这样的评价是不过分的。《一千零一夜》这朵世界文学百花园中的奇葩将永远盛开，得到世界人民的喜爱。

【思考与练习】

1. 《一千零一夜》体现了阿拉伯世界怎样的价值观？
2. 《一千零一夜》对西方文学艺术的巨大影响体现在哪些方面？

第四节　中世纪最后一位诗人的杰作
——但丁的《神曲》

《神曲》是中世纪的终结之篇，也是文艺复兴的开山之作。其作者但丁(1265—1321)是享誉世界的文学巨匠之一，被誉为"中世纪的最后一位诗人，同时也是新时代的最初一位诗人"。他是意大利文学的奠基人，也是世界公认的文学巨匠之一。

但丁生于意大利佛罗伦萨一个没落的贵族家庭。他自幼聪颖好学，曾拜著名学者布鲁内托·拉蒂尼为师，学习拉丁文、修辞学、诗学、古典文学，对罗马大诗人维吉尔推崇备至，这为他日后的创作积累了深厚的文学功底。但丁博学多才，兴趣广泛，在哲学、绘画、音乐、神学等方面也都造诣颇深。

但丁的一生与意大利的命运紧密相连，他不仅是一位文学大师，也是一位爱国志士、政治活动家。他善于言辞，具有外交才能，曾担任佛罗伦萨市最高行政会议行政官，坚决维护佛罗伦萨的独立自由和意大利的统一，维护共和政权。1302年，但丁被革除公职，并被判处放逐两年、罚以重金。坚持真理的但丁拒不忏悔认罪，于是遭到报复性重判，被罚没家产并终身流放。在流放生涯中，他广泛地接触到意大利动乱的现实和平民阶层困苦的生活，并逐渐将自己的命运融入对民众前途的严肃思索中。

《神曲》是但丁在放逐期间所写的一部长诗。它广泛地反映了当时的社会生活，具有巨大的思想认识价值和艺术价值。

但丁于1321年9月14日客死于拉文那。

一

《神曲》是但丁的代表作，也是其呕心沥血的忧愤之章。但丁约从1307年开始写作《神曲》，至逝世前不久才完成，历时14年。《神曲》原名为"喜剧"，"喜剧"一词在中世纪并不一定含有舞台剧本的意味，凡由纷乱和苦恼开始而以喜剧结局的故事，都可以称为"喜剧"。这部作品以写可怕的地狱开始，以写光明的天堂告终。全书这样的结构，是符合当时人们关于喜剧的概念的，而且作品中所用的语言，也是喜剧所常用的民间俗语，所以，《神曲》取名为"喜剧"最为相宜。后来，人们在原书名前加上修饰语"神圣的"，既表示对诗人的崇敬，亦暗指此诗主题庄严深奥，意境巍峨崇高。在我国，则将书名译为《神曲》，取其简洁而已。

《神曲》全诗长14233行，由《地狱》《炼狱》和《天堂》三部分构成，加上序曲，共100篇，主要情节是写诗人梦游三界的故事。

诗人自述在35岁那年，一天在一座黑暗的森林中迷了路。他竭力寻找走出迷津的道路，黎明时分来到一座洒满阳光的小山脚下。正当他努力向山峰攀登时，突然面前出现了三头野兽：一只豹、一只狮子、一只狼(分别象征淫欲、强暴、贪婪)。但丁非常惊慌，他高声呼救。这时，古罗马诗人维吉尔出现了，他受天上圣女贝雅特丽齐的嘱托前来帮助但丁走出迷途，并引导他游历地狱和炼狱。

但丁首先进入地狱，但见阴风怒号，恶浪翻涌。地狱形似一个上宽下窄的漏斗，中心在耶路撒冷，共分九层，愈到下面愈狭小，直插地球的中心，魔王撒旦掌握漏斗顶端。凡是生前有罪的亡魂，都被罚到地狱里受刑。他们的灵魂依罪孽的轻重，被安排在不同层面中受罚。罪孽越深，就越往下，处罚也就越重。地狱山门上写着："凡是走进来的，把一切希望都抛掉！"走进大门，只见风卷黄沙，遮天蔽日。那些生前的怯懦者，在地狱的走廊里受难。这些灵魂既不为上帝理睬，也不被地狱收容。穿过走廊，但丁和维吉尔乘坐小船渡过冥河，来到地狱的第一层。第一层是"候判所"，那些出生于基督之前，未能接受基督教洗礼者，如诗人荷马、贺拉斯、苏格拉底等都在此等待上帝的判决。真正的地狱

从第二层开始。但丁按基督教的观点，把贪色、贪吃、贪财、易怒和邪教徒看作重罪，放纵肉欲者的灵魂放置在第二层，不断地遭受狂风的吹袭；犯饕餮罪者的灵魂放置在第三层，受着暴风雪、冰雹和脏水的不断袭击；贪婪嗜利和挥霍浪费者的灵魂放置在第四层，受到装满金币的袋子的压迫；易躁易怒者的灵魂放置在第五层，为脏物覆盖，并自己撕扯自己；邪教徒的灵魂放置在第六层，在燃烧的坟墓中受到炙烤；第七层是残暴者灵魂之所在，罪人沉在咆哮的血河中，一旦他们将头伸出河面，半人半兽的怪物就用弓箭射击他们，自杀的人也住在这一层里；第八层是"恶沟"，一切欺压百姓的教皇、僧侣、歹徒和恶棍分别在十条恶沟里受到不同的惩罚；第九层是一片冰湖，谋杀暗算和叛国卖主者的灵魂都冰冻在湖中。

但丁和维吉尔从冰湖之底穿过地球中心，走出恶臭的地狱，来到充满纯洁空气的炼狱岛。炼狱是浮在大海中的一座孤山，四周有美丽的海滩，山下面是炼狱的外部。炼狱的本部又分为七层，分别住着犯有骄、妒、怒、惰、贪、食、色七种罪孽的亡魂。炼狱的山顶是地上乐园。这样，里里外外一共也是九层。这里是有罪的灵魂洗涤罪孽之地，生前罪孽比较轻的亡魂，待罪恶炼净后，便有望进入天堂；悔悟晚了的罪人不得入内，只能在山门外长期苦等。但丁一层层游历，最后到达顶层的地上乐园时，维吉尔隐去。

原来他尚没有资格进入天堂，只能在"候判所"等待。此时天空彩霞万道，祥云缭绕，他年轻时所钟爱的女子贝雅特丽齐身披洁白轻纱缓缓降临。她责备诗人不该迷失在罪恶的森林，希望他忏悔，并让他饮下忘川水，以遗忘过去的过失，获取新生，准备上天堂。天堂也分为九重天，有月界天、水星天、金星天、太阳天、火星天、木星天、土星天、恒星天、水晶天。这里是幸福的灵魂的归宿，有行善者、英明的君主、学界的圣徒和虔诚的教士等。水晶天之上便是天府，那是上帝和天使们居住的地方。在第八重天，但丁接受了三位圣人关于"信""望""爱"神学三美德的询问，然后跟随天堂引导人圣贝多拉得见上帝之面。但上帝的形象如电光之一闪，迅即消失，于是全诗在极乐的气氛中戛然而止。

二

今天的读者因为不熟悉《神曲》的中世纪文化背景，在阅读时难免对书中的故事和情节感到困惑，认为其内容驳杂、意义晦暗不明。实际上，这部采用中世纪梦幻文学形式的作品结构严谨，书中情节多有寓意，其中的人物、场景也均有所指。因此，历来对作品主题思想的解释众说纷纭。写于1309年的《帝制论》第三卷最后一章，是理解《神曲》的一把钥匙。在但丁看来，人生有两种幸福：此生的幸福以人间天国为象征；永生的幸福以天上王国为象征。此生幸福须在哲学(包括一切人类知识)的指导下，通过道德与知识的实践而达到；永生的幸福则须在信仰的指导下，通过神学之德(信德、望德、爱德)的实践而达到。在《神曲》中,但丁精心安排了两个人物作为自己的向导,一是象征理性的维吉尔,一是象征信仰的贝雅特丽齐。地狱、炼狱和天堂分别对应着"人间天国"和"天上王国"。象征理性的维吉尔只能在"人间天国"里充当诗人的引路者,象征信仰的贝雅特丽齐才有资格带领诗人进入"天上王国"。但丁认为,信仰是居于理性之上的。《神曲》的主题,意在探索新旧交替时代诗人自身、意大利民族,乃至人类未来的命运,他相信只有从迷惘和错误中经过苦难和考验,在信仰的引导下,以理性规范行为,追求道德的完善和精神境界的不断超越,才能达到真理和至善的境界。

《神曲》的构思和思想内容,都带有明显的基督教色彩,诗中包含许多烦琐的神学知识和哲学知识,还有一些很难理解的象征与隐喻,具有浓厚的神秘色彩。这是作品在中世纪宗教文化影响下而具有的显著特征。但是《神曲》绝对不是一部纯粹的宗教文学作品,它在许多方面存在着新旧两个方面的矛盾倾向,具有两重性。

《神曲》的思想内容,一方面透露出文艺复兴时期人文主义思想的曙光;另一方面又显示出中世纪基督教世界观的烙印。

第一,《神曲》是但丁从政治上、道德上探索意大利民族出路的象征性的总结。全诗仿佛是一篇寓言,其中充满着寓意性的形象和情节:黑暗的森林象征着危机四伏的意大利的现实;三头猛兽象征着阻碍人们到达光明世界的邪恶势力;但丁在森林中迷路意味着人类的迷惘。诗中维吉尔是理性的象征,贝雅特丽齐是信仰的象征。诗人认为,在信仰的引导下,以理性为行为规范,经过各种苦难和考验,在道德上得以净化,人最终是能够克服迷惘,到达至善至美的境界的。因此,但丁在设想民族出路的时候,强调了节欲、苦修和道德净化,这当然是受到基督教思想的影响。但他所追求的理想是具备现实内容的,能够推动人类社会的进步,而不只是个人的纯粹的宗教行为。诗篇的乐观结尾,正反映了诗人对意大利和人类都抱着乐观的信念。

第二,《神曲》在宗教性的构思中反映了中世纪晚期意大利的现实生活,而且充满着强烈的政治倾向和爱国精神。《神曲》写了一个梦游三界的故事,但诗人梦游中的见闻并非虚构,而是以当时意大利的现实生活为依据。它涉及佛罗伦萨和其他一些城邦的复杂的党派斗争,该诗多处流露出期待结束党派纷争、实现民族统一的强烈愿望。在《炼狱》第六歌中,诗人对着四分五裂的意大利发出痛惜的呼喊:"唉,奴隶般的意大利,你哀痛之逆旅,你这暴风雨中没有舵手的孤舟,你不再是各省的主妇,而是妓院!……你的活着的人民住在你里面,没有一天不发生战争,为一座城墙和一条城壕围住的人却自相残杀。你这可怜虫啊!你向四下里看看你国土的海岸,然后再望你的腹地,有没有一块享受和平幸福的土地。"①诗歌还抨击了腐败的教会势力,借使徒彼得之口将贪财败德的主教们比喻为"穿着牧人衣服的贪狼";愤怒地斥责了罗马教皇干预世俗政治和对权力的贪欲,是民

---

① [意]但丁著. 神曲[M]. 朱维基译. 上海:上海译文出版社,1984:45~47.

第三章　外国文学

族不和、城邦纷争的罪魁祸首，是造成社会腐败的根源。但丁在地狱中痛斥尼古拉三世教皇的灵魂，"因为你的贪婪使世界陷入悲惨，把好人蹂躏，把恶人提升。"诗人把贪婪的教皇、主教、教士置于第四层接受惩罚，并把当时尚在人间的教皇卜尼法斯八世打入地狱第八层，头朝下插在深穴里，接受火刑。但丁对新兴市民阶级的贪图私利、追逐金钱，对高利贷者的重利盘剥，对正在形成中的资本主义罪恶的关系，也有敏锐而深刻的认识，并予以严厉的谴责。他指出，市民阶级暴发户充满了"骄狂傲慢和放荡无度之风"，痛惜田园式的宁静生活已一去不复返，因为骄傲、嫉妒和贪婪是三点星火，使欲望燃烧起来。这是极其难能可贵的。

然而，但丁对封建君主的态度却常常是矛盾的。一方面，他愤怒地谴责统治者，说意大利没有一块干净的土地，"到处充斥着暴君"，在《神曲》中，他对那不勒斯和西西里王国的国王查理一世以及法国国王腓力四世的罪行是痛加鞭挞的；另一方面，在但丁的政治理想中，皇帝又被视为唯一能拯救意大利于水火之中的救星，他在《神曲》中称赞亨利七世，认为只有他才能够使意大利这艘在暴风雨中河漂荡的"孤舟"冲破迷雾，顺流而进，并在天堂里为他预留了一个光荣的位置。这正反映了在封建制度尚未彻底瓦解、资产阶级力量还很薄弱的新旧转型的特定历史时期，为了对抗专横恣肆的教会，最初的人文主义者不得不谋求王权的支持和保护的尴尬处境。

第三，《神曲》表现了人文主义思想的萌芽。但丁由衷地赞美古希腊、罗马的先贤，如柏拉图、亚里士多德、荷马、维吉尔等人，肯定这些异教时期灿烂文化的代表者，肯定知识和理性精神，批判中世纪的文化专制主义和蒙昧主义。尽管作为一名基督徒，但丁不可能安排他们进天堂，但却把这些"高贵的"异教徒放进地狱中一个不用受苦的美丽幽静之处。《神曲》还热忱地歌颂现世生活。诗人强调人赋有"自由意志"，这是"上帝最伟大的主张"，上帝给予人类"最伟大的赠品"。他鼓励世人在现实生活中应该坚定不移地遵循理性，"你随我(指象征理性的诗人维吉尔)来，让人们去议论吧，要像竖塔一般，任凭狂风呼啸，塔顶都永远岿然不动。"但丁还热烈歌颂历史上具有崇高理想和坚强意志的英雄人物。他绘声绘色地描绘了奥德修斯远航探险的英雄伟业，使之成为《神曲》中最为璀璨夺目的诗章之一。诗人希望人们以他们为榜样，振奋精神，摒弃怠惰，战胜一切艰险，去创造自己的命运。这种以人为本、主张开拓进取、重视现实生活价值的观念，同中世纪抬高神贬低人的思想，同宗教神学宣扬的来世主义，都是针锋相对的。虽然但丁主张人要禁欲，要苦修，要消除世俗感情上的七大罪恶，死了以后才可以进入天堂；但他的这些思想和教会所宣传的教义有着根本不同。他所主张的苦修并不靠教皇和教会来引导，而是靠自己的理性来指引，靠自己的苦修，可以说这是近代资产阶级个人主义宗教观的萌芽，也可以说是16世纪宗教改革的发端。但丁一方面依照中世纪的宗教观来安排亡魂的归宿；另一方面，他又并不完全按照宗教观点来决定自己对待这些亡魂的态度。他同情世俗的爱情，歌颂自由恋爱，为保罗和弗朗齐丝卡这对痴情恋人的悲剧性遭遇扼腕痛惜，以致昏厥。这些都可以说是文艺复兴的先声。

三

《神曲》在艺术方法上也体现出矛盾性和过渡性，它既有中世纪文学的一般特征，同时又表现出近代文学的一些艺术特色。

在篇章结构上，但丁根据"三位一体"的神学理论，将全诗分为三部，每部33篇，每小节三行，加上序曲共100篇，象征"完全中的完全"。三部分的结构也非常匀称、严谨，共有九层。每部分的最后一行都以"群星"一词作韵脚，彼此呼应。这种精确的结构和对称的布局，既含有宗教的神秘象征意义，又使整部作品显现出匀称、工整的艺术美。

在创作手法上，但丁受到古典文学尤其是中世纪梦幻文学的启示，采用象征的手法和梦幻故事的形式，使作品带有神秘浪漫的色彩。如维吉尔在《埃涅阿斯记》中关于主人公由神巫引导游历阴间的描写，中世纪作家达·维隆纳的《耶路撒冷天国颂》《巴比伦地狱诗》和德拉·利瓦的《三卷书》对罪孽的灵魂在地狱接受惩戒，对天堂光明、幸福的叙述，都给但丁提供了借鉴。但《神曲》不像中世纪文学作品那样浅俗平庸、虚无缥缈，诗人以丰富的想象力，精深的神学、哲学修养和新颖的构思，为三个境界设计了严密的结构、清晰的层次。他把地狱、炼狱、天堂各分为九层，这蕴含着深邃的道德含义。在描绘不同的境界时，他采用不同的色调：地狱是惩罚罪孽的境界，色调阴森、凄暗；炼狱是悔过和希望的境界，色彩转为恬淡、宁静；天堂是至善至美的境界，笼罩在一片灿烂、辉煌之中。色调鲜明的形象描绘、环境的渲染、气氛的烘托，为读者展现了一个诡谲离奇却又真实动人的未来世界，充分体现了"艺术的真实性"。

在人物塑造上，《神曲》刻画了众多个性鲜明、栩栩如生的人物形象，堪称一幅多姿多彩、形象鲜活的人物画廊。其中，维吉尔和贝雅特丽齐这两位向导刻画得最为细腻、饱满，他们虽然带有象征和寓意，但仍然各具鲜明的个性。维吉尔是导师，在对诗人的关怀和教诲中，显示出父亲般和蔼、慈祥的性格。贝雅特丽齐是恋人，在对诗人的救助和鼓励中，显示出母亲般温柔、庄重的性格。但丁擅长在戏剧性的场面和行动中，以简练、准确的语言，勾勒出人物外形和性格特征。在哀婉欲绝的悲剧性氛围中，诗人描写保罗与弗朗齐丝卡这对恋人对爱情忠贞不渝的品格，在阴暗、愤懑的情境中，诗人勾画教皇卜尼法斯八世贪婪、奸诈的性格，无不入木三分。《神曲》中种种惊心动魄和神奇的景象，地狱形形色色的妖魔鬼怪，如吞噬幽灵的三个头的恶犬猞拜罗，飞翔于自杀者树林之上的人面妖鸟，长着三副不同颜色的面孔、三对庞大无比的翅膀的地狱王，满身污血、头上盘着青蛇的复仇女神，在但丁的寥寥数笔下，便形象逼真、栩栩如生地呈现了出来。这些生动的艺术形象不但逼真动人，而且出色地烘托了地狱各个特定环境的氛围。

在语言上，《神曲》用生动鲜活的意大利俗语写成，并采用民间诗歌中流行的一种格

律"三韵句",即三行为一音节,隔行押韵,反复循环,贯穿全诗始终。这使得作品富有清新自然的生活气息,也对丰富和提炼意大利文学语言,促进意大利民族语言的统一,起到了重要作用。但丁在写人绘景时,巧妙地运用源于日常生活和自然界的极其通俗的比喻,达到极不寻常的艺术效果。例如,地狱里的幽灵遇见陌生来客维吉尔和但丁,惊奇地盯着他们,好像老眼昏花的裁缝凝视针眼一样;形容枯瘦的幽灵两眼深陷无神,好像一对宝石脱落的戒指;在魔鬼卡隆的鞭打下,幽灵从岸边跳进地狱界河的小船,好像秋天的树叶一片一片地落下。这些奇异却富有现实感的比喻使作品增色不少。

《神曲》有着伟大的历史价值。它以极其宏阔的图景,通过对诗人幻游过程中所见所闻的描写,真实地反映出意大利由中世纪向近代社会过渡时的现实生活,再现了各个领域所发生的社会政治变革,透露了新时代的新思想——人文主义的曙光。《神曲》对中世纪政治、哲学、科学、神学、诗歌、绘画、文化做了艺术性的阐述和总结。因此,它不仅在思想性、艺术性上达到了时代的先进水平,是一座划时代的里程碑,而且是一部内容丰富、知识广博的中世纪百科全书。

【思考与练习】

1. 怎样理解恩格斯说的但丁是"中世纪的最后一位诗人,同时又是新时代的第一位诗人"?
2. 分析《神曲》思想艺术的二重性。

第五节 欧洲近代文学史上第一部现实主义巨作——薄伽丘的《十日谈》

《十日谈》猛烈批判宗教守旧思想,高度肯定人的力量,极力推崇现世的幸福,被视为文艺复兴的宣言。

《十日谈》的作者乔万尼·薄伽丘(1313—1375)是意大利文艺复兴运动的先驱,欧洲早期人文主义文学的杰出代表之一,与但丁、彼特拉克合称"文学三杰"。

薄伽丘出身于富裕的商人家庭,自幼喜爱文学,博览群书,立志做一名大诗人。薄伽丘 14 岁那年被父亲送到那波利学习经商,这段经历使他体验到市民和商人的生活以及思想情感,为后来创作《十日谈》打下了基础。在政治上,薄伽丘曾积极参加佛罗伦萨城市共和国的政治斗争,拥护共和政体,反对封建贵族势力。

薄伽丘既以短篇小说、传奇小说蜚声文坛,又擅长写作叙事诗、牧歌、十四行诗,在理论著述上也成就卓著。他的文学作品用俗语写成,以爱情主题和浪漫传奇为主,充满对人世生活的歌颂和对幸福的追求。

晚年，薄伽丘潜心研究古典文学，他翻译了荷马的作品，在搜集、翻译和注释古代典籍上作出了重要贡献。1375年12月21日，薄伽丘在契塔尔多逝世。

一

1348年，一场巨大的黑死病疫情笼罩着意大利的佛罗伦萨，每天都有大批的尸体运到城外，短短5个月，病死的人达10万以上，昔日繁华美丽的佛罗伦萨变成一座死城，尸骨满野，满目凄凉。此事成为薄伽丘一生的梦魇。为了记录下人类的这场灾难，他便以这场瘟疫为背景，写下了著名的短篇小说集《十日谈》。

作品叙述的是1348年，佛罗伦萨瘟疫流行的时候，7位女青年在教堂遇到了3位男青年。他们相约离开佛罗伦萨这座死城，到郊外一座小山上的别墅里去躲避瘟疫。因为那里环境幽静，景色宜人，有翠绿的树木，曲折的走廊，精致的壁画，清澈的清泉和悦目的花草，地窖里还藏着香味浓郁的美酒……在暑气逼人的夏季里，这10位年轻人每天除了唱歌弹琴、欢宴歌舞，大家还商定每人每天讲一个优美动听的故事，借此祛除孤独。就这样，他们一共讲了10天，共计100个故事。10天过后，可怕的瘟疫也已经逐渐退去，他们以乐观的心态，挺过了生命中最艰难的10天。最后，他们将所讲的这些故事汇编成集，取名为《十日谈》。

据薄伽丘讲，《十日谈》中的故事都是有理有据的。虽然故事的来源各不相同，其中大部分是来源于当时意大利的现实生活，还有一些故事取材于法国中世纪的寓言和传说、东方民间故事、宫廷秘闻、市井传言以及部分历史上的真人真事，但贯穿其中的思想主题却是一致的。这些故事经过作者的加工、改编，成为反映意大利现实生活，表现人文主义思想的一部巨著。作品中描写和歌颂了现世生活，歌颂自由的爱情，赞美爱情是才智和美德的源泉，肯定人的智慧和力量。作品也揭露了封建帝王的残暴、基督教会的罪恶、教士修女的虚伪等，尖锐地批判了反人道的黑暗现实。

薄伽丘向往民主自由，不满教会的黑暗统治，多次参加政治活动，反对教会专制，《十日谈》是他反封建反教会的利剑。作品完成后，薄伽丘受到封建势力的迫害和打击，时常遭到教会的侮辱和威胁。有一次愤怒之至，他甚至想把所有的著作(包括《十日谈》)全部烧毁，多亏好友彼特拉克苦苦相劝，这部伟大的作品才得以留存下来。

二

《十日谈》在当时被称为"人曲"，和但丁的《神曲》齐名，被称为《神曲》的姊妹篇。人文主义是这部作品的思想基础，贯穿于整个故事集。因此，作者把批判的矛头直指与之相对的宗教神学和教会，毫不留情地揭开教会神圣的面纱，披露僧侣们的奸诈伪善，辛辣地嘲讽宗教圣地罗马是"容纳一切罪恶的大洪炉"。

第三章　外国文学

　　封建教会是中世纪封建统治的反动堡垒和精神支柱，也是藏污纳垢的罪恶场所。但在宗教外衣的庇护下，它迷惑大众，显得神圣而不可侵犯。薄伽丘用犀利的笔锋挑开了教会神圣的面纱，把僧侣们奢侈逸乐、敲诈聚敛、买卖圣职、镇压异端等种种黑暗勾当曝于光天化日之下。《十日谈》开篇有一个"贾诺托劝教"(第一天第二则故事)的故事，讲的是巴黎有个丝绸商，名叫贾诺托，和一个犹太商人亚伯拉罕十分要好，贾诺托多次劝亚伯拉罕放弃犹太教、皈依天主教，但亚伯拉罕很顽固，始终不肯听人劝告。最后，亚伯拉罕表示，他想亲自去罗马实地参观后再作决定。亚伯拉罕到罗马转了一圈回来之后，果然就改信天主教了。因为在罗马他暗中察访，发现那里的教皇、红衣主教以及教廷中其他主教，没有一个不是寡廉鲜耻，犯着"贪色"罪的，他们个个都是酒囊饭袋、贪图口腹之欲，个个都爱钱如命、贪得无厌。罗马教廷根本不是什么"神圣的京城"，而是藏纳污垢之所，教皇、红衣主教，这些人本该是基督教的支柱和基础，却无恶不作。但即使这样，教会还不垮台，可见有神灵支持的天主教确实比其他宗教更神圣。因此，亚伯拉罕下定决心，到教堂去接受基督教的洗礼。这个故事对于整个天主教会是个辛辣的讽刺。心怀异念、贪图利益、明知黑暗却同流合污的亚伯拉罕的举动，只能充分昭示教会的腐败、污浊，只能进一步说明封建教会的确是个藏污纳垢之所。故事从整体上否定了教会。这篇故事置于小说第一天中，具有提纲挈领的意义，可以说在主题思想上为整部作品奠定了基调。《十日谈》中许多批判性的故事，又可以说通过无数生动具体的艺术形象，对于"贾诺托劝教"这故事所勾勒的轮廓，进一步地、多方面地赋予血肉，充实内容：或者是冷嘲热讽，或者是嬉笑怒骂。总之，在薄伽丘的犀利笔锋下，"神圣的"封建教会显现了它的原形。

　　天主教会和蒙昧主义是相依为命的。它宣扬的永恒原则是："上帝支配人的理性。"只有使人们陷于浑浑噩噩，头脑发热，丧失辨别、思考的能力，把教会所编造的一整套谎话句句都当作真理般信仰着，它才能以至高无上的神的名义，骑在人们头上任意作威作福。而自称是"上帝的仆人"的僧侣们，不过是宗教愚民政策的直接实施者，通过施展各种骗术，来宣扬宗教的神威，获取自身利益。薄伽丘敏锐地洞察到宗教的欺骗性和僧侣的寄生性。他写了一些有意思的故事对封建教会的蒙昧主义进行批判，多数寓讥刺于笑谑，作为社会趣闻、社会话剧来谈，但是发人深思。《十日谈》中的"焦炭变圣物"(第六天第十则故事)，讲的是一个油嘴滑舌的修道士临时编一套胡话的故事。教士奇波拉每年以布道为名捞取钱财，他原答应让村民看看报喜天使加百列的羽毛，但羽毛被人换成了焦炭。眼见谎言败露，他信口胡诌，说是天主的旨意，让他将烤死了圣劳伦斯的木炭拿来给大家看，以唤起人们的虔诚，并声称这是被圣体的汗水浸灭了的木炭，只要用它在身上画一个十字，保证一年内不遭火灾。就这样，奇波拉教士仍然满载而归，骗到了比平时更多的捐款。小说中"费隆多被禁"(第三天第八则故事)，讲的是托斯卡尼城一个修道院院长用一杯药酒使老实的农民费隆多人事不省，像死去一般，然后把他禁锢在地窖里，并让其醒来后相信自己已身亡，灵魂进入了地狱。修道院院长乘机与费隆多的老婆鬼混，等她有了身孕，便把可怜的费隆多放回"世"间做孩子的爸爸，还宣称多亏自己祷告，费隆多才得以返世。这两则故事异曲同工，都是教会僧侣伪善道德和欺骗行为的写照。封建教会推行愚民政策，宣传上帝万能，让人们俯首听命于上帝的支配和主宰。他们宣传"原罪"和"救赎"的思想，宣传"天堂"的美好和"地狱"的恐怖，企图让人们相信人生而有罪，现世是茫茫苦海，肉体是灵魂之狱，情欲是罪恶之渊，要想死后灵魂进入天堂，来世过上幸福生活，今生必须抛弃尘世享受，苦苦修行。而教会僧侣们则一个个贪婪、虚伪，不肯放过世俗享受的每一个机会。他们的丑恶表演，充分说明了封建教会宣扬的那一套不过是维护封建统治及他们自身利益的骗局。

《十日谈》还有许多故事是提倡人道主义、人性解放和个性自主，反对禁欲主义，反对封建门第观，歌颂爱情，肯定人有享受现世幸福的权利的。

在薄伽丘看来，禁欲主义是违背自然规律和人性的，人有权享受爱情和现世幸福。男女相爱是人性的自然流露，不可泯灭。顺应这种天性，才是合理的。在第四天的故事之前，套了一个"绿鹅"的故事。佛罗伦萨城有个名叫巴尔杜奇的男子，太太死后他带着两岁的儿子上山修行，侍奉天主，过着与世隔绝的日子。儿子长到18岁，方被父亲带到佛罗伦萨城。儿子进城后，最感兴趣的不是别的，正是城里的姑娘。尽管父亲以"绿鹅""祸水"蒙骗恐吓，儿子仍坚持要带一只"绿鹅"回去。巴尔杜奇多年的教诲就这样毁于一旦，他后悔莫及，恍然大悟：原来自然的力量比他的教诲要强多了，人的天性无从回避，妄想扼杀人性只是枉然。

在《十日谈》中，爱情并不像教会宣传的那样，是一种罪恶，而成了人生中的一种积极的因素、幸福的源泉。薄伽丘给予爱情以新的评价，把它看作一种新的道德、新的人伦。纯洁的恋爱是至性至情的流露，是无可非议的，应该得到祝福。他在许多故事里以巨大的热情赞美青年男女冲破封建等级观念，蔑视金钱和权势，争取幸福的斗争。在这一方面，思想境界最高的一篇，是"吉斯梦达殉情记"(第四天第一则故事)。故事写吉斯梦达郡主爱上了侍从圭斯卡尔多，爱情使她变得勇敢坚强，给予她打破世俗偏见的勇气。她的私情败露后，圭斯卡尔多被禁锢，亲王痛骂她不该和一个下贱的奴仆谈恋爱，她却理直气壮地宣布自己始终如一地爱圭斯卡尔多，即使死了还要继续爱他。她说："人类一诞生，我们一出世，就是平等的，只有德性才是人的贵贱的首要区分。"①在等级森严的封建社会里，高傲的封建贵族向来唯我独尊，可吉斯梦达却打破了封建门第观念，她满怀激情地喊出了："你看看你的满朝贵人，观察一下他们的德行、行为和举止，然后再看看圭斯卡尔多，只要心无偏见，你肯定会说圭斯卡尔多是最高贵的，而你的那些贵人全是无能之辈。"②但亲王仍然固执己见，最终杀害了圭斯卡尔多，并残酷地挖出了他的心脏，放在一个金杯里，送给郡主，让她死了这条心。而郡主竟用这个金杯喝下了毒药，然后把爱人

---

① [意]乔万尼·薄伽丘著. 十日谈[M]. 钱鸿嘉，等译. 南京：译林出版社，1980：289.
② [意]乔万尼·薄伽丘著. 十日谈[M]. 钱鸿嘉，等译. 南京：译林出版社，1980：290.

的心贴在自己身上自杀了。从这个悲剧性的结局里，可看出《十日谈》把对爱情的歌颂与反对封建等级制度结合起来了，具有强烈的民主意识。

作者还大胆地冲破禁欲主义的枷锁，宣扬性爱至上、及时行乐的观念。但作者并不鼓励淫乱纵欲，而是提倡符合健康人性的性爱观。对那些道貌岸然、实则男盗女娼的奸伪之辈，作者持严正的批判态度；而对那些出于自然本性而违反礼法的事情给予充分理解。比如第六天的第七则故事，讲一个少妇菲莉帕与情人幽会时被丈夫发现，诉诸法庭，按律应被处以火刑。但菲莉帕在法庭上慷慨陈词，证明自己的行为是在充分尽到妻子的义务之后，生理能力还有剩余的情况下进行的，现有的法律违背了人性，自己并无过错。最终的结果出人意料，法庭不但判菲莉帕无罪，还修改了那条不近人情的法律。

《十日谈》还批评封建特权，呼吁社会平等和男女平等，不少故事叙述了卑贱者以智慧和毅力战胜高贵者。比如一些赞扬商人和手工业者的才干、智慧和进取精神的作品："三个戒指"(第一天，菲洛梅娜的故事)、"马贩买马"(第二天，菲亚梅塔的故事)等。作者还宣扬全面发展的人的理想，强调人应当既健康、俊美，又聪明、勇敢，多才多艺，全面和谐地发展，表达了作者对人生的热爱和礼赞。

《十日谈》以尖锐、泼辣的风格，对教会和封建思想进行了讽刺和抨击。《十日谈》用个性解放、个人幸福来反对教会的禁欲主义，强调现世的幸福，反对教会的来世思想，用理性反对教会的蒙昧主义，反映了新兴资产阶级的理想、要求和生活情趣，表现了人文主义的思想倾向和战斗精神。但是同时，《十日谈》也表现出了人文主义思想的不足之处。例如，把个人幸福、个人利益看成至高无上的东西，对于为了个人利益而施展计谋的欺骗行为也给予了赞扬，而且还有不少放纵情欲的描写，赤裸裸地表现了资产阶级个人享乐主义。因此，在阅读作品时需要仔细鉴别，取其精华，去其糟粕。

三

《十日谈》是欧洲文学史上第一部短篇小说集，也是近代短篇小说的奠基之作，开创了欧洲短篇小说的艺术形式，对后世欧洲文学作品产生了深远的影响。后来许多著名作家如乔叟的《坎特伯雷故事集》所采用的框架结构就是受《十日谈》的启发，莎士比亚的喜剧《辛白林》《善始善终》的故事情节也来源于《十日谈》，莫里哀、莱辛等也都从《十日谈》的故事中汲取创作素材。

在形式上，《十日谈》借鉴阿拉伯民间故事集《一千零一夜》的构思手法，采用框架式结构，即开端有个类似引言的故事统领全书，构成了小说的大框架，100个故事就镶嵌于这个大框架中。而这100个故事又不是随意汇编，是以十名青年男女十天在别墅的活动为线索——每人每天讲一个故事，每天的十个故事都有一个共同的主题，形成十个小一级的框架。而小框架里的每个故事，既与其他故事相互呼应，又自成一体，形成更小一级的框架。就这样，层层框架把小说连缀成一部主题鲜明、表达严谨、和谐统一的叙述系统，形成一部思想上、艺术上都异常严谨、完整的作品。

作品虽然是讲述一些有趣的故事,但并不是单纯以情节来取胜。作者运用民间常见的讲故事的方式,题材来源广泛,取材于历史事件、中世纪传说、东方民间故事(特别是阿拉伯、印度和中国的故事,如《一千零一夜》《七哲人书》《马可·波罗游记》等),内容丰富,几乎包括了社会生活的每一个侧面,反映了现实社会中的矛盾与斗争,于通俗之中见严肃。作者还以丰富的生活经验和巨大的艺术创造力,刻画了数百个不同阶层、具有鲜明个性的人物形象,生动地展现了意大利的现实社会生活,表达了文艺复兴初期的自由思想。

《十日谈》语言颇有特色,作者擅长选择一些富有生活气息的民间口语和日常用语,精练、流畅,又俏皮、生动。此外,《十日谈》还采用多种多样的讽刺隐喻手法,于平凡中见深刻,增强了小说的表现力。

《十日谈》是欧洲近代文学史上的一部现实主义力作。作者构思独具匠心,叙述绘声绘色,描写栩栩如生,人物千姿百态,故事曲折离奇、妙趣横生。作者将传奇轶闻和街谈巷议兼收并蓄,熔古典文学和民间文学的特点于一炉,最重要的是其人文主义的光辉照亮了黑暗的中世纪,启示着新时代的到来。

【思考与练习】

1. 《十日谈》在文学史上的进步意义和局限性各是什么?
2. 比较《十日谈》与《一千零一夜》的叙事结构,并谈谈这种叙事模式对后世文学创作的影响。

第六节 荒原中的爱恨情仇
——艾米莉·勃朗特的《呼啸山庄》

《呼啸山庄》是英国 19 世纪著名诗人和小说家艾米莉·勃朗特的长篇小说。这部被后世誉为"最奇特的小说"在问世之初却遭到评论界的猛烈抨击,有人用恐怖、可怕,甚至令人作呕来形容它。直到小说出版近半个世纪之后,艾米莉·勃朗特的声誉开始蒸蒸日上,《呼啸山庄》的价值和艺术成就才得到普遍认可。

1982 年,克伦泼在研究勃朗特姐妹的专著中提出:"艾米莉·勃朗特是一位比夏洛蒂·勃朗特更伟大的女作家,《呼啸山庄》是一部比《简·爱》更伟大的小说。"现在,这一评论颇能代表一大批专家的共识。

英国作家毛姆(William Somerset Maugham)在谈到《呼啸山庄》时曾说,他不知道还有哪一部小说,其中爱情的痛苦、痴迷、残酷、执着,曾如此令人吃惊地被描写出来。在文

第三章 外国文学

学史上，我们似乎不能再找出一部小说里描写的爱情像《呼啸山庄》中这般强烈执着，超越生死与时间，而仇恨又是那样的狂野汹涌，如熊熊烈焰，散发着摧毁一切的骇人力量。这种爱恨交织、由爱生恨的复杂情感将人性的善恶流转演绎得惊心动魄、震撼人心。

诗人史文朋(Evan Boland)说《呼啸山庄》是可与莎士比亚的《李尔王》相媲美的悲剧；英国评论家阿诺德·凯特尔(Arnold Kettle)在《英国小说引论》中，把《呼啸山庄》列为英国 19 世纪十部著名小说之一；英国著名小说家毛姆 1948 年应邀在美国"大西洋杂志"向读者介绍世界十部最佳小说时，把《呼啸山庄》名列其中；英国著名诗人及批评家马修·阿诺德(Matthew Arnold)在他的《豪渥斯墓国》诗中，凭吊艾米莉"心灵中非凡的热情、强烈的情感、忧伤和大胆是自拜伦死后无人可与之比拟的……"有人说艾米莉是勃朗特三姊妹中"最伟大的天才"，不无道理。

然而，时至今日，《呼啸山庄》仍如一座浓雾笼罩下的迷宫一般，散发出神秘的气息，其恒久的艺术魅力依然吸引着万千读者的注意力，就像一个强大的磁场，使阅读它的人们置身于一种奇特诡秘的氛围之中，欲罢不能，难以脱身。每一次阅读，都像是经历一次心灵的探险，使读者在紧张不安中，一步一步地逼近人性深处非理性的深渊。英国小说理论家弗吉尼亚·伍尔夫曾指出，《呼啸山庄》是一部比《简·爱》更难理解的作品，因为艾米莉是一位比夏洛蒂更伟大的诗人。美国批评家多·凡·根特则干脆认为，在全部英国小说中，艾米莉·勃朗特这本独一无二的小说探讨起来最为捉摸不透。有人甚至认为《呼啸山庄》是文学史上的"斯芬克斯之谜"。

艾米莉·勃朗特(1818—1848)出身于英格兰约克郡一个多子女的贫困牧师家庭，三岁丧母，缺少父爱。勃朗特先生爱好文学，但却喜欢闭门独居，不愿与他人交往，而且脾气暴躁，不善于与子女交流。生活在荒原上的这个家庭与外界少有联系，生活孤寂，兄弟姐妹便常以读书、写诗及杜撰传奇故事来打发寂寞的时光。

在艾米莉生活的时代，女性是社会的"第二性"，她们没多少获得教育的权力。艾米莉虽从六岁开始在生活条件恶劣的女子寄宿学校里接受一些零星的教育，但一直没有接受过完整的教育。她曾随姐姐去比利时的布鲁塞尔学习法语、德语和法国文学，准备将来自办学校，但未能如愿。艾米莉性格内向，娴静文雅。她表面沉默寡言，内心却热情奔放，虽不懂政治，却十分关心时事。她从童年时代起就酷爱写诗，其作品有的已被选入英国 19 世纪及 20 世纪中 22 位第一流的诗人的诗选内。然而她唯一的一部发表于 1847 年 12 月的小说《呼啸山庄》却奠定了她在英国文学史以及世界文学史上的地位。

艾米莉这位才华横溢、终生孤寂但却坚强的女诗人，不幸因病于 1848 年 12 月 19 日离开了人世，那一年她才刚刚 30 岁。

一

　　《呼啸山庄》所叙述的是一个爱情和复仇的故事：呼啸山庄的主人乡绅恩肖先生带回来一个身份不明的孩子，取名希斯克厉夫，他夺去了主人对小主人亨德雷及其妹妹凯瑟琳的宠爱。主人死后，亨德雷为了报复，把希斯克厉夫贬为奴仆，并百般迫害，可是凯瑟琳却跟他青梅竹马，亲密无间。

　　后来，凯瑟琳受外界影响，接受了画眉田庄的少主人、文静青年艾德加的求婚。希斯克厉夫愤而出走，三年后致富回乡，凯瑟琳已嫁给艾德加。希斯克厉夫为此进行疯狂报复，通过赌博夺走了亨德雷的家财。亨德雷本人酒醉而死，儿子哈里顿成了奴仆。希斯克厉夫还故意娶了艾德加的妹妹伊莎贝拉，并进行迫害。内心痛苦不堪的凯瑟琳在生产中死去，留下孤苦伶仃的小凯茜。十多年后，希斯克厉夫又施计迫使小凯茜嫁给自己即将死亡的儿子小林顿。小林顿死后，希斯克厉夫最终把艾德加的财产也据为己有。复仇得逞了，但是他无法从对死去的凯瑟琳的恋情中解脱出来，最终不吃不喝苦恋而死。小说的最后，小凯茜和哈里顿相爱并继承了山庄和田庄的产业，去画眉田庄安了家。

　　看似简单平凡的故事，在艾米莉笔下却变得跌宕起伏、妙趣横生。艾米莉凭着自己诗人的天赋和内心情感的激荡，加之女性独特的情感体验，创作了这一部惊世巨作。

　　在《呼啸山庄》中，女主人公凯瑟琳对待婚姻的功利性似乎是他们的爱情走向悲剧的直接原因，但从这里我们却看到了艾米莉所生活的时代的社会现状。分析维多利亚时代的妇女地位，不难理解凯瑟琳作出这样的选择完全是由当时的社会环境造成的。

　　在维多利亚时代，妇女无论出身于哪个阶级，她们在法律上的地位都等同于男性罪犯、疯子和未成年人。中产阶级妇女的命运尤其可悲，因为她们既没有工作也没有自由，只能作为妻子、女儿和母亲，终生依靠父兄、丈夫或儿子，被当作男性财产和地位的标志，成为俯仰由人的玩偶。对她们来说，婚姻是她们最好的归宿，她们一生的成败就在此一举。但是，在婚姻中，妇女往往是用来巩固家族地位和增进家族财富的筹码。家庭能否同意一门亲事，主要是看求婚者的财产和地位，门当户对是首要条件。青年男女若山盟海誓、矢志不移，那么他们唯一的出路就是私奔。但私奔意味着失去一切，他们不仅要和家庭决裂，放弃继承家族地位和财产的权力，而且要承受巨大的社会压力。在维多利亚时代，私奔和通奸一样不光彩，要受到社会的谴责。私奔者必须从此隐姓埋名，到无情的生活激流中去挣扎求存。家庭在婚姻中的决定权之大，即便是男子也不可掉以轻心。富家青年看中一个下层女子，若不想被逐出家门，最好是不要提结婚的事。在那个时代，婚姻虽不是包办的，却也不是自由的。

　　在那个时代，女性没有平等享有财产的继承权，就像在奥斯汀的《傲慢与偏见》中，小乡绅班纳特有五个女儿，但他的财产却要由远亲柯林斯来继承，为了女儿将来的生活，班纳特太太整天操心着为女儿寻找称心如意的丈夫。

《呼啸山庄》中也有对女性财产继承权的讲述，凯瑟琳不能与哥哥平等地继承父亲的财产；作为女儿的小凯瑟琳，也没有继承父亲财产的权力，而是被自己的丈夫小林顿继承，丈夫死后，再由小林顿的父亲希斯克厉夫据为己有。女性几乎没有在经济上取得独立的机会。

在这样的背景下，凯瑟琳自始至终一直处于孤立无援的境地。父亲去世后，哥哥亨德雷合法地继承了全部家产，凯瑟琳只能受他控制。尽管她抗议："谁要亨德雷做我们的家长！"[①]却不能改变这样的事实。她的自由受到了更严格的限制。"礼拜天的夜晚向来是允许我们玩儿的，只要我们不大吵大闹；现在，只要嗤嗤地笑一下，就可以把你送到壁角去受罚！"亨德雷作为一家之主，是一个十足的暴君。他憎恨出身低微的希斯克厉夫，禁止他与凯瑟琳接触，并对他百般虐待和侮辱；他从来不关心自己的妹妹，尽管凯瑟琳大病后，他似乎对凯瑟琳百依百顺，"不过这不是出于什么兄妹之爱，而是由于虚荣心。他一心巴望妹子嫁到林顿家去，好给娘家增添光彩。"仆人的话一语中的。

作为一名中产阶级妇女，凯瑟琳唯一的出路是遵从传统，恪守妇道，本本分分地嫁一个与她身份、地位相当的男子，做一个贤妻良母；否则，传统的巨石就会将她压得粉碎。她与希斯克厉夫的恋情是根本不为社会所接受的。小说中，仆人约瑟夫曾不无嘲讽地指责凯瑟琳说："咱家那位千金小姐自个儿敢到外边去谈情说爱啦！好正经的行为哪，半夜十二点以后，还钻在田野里，跟那个不学好的下流东西、野种希斯克厉夫搞在一起！"亨德雷听后立刻叫嚣道："你告诉我——昨天晚上你是不是跟希斯克厉夫在一起？……为了免得闹出这样的事来，我今天早晨就打发他走，叫他自寻出路。"老林顿先生因为凯瑟琳跟着希斯克厉夫在乡野乱跑的事，还亲自去找亨德雷，狠狠地教训他对妹妹管教不严。亨德雷夫妇为了把凯瑟琳塑造成中产阶级的淑女，用漂亮的衣服和殷勤的奉承来抬高她的自尊心，让她觉得"不好意思变作一头野猪"。在众人眼中，凯瑟琳嫁给艾德加·林顿这样的贵族，好比进了天堂。然而，凯瑟琳却十分清楚，自己在天堂里会很痛苦，她梦见："天堂不像是我的家，我哭碎了心，闹着要回到人世来，惹得天使们大怒，把我摔了下来，直掉在荒原中心、呼啸山庄的高顶上。我就在那儿快乐地哭醒了……"

但是，她最后还是答应了贵族子弟艾德加·林顿的求婚，她不可能与希斯克厉夫私奔，因为他没有财产和地位。她对仆人说："难道你就从没想到，要是我跟希斯克厉夫结婚，我们就只能当乞丐？"[②]不仅如此，她还会被社会视为异端，与希斯克厉夫一起为世人所唾弃。

在传统禁锢下，凯瑟琳迫不得已地作出了违心的选择，身心备受煎熬。希斯克厉夫的

---

① [英]艾米莉·勃朗特著. 呼啸山庄[M]. 陆扬译. 武汉：长江文艺出版社，2006：999.
② [英]艾米莉·勃朗特著. 呼啸山庄[M]. 陆扬译. 武汉：长江文艺出版社，2006：83.

出走使她遭到当头一棒，她发疯了。虽然她一度恢复了正常的生理水准，却从没有摆脱过精神的痛苦。"我的手顺着桌毯拂过去，然后记忆便汹涌而至。方才的悲痛，顿时就吞没在突如其来的一片绝望之中……想一想在 12 岁的光景，我就被人扯出呼啸山庄，每一种以往的交际，我的一切的一切，就像当时的希斯克厉夫一夜之间身份陡变那样，一下子就变成了林顿夫人，画眉田庄的女主人，一个陌生人的妻子，成了一个流浪汉，一个弃儿，从此，远离了曾经是我的那个世界——你就想一想我沦落在里面的那个深渊吧！"[①]凯瑟琳这发自内心的绝望呼号，再次道破了她被逼无奈的事实真相！

生活在一个充满传统父权制等级观念和性别观念的社会中，凯瑟琳和希斯克厉夫的悲剧命运是必然的，他们注定要成为父权制的牺牲品。因为他们要么活着任人摆布，要么就只能因为选择爱而死去。

二

在约克郡荒原上，呼啸山庄与画眉田庄之间只有那嶙峋的怪石、丛生的石楠、荒凉的沼泽，与外界的联系稀少，就连距离不远的"外界"吉默顿的文明都很少干扰到这里，只有狂风暴雨和冰雪时常光临。

这就像当时所有英国女性的生活环境：在 19 世纪的英国社会，男主外女主内的传统观念主宰着性别意识形态。广大妇女深受男尊女卑观念的支配，处于社会公共生活的边缘。已婚妇女在法律上更是无异于"不存在"。这既是传统家长制遗风和近代工作生活场所分离及男女劳动分工所致，又是男性主流社会控制和压迫的结果。

在男性为中心的文化中，女性被培养成"房间里的天使"，单纯、温顺。绝大多数女性都接受了安排，努力地扮演着"家庭天使"的角色。在看似幸福的表象之下，女性拥有的不过是像"荒原"一般贫瘠的精神世界。

但是随着社会的发展和动荡，女性的内心也已经有了对自身的思考。她们开始意识到社会对自己的不公，开始思考自我的价值。少数具有一些知识的女性开始觉醒，在争取自由平等的过程中，已经有了朦胧的女权主义意识。虽还未形成系统的理论，但她们在行为上和文学创作中已经开始体现出对父权制的反抗，开始追求独立的自我。这时，女性的"荒原"不再是贫瘠与荒凉，已有了暗潮的涌动。在看似平静、温和的表面下，激情等待着时机喷涌而出。

艾米莉在作品中虽然还不能完全地回答什么是作为女性的自我，但她已经意识到作为女性的"我"的存在。

虽然凯瑟琳在一定程度上接受了主流意识对女性的要求，但她并没有完全遗失自我，并"形成了一种双重性格"。她虽然还不知道作为女性的自己该是怎样的，但呼喊出了自

---

① [英]艾米莉·勃朗特著. 呼啸山庄[M]. 陆扬译. 武汉：长江文艺出版社，2006：124.

第三章　外国文学

己的存在，"我就是希斯克厉夫！"[1] "我爱他，并不是因为他漂亮，而是因为他比我更像我自己。不论我们的灵魂是用什么材料构成的，他的灵魂和我的一模一样……"[2]

她自己给出了对自己的定位，也不会为别人的利益割裂自我，更不会因任何人而放弃自我。

英国女性一直在男权文化统治下，始终作为男性的附庸而存在，在这样一个典型的父权制社会中，女性的主体意识长眠不醒。到了维多利亚时代，工业技术的变革将女性从传统的家庭手工业中剥离出来，能适合女性从事的工作越来越少。女性在经济上越来越依附男性，社会风气对女性的箍束也越来越严格。典型的中产阶级妇女应当是完美的淑女、家庭中的天使，很满足地屈从于自己的丈夫，必须具备内在的纯洁和精神上的虔诚。社会对她们的角色期待使得那个时候的女人满足于自己的"天使"身份，服从男权制的定位，很少有女性能有自己的意识存在。

然而艾米莉却意识到了女性作为男性附庸的悲哀，如果没有自身的独立，女性就无法获得自己想要的幸福生活。所以在小说中我们可以看到女性自身主体意识的觉醒。书中的凯瑟琳小时候依附于父亲，长大后受制于哥哥，结婚后从属于丈夫，一生都处在男性的阴影之下。但她不是一个温顺的附庸，不管谁是监护人，她都极不情愿，企图反抗。即便在婚姻上有所屈服，也不过是想要利用丈夫的金钱来帮助自己的爱人，"所以，要是我嫁林顿，我可以相帮希斯克厉夫发达，把他从我哥哥的淫威中解救出来。"

她爱希斯克厉夫，但她不依靠他，没有等待"英雄"的拯救，甚至希望自己能够帮助他。虽然凯瑟琳的计划并没有成功，但这并不能证明艾米莉心中那份不依附于别人的女性主体意识的消失。

小凯瑟琳的结局再一次展示了艾米莉对女性不应该依靠别人的思考。小说结尾时的小凯瑟琳已失去了父亲的疼爱，名义上的丈夫也已经去世，面对希斯克厉夫的折磨，她用冷酷来反抗。

她有过依靠他人来拯救自己的机会，就是那位有钱的房客洛克伍德喜欢小凯瑟琳，愿意娶她为妻。但他将自己有能力改变小凯瑟琳的生活和命运视作是一种施舍和骄傲，而艾伦对小凯瑟琳的再婚又抱有功利性的期望。这样的婚姻明显不是小凯瑟琳愿意的，她用漠不关心回复了想当恩人的洛克伍德。但这并不妨碍她找到人生的幸福。她用勇气获得了哈里顿的友谊，并去除了哈里顿的粗野，为自己争取平等、和谐的婚姻。夺回自己的财产后，经济的独立以及父亲的去世使小凯瑟琳有权决定自己的婚姻，做自己的主人。

艾米莉并没有像女权主义者那样完全认识到男权主义对女性的伤害，但是出于女性对生活和社会的体验，她用自己的方式提出了内心的思考——女性的需求为何不能得到满足？带着对社会的不满和对生活的思考，艾米莉设想了一种当时女性最理想的婚姻生活，

---

[1] [英]艾米莉·勃朗特著. 呼啸山庄[M]. 陆扬译. 武汉：长江文艺出版社，2006：84.
[2] [英]艾米莉·勃朗特著. 呼啸山庄[M]. 陆扬译. 武汉：长江文艺出版社，2006：82.

期望两性世界能达到一种自然和谐的氛围，给女性生活寻求一个突破口。因此，小说试图设计一个作者理想的两性世界：小说的第二部分写出了女性对美好生活不屈不挠的追求，力图建构两性和谐的社会。

然而两性的和谐与对话是曲折的。小说在第二部用了近 20 章的篇幅叙写了小凯瑟琳自主意识的成长历程。13 岁的她，懵懵懂懂地喜欢上自己的表弟小林顿，于是她在父亲与情人之间徘徊。一方面，她不想违背父亲的意愿，悉心服侍生病的父亲；另一方面，又牵挂着病怏怏的小林顿，忍受他的自私和刁钻。在这个过程中，她逐渐认清了小林顿人格上的缺陷。

在父亲和小林顿相继去世后，小凯瑟琳终于意识到自己无力拯救他们，她并非"天使"。潜伏在她内心的女性意识爆发出不可估量的威力，面对希斯克厉夫的压迫虐待，她勇敢地反抗道："你的确很惨，难道不是吗？ 没人爱你——你死的时候，也没有谁会来哭你！"

小凯瑟琳抛弃了门第偏见，主动接近哈里顿，透过哈里顿愚钝的外表，小凯瑟琳发现了一颗与自己一样善良无畏的心，她教会哈里顿读和写，使天性真诚、热情和聪明的哈里顿很快"摆脱了自己身上那些因为生长在愚昧堕落的环境中而带上的阴影"。在这段恋情中，一切都是由小凯瑟琳采取了主动，是她引导了这段不同寻常的恋情，并企图按照她的意图来改造哈里顿。这种由女性占优势、居主导地位的爱情在当时的男权社会里是极为罕见的。她身上洋溢着母亲凯瑟琳的激情与强悍的生命力，希斯克厉夫的复仇仅仅在她身上删除了一些林顿家族的柔弱气质。

小凯瑟琳与哈里顿两人的心都往一个地方想——一个想爱，也想尊重别人，另一个想爱，也想受人尊重。相爱的双方相互沟通、相互理解、相互尊重，这就是男女两性相处的最高境界！

两性的伊甸园被重新建立，但重建不是简单的复归。凯瑟琳与哈里顿，这新生的一代开创了和谐的两性秩序，共建了一个平等自由的两性乐园。这是当时的女性所能获得的最大程度的拯救，也是她们所向往的幸福生活。

小说中意象的设置也是评论家们历来津津乐道的话题之一，它显示出深刻的文化内涵和作者内心的价值认同以及隐秘的向往。

故事发生的场所是一个几乎与世隔绝的荒野。在这里，找不到尘世的喧嚣与嘈杂，一切都显得那么平静。可这常态的平静中恰恰又蕴藏着无尽的激情与活力。艾米莉在介绍呼啸山庄时写道："呼啸山庄是希斯克厉夫先生住宅的名称。'呼啸'是一个意味深长的内地形容词，形容这个地方在风暴的天气里所受的气压骚动。的确，他们这儿一定是随时流通着振奋精神的纯洁空气。从房屋那头有几棵矮小的枞树过度倾斜，还有那一排瘦削的荆棘都向着一个方向伸展枝条，仿佛在向太阳乞讨温暖，就可以猜想到北风吹过的威力了。幸亏建筑师有先见把房子盖得很结实，窄小的窗子深深地嵌在墙里，墙角有大块凸出的石

头防护着。"①

毋庸置疑,作者把小说情节的展开建立在这样一个自然环境当中,是别有一番用意的。"倾斜的棕树""瘦削的荆棘""呼啸的北风"渲染着一种悲凉的气氛,使我们开篇就感受到一种压抑不住的气息,似有一种力量要冲破层层的阻力爆发出来。代表强烈个性的风、雨、闪电在荒原中到处显示着他的威力。男主人公希斯克厉夫的名字就是由 Heath(长满石南灌木的荒原)和 cliff(悬崖)二词合成的,他与狂暴的自然是同质的。与他一样,凯瑟琳、哈里顿也是风暴和荒原的子孙。虽然,山庄有明媚的一面——田园、花径、阳光、薄云。但是,自然环境总是在前者的笼罩之下,后者虽温和却力不从心,仿佛自然界本身也在进行着激烈的搏斗。因此,书中的大自然就不仅仅是人物活动的背景,它拥有一个普遍意义的象征。柔和、虚伪而又萎靡的力量是无法同冷峻、狂乱而又充满自然活力的精神相抗衡的,就如同阳光和薄云总也抵挡不住狂风暴雨的冲击一样。

在这里,荒原具有了浓重的美学韵味,它充满了无法遏制的活力与不可羁绊的疯狂。艾米莉热爱荒原,这与她生长的环境有关。1820 年勃朗特家从英格兰乡下搬到豪渥斯地区,在旷野的一处偏僻的角落安家。艾米莉就在这个地方度过了一生。她家的住宅紧靠一片原始的荒野,几乎与世隔绝。她经常和她的姊妹们到荒野中散步,在这里她可以尽情地享受大自然馈赠的礼物,可以放情地在荒原中驰骋,她经历过荒原中的狂风暴雨,电闪雷鸣,经历过荒原中生机盎然的春日、炎炎酷暑的夏日、落木萧萧的秋日和风雪交加的冬日。

她酷爱这个广袤的荒原。在她眼中,最幽暗的石南丛会开放出比玫瑰还要娇艳的花;在她心里,铅灰色的山坡上一处黑沉沉的溪谷会变成人间乐园。她在荒凉寂寥的处所找到许多开怀的乐趣——最热爱的是自由。②在艾米莉看来,荒野中蕴藏着一种伟大的精神,一种狂乱、强烈、不屈不挠的意志,人在自然中与这种精神交流,就生成一种可贵的性格,这种性格要冲决一切直至它自身消灭。《呼啸山庄》中的主人公不是大自然的囚徒,他们生活在这个世界里,而且努力地反抗它、改变它,试图冲破枷锁、挣脱束缚,这正是荒原的意象内涵。

希斯克厉夫与凯瑟琳同为荒原的子孙,有着相同的个性,就是这种个性把他们紧紧地联系在一起。"喜欢"这个词已不能表达出他们之间的感情,他们是在用心和生命来深爱着对方。他们的感情如同"荒原"一样狂热、深邃,不可控制,夹杂着毁灭一切的力量。

在一个陌生人(洛克伍德)的眼中,呼啸山庄是一个厌世者的"天堂",整个英国境内找不出第二个跟熙熙攘攘的社会完全隔绝的地方。荒区的景色是"一片凄凉""盖着黑霜的泥土已冻结成一层硬壳""凛冽的寒气令人四肢打抖""烈风和猛雪卷起可怕的旋涡,

---

① [英]艾米莉·勃朗特著. 呼啸山庄[M]. 陆扬译. 武汉:长江文艺出版社,2006:28.
② 葛志宏. 论《呼啸山庄》的现代主义因素[J]. 外国文学评论,1992(4).

把天空和山冈全都搅混了",沼泽的深洼随时都有掉进去的危险,连熟悉这一带荒原的人也会迷路……尽管呼啸山庄,连同附近的画眉庄里也有花园、有草坪、有橡树和榛树,有动物,也时常有明媚的阳光和夏季,长年也住着人,然而这个本该富有生机的小天地,在暴君希斯克厉夫的统治下,却沦落到比荒原更加无情、严酷、不堪容忍的地步。

因此,与外在的自然环境相对应,呼啸山庄内在的环境则是人为的荒原,是精神的荒原、人性的荒原。我们通过洛克伍德那双惶惑的眼睛,看到了比自然中的荒原更为可怕的景象:六七个大大小小、老老少少的四脚魔鬼(指狗)露出白亮的尖牙,一窝蜂地从隐蔽的洞窟里直冲出来,袭击来客,主人却并不急着来解围,屋角是一堆死兔子,年轻美貌的"堂客"(卡茜)那对眼睛里流露出来却只是游移在轻蔑和近乎绝望之间的神色,人人脸上都是冷若冰霜,没有亲切的交谈,没有会心的微笑,彼此只有不正常的憎恨……总之,这个冷酷的世界比外在自然的荒原更加令人不寒而栗。

表面沉静、内心奔放的艾米莉最喜欢在旷野里散步,她把旷野风暴的感受,融合在《呼啸山庄》的意象结构中。她能紧紧扣住大自然中的原始意象,以诗人敏锐独特的想象,营造出一种既真实又荒诞、既狂热又冷酷的奇异氛围。无疑,荒原是《呼啸山庄》中最基本、最典型、也最富有意蕴的原始意象。有评论者指出,艾米莉的深刻与伟大,也许只能由约克郡残酷、峥嵘、阴晦和萧瑟的大地和天空造就。这样的论断虽然有失偏颇,但毫无疑问,约克郡荒原与那呼啸的风暴给予了艾米莉独特的艺术灵感。

爱与恨、死与生的二元对立、冲突在《呼啸山庄》中占据着十分重要的地位。可以说,《呼啸山庄》就是一部关于恩肖家族与林顿家族两代人生死爱恨的变调式演奏。"爱之深,恨之切",极致的爱与极致的恨在这部小说里被演绎得淋漓尽致。希斯克厉夫与凯瑟琳的感情像荒原上的狂风暴雨一样不可抗拒,具有摧毁一切的力量。

作为荒原的子孙,幼年时的凯瑟琳是个"野性十足、十分邪恶的小姑娘。从她起身下楼,直到上床睡觉,整个呼啸山庄里没有人一分钟拿得稳她不会耍坏"。她和希斯克厉夫一起在她哥哥亨德雷暴君般的压迫下长大。因为得不到家庭的温暖,他们成天在荒原上无拘无束地奔跑,"两个人信誓旦旦长大了要像野蛮人一般粗犷不羁"。性情的相似和家庭温暖的缺乏,使这两个一起长大的孩子惺惺相惜,有了深厚的感情,视对方为自己的灵魂伴侣。

有人说过这样的话:"一个人往往要通过了解自己所爱的人是什么,才能真实地了解自己,因为真正爱的对象,正是自己本质的表现。"希斯克厉夫与凯瑟琳的相爱,正是他们两人在生存的根本意义上的接近。

凯瑟琳说希斯克厉夫比她自己更像她自己——在那个残酷无情的冰冷世界。真正的凯瑟琳只能永远与希斯克厉夫在一起。她对奈莉吐露了肺腑之言:"(我爱希斯克厉夫)不是因为他长得漂亮,奈莉,而是因为他比我更像我自己。不管我们的灵魂是什么做成,我和他的灵魂是一模一样的。我就是希斯克厉夫!他总是在我心里,作为我自己的存在……我对林顿的爱情就像林中之叶,我完全了解时间会改变这种爱,正如冬天改变树木那样。我对希斯克厉夫的爱恰是树下恒久不变的岩石,虽然看起来它给你的愉快并不多,但却是不可少的。他并不是作为一种快乐的根源,正如我对我自己不是一种快乐的根源一样,而是作为我自己的生命……"① 但是,凯瑟琳确实又是出于自己的心愿,把自己和希斯克厉夫拆开了——她和林顿结婚了。

希斯克厉夫愤而出走……狂风暴雨袭击呼啸山庄,狂飙和雷电把大树劈倒……凯瑟琳在压倒一切的风暴中沙哑地呼唤,在大雨中痛哭……"她浑身湿透,彻夜未眠……"多么深沉的爱,又是多么痛心的背叛啊!仇恨造就了一个生命力强大的可怕的复仇者!

积攒了难以抑制的恨和痛苦,希斯克厉夫流浪三年后回来了。在最艰苦的挣扎中,他干了许多冒险的勾当,面目大变。他有钱,"有铁一般的体格""象锯齿一样粗,象岩石一样地硬",还有"可怕的念头……"他信奉的复仇格言是:"我没有怜悯,虫子越是扭动,我就越想榨出它们的内脏!……就象婴儿出牙,越是疼,我就越使劲磨牙"。② 复仇之火在希斯克厉夫心中熊熊燃烧。复仇使希斯克厉夫成了恐怖的化身,他采用最残酷的原始手段去报复他的敌人。他完全依照敌人的手段来打击敌人:过去遭受亨德雷的虐待,现在他就虐待亨德雷和他儿子;过去因为穷,被人歧视,现在他便把他的仇人变得比他从前更穷;敌人踩躏他的爱情,他就踩躏他的敌人的爱情;"出身高贵"的人看不起他,他就偏和看不起他的人结婚!希斯克厉夫不择手段,用尽一切办法去报复他的敌人,剥夺敌人的财产,给他的敌人最沉重的打击,他要将他的敌人压得粉碎,烧成灰烬……在毁灭艾德加和亨德雷后,他还用残酷的手段奴役他们的后代。他已变成为一个凶暴的地主;还把压迫施展到了佃农身上。他不可避免地成为一个悲剧性的反面人物——因为在毁灭敌人中他却并未获得任何快乐与满足。最后还是这份狂烈的爱拯救了他,他在小凯瑟琳和哈里顿的身上看到了他和凯瑟琳的影子,这种不顾一切的爱让他放弃了报复。

有评论者从弗洛伊德的现代心理学的角度出发,提出希斯克厉夫、凯瑟琳、艾德加分别是本我、自我、超我的象征,体现了作者内心的激烈冲突,也揭示了人类心中本我、自我、超我的激烈冲突。童年时代的希斯克厉夫和凯瑟琳是野蛮原始的"本我"化身,他们的行为受到本能的驱使,一味地寻求快乐,他们不抑制他们的"本我"使他们的爱在很大程度上受潜意识而非理性的控制;当凯瑟琳日趋成熟时,她试图摆脱"本我"而受"自我"的控制,因此她形成了双重性格,一方面她有着"本我"冲动,另一方面她又试图控制这种冲动。相反,艾德加是代表正确行为和道德准则的"超我"的化身。

在凯瑟琳身上;集中地反映了两种完全不同爱情的尖锐矛盾:当前一种爱情在她身上占优势的时候,她就陷入歧路,毁了自己的幸福;当她和希斯克厉夫的爱情占优势的时

---

① [英]艾米莉·勃朗特著. 呼啸山庄[M]. 陆扬译. 武汉:长江文艺出版社,2006:168.
② [英]艾米莉·勃朗特著. 呼啸山庄[M]. 陆扬译. 武汉:长江文艺出版社,2006:190.

候，她又重新是她自己。

在《艾米莉怎么了》一文中，托马斯·莫泽(Thomas Moser)指出：一个多世纪以前，艾米莉刻画了一个后来被弗洛伊德叫作本我的形象，她在希斯克厉夫身上发现并表现了它。

三

在《呼啸山庄》中，故事从1801年房客洛克伍德初访呼啸山庄开始，采用倒叙30年(中间穿插补叙)再顺叙1年的多层次、多视角的叙述相结合手法来谋篇布局。我们可以看到，艾米莉是让不同的人从不同的角度以不同的视角来讲述故事。这样，读者便可以站在同一平面，却从不同的角度得到答案。小说主要是通过女性人物的视角来叙述的，但为了更好地展现女性生活的现实，穿插了男性人物视角的叙述。其实，小说中有着好几位叙述者，却常常被忽视了。故事叙述者洛克伍德和奈莉绝非可有可无的人物。他们的作用，既使故事接近现实，具有说服力；又从常识的角度对故事加以评判。从开始由洛克伍德来讲故事，再由奈莉把故事展开，艾米莉自己隐藏在后面，这仿佛成了双重面目。仔细阅读书中伊莎贝拉私奔后在呼啸山庄的生活和经历，以及对故事的一些细节的补充，我们会发现书中还隐藏有几位叙述者，如写信倾吐苦难而后又逃出囚禁的伊莎贝拉，常常满腹牢骚的管家齐拉。

艾米莉的小说和她的诗是一脉相承的，《呼啸山庄》在本质上也是一首诗。她用诗的意境构造了一个惊心动魄的故事，用丰富的想象种植了渴望阳光的石南丛，建造了阴霾的呼啸山庄、明丽的画眉田庄，塑造了狂野的希斯克厉夫、叛逆的凯瑟琳……这一切都洋溢着诗的激情。《呼啸山庄》充满着强烈的浪漫主义色彩，给人以神秘恐怖的感觉，其中有哥特式情节或是外省角落里某些特殊的气氛；但它又是现实主义的，艾米莉对于生活的悲剧性理解，以及对畸形社会制度的深刻揭露，对被糟蹋的人们的心理描写，都极为成功。整部小说是作者在诗歌中表达出的人生哲学的延续和发展。

小说的语言也是独特不凡的。亨德雷的暴戾、希斯克厉夫的狂妄、哈里顿的刚直……都因使用了符合人物形象的语言，突出了男性的粗犷；小说的语言同时也体现了浓郁的英国北方的大地气息，就如夏洛蒂对它的评价："《呼啸山庄》从头到尾都是乡土气息的。"

艾米莉用激情去点染不同场景中的自然景物，以寄托她的理想。翻开小说，随时都可以享受到精彩的环境描写："整个山脊就像一片波涛滚滚的白色海洋，一起一伏并不指示地面上相应的升腾和陷落。至少，许多坑坑洼洼就给填的溜平。整个蜿蜒的山岭，许多石场的遗址，都从昨日路程留在我心间的地图上面，一笔勾销了。"① "西风吹来，亮丽的白云在头顶上迅疾飘过，不光云雀儿，还有画眉、山鸟、红雀和杜鹃四面八方婉转啼鸣，

---

① [英]艾米莉·勃朗特著. 呼啸山庄[M]. 陆扬译. 武汉：长江文艺出版社，2006：28.

第三章 外国文学

远眺着荒野变成一个个冷寂寂的幽谷,近处长长的青草在微风中波浪起伏,树林子和淙淙流水,以及整个世界全都欢欣鼓舞,苏醒过来了。"①作者通过对景物的热情描绘,将自己的情感与渴望表达出来。所有的事物都带上了作者鲜明的主观色彩,作者纵情于脱缰的想象,有时津津乐道,有时消极沉迷,在恐怖、神秘、令人害怕的热情以及狂暴的行为中自由地驰骋。

小说大量采用了哥特手法,处处充满着神秘色彩。景色描写也使人不寒而栗,还有那令人毛骨悚然的奇异的梦境。而文中的阴谋与复仇、人性的邪恶更是渲染了情节的恐怖。这些都传承了哥特小说的特点。小说中的人物也继承了哥特小说中"恶棍英雄"与"被伤害者"的形象。希斯克厉夫便是这样一个人物,他虽有天生的野性和激情,却无害人之心,甚至为了爱而忍耐自己所厌恶的环境,但是由于自己的身份、经济地位而遭到社会价值的否定,而失去了自己爱的一切。这样的伤害,扭曲了他的心灵和灵魂,他一步步地从被害者变成了迫害者,用阴谋、暴力以牙还牙,去报复伤害过他的人,也伤害了一群无辜的人。在伤害别人的同时,他却未曾获得快乐,最后也是在爱的感召下放下一切仇恨。小凯瑟琳显然是"哥特式"人物中"被伤害者"的形象。小凯瑟琳从小在父亲及保姆的疼爱下长大,单纯、开朗,偶有调皮却体贴、善良。然而,希斯克厉夫把她骗到呼啸山庄囚禁起来,欺骗她与垂死的表弟小林顿结婚。小凯瑟琳也从一个天真活泼的女孩被折磨得不近人情、冷漠古怪。幸运的是,在小说的结尾,她与哈里顿为自己争得了幸福的生活。小说中其他人物也或多或少有"哥特式"特征:客死异乡的伊莎贝拉、残忍的亨德雷……还有很多阴森恐怖的"哥特式"小说场景,血腥的梦境、希斯克厉夫对亨德雷的暴力发泄、希斯克厉夫掘墓时灵魂的叹息……这些都传承了哥特小说的创作元素。夏洛蒂曾说:"打开这部书,它所具有的力量使我重新满怀钦佩之情……每一页都负载着一种道德上的磁力。"毛姆认为,《呼啸山庄》具有一种很少有小说家能够给你的东西,这就是力量。

在小说中,艾米莉灵活地运用了多种元素,甚至将哥特小说与浪漫主义相结合。在书中随处可见浪漫主义的色彩,尤其是浪漫主义者对回归自然、寻求自由境界的主张。书中那极端浪漫主义的爱情模式,恰是极端自由的体现。从主人公最初的相识、分别、重聚,到最终的永久的结合,这种深沉、激越、狂热、超越世俗的爱情踪迹,正是追求灵魂完整的过程。

艾米莉对自然、文明、人性、爱情以及人在世界上的地位和命运,有独特的理解和感受,这才使《呼啸山庄》在英国文学史上显得别具一格。读者为艾米莉处理爱情、激情和人性等几方面的坦率所震惊。阿凡白·契瓦丽谈到夏洛蒂和艾米莉时,有这样的感言:"在两姐妹的灵魂中,有无限的深度……勃朗特姐妹对爱情和妇女自由,她们从她们自己的心,从她们自己的生活中,汲取出这种自由来,这是一种泼辣大胆、出奇新颖的行

---

① [英]艾米莉·勃朗特著. 呼啸山庄[M]. 陆扬译. 武汉:长江文艺出版社,2006:245.

动……这两个妇女只用出于内心和灵魂的语言，表现生活最最本质的东西——爱情本身、活生生的本能——这就是她们的题材。"

艾米莉的生命虽短暂，但《呼啸山庄》却使她的生命得到了延续。

【思考与练习】

1. 什么是女性意识？《呼啸山庄》呈现的女性意识有何意义？
2. 《呼啸山庄》的叙事有何特色？

第七节　含露欲滴的草叶
——惠特曼的《草叶集》

《草叶集》是 19 世纪美国杰出的民主主义诗人惠特曼的诗集。它开创了美国文学的新时代，打破了传统诗歌的旧体例，是美国诗歌文学的鼻祖和先驱，在世界范围内有着举足轻重的地位和影响力。

惠特曼(1819—1892)，公认的"美国诗歌之父"，生于美国长岛的一个海滨小村庄。由于生活贫困，他只读了五年小学。惠特曼当过邮差、排字工、木匠、乡村教师、新闻记者、编辑等。这些经历使他游历过美国的许多地方，也跟社会各阶层的人有广泛而深刻的接触，为后来的诗歌创作储备了丰富的人生阅历。惠特曼从 1839 年起开始文学创作，晚年疾病缠身，1892 年 3 月 26 日在卡姆登病逝。

惠特曼的创作具有鲜明的民主色彩和乐观精神，体现了美国资本主义上升时期广大人民群众的情绪和愿望。他对长期以来美国诗歌因袭的律式进行了改革，创造出一种不受格律、韵脚限制的热情奔放的自由体形式，对美国乃至世界诗坛都产生了深刻的影响。例如，我国"五四运动"后的新诗创作就明显受到惠特曼诗歌的影响，在郭沫若的《地球，我的母亲》等一些诗中可以看出模仿的痕迹，受其影响的还有艾青等诗人。

一

《草叶集》是惠特曼一生创作的唯一一部诗集，共出了九版，每一版的内容都有所变化。它是诗人一生经验的结晶，随着诗人的成长而成长，随着美利坚合众国的发展而发展。1855 年 7 月 4 日美国独立日这天，他自费印刷第二版时，只收入一篇序和十二首诗，不到百页。诗集出版后，评论界普遍不看好它，批评的文章甚至比这本诗集还厚得多。印刷的 1000 册，一本没卖出去最后都送了人。只有爱默生一人独具慧眼，他敏锐地意识到美洲大陆"诞生了一个伟人"，这位美国文学的先驱者在给惠特曼的回信中说道："对于才华横溢的《草叶集》，我不是看不到它的价值的。我认为它是美国至今所能贡献的最了

不起的聪明才智的菁华。"这封有重要文献价值的信被作者放入了 1856 年增订后的《草叶集》第二版的封底。有了大师的支持,惠特曼努力完善自己的作品,以后每出一版,诗歌的数量都有所增加。这部诗集犹如它的名字一样,体现出小草般无限的生命力,经历了八次修订和八个版本。到 1892 年惠特曼临终前的第九版时,诗集是收录了近 400 首诗的厚重作品,成为美国诗歌史上最伟大的一部诗歌经典。

《草叶集》的成长历程伴随着美国历史的巨大变迁,浩大的南北战争、罪恶的黑人奴隶制的废除、一位伟大总统的遇刺、19 世纪 70 年代大规模的劳工运动等,内容丰富。

惠特曼给诗集取名"草叶"是有深刻寓意的。在诗集中最长的一首诗《自己之歌》第六节中,一个孩子问道:"草是什么呢?"在诗人看来,草是地球上最平凡、最普遍、最有生命力的植物,"在宽广的地方和狭窄的地方都一样发芽"。草代表理想、希望,它生长在各族人民中间,象征着发展,象征着发展中的美国和人类。诗人以深刻的象征含义把自己的诗比作一片草叶,以说明他的诗所反映的是现实生活,是现实中最普通、最常见,但同时又是富有生命力的东西。

《草叶集》的中心主题是讴歌民主和自由,倡导人类平等。在《草叶集》的诗中,诗人说:"我们若是用一个字眼来概括《草叶集》的各个部分的话,那个字眼似乎就是'民主'一词。"诗人激情澎湃,大声呼唤民主和自由的到来;他痛斥压迫者的罪恶,号召人民奋起反抗;他谴责蓄奴主义,对主张废奴的林肯总统崇敬备至;他歌颂欧洲革命,支持欧洲人民反对封建专制的斗争;他盛赞普通劳动者的创造精神和伟大人格,认为只有人民才是国家历史的主人。这些民主思想的光辉在《草叶集》中随处可见,整部诗集浸透着乐观情绪、战斗精神和民族色彩,以及对大自然的热爱和对未来的憧憬,像熊熊烈火,使人热血沸腾,产生"消耗不尽的力量的火焰"。

二

惠特曼与他同时代的美国诗人不同,没有亦步亦趋地跟随欧洲传统文化。他在诗歌创作方面有着自己的独特见解,他认为:"在世界上的无论什么时候,美国人的诗歌意识可能是最饱满的,美利坚合众国本身基本上就是一首最伟大的诗。"《草叶集》的长篇序言,就充分体现了惠特曼独树一帜的文学观。

诗人谈道:"大地和海洋、走兽、鱼鸟、天空和天体、森林、山川都不是小的主题——可是人们希望诗人表现的,不只是这些不能说话的实物所固有的优美和庄严——他们希望他揭示出沟通现实与他们精神的道路。"这可以看出爱默生的超验主义理论对惠特曼诗歌创作的影响。爱默生曾在《论自然》中说:"我们的先辈正视神和自然界,而我们却要通过他们的眼睛看世界。我们为什么不能跟宇宙建立一种更直接的联系呢?为什么不能有一种直觉而不是依靠传统的诗歌与哲学?"惠特曼继承了爱默生的思想,在诗歌创作中,他

倾向于依靠直觉感悟自然，将精神融入自然或从自然中发现事物的灵魂，试图在自然现象和精神世界之间找到某种契合的联系。这时，他笔下的自然，就不再是一个不能说话的实物，而是与人类的心灵、灵魂交融一体的新生命。

诗人还追求朴实的艺术观，崇尚充满生命力的清新自然的美。"一个人虽然不是伟大的艺术家，但可以与伟大的艺术家同样神圣和完美……打猎的人、伐木的人、早起的人、栽培花园和果园的人及种田的人所表现的热烈的意志，健康的女人对男人形体、航海者、骑马者的喜爱，对光明和户外空气的热爱，这一切，历来都是多样地标志着无穷无尽的美感和户外劳动的人们所蕴藏的诗意。"在他看来，诗意的美并不只在于华丽的外表、典雅的形式。相反，那些热爱生活、生命的人们所散发出的热情、生机、活力本身就是一首完美的诗，美和艺术存在于一切平凡的生命中。

《草叶集》中的诗大致分属于三个时期，即内战以前、内战期间和内战以后。

《草叶集》前三版中收入的150多首诗，都是内战以前的作品，以《自己之歌》《大路之歌》《斧头之歌》为代表。在这些诗里，惠特曼赞美祖国大自然，歌颂劳动者和劳动；他以炽热的语言讴歌欧洲人民反对封建专制的革命斗争；他同情黑人和印第安人，反对奴隶制度，谴责种族歧视，宣传废奴主义。

第一首是居全集中心位置的长诗《自己之歌》，内容几乎涵盖了作者毕生的主要思想，是我们理解诗人的一把钥匙。诗中的"自我"在一定程度上是诗人自身的写照，但它又是包含了社会和自然界中一切生命的"大我"，有着更为深广的含义。"我"随着诗歌的展开将人们带入众多生动的普通劳动者之中：印第安猎人和他的新娘、寂寞而怀春的少女、赶马车的黑人、逃亡的黑奴……反映了各个劳动阶层的生活。"我"体现的是每一个富有活力与生命力的人，也是诗人理想的资产阶级新人形象。诗中还多次提到草叶，象征着一切平凡的奋发向上的生命。

惠特曼在诗歌中尽情地赞美大自然，因为它是人们进行劳动和建设新生活的场所，在他眼中，"大地是美好的，星星是美好的，附属于它的一切都是美好的"。诗人歌颂大自然不同于一些浪漫主义诗人用自然的美来对照城市文明的丑，因为诗人热爱美国壮丽的河山，在他眼里它们充满了音乐、充满了活力、充满了创造力，能把"肮脏的死亡的东西"变成"闪烁着青春光芒的新生命"。在长诗《欢乐之歌》《大路之歌》以及其他许多诗篇中，诗人描绘出美国的森林、草原、田野、大海等自然景色。在诗人看来，大自然"孕育完美的种子"，蕴藏着巨大的财富，等待着人们去开采。诗人还热情地讴歌了劳动和劳动人民。在《欢乐之歌》《拓荒人，啊，拓荒人》《斧头之歌》《各行各业之歌》《横过布鲁克林渡口》等诗中都可以见到对劳动场面的描写，以及对劳动者的礼赞。是劳动者的开拓，使美国出现一派发展的繁荣景象。这些充满激情的诗歌使人感到：劳动是那样的伟大，它像一把伐斧，开发森林，盖起小屋，筑起大厦，创造了世界和历史。而从事这种伟大事业的普通劳动者，在肉体上和精神上也都是非常优美的人，他们中有男人，也有女人，有白种人，也有黑人和印第安人。诗人真诚地歌颂普通人的伟大，劳动中人和自然的和谐以及人体的美，把"粗俗的"劳动和劳动人民引进诗歌，这在美国诗歌史上实属首创。

大自然美丽、博大，她平等地包容一切的广阔胸怀，从另一个角度坚定了惠特曼的民主立场。这位处在美国政治体制上升发展、民主环境相对稳定阶段的平民诗人，真诚地相信在美国的资本主义条件下，是可以实现民主自由的理想的。他憧憬的理想社会图景是：

> 那里有勤俭，那里有谨慎，
> 那里男人和女人不看重法律，
> 那里没有奴隶，也没有奴隶的主人，
> 那里人民立刻起来反对被选人的无底止的胡作非为，
> 那里男人女人勇猛地奔赴死的号召，有如大海的汹涌狂浪，
> 那里外部的权力总是跟随在内部的权力之后，
> 总统，市长，州长只是有报酬的雇佣人，
> 那里公民总是有头脑和理想，
> 那里孩子们被教育着自己管理自己，并自己依靠自己，
> 那里事件总是平静地解决，
> ……①

对惠特曼来说，民主、自由不但是政治的和社会的原则，而且是一种虔诚的信仰，一种至高无上的目标，具有全人类的意义。因此，他对民主、自由的憧憬，并不仅仅局限于美国本土。《欧罗巴》《给一个遭到挫折的欧洲革命者》《法兰西》《为你，啊，民主啊》《西班牙 1873—1874》等诗体现了作者对欧洲大陆的革命斗争的支持。在《欧罗巴》这首诗里，诗人歌颂被压迫的奴隶起来打倒了帝王们，但由于人民"善意的仁慈"，暴君们又反攻，屠杀革命青年。诗人痛斥暴君的罪恶，表达了对自由必胜的信念，"没有一个为自由而被谋害的人的坟墓不会生出滋生自由的种子，而且永远不断又将有新的种子从这里产生，这些种子会被风吹到远方去，重新播种，雨露风雪自会给它们滋养……"他像拜伦一样坚信"自由啊，让别的人对你失望吧——我绝不对你失望"。他在《神秘的号手》中描绘了一个民主的未来世界，一个彻底根除了压迫、战争和痛苦的新世界，以此鼓励人们奋起斗争。

在新兴的美洲大陆，充满血腥的奴隶制和种族灭绝政策是平等和自由最大的敌人，必须废除。诗人愤怒地批判奴隶主对黑人的残酷暴行，以及白人对印第安人的种族灭绝行为。这些内容在《波士顿谣曲》《面团人之歌》《在朋友家里受了伤》等作品中得到反

---

① [美]惠特曼著. 草叶集[M]. 楚图南译. 北京：人民文学出版社，1978：184~185.

映。他还在《自己之歌》第十节中记叙了自己收留并款待一个逃亡黑奴的故事："他和我住了一个星期,在他复元,和到北方去以前,我让他在桌子旁边紧靠我坐着,我的火枪则放在屋子的一角。"

1861年4月,北部各州资产阶级与南部各州奴隶主之间的内战爆发了。在这场为期4年的战争中,诗人的生活与创作完全同反对南方的斗争联系在了一起。他先是为纽约各报撰稿。1862年年末,他上了前线,1863年1月又迁居到华盛顿。他在那里的陆军医院中工作了2年,以看护、朗诵者和朋友的身份忘我地照料伤员。作为这场重要战争的见证者,惠特曼深入思考了战争中发生的种种事件,而这场战争也在很大程度上决定了他诗歌发展的方向。惠特曼在他的晚年所写的《走过的道路的回顾》一文中说:"我认为,虽然我很早就开始写作,但是非常明显,只是从分立战争(指南北战争)时起,并且由于战争像闪电的光芒一样启发了我……我才有了写那些独特而又热情的诗篇的决定性的动机。"当惠特曼谈到他在美国南北战争时期的感受时,说:"如果没有这三四个年头以及这一时期的经历,今天就不可能有《草叶集》这本书。"

惠特曼在战争时期所写的诗,分别编成《桴鼓集》和《林肯总统纪念集》,于1865—1866年出版,后于1867年作为单独的一组收进了《草叶集》第四版。

战争初期,惠特曼号召人们起来参加战斗。在《1861年》这首诗里,他把战争开始的一年称为"武装的年代——斗争的年代",把它描写成一个挺身而出的强有力的人,在"可怕的年代"发出"雄壮的呼声"。惠特曼强调指出,不能用"优美的韵律或伤感的情诗来描写战时的美国"。诗歌应当像他的主人公一样勇敢,透露出"坚决的精神"。在《敲呀!敲呀!鼓呀!》这首著名诗歌中,那激越的鼓声和号声冲进教堂、学校、市场、农庄,动员人们去参加正义的战争。这首诗起到了鼓舞士气的作用,同时也愤怒地揭露和批判了那些发战争财的资产阶级和那些密谋媾和的妥协分子,充分表现了诗人对奴隶制的愤恨,对民主、自由的渴望。

《父亲,赶快从田地里上来》是《桴鼓集》中的名篇之一,讲述了北方军队中一个阵亡的农民士兵家中的动人故事。诗歌首先描绘了一派田野丰收的美好景象,一家人在兴旺的农庄上过着宁静的生活,但突然从前线传来的消息却打破了这短暂的幸福。只言片语的消息说明了儿子"胸前受枪弹""运到医院""目下人很虚弱",内容虽不甚清晰,但母亲已理解了其中可怕的含义。诗歌将暗写的残酷战争、死亡阴影和明写的喜悦丰收、宁静农庄作了鲜明的对照,实际上是在暗喻这样一个事实:正是这些勇敢而淳朴的农民为战争付出的生命代价,才换来战争的胜利和人们平静的生活。

1865年,内战以南方军的失败而告终。战争的硝烟刚熄灭,不甘失败的南部奴隶主就派遣间谍刺死了林肯。诗人为之震惊和悲痛,不久写出了著名的悼念诗《啊,船长,我的船长哟!》和《当紫丁香最近在庭园中开放的时候》。在第一首诗里,诗人把林肯比作一艘经历了千难万险到达目的地的船只的船长,表达出人民对领袖逝世的悲悼情绪。第二部

作品是一首安魂曲，惠特曼自己把它称为"泣血"的秋歌，在诗中诗人又把林肯比作一颗陨落的巨星：

> 当紫丁香最近在庭园中开放的时候，
> 那颗硕大的星星在西方的夜空陨落了，
> 我哀悼着，并将随着一年一度的春光永远地哀悼着。
> 一年一度的春光哟，真的，你带给我三件东西：
> 每年开放的紫丁香，那颗在西天陨落了的星星，
> 和我对于我所敬爱的人的怀念。①

战后，北部资产阶级废除了南部的蓄奴制，美国步入经济起飞的繁荣时期。然而，让惠特曼感到失望的是，奴隶制的粉碎并没有使美国就此进入"理想社会"，成为平等、自由、幸福的国度。相反，随着资本主义逐渐进入垄断资本主义阶段，剥削者更加不择手段地盘剥人民，美国社会的本质日益暴露。民主的招牌被踏得粉碎，惠特曼的理想与美国现实之间的矛盾也日益加深。但理想的幻灭并未使诗人消沉，1871 年，他发表长篇论文《民主远景》，批判资产阶级的政治腐败和道德堕落，并发表诗歌《啊，法兰西的星》，表达他的民主自由的理想。1873 年的西班牙革命失败之后，他又写了《西班牙 1873—1874》，预言西班牙终将获得自由。在《神秘的号手》中，诗人肯定了反对暴政的革命斗争的意义。到了晚年，惠特曼逐渐认识到，"民主"不是一个抽象的理想，而是一个"社会和经济的组织问题"。在一次关于"流浪汉和罢工问题"的演讲中，他说道："我们还要学习好多东西才能达到民主，我们比别人走得远，比某些人远得多，但距离达到我们的理想还远得很呢！"可以说，惠特曼为实现民主主义的理想而奋斗了终生，而他的诗歌正是他奋斗历程的不朽见证。

三

《草叶集》首次打破了传统的格律和形式对美国诗歌的束缚，甚至对整个英语诗歌来说，它的影响也可以用"革命"二字来形容。当朗费罗等人的诗歌从内容到形式还在向欧洲传统看齐的时候，惠特曼已经创造出了一种富有内在节奏感的自由体诗。可以说从惠特曼开始，美国诗歌才真正具有了气势磅礴的表现力。

当时流行的格律诗，形式呆板，难以表现自由奔放的情感和思想。惠特曼在诗的形式方面进行了大胆革新，他打破传统，创造出一种新的诗歌形式。这是一种以短句为基础、每行字数不定、也不用脚韵的"自由诗体"，非常适合他要表现的内容，接近口语和散文节奏，这种诗体大量运用叠句、平行句和夸张的语言，更好地表达出诗人对民主、自由、

---

① [美]惠特曼著. 草叶集[M]. 楚图南译. 北京：人民文学出版社，1978：261.

平等的强烈渴求，以饱满、真挚的情感打动读者，大大地增强了诗歌的表现力和说服力。

惠特曼还在诗歌中大胆地写"性"，把它当作一种正常、健康的事物来赞美。

但这并不被同时代的人所接受，致使他的诗歌长时间受到冷落。虽然美国的性观念比较开放，但在文学内容里公开为性爱高歌却很罕见。惠特曼在这方面较为大胆坦率，例如他在一首诗歌里宣称："性包括一切，肉体、灵魂、意义……世上一切的政府、法官、神、信徒们，这些都包罗在性里，作为它的各部分和理所当然的明证。"他甚至还触及同性恋的禁区，这在当时清教思想根深蒂固的美国社会中无疑是惊世骇俗的。100 多年后随着时代风气的宽松，再回头看这些内容时，我们应该敬佩诗人大胆坦诚的勇气。

在《草叶集》中惠特曼的身影随处可见：一个将清教徒气质统统丢掉、不修边幅、有些粗野，但豪情万丈的拓荒者，他热情地赞美生活，尊重女性但也毫不遮掩对异性的爱慕和对性的渴望。就像歌颂自由、民主、平等一样，他怀着一颗赤子之心。

有的作家一生创作颇丰，而有的作家倾其一生只为一部完美的作品，惠特曼就属于后者。他用尽毕生的精力，顶住各种压力，为创作《草叶集》而战斗。他为人刚毅坚强，他的诗作也鲜明奔放，他反对"躲躲闪闪、鬼鬼祟祟、模棱两可，不敢打出鲜明旗帜"的艺术，他的诗歌激情澎湃、坦率有力，诗人和诗集早已水乳交融、合而为一。当我们欣赏一部优秀的作品，有时会流连于作者高超的写作技巧，但我们更应该去热爱那些为文学付出全部灵魂的作家，就像惠特曼。只有这样的人才是真正用生命写作，而不仅是卖弄一些华美的辞藻、浅薄的才智，这样的人和作品才值得我们永远爱戴和纪念。正如那个时代的演说家罗伯特·英格索尔在惠特曼墓前的讲话："他活过了，他死了，而死已不如从前那样可怕了……他所讲述的那些勇敢的话还会像号角那样向那些垂死者响亮地吹奏……他活着的时候我爱他，他安息之后我依然爱他。"

《草叶集》的影响是深远的，至今它还犹如含露欲滴的草叶，散发着沁人心脾的清香。

【思考与练习】

1. 《草叶集》中体现出怎样的美国精神？
2. 分析《草叶集》的浪漫主义特色。

第八节　浪漫主义爱情理想的破灭
——福楼拜的《包法利夫人》

《包法利夫人》是居斯达夫·福楼拜的代表作，出版于 1856 年，是批判现实主义文学的一部杰作，被称为法国文学史上的"一粒珍珠"。作品反映了 19 世纪中期法国的时代风貌，揭露了资产阶级社会的丑恶鄙俗，在法国乃至世界文坛上都有划时代的意义。

居斯达夫·福楼拜(1821—1880)，19 世纪中叶法国重要的批判现实主义作家。福楼拜

第三章 外国文学

出生在法国西北部卢昂的一个世代为医的家庭,父亲是卢昂市立医院院长兼外科主任,他在父亲的医院里度过了童年。医院的环境培养了福楼拜实验主义倾向,使他注重缜密、客观地观察事物。因此,他后来的文学创作明显带有医生的细致观察与精确剖析的痕迹。也正是得益于此,福楼拜以"客观而无动于衷"的创作理论和精雕细刻的艺术风格,在法国文学史上独树一帜。

一

作品的主要情节来源于一个真实的事件"德拉马尔的故事"。德拉马尔原是福楼拜父亲医院的一个青年医生,后来在一个小镇开了家诊所。其夫人爱看小说,喜欢幻想,追求上流社会的浮华生活,先后与两个情夫尝试了所谓浪漫的爱情生活,并举债挥霍,后遭情人遗弃,债主追逼,最终服毒自杀。不久,德拉马尔也自杀了。这一事件被载入1848年卢昂的报纸。福楼拜在德拉马尔故事的基础上,经过艺术加工,创作了《包法利夫人》,集中反映了七月革命前后法国的社会生活,揭示出资本主义社会生活的丑恶和腐朽。这部残酷写实、无情解剖的名著,在一定意义上也是对浪漫主义与浪漫小说的清算。它熄灭了让人不切实际的幻想光环,使人看见黯然的真相,没有一点让人做梦的企图,让人领受到的是更为真实和残酷的现实。

小说描写外省一个富农的独生女爱玛悲剧性的一生。少女时期,带着即将踏入贵族社会的梦想,爱玛被送到修道院寄宿学校。在修道院里,她沉溺于爱情幻想,"布道中间"涉及"未婚夫、丈夫、天上的情人和永久的婚姻"的言辞,都在她的心灵深处激起反响,使她终日幻想过浪漫主义小说中所描写的恋爱生活。

成年后,爱玛带着在修道院中编织的种种爱情幻梦走进平凡的小资产阶级家庭。她嫁给一个平庸、软弱的市镇医生查理·包法利。平淡无奇的婚姻生活粉碎了她的浪漫主义幻想。尤其是经历了一场上流社会的豪华舞会之后,光鲜亮丽的贵族家庭生活和平庸苦闷的自家生活的强烈反差,更使她在失望与痛苦之中病倒了。包法利为了改善她的情绪和健康,特地从小城镇搬到较繁华的永镇居住。然而,一切仍激不起她的热情,她想方设法摆脱自己的丈夫和令人窒息的、庸俗的家庭生活。

一个偶然的机会,爱玛遇见了在城市生活的律师事务所见习生赖昂。从交谈中爱玛发现,赖昂同她一样怀有浪漫主义幻想。赖昂也被爱玛的美貌所吸引,两人的关系逐渐变得亲密起来。镇上的人开始对他们的行为议论纷纷,但只有包法利浑然不觉。

赖昂虽对爱玛有意,但胆小怕事,很快就对这种没有结果的爱情感到厌倦,返回了巴黎。爱玛更加痛苦、烦闷,又病倒了。这时,大地主罗道耳弗来到了镇上,借请包法利医生为佃农看病的机会认识了爱玛,并很快对她展开了爱情的攻势。爱玛虽然知道偷情是不

道德的，但她仍然放不下对浪漫主义爱情的渴求，几番思想斗争后，还是落入了罗道耳弗的圈套，偷偷做了他的情人。罗道耳弗用甜言蜜语把她迷得神魂颠倒。为了取悦于情人，她开始挥金如土地购买奢侈品，这使得包法利债台高筑。当罗道耳弗确信爱玛已经心甘情愿委身于他时，对爱玛的感情也随之冷却了。后来，爱玛要求与他私奔，他意识到这段私情不能再继续下去了，就只身离开了永镇，临行前还留下一封信假装忏悔，无情地抛弃了爱玛。爱玛精神受到很大打击，羞愧得想跳楼自杀，幸好包法利及时相救。

　　病愈后她去卢昂看戏，不料又与赖昂重逢，戏中的爱情场景激荡着她的心，她终于不计后果地做了赖昂的情妇。爱玛以学钢琴为名，每周到卢昂和赖昂幽会。维持这种生活需要很大的开支，她不断地向商人勒乐借高利贷，不久就花光了丈夫所有的积蓄，还负债累累。这时，赖昂又为了自己的前程弃她于不顾，加之债台高筑，无力偿还，她求告无门，最后只有服毒自尽。爱玛死后，包法利医生发现了妻子偷情的丑事，伤心和债务的压力使他萎靡不振，不久便在沉寂中结束了生命。身后留下孤苦伶仃的小女儿，独自到纱厂谋生。

二

　　《包法利夫人》的故事很简单，没有浪漫派小说曲折离奇的情节，无非是一个"淫妇"通奸偷情，落得个自食其果的下场。但作者的本意不仅是讲故事，更是通过爱玛具有典型性的不幸遭遇来反映社会问题。福楼拜说过："就在此刻，同时在二十二个村庄中，我可怜的包法利夫人正在忍受苦难，伤心饮泣。"他给这部小说加上一个副标题"外省的风俗"，小说的故事虽然发生在外省，但与巴黎有着内在联系，这就使得爱玛的家庭悲剧具有广泛的社会意义。

　　爱玛是一个有小资情调的女人，一个喜欢无病呻吟、吟风弄月的堕落女子，她美丽聪明，爱好广泛。早在少女时代，不健康的宗教生活和虚幻的浪漫主义教育就戕害了她稚弱的心灵。她狂热而又实际：喜欢进教堂是喜欢那些鲜花，喜欢听音乐是喜欢那里的歌词，喜欢文学是喜欢那里涌动的激情。她擅长女红，生活精致。她的"指甲闪闪发光、指尖又细又小，修成杏仁形"。她对爱情充满幻想，她极想知道"幸福、激情和陶醉，这些在书里显得那么美好的词儿，在现实生活中究竟是什么意思呢？"她在生活中不断地寻找奇遇，可待到结婚之后却发现她想象中的从这种爱情得到的幸福不见到来。闭塞、单调、沉闷的外省环境和毫无生气的家庭生活无法满足她内心的要求，而腐化淫靡的社会风气却激起她新的幻想和欲望。婚恋上的虚荣极度受损，为爱玛埋下了悲剧的种子。她梦想浪漫的爱情，渴望拥有一个情人。可是她所追求的生活方式不但没有使她美梦成真，反而诱使她一步步走向了毁灭。起初她受到罗道耳弗这个情场老手的欺骗，心甘情愿地成为他的玩物。然而，罗道耳弗一眼就看破了爱玛，他勾引爱玛只是为了从中取乐，爱玛对他来说就

只是一个情人。他虚伪、务实,最终为了自己的利益抛弃了她。后来,她又受到青年文牍员赖昂的引诱,成为他的情妇,从此,她失去理智和羞耻感,在情欲的深渊中挣扎、沉沦,最终因为债台高筑、爱情幻灭而自杀。爱玛追求"幸福"的过程,正是不断失败、走向痛苦与绝望的过程。

  在小说中,作者每写一次爱玛的偷情生活,就掉转笔锋写一次高利贷者的放债行径。为了逐猎钱财,他们千方百计地引诱爱玛追求时髦的衣着和奢华的排场,致使她最终身败名裂。福楼拜在描写爱玛堕落的同时,深刻地揭示出社会引诱、压迫、吞噬一个无辜灵魂的罪恶行径。真正不道德的不是爱玛,而是堕落的社会。爱玛是一个沉溺于幻想的浪漫主义者,而她本身生存的社会却是一个物欲横流、极端真实的社会:爱情是虚伪的、友情是有目的的、人们的头脑中充满了物欲。连平庸的查理·包法利在追求爱玛前也曾考虑道:"卢欧老爹很有钱,她呀!又……那样美!"这个社会的主题是实用,容不得爱玛渴望的爱情、梦想的浪漫。

  作者虽然同情爱玛的悲惨遭遇,但对她的浪漫主义幻想和自欺也作了讽刺。爱玛是个富有想象力、执着追求个人幸福的女子,她沉溺于自我幻觉,一厢情愿地制造神话。她反抗平庸的现实,不顾一切地要实现自己的梦想。最后赖昂抛弃了她,勒乐逼债,法院限期拍卖她的一切家产,面临人生绝境,她仍不愿向律师居由出卖自己的身体。她一次次地欺骗自己,一次次地被人欺骗。她以为情人们与她的关系是真正的"巴黎式的爱情",却不知道他们在玩弄她,他们的自私利己与商人敲诈勒索毫无二致。爱情的幻灭和金钱的逼迫将她逼到生命的终点,但她至死都不明白造成自己悲剧的真正原因,说"什么人也不要怪罪""只有怨命",她堕落了却不以为然。小说中写到一个瞎子在爱玛临终前再次出现,象征着充满浪漫幻想的爱玛也是一个"瞎子",她在人生的旅途上并没有找到真正的幸福和生活的出路。正如福楼拜所说:"她是一个属于虚伪的诗和虚伪情感的女人。"

  小说还刻画了许多不同类型的资产阶级人物。罗道耳弗是外省地主的典型。他道德败坏,精神空虚,是一个情场老手。他迷恋爱玛的美色,并用虚假的爱恋占有了她。当爱玛要求和他私奔的时候,他便趁机溜走,还假意写了一封情书,在信纸上洒几滴水代替哀伤的眼泪,虚伪、无耻到了极点。两年后,当爱玛背负重债求救于他时,他分文不给。赖昂起初是个畏首畏尾的青年,几经历练之后变得大胆无耻。他主动勾引爱玛。当爱玛被他迷得神魂颠倒时,他却怕她影响到自己的晋升之路,转而无情地踢开她。他们的灵魂卑劣肮脏,冷酷无情,却都善于伪装。

  勒乐是商人兼高利贷者,他精于算计,为了钱财,他无所不用其极且又无孔不入。当他用敏锐的鼻子嗅到爱玛有偷情行为的时候,就主动向她兜售奢侈品,假意先不收款,等到要账时却大幅提高商品价格,甚至逼对方以不动产做抵押,把爱玛榨得一干二净,使她走上经济破产的绝路。他还以同样的方法挤垮其他店家,控制了永镇的经济命脉。药剂师郝麦是自由资产阶级的代表人物,他没有营业执照,但却依靠弄虚作假、阿谀奉承,把药

店经营得十分兴旺。他不懂医术,却想治好瞎子的眼睛,达到一鸣惊人的目的;医治不好时,就把瞎子送进收容所,永远囚禁。他甚至公然声称"别人尽管会装蒜,会骗人,我比他们合起来还多",就是这样一个卑劣无耻的人,竟然得到了国王赏赐的十字勋章。

小说成功地塑造了包法利这个庸人形象。他医术平庸,见识浅薄;为人也没有主见,随波逐流。作者形容他:"谈吐就像人行道一样平板,见解庸俗,如同来往行人一般,衣着寻常,激不起情绪,也激不起笑或者梦想。"①他缺少自尊心,在外受了同行的侮辱,回家还像讲故事一样,原原本本地说给爱玛听。他呆板木讷,不理解妻子复杂的感情,更不能满足她对爱情的渴求,甚至连爱玛自杀了他也不知道原因,说"错的是命"。待到在抽屉里发现罗道耳弗和赖昂给爱玛的情书时,才恍然大悟,但也只是忍气吞声,无动于衷。

小说还尖锐地批判了七月王朝时期金融资本主宰国家命脉的残酷现实。中卷第八章写到一个农业展览会,揭幕典礼开始了,州行政委员廖万坐着四轮大马车姗姗来迟。这是个秃额头、厚眼皮、脸色灰白的人。他向群众发表演说,对"美丽祖国的现状"进行了一番歌功颂德。他说目前法国"处处商业繁盛,艺术发达,处处兴修新的道路,集体国家添了许多新的动脉,构成新的联系;我们伟大的工业中心又活跃起来;宗教加强巩固,法光普照,我们的码头堆满货物……"②他的演说声和附近放牧的牛羊咩咩的叫声连成一片,群众还向他吐舌头。会后,举行了发奖仪式。政府把一枚值25法郎的银质奖章颁发给一个"在一家田庄服务了五十四年"的老妇鲁勒。当她领到奖章后说:"我拿这送给我们的教堂堂长,给我作弥撒。"获得农业奖的老农妇的出场与官员们在会上大肆吹嘘的资本主义经济繁荣形成极大的反差。她衣衫破烂,疲惫不堪,满脸皱纹,双手肮脏,满是裂缝,指节发僵,无法闭拢,一副粗蠢麻木的模样。而她一生的辛苦劳作也只换得一枚25法郎的银质奖章。作者运用这个戏剧性的场景,辛辣地讽刺了升平假象背后的虚伪和可笑。

小说字里行间饱含着作者对现实社会的愤怒和控诉,鲜明地表现了批判现存制度的倾向,所以小说一经出版就激怒了政府当局。福楼拜很快受到了当局"有伤风化""败坏道德,诽谤宗教"的控告,出版商和发行人也都受到了株连。公诉状要求法官"必须从严惩办主犯福楼拜!"这在法国文学史上是一起骇人听闻的文字狱。幸赖有著名律师的有力辩护和公众舆论的支持,司法部门才被迫宣布福楼拜无罪。

包法利夫人不满夫妻生活的平淡无奇而通奸,最后身败名裂、服毒自杀这样一个桃色事件,无论在实际生活中,还是在古往今来的爱情小说里,都是司空见惯的。但经福楼拜写出来,便成了揭露法国资本主义社会弊端的作品,并使帝国政府检察署迅速作出反应,这正说明小说对当时社会的揭露一针见血。

---

① [法]福楼拜著. 包法利夫人[M]. 李健吾译. 北京:人民大学出版社,2002:34.
② [法]福楼拜著. 包法利夫人[M]. 李健吾译. 北京:人民大学出版社,2002:122.

三

《包法利夫人》的出版，是继巴尔扎克的《人间喜剧》之后法国出现的又一部重要作品，它开创了文学史上的一个新纪元，作者由此而成为文学巨人。

《包法利夫人》是福楼拜独特的艺术观和艺术风格的集中体现。他主张小说家应像科学家那样实事求是，要通过细致的观察进行准确的描写。同时，他还提倡"客观而无动于衷"的创作实践，即"纯客观写作"，反对像一般现实主义作家那样在作品中过于直白地表露自己的主观态度，提倡让人物和事物按原本的性格和生活逻辑自由发展。福楼拜追求描写的真实性与客观性，与其他同期作家和前辈作家相比，他从未在小说中向读者说教和发表议论，而是客观叙述，非常真实地呈现现实、刻画人物的心理状态和他们扮演的角色。在小说中，对教会的批判、贵族的嘲讽、资产者的揭露，都仅是做客观冷静的描述，用人物和事件本身去说明问题。这并不是说作者没有主观倾向性，只不过它已经渗透到对人物血肉、性格、命运的书写中，需要读者通过自己的冷静思考来鉴别。

《包法利夫人》的着眼点是描写现实的生活，描写人物活动、遭遇和命运，严酷的写实绝对服从现实。它并不创造升华，也不将一切美化成浪漫诗歌；它将现实的精髓搬上纸面，铺排得和谐有序，在此和谐之中，生活的本来面目便裸露出来，比现实中的更加严密和触目惊心。爱玛最终的结局令人唏嘘感叹，她的理想是脆弱和变了质的，这正是想入非非的浪漫与平庸的现实之间的剧烈反差。

福楼拜对人物的塑造始终紧扣着故事情节的发展。在福楼拜看来，情节既能体现出人物的性格特征，又是影响人物性格形成与发展的重要因素。爱玛是福楼拜倾注全部心血塑造的人物，用他自己的话说"包法利夫人就是我"。关于爱玛这个人物，文学史上就传诵着这样一段故事。有一次，福楼拜的一位朋友来探望他。敲门许久，都不见有人来开门。于是，朋友推门上楼，见福楼拜正坐在地板上痛哭，泪如泉涌，朋友来到身边也未予理睬。朋友觉得奇怪，推推福楼拜问道："你怎么啦？为什么这么悲伤？"福楼拜答道："包法利夫人死啦！"他的朋友从来未听说过包法利夫人，更感到蹊跷。这时，福楼拜指着桌子上一叠厚厚的手稿说道："是我的包法利夫人死了。"朋友这才明白是怎么回事。于是，朋友又说："你为什么不把她写活呢？"作家答道："生活把她折腾到这种地步，包法利夫人没法再活下去呀！"这使朋友感动不已。福楼拜就是这样按照生活的逻辑和深厚的感情来塑造作品人物的。但在作品中，作者对她的感情却是非常隐蔽的，渗透在细致入微的描写中，爱玛的外貌、言谈、举止、情感的变化，爱玛性格的形成和发展与社会环境的辩证关系等，这些都是通过情节的发展动态地展现出来的。

这种"纯客观写作"还表现在对故事背景的描绘上。福楼拜从不作孤立、单独的环境描写，而是将环境描写和人物刻画紧密联系起来，用环境来烘托人物心境，达到情景交融

的艺术境界。作者巧妙地将人物、故事情节和背景融合在一起,在人物的活动中展开情节,在情节的发展中表现人物,以背景衬托人物,以人物照应背景。自然界的一切事物,草木枯荣、四季变化,都与人物的心理相契合,人、情、景交融。

福楼拜十分注重追求艺术形式上的完美,他认为只有完美的艺术形式才能准确传达作者的思想,从而实现"纯客观写作"。他曾说:"思想越是美好,词句就越是铿锵,思想的准确会造成语言的准确。"又说:"表达愈是接近思想,用词就愈是贴切,就愈是美。"因此,他经常苦心磨炼,锤炼词语,精心设计结构,力求形式和内容的和谐,注重思想与语言的统一,对作品完美性的追求几乎达到吹毛求疵的地步。他本打算3年完成的作品却用了近5年时间,历经10次修改。至今,人们仍可以在卢昂图书馆里看到1800多张正反面都布满密密麻麻字迹的初稿,而在487张定稿上仍有许多涂改的痕迹。正因为如此,他的作品语言精练准确、形式精巧完美,成为法国文学史上的"模范散文"。

在西方文学由现实主义向现代主义转型的过程中,福楼拜起到了承前启后的关键作用,他是19世纪现实主义的杰出代表,又被誉为现代主义的"鼻祖"。因为他所提倡的"客观化写作"为现代主义叙述中零聚焦的使用提供了范例。出于对现实和历史的不满,他在创作中更注重描绘平庸的日常生活,这就使得作品的情节构造松散闲淡,呈现出一种日常化的趋势。这一创作手法也给现代主义作家很大启发,并最终导致了"淡化情节"这种现代主义创作手法的出现。当代评论家认为这部小说是第一部现代小说,也是一部客观小说的范例。

【思考与练习】

1. 福楼拜的创作强调"真实的真实",请以《包法利夫人》为例,谈谈你的理解。
2. 分析爱玛的悲剧根源。

第九节 揭露社会问题 剖析犯罪心理
——陀思妥耶夫斯基的《罪与罚》

《罪与罚》是19世纪俄国文豪陀思妥耶夫斯基最具代表性的小说。作品既讲述了拉斯柯尼科夫从堕落到救赎的心理历程,又展现了俄罗斯在巨变之下的野蛮和狰狞,同时还记录了这个国家畸形社会的众生百态。小说内容恢弘,主旨深邃,涵盖了广博的社会图景和深沉的人性解读,在俄国文学和世界文学都有着举足轻重的作用。作品自问世以来,受到世界广大文学爱好者的喜爱,

陀思妥耶夫斯基(1821—1881)是俄国文学的卓越代表,具有现代特征而影响深远的现实主义小说大师。他走过了一条极为艰辛、复杂的生活与创作道路,是俄国文学史上最

复杂、最矛盾的作家之一。他被人们公认是与托尔斯泰、屠格涅夫并驾齐驱的俄国文学巨匠。

如果说托尔斯泰代表了俄罗斯文学的广度，那么，陀思妥耶夫斯基则代表了俄罗斯文学的深度。

1821年，陀思妥耶夫斯基出身于一个宗教氛围浓厚的医生家庭，自小患有癫痫病。他16岁进入彼得堡军事工程学院修业4年，期间与文学结缘，曾大量阅读了普希金、果戈理、巴尔扎克、狄更斯等作家的作品。毕业后不久即开始文学创作。

1847年，陀思妥耶夫斯基因参与反对沙皇的革命活动而被捕，被判4年苦役流放西伯利亚。西伯利亚的苦役生活，使陀思妥耶夫斯基的思想发生了很大变化。他放弃了空想社会主义的思想，开始用宗教观点解释社会问题。他认为上层贵族革命家和下层人民根本无法相互理解，不可能联合起来改变社会现状，因而主张阶级调和，反对任何性质的暴力行动，鼓吹驯良、忍耐。但他对资本主义的猛烈抨击，对被压迫者的同情还是一贯的。

1866年陀思妥耶夫斯基的代表作《罪与罚》出版，为其赢得了世界性声誉。

陀思妥耶夫斯基的小说主要有《穷人》《被侮辱与被损害的》《群魔》《卡拉马伙兄弟》。他的小说戏剧性强，情节发展快，接踵而来的重大事件往往伴随着心理斗争和痛苦的精神危机。陀思妥耶夫斯基对善恶矛盾性格组合、深层心理活动的描写都对后世作家产生了深远影响。

一

19世纪60年代的俄罗斯，资本主义得到迅速发展，它的残酷性、掠夺性、冷酷的功利性将社会的贫富差距拉得更远，在金钱原则的统治下，社会变成野心家、胆大妄为者的天堂和善良人、弱小无力者的地狱。贫弱者处处受到富贵者欺侮凌虐，过着艰难凄惨的生活。《罪与罚》就诞生在这样一个背景下，它以惊险、凶杀等扣人心弦的紧张情节，把赤贫、奴役、酗酒、犯罪等现实生活图景和对犯罪心理、社会思潮、伦理道德等问题的探讨有机地联系在一起，反映出俄国社会在资本主义冲击下所发生的动荡和变化，同时也体现了作者世界观的尖锐矛盾。

小说的故事情节是这样的：在彼得堡S街一家公寓里，住着一位理想远大却饱受贫困折磨的法律系大学生拉斯柯尼科夫。他既因交不起学费而被迫中断学业，又因无力付房租而整天躲着房东，想当家庭教师也无人聘请，只好靠着寡母和妹妹节衣缩食省下的钱度日。

这个潦倒苦闷的大学生漫无目的地徘徊于街头，心灰意冷、饥肠辘辘。肮脏的小巷、酲醺的酒馆、鬼火似的街灯、倚门卖笑的妓女、横卧街头的酒鬼、吵嚷不休的乞丐、跳河自杀的女工、带着孩子沿街乞讨的疯女人……在穷人区里看到的凄凉悲惨景象使他无比愤

怒。更有母亲来信，言妹妹杜尼娅在当家庭教师时差点被主人强暴，只得辞职；妹妹还答应了 45 岁的卢仁的求婚，因为他许诺在京城开办的律师事务所里为拉斯柯尼科夫安排一份工作。看完信，拉斯柯尼科夫陷入了极大的痛苦之中，贫穷夺去了亲人的幸福，也深深地刺伤了他的自尊。为了不幸的家人，他要振作起来，反抗这个不平等的社会。

距拉斯柯尼科夫住所不远的地方有一座楼，四层楼上住着一个放高利贷的老太婆，此人心肠歹毒，爱财如命。拉斯柯尼科夫曾在她那里当过东西，她百般刁难，竭力盘剥这位穷学生。拉斯柯尼科夫对她产生一种无法克制的憎恶。一个奇异的想法，像蛋壳里的小鸡一样啄着他的头脑，无法摆脱——他决定把她杀掉。

恰好有一个偶然的机会，拉斯柯尼科夫在酒店里听到一个大学生对一个军官说的一席话：准备去杀一个为富不仁的放高利贷的老太婆，拿她的钱来周济穷人。这人说的仅仅是句妄言或者气话，但却成了他脑中挥之不去的一个念头，杀了她等于为民除害，因为她害得多少人家破人亡啊！现在他要把这个想法付诸实践。

一天晚上，拉斯柯尼科夫乘老太婆一人在家，闯入室内把她杀死。此时她的异母妹妹外出返回，手足无措的拉斯柯尼科夫为了保护自己，本能地将这位不速之客也杀害了。

拉斯柯尼科夫行凶之后，深深地陷入了恐惧与烦躁之中，他不断地为自己的行为辩解，认为自己是为了大众的利益去铲除一只吸人血的虱子，而他所持的理论是：人为了实现自己的理想，是有必要踏过尸体和血泊的。可是，他又不断地受到良心的煎熬，痛苦万分，他大病了一场。病好后，有一天，他在街上发现一个人被马车轧伤，遍身血污，不省人事。他仔细一看，是自己结识不久的马尔美拉陀夫。这个被机关裁员的九品文官，找不到差事，一家几口无以为生。长女索尼亚为了一家人的活命，不得不出卖肉体来换钱。拉斯柯尼科夫协同警察把他送回家。马尔美拉陀夫到家后不久便死了。拉斯柯尼科夫看着可怜的一家老小，将身上仅有的一点钱送给了他们。这天，他认识了索尼亚。

索尼亚是位善良的女孩，为了家中的生计，甘愿牺牲自己，沦为妓女。在两人第一次的长谈中，索尼亚对上帝的信心和敬畏虽然令拉斯柯尼科夫大惑不解，但他却从她身上感受到一位拥有希望的弱女子在苦难中所散发出的光芒。随着两人交往和理解的加深，索尼亚舍己牺牲的精神感化了拉斯柯尼科夫，他慢慢地意识到自己的自私，在一层层的自我剖析后，他深知犯罪的真正动机是为了个人利益，为了满足自己内心的欲望，而非为了他人的幸福。终于，在良心的驱策下，他决定向索尼亚坦白自己的犯罪事实。就在他坦白的时候，他发现他们的心贴得那样紧，他彻悟了，决心去受刑，并让索尼亚陪同，索尼亚同意了。

由于拉斯柯尼科夫主动自首，只被判了 8 年徒刑。他被关在西伯利亚某城的监狱中。不久，索尼亚也来到此地做裁缝。爱情使他们心心相印，他们一同聆听着福音，等待新生。

第三章 外国文学

二

　　《罪与罚》是一部批判现实主义力作。一方面，通过这部小说，作者深刻地揭示了19世纪中期俄国现实社会中的诸多问题，并对这些问题展开了严肃的思索。它通过优秀青年犯罪的事实，指出19世纪中期俄国社会巨大的贫富悬殊是造成富人贪婪、穷人堕落等社会罪恶的根本原因；通过主人公成功逃脱法律侦查的情节，揭示了社会惩罚的无力，现实的司法制度无助于解决社会矛盾和社会罪恶；通过主人公从杀人到精神崩溃的过程，表现了"超人"理论的破产，批判了当时出现的极端个人主义思潮。另一方面，小说在探讨"罪与罚"的问题上提出道德惩罚的方案，试图为危机四伏的世界找到一条道德忏悔的解救之路，希望唤醒良知、洗涤罪恶，以此同当时欧洲兴起的革命思潮进行论争。这既表现了作家思想的局限，又体现了俄国文学的人道主义优秀传统。

　　拉斯柯尼科夫是一个复杂的人物形象。他是一个贫穷大学生，苦闷而敏感，富家的宅第和高贵的仕女总使他有被排斥的感觉，只有在他居住的"干草市场"穷人区他才感到亲切。但是充斥于穷人区的却是凄凉哀愁、贫穷肮脏、惨不忍睹的景象：或者是啼饥号寒的孩子、失业酗酒的父亲、丧魂落魄的母亲；或者是一个被灌醉的姑娘在街上摇摇晃晃地走着，穿着被扯破的连衣裙，后面跟着不怀好意的男人；或者是几个粗野的男人在吵架；或者是涅瓦河边传来"有人跳河啦！"的喊声……穷人区里的悲惨景象加深了这个贫穷大学生内心的痛苦。马尔美拉陀夫夫妇惨死的悲剧场景使拉斯柯尼科夫更深切地感受到"这样的日子活不下去了"。小说通过主人公的见闻和感受，描写了"被欺凌与被侮辱"的人们濒于绝境、整个社会暗无天日的严酷现实。这正是主人公在这贫穷和苦难的世界里走投无路、终于铤而走险的客观原因。

　　俄国废除了农奴制后，资本主义发展，资产阶级为了追逐暴利，穷尽手段，凶狠盘剥，而此时的沙皇专制和贵族统治又处在风雨飘摇之中，垂死挣扎，不顾一切地榨取人们最后的膏腴。弱小无力的普通民众受贵族和资产阶级的双重压榨，愈加贫穷。原本就对贫富悬殊愤愤不平的拉斯柯尼科夫，在酒店里听到的一席话对他产生了巨大影响，坚定了他杀死放高利贷的老太婆的信念。他从苦闷和失落中奋起，试图以无政府主义式的暴力对抗不平等的社会，为穷苦的人们除恶。可以说，拉斯柯尼科夫的犯罪行为一方面具有杀富济贫的绿林色彩；另一方面也揭示罪恶的根源是贫富不均、弱者被蚕食的黑暗现实。

　　极端的个人主义是主人公犯罪的又一个根源。在对社会现象进行思索、探寻的过程中，拉斯柯尼科夫制造出一套特殊的"超人"理论。他认为世上的人都分成两类：一是"平凡的人"，占大多数，只配受制于人；二是"不平凡的人"，即"超人"，占少数，却可以为所欲为，因为他能把自己的意志强加于大多数人，是拿破仑式的主宰世界的统治者。于是他就联系自身，"我是发抖的畜生，还是有权力去干一切？"他为了证明自己是

"超人",是"命运的主宰",而不顾一切去杀人。

综观陀思妥耶夫斯基笔下的人物形象,大致可以分为三类:一是明显令人厌恶的反面角色;二是善良美好的正面形象;三是处在复杂矛盾冲突中的"问题人物"。拉斯柯尼科夫就是这样一个"问题人物",在他身上有着深刻的矛盾二重性,呈现出来的是一种典型的双重人格,善与恶、美与丑、超凡与世俗等一系列看似对立的元素奇妙地交织着。作为一个贫穷的大学生,他主动照料患病的同学;曾经从失火的房子里救出过两个孩子;自己并不富裕,却把家里寄来的生活费拿给被马车轧死的马尔美拉陀夫家属,并在贫病交加中料理了他的后事。这些都说明了他本性中纯洁、善良、乐于助人的一面。但是,在仇恨心理的驱使下,他亲手杀死了手无寸铁的放高利贷的老太婆,并为掩饰自己的罪行,又杀死她无辜的妹妹。杀人时的凶残、狠毒使他仿佛变成了另一个人。同时,他思想超前、思维缜密、才华出众,有着超凡脱俗的一面。大学时在杂志上就发表过《论犯罪》的文章,提出了自己的"超人"理论;犯罪后,一面把罪证掩盖得一干二净,一面利用反侦查常识,一次次渡过险关;当侦查员试图诱逼他自首时,他镇静地和对方展开心理周旋,甚至有一种"斗智斗勇"胜利后的快感。但是在精神危机后,他终于明白自己并非"超人",而只是一个普普通通的世俗之人,同样需要别人的理解,需要爱情的抚慰,也需要宗教的宽恕。拉斯柯尼科夫是 19 世纪俄国贫困知识分子的典型。他既有长期宗教传统培养出的"爱与善",又有因贫困生活而引发的对不公平社会的愤怒感,他还受从西欧传入的无政府主义、极端个人主义、平民革命主义等各种社会思潮的影响。他因为穷困铤而走险,又因为良心未泯,所以精神备受煎熬。总之,这个集复杂矛盾于一身的艺术形象,同时也是当时俄罗斯社会矛盾的缩影,他身上渗透着作者对人性和社会的深刻思考。

同时,作者还借拉斯柯尼科夫的思想、行为,对伦理道德进行了探讨。小说第一部细腻地刻画了主人公在犯罪前剧烈的内心冲突,然后以可怕的杀人场景结束。其余的五部则详细描写惩罚罪犯的过程。可见,作者重点讨论的是"罚"。"罚"又有两层含义:侦缉、判决、监禁、流放、服苦役等,这是肉体上的罚;良心上的自我谴责、道德上的自我鞭挞、精神上的自我折磨,这是精神上的罚。小说的侧重点显然在于精神上的罚。主人公在杀人之后,精神崩溃了,偶然听到几个警察议论老太婆被杀的案件,他立刻昏倒。负罪感使他忐忑难安,他意识到自己和别人一样,并不是"超人";相反,倒有一种被人群抛弃、处于无边的孤独和空虚之中的感觉。作家入木三分地刻画了主人公的内心痛苦,从而表现了"超人"理论的破产。终于,在索尼亚基督精神的感召下,他决定打开心结,投案自首,用经历苦难的方式开始新生。作者借拉斯柯尼科夫的罪行,探讨了暴力革命的问题。拉斯柯尼科夫轻视群众,企图以个人的反叛去改革社会,暴露了个人主义哲学和暴力革命的局限性。这种无政府主义的暴力革命,并不能消除罪恶和仇恨,反而会伤及无辜平民。拉斯柯尼科夫杀了放高利贷的老太婆的同时,又杀了她无辜而善良的妹妹。一方面,作家实际上批判了资产阶级的极端利己主义和"超人"哲学的反人道本质。另一方面,作

家又以此来反对任何对社会的反抗,他企图证明,一个人不管怎样善良和愿为穷人谋利,只要走上暴力的道路,就必然为非作歹,做出不人道的事情。作者把拉斯柯尼科夫的个人反抗与革命民主主义者主张的暴力革命混为一谈并笼统反对,显然是其局限性。

三

《罪与罚》充分体现了陀思妥耶夫斯基独具一格的现实主义风格和艺术技巧。他观察资本主义发展时代的彼得堡生活,从哲学和心理学的角度研究社会材料,以揭露资本主义发展过程中的弊端。他对犯罪心理的分析既是《罪与罚》的主要情节,又体现了这部小说的中心思想。作品虽然是以犯罪和刑侦为题材,但笔墨的重点却不在于描写杀人与侦查的过程,而是侧重对行凶者犯罪前后心理变化的分析,特别是对犯罪后的心理体验的描摹。这种以独特的艺术心理分析研究罪行的发生和它所带来的后果的方法,与传统的侦探小说有着本质的不同。

《罪与罚》表现了作者心理描写的高超技巧,他将19世纪现实主义小说关于探寻人物心理奥秘的艺术技巧发挥到了极致,展现了人物内心深处的理性与非理性、意识与无意识、现实与梦境错综交叉的复杂情况。他对主人公内心世界的剖析如此传神、精准,使读者仿佛身临其境,同主人公一起经历着痛苦的磨炼与挣扎。作者用大量篇幅写了"罪"的动机和犯"罪"的准备。小说一开始就让主人公心中悬起杀掉放高利贷的老太婆的念头。这个念头时隐时现,因对犯罪的胆怯而被暂时打消了。但自己贫困的生活、随处可见的社会不公和冠冕堂皇的理由又不断地推动这个动机。作者还借助偶然巧合的外界因素来影响主人公的思想,为他的杀人行为埋下了伏笔。拉斯柯尼科夫有一颗敏感而富于同情的心,在下等酒店里碰到马尔美拉陀夫的情景,使他感到揪心的痛苦;他碰到一个纨绔子弟在林荫道上污辱一个小姑娘;他母亲来信诉说他妹妹受到地主的欺凌,这些都增加了主人公对这个不公正社会的憎恨。而他偶然听到一个军官和大学生要杀死放高利贷老太婆的谈话,正暗合他的心意,促使他作出杀人的决定。作者力图表现主人公的每个行动、每个决定都不是无缘无故的——它们都有细微的因素在引导,以帮助读者理清主人公复杂而微妙的思想过程。也许是源于作家自身的贫困经验和苦役经历,他对犯罪动机的描写非常深刻,使读者能真切地感受到主人公情绪压抑、精神恍惚的心理状态。

当女主人公索尼亚被坏人诬陷时,拉斯柯尼科夫内心产生了最剧烈的波动。在他看来,受尽苦难的索尼亚如今又遭遇更大的打击,她更有理由否定社会、否定法律、否定道德、否定良心、否定上帝。如果索尼亚在最后的打击下,放弃了上帝的原则,那么,他便有了一个佐证,证明自己的杀人是合理的。但是,索尼亚在命运的不断打击下,仍然坚持信念,她最后的选择让拉斯柯尼科夫彻底缴械。于是,他向索尼亚坦白了自己的罪行,也由此获得心灵长久以来的解脱。

为了表现主人公矛盾纠结的心理状态，作者常常运用内心独白的手法，尤其注重对梦境和幻觉的描写。这些独白、梦境、幻觉既有主人公意识中的病态心理、精神错乱、歇斯底里等方面的展示，也有主人公失去自我控制时下意识的杂乱无章的思想轨迹的表露，细腻、逼真、富有层次地表现了主人公在肉体与心灵受到双重折磨下，面临痛苦抉择的两难困境。

陀思妥耶夫斯基小说中的艺术特征，吸引了 20 世纪以来众多评论家进行深入研究，其中苏联学者巴赫金提出的"复调小说理论"颇有价值和影响。"复调"是一个音乐术语，指与"主调"对称的音乐形式，它至少应包括两个独立存在的主题，与主旋律一起组成一个相互联系的有机整体。体现在文学作品中，就是对一个问题让各种不同的人物发表各自的见解。每个人物都是独立的他者，他们的观点可以不尽相同，也可以完全对立，千差万别，但不分主次。作者也只是作客观的描述，不发表自己的评论，让作者与人物、人物与人物之间形成一种平等对话的关系，仿佛一首"多声部"的交响乐。这样便能更好地表现客观现实和人的内心世界的复杂多样性。这种复调模式在《地下室手记》中开始运用，在《罪与罚》中则表现得特别明显。作品里，几乎每个重要人物都有自己的一套理论：拉斯科尼柯夫的"超人"理论，索尼亚的宗教观念，卢仁的极端个人主义，地主斯维里加洛夫的无耻哲学等。每个人都在振振有词地宣扬自己的逻辑，作者也无意评判孰是孰非。每个人既是主体，也是他者，只是共同融合于小说的事件之中。

小说的故事情节曲折离奇，扣人心弦。小说从一个场面到另一个场面的描写转变急遽，变化多端，故事情节跌宕起伏，往往出人意料。小说以一个凶杀故事来反映广阔的社会现实、展现复杂的人物形象，在俄国文学史上很有特色。作者认为用夸张、怪诞等手法来描写离奇现象，更能反映出现实社会畸形扭曲的真面目。这种全新的创作理论受到各国作家的推崇。

许多文学批评家都对这部作品发生了浓厚的兴趣。他们认为这部作品引发了俄国文学由现实主义文学向现代派文学的革命。

陀思妥耶夫斯基并非开创心理叙事的鼻祖，但他绝对是发展心理和意识描写的一代宗师。他醉心于病态的心理描写，不仅写行为的结果，而且着重描述行为发生的心理活动过程，特别是那些近乎昏迷与疯狂的反常状态。他对人类肉体与精神痛苦的震撼人心的描写是其他作家难以企及的。陀思妥耶夫斯基擅长通过人物病态的心理分析和人物意识的表述来塑造人物，运用象征、梦幻、梦境、意识流等艺术手法，使作品通篇紧张压抑，情节发展紧凑急促，悬念迭起，震撼人心，作品的成就和开创性意义已被举世公认。现实主义作家从他的创作中可以吸收到营养，现代派作家则把他的作品奉为经典。

【思考与练习】

1. 阐释《罪与罚》的主题,并说明"罪"与"罚"各有怎样的内涵。
2. 陀思妥耶夫斯基对人性的发掘达到了前所未有的地步,特别是一些变态心理和犯罪心理。以《罪与罚》为例,谈谈你的看法。

第十节　震撼灵魂的人性剖析
——芥川龙之介的《竹林中》

　　《竹林中》是一部迷雾一般的作品,充满了神秘色彩却无结局,以至于读者一头雾水,评论界众说纷纭。小说起于迷案,无解而终,但始终围绕人性展开,用谜一样的文字阐释出人心的复杂性,以开放式的结构打开了文学创作的新纪元,在当代短篇小说中卓尔不群,独树一帜。《竹林中》问世以来,无论在文学界还是影视界,都从来不乏模仿者,但几乎没有一部作品能达到其高度。

　　芥川龙之介(1892—1927),大正中期日本短篇小说家,"新思潮派"的代表作家,被誉为日本文坛的"鬼才"。

　　明治二十五年(1892 年),芥川生于日本东京京桥区一个送奶工人的家庭,因是辰年辰月辰时出生,故父亲为他取名为"龙之介"。刚出生不久,他的母亲即患上精神病,他遂由舅舅芥川道章抚养,改姓"芥川"。由于芥川家是延续十几代的士族,门风高尚,传统文化气息浓郁,自幼芥川便受到了中国及日本古典文学的熏陶,表现出对文学的浓厚兴趣。

　　芥川 1915 年发表《罗生门》,1916 年 2 月发表《鼻子》,得到日本文学大师夏目漱石的赞赏和指导,由此跃登文坛,进而确立了他作为新锐作家的地位。

　　1927 年 7 月 24 日凌晨,35 岁的他在自家寓所服毒自杀。

　　芥川给世人留下了 148 篇短篇小说,55 篇小品文,66 篇随笔,以及大量的评论、游记、札记、诗歌等。芥川因其在文学上的巨大成就,被尊为日本近代文学中的"短篇小说巨擘",一些文学评论家甚至将他所在的时代命名为"短篇小说的全盛时期"。

　　芥川的创作始终都在探讨人性问题。他探讨人生,挖掘人性,我们可以感受到他对人性之恶的冷峻逼视,对人生之悲的冷静旁观。他的短篇小说,技巧纯熟,精深洗练,取材新颖,情节新奇甚至诡异,摆脱了日本传统文学的松散风格,使人耳目一新。他善于给人们几乎忘却的古代故事嵌入新的灵魂,以崭新的形象给人以震撼和启迪。作品关注社会丑恶现象,但作家很少直接评论,而仅以冷峻的文笔和简洁有力的语言来陈述,却让读者意识到这世界在本质上的不可确定性,让"真实"成为一个模棱两可的概念。这使得他的小说既具有高度的艺术性,又成为当时社会的缩影。

一

1922年，芥川发表了小说《竹林中》，以其独特的叙述方式，围绕一个看似简单的杀人案阐述了他对人性的基本看法，堪称芥川最为杰出的代表作。

芥川的小说情节大多取自古代典籍，尤其是一本叫《今昔物语》的日本古代传说故事集。但他的小说不以再现历史为目的，而是给予现代的解释，借助历史的舞台，演出当今的悲剧，对作者来说就是借他人之酒杯，浇自己之块垒。这部《竹林中》的基本情节，取自《今昔物语》卷二十九第二十三篇《携妻同赴丹波国，丈夫在大江山被绑》。这个故事讲的是，一男子与妻子在大江山中遇见了强盗。他用自己的弓交换了强盗的大刀，自己却被弓所威胁，大刀又被强盗夺走，还将他捆绑在树上，而他的妻子却被迫在他眼前与强盗共寝。强盗离开后，女人对丈夫的行为感到十分失望。芥川在这个故事的基础上增添了人物，扩充了情节，演绎出一桩扑朔迷离的凶杀案。

《竹林中》由七个叙述者的叙述组成，他们通过自己的视角讲述了一起发生在竹林中凶杀案。一个樵夫上山砍柴，在竹林中发现了被害武士的尸体，于是报了官。官府在审理过程中，分别找来樵夫、在案发地附近遇到过被害者的云游僧人、逮捕大盗的捕快、被害武士的岳母问话。小说就是由以上四个人的口供以及强盗多襄丸被捕后的供词、武士妻子真砂在寺庙的忏悔、武士亡灵借女巫之口所说的话这个部分组成。前四个人站在不同的立场上为案情提供了线索，而三个当事人各自描述的所谓"真相"，虽能自圆其说，但除了与少部分的案情重合外，却又相互矛盾。强盗说他在路上遇到武士和他的妻子，无意间瞟见了那女子面纱下的容貌，为其美貌所倾倒，遂生邪念。于是他用诡计将二人骗至竹林深处，乘其不意将武士缚住，接着占有了他的妻子。本来他不想杀害武士，可武士的妻子怂恿他们二人决斗，并说"哪个活下来，我就跟哪个"。强盗难挡美色诱惑，给武士松了绑，二人决斗起来，当战到第二十三回合时，强盗一刀杀死了武士。等他寻找那个女子时，她早已吓得逃之夭夭了。而妻子的说法却是她被强盗蹂躏之后，遭到了丈夫的蔑视，这让她受到了极大的刺激。于是羞愧悲愤之中，她拿着匕首晃晃悠悠地扑向武士……可等她醒过来一看，那把匕首正插在丈夫的胸口上，他已经死了。后来她想自杀，但怎么也没有那份勇气。被害武士的亡灵借女巫之口说，强盗强奸了他的妻子以后，花言巧语让妻子和他一起走，没想到妻子竟然答应了，但却让强盗先杀了武士。强盗也没想到她竟是这样的女人，就问武士应该怎样处理她。妻子趁丈夫犹豫之际，转身逃向竹林深处。强盗随之割断了武士的绳索，也溜之大吉。武士为了维护仅剩的尊严，选择了自杀的方式。在七人陈述完成之后，故事戛然而止。

扑朔迷离的案情，使每一份供词都存在真实的可能性，但若全部相信，却会出现三个不同的结果，这显然是不可能的，因为真相只有一个。然而凶手到底是谁？真相究竟是怎

第三章 外国文学

样的？小说没有给出最终的结论，引起了人们一代又一代莫衷一是的猜测。也许每个人都会在自己心中推测出一个真凶，但作者无意于呈现一部情节曲折跌宕的侦探小说，而是借此揭示一种普遍而深刻的社会现实，那就是：人总要用谎言来文过饰非，事实真相常被歪曲，客观真理难以掌握。无论在小说中，还是在现实生活中，好奇心总是驱使我们费尽心机地追寻所谓的"真理""真相"。然而，原本应该清晰的答案往往却变得虚无缥缈，让人难以琢磨，我们越是追寻，越是陷入谎言、假象编织的层层迷雾中。为什么会出现探寻"真"的困难呢？

《竹林中》告诉我们，世界上的善恶是非往往只有一线之隔，靠人性的意志与决断，我们本应有足够的力量来选择善与恶，判断是与非。但由于每个人身上都有利己主义的存在，这些私欲驱使人们不愿意承认不利于自己的事实，因此编造谎言隐藏自身的弱点，捏造虚假的自身形象以寻求自我和他人的认同。小说中，见色起意的强盗要把自己塑造成人们心目中剽悍勇武的一代枭雄；柔弱的妻子要把自己塑造成被强盗欺凌又被丈夫侮辱的悲惨而刚烈的女性；胆小怯懦的丈夫要把自己塑造成顽强不屈清高刚直的武士。私欲是人类诸多罪恶存在的真正罪魁祸首，而私欲又是人性的一部分，它是人性恶的另一种表现形式。

芥川终其一生都在通过创作探讨人生、挖掘人性，结果却总是看到现实的丑恶，觉得"人生比地狱还地狱"。这使他深感矛盾和痛苦，陷入怀疑、悲观、失望之中，因此他的作品总是弥漫着压抑、彷徨、不定向的气氛。所以鲁迅说，芥川的小说"所用的主题最多的是希望之后的不安，或者不安时之心情"。这种矛盾惶惑的状态，正是作者本人心情的写照，反映出当时知识分子对现实社会的一种幻灭感。

二

任何伟大的作品总是在矛盾中存在的。《竹林中》就是这样一部由多重矛盾交织构成的集合体。

第一种矛盾是人性"善"与"恶"的矛盾。这在强盗多襄丸身上体现得最为明显。从捕快的交代中可以看出，多襄丸是一个十恶不赦的强盗和好色之徒，他的主观判断已经把多襄丸定格为"大恶"之人。但通过多襄丸自己的叙述，其性格中坦诚、直率的一面似乎又矫正了人们对他"大恶"的评价。他毫不隐晦自己的占有欲望，还不无讽刺地指出当官为政者草菅人命的罪恶："只不过我杀人用的是腰上的大刀，可你们杀人不用刀，用的是权，是钱，有时甚至几句假仁假义的话，就能要人的命。不错，杀人不见血，人也活得挺风光，可总归是凶手哟。要讲罪孽，到底谁个坏，是你们？还是我？鬼才知道！"[①]从这段话中，他的坦率和达官显贵的道貌岸然形成了鲜明的对比。而且后来武士亡灵借女巫之

---

① [日]芥川龙之介著. 芥川龙之介中短篇小说集[M]. 楼适夷，等译. 南京：译林出版社，1988：50.

口，也表达了"我已经愿意饶恕强盗的罪孽"的意思，这就证明武士在临死前已经看到了强盗人性中的另一面。多襄丸的身上也存在着人性"善"的因素，只不过那些坦诚的闪光点被"恶"的阴影遮蔽住罢了。除了多襄丸，小说中的每一个人物都可以分解出善的影子和恶的踪迹，人性的矛盾使得完全善良的人或绝对丑恶的人不存在，这样的描述更多的是在展现人世间的复杂性和多样性。

第二种矛盾是"美"与"丑"的矛盾。武士被杀的原因来自妻子的美貌引起强盗的占有欲望，在这里，对"美"的追求似乎成了罪恶的根源。强盗"丑陋的"的欲望和武士妻子"美丽的"容貌，这一"丑"一"美"形成了强烈的冲突。而在武士妻子的身上也存在"美"与"丑"的冲突。从武士讲述的内容来看，不管她外在的"美"如何出众，也无法掩盖其内在"丑陋"的本质。当她沉醉于强盗的甜言蜜语，与之走出竹林的时候，猛一变脸，指着杉树下的丈夫，说："把他杀掉！有他活着，我就不能跟你。"①不管这是不是武士妻子的真正面目，但这番丑陋恶毒的语言已经彻底颠覆了她所有美的形象。

第三种矛盾是作者叙述本身带来的矛盾。对于一个故事的阅读，读者最直接的愿望是弄清楚事件的来龙去脉，揭开故事的真实面目。在这篇小说里，我们虽无法获得情节上的圆满，但却体验到了"别样的真实"。这一切来源于作者高明的叙事技巧。叙事学理论中有一个术语：不可靠的叙述者。这种"不可靠"是作者故意设置的叙事圈套，以表明叙事的复杂性以及真相的不可企及。这篇小说就是由几个不可靠的叙述者来共同叙述同一个故事完成的，错综复杂的叙述空间和环境，不同讲述者采取的不同立场、姿态和心理，造成了"故事本身"和读者"追求故事本身"的矛盾性。在这个叙事圈套中游走可能离真相越来越远，因为作者的目的不是把读者引向故事背后的真相，而是提醒读者注意讲述过程中渗透的社会文化信息，这些信息要远远大于真相带给我们的震撼。在文学作品中，艺术的魅力正是通过叙事的技巧被彰显，讲述的不可靠性带来了作品的无穷魅力和无限张力。

三

1950年，日本著名导演黑泽明推出了一部载入电影史册的名片《罗生门》，它巧妙地结合了芥川龙之介的两篇小说，以《竹林中》作为电影的故事主体，用《罗生门》铺设影片的背景、框架，并以此作为片名。应该说，这是一次非常成功的改编，影片一经上映就在当时的国际影坛上一石激起千层浪，曾获得第24届奥斯卡最佳外语片奖，1951年威尼斯国际电影节金狮奖和意大利电影评论奖，被称为"有史以来最有价值的十部影片"之一，它标志着日本的电影艺术进入了一个新纪元。此后，"罗生门"更是成为扑朔迷离、各方说法不一的事件的代名词。

这部堪称世界电影艺术经典的作品，在叙述方式、摄影手法以及角色设计等方面，一

---

① [日]芥川龙之介著. 芥川龙之介中短篇小说集[M]. 楼适夷，等译. 南京：译林出版社，1988：50.

第三章 外国文学

再受到无数电影人的研习与推崇，并一再被借鉴和改编。然而最值得称赞的还要属编剧的创意，一方面，将芥川不同时期且情节上毫无瓜葛的两篇小说统一到一部影片中，并且造成一种特殊的因果关系，丰富了原作的内涵，体现出创作者深刻的人生思索；另一方面，为这两部绝望的作品分别添加了"光明的尾巴"，从而使芥川短暂的生命、颓废的美学得到个性化的延伸。

电影中有几处人物和情节的合理改动。它将小说《罗生门》中因贫穷落魄而堕落的武士变成了一个普通路人，增加了一个被遗弃的婴儿形象，更重要的是加入了发现凶案的樵夫因贪念偷走杀死武士的那把珠宝级匕首的细节。正是受樵夫偷刀一事的启发，路人才会认为在贫困环境下作恶是合理的，所以他要去剥夺弃婴的衣服。就这样，《竹林中》里人物行为的"因"造成了《罗生门》里人物行动的"果"，两部小说虽然情节迥异却能够很好地连贯统一起来，并且延续着芥川当时的本意：私欲催生罪恶。

但是，电影显然在对人生、人性的看法上企图超越原作悲观、颓废的色调。芥川生活的时代，恶之花在现代文明的废墟上遍地盛开。敏感的作家感慨："人生还不如波德莱尔的一行诗。"小说《罗生门》从情节到描写无不渗透了哥特式的诡秘气氛和世纪末的颓败。《竹林中》也充斥着迷茫、惶惑的氛围。芥川的小说尽管时空变、故事变、人物变，但揭露人心阴暗的利己本能和表达对人性堕落的失望始终没有变。而身处二战后的黑泽明，需要在混乱和灾难肆虐过的大地上，通过展现人性的复苏来驱散民众心中战争的阴霾。于是，他在电影中增添了"光明的尾巴"，通过目睹整个事件经过的樵夫之口，揭开了《竹林中》那个扑朔迷离的真相的谜团，不仅给出了真凶是谁的判断(强盗多襄丸)，也给出了他们何以说谎的理由。影片结尾处，路人受到了刚刚良心发现的樵夫的指责，终止了剥夺弃婴衣服的不人道行为，而樵夫也主动收养了这个弃婴。这时，大雨停止，阳光重现，僧人感动地对樵夫说："亏得你，我还是可以相信人了。"这些受私心考验并获得自我救赎的人们，终于得以离开破烂阴暗的罗生门，奔向新的希望。

影片的巨大成功，不仅使黑泽明跻身世界著名导演之列，更重要的是借助电影的宣传作用，本不怎么为人熟知的原著《竹林中》重新得到了人们的关注和研究。这是20世纪以来现当代文学史上一种有趣的现象：即文学与电影的依存互动关系。自1895年电影这种新兴的艺术形式诞生之日起，便无时无刻不在向文学这位"前辈"汲取和借鉴着宝贵的经验，而改编文学经典作品则是其中最便捷也最行之有效的方法。纵观百年电影史，由文学名著改编而成的电影不胜枚举，其中不乏佳作，如《乱世佳人》(由美国经典小说《飘》改编)、《安娜·卡列尼娜》等。观众在观影的同时，出于比较或不满足等心理，往往会激发起他们重新阅读文学原著的热情。于是，这些或早已流传甚广的经典名著，或在问世之初鲜人问津的无闻之作，都在电影新媒介的强势宣传下唤起了第二次生命。就像小说《竹林中》与电影《罗生门》的关系一样，经典成就了经典，使经典世代相传。

【思考与练习】

1. 《竹林中》采用了哪几种叙述视角？作者为何这样写？
2. 你怎样看待小说难以说明的"真相"？

第十一节 东方给予西方最美好的礼物
——纪伯伦的《先知》

纪伯伦(1883—1931)是著名的美籍黎巴嫩诗人，也是世界知名的散文家和画家，阿拉伯海外文学的杰出代表，旅美派的灵魂人物，同时又是阿拉伯近现代文学的奠基者之一。

1883年12月6日，纪伯伦出生于黎巴嫩北部山区卜舍里的一个基督教家庭。和许多不堪奥斯曼帝国压迫的阿拉伯人一样，家境贫寒的纪伯伦从幼年起便随母亲前往美国波士顿谋生。他进入了当地一家侨民学校学习。在此期间，他开始了对文学的追求，并在绘画上显露了天赋。4年后，他只身返回祖国，在贝鲁特希克玛学校学习阿拉伯语、法语和绘画。学习期间，他游历了黎巴嫩和叙利亚的名胜古迹，增强了对祖国的热爱和对自然的感悟力，为今后的创作奠定了坚实的生活基础。

纪伯伦的创作大体分为两个时期：青年时代以创作用阿拉伯文写作的小说为主，表现了他强烈的反社会意识；定居美国后他转为散文和散文诗的创作，并且改用英语写作。并逐渐从反社会的立场转向对和谐、完善和灵魂的追求，写出了优美的散文诗，赢得了世界性的声誉。

纪伯伦以灵动、流畅、典雅的语言，丰富的想象、象征的笔法、浓郁的抒情色彩和深邃的哲理构成了独特的"纪伯伦风格"。他在小说和散文诗的创作上，为阿拉伯近代文学开辟了新的道路。他吸收了西方文学的营养，融合了民族文学的精华，开创了以浪漫主义为主，兼有写实和象征特点的一代文学新风。

一

《先知》是纪伯伦最优秀的一部散文诗集，是一部关于生命和人生的哲理阐释，西方人将它看作是"东方给予西方最美好的礼物"。这部作品给诗人带来了世界性声誉，使他当之无愧地跻身20世纪东方乃至世界最杰出的诗人之列。

作品的风格是沉静、缓慢的，仿佛一个历尽沧桑、饱经磨难的老者向我们娓娓讲述他的人生历程。这与作者前期的诸如《疯人》《先驱者》等作品的风格截然不同，一改往日的揭露与批判、愤世嫉俗的情绪，从孤独的叛逆者转向启迪人们良知的智者。这一创作风格的改变，与当时一战结束后相对稳定的世界格局，作者成名后社会地位的改变、生活的

舒适安逸和作者思想境界的不断提升有着很大联系。

虽然作者极力摆脱前期尼采思想的影响，但尼采艺术创作的手法，我们仍可以从纪伯伦的作品中看出端倪。很明显，《先知》就是在尼采的《查拉斯图拉如是说》的影响下写成的，不仅形式和构思相似，人物也是相对应的。但是，二者的创作意图和表现的思想却大相径庭：尼采笔下的"超人"，是一个藐视一切人的生存价值，妄图掌控人类世界的狂人、虚无主义者；而《先知》的主人公是一位东方的哲人、一位充满爱心的人道主义者，在他身上有许多悲天悯人的情感。

在这部作品中，纪伯伦创造了一个充满挚爱和睿智的东方哲人形象。他是诗人心目中的理想人物，也是诗人的代言人。关于这位"先知"，纪伯伦说过："他是我的第二次降生，又是我的第一次洗礼。他是使我成为一个站在太阳面前的自由人的唯一思想。这位先知，在我塑造他之前先塑造了我，在我把握他之前先把握了我，在他站在我面前向我灌输他的情趣、爱好和主张之前，已先让我跟在他后面走了千万里。"①纪伯伦通过这位主人公全面阐述了自己的人生哲学和社会理想。

《先知》描写了一位智者、"先知"亚墨斯达法，他在大海边的阿法利斯城中居住 12 年后，准备返回阔别已久的故乡。当地居民得知他要离开，纷纷从四面八方赶来为他送行。临别前，人们想再一次聆听智者的教诲，于是先知回答了来自社会各阶层的市民提出的种种问题，探讨了关于爱与美、生与死、哀与乐、劳与逸、善与恶、罪与罚、婚姻与家庭、理智与情感、法律与自由以及宗教等 26 个社会人生问题，几乎涉及人类精神生活和物质生活的全部领域。全部散文诗集由 28 节组成。

《先知》的基本主题是人的发展和提高，即人如何从"小我"走向"大我"成为"巨人"；生命如何"向着无穷前进""赤裸地无牵挂地超腾"。纪伯伦认为，人类自身有三种特性："神性""人性"和"不成人性"。"神性"代表了人类的明天，"人性"代表了人类的今天，"不成人性"则代表了人类的昨天。"神性"就是"无穷性"，是长了"翅翼"的生命，是人类的"真我""大我"，是"高人"或"巨人"；"不成人性"则是"侏儒"。"神性""巨人"像"海洋"，像"太阳"，是人类的"白日"；"不成人性""侏儒"则是人类的"黑夜"。"巨人"帮着有翼者上升，使生命能在宇宙的大生命中寻求扩大，臻于完美、至善；"侏儒"则教人背向太阳，面对自己的阴影，堕于睡梦的烟雾，沉沦于黑暗之中。

纪伯伦通过"先知"之口呼唤"神性"，要人们发掘自身"未知的珍宝"，捕捉"在天空中飞翔"的"大我"。他是这样昭示人类，让人们看到自己的"真我"：

你们不是幽闭在躯壳之内，也不是禁锢在房舍与田野之中。
你们的"真我"是住在云间，与风同游。

---

① [黎]纪伯伦著. 伊宏编. 纪伯伦散文诗全集·序. 杭州：浙江文艺出版社，1996.

你们不是在日中匍匐取暖，在黑暗里钻穴求安的一只动物，
却是一件自由的物事，一个包涵大地在以太中运行的魂灵。①

摆脱动物性，发扬人性，走向"神性"，获得"自由"，这就是纪伯伦在《先知》中为人类"升腾"规划的"神"路历程、光明大道。

为此，他要人们抛掉"祖宗的忧惧"，走出"那死人替人筑造的坟墓"，跟上"向无穷前进"的"生命大队"的行列；他要人们时时听从"爱"的召唤，把"美"当成向导，让"理性"与"热情"成为"航行的灵魂的舵与帆"；他要人们去掉伪饰"面具"，摆脱"心上的桎梏与束缚"，让生命"赤裸"地站在"阳光"下和"风"里；他要人们"相信生命和生命的丰富"，无保留地、"无痛"地"施与""带着仁爱"劳作。

纪伯伦曾经说过，他写《先知》的目的是要探讨人与人之间的关系。他做到了，但不仅仅是探讨，而且有规范、立法之意。他提出了许多与传统看法不同甚至相反的观点，很值得读者仔细玩味。

例如，他谈到宗教信仰时，提出"你的日常生活，就是你的殿宇，你的宗教""假如你要认识上帝，就不要做一个解谜的人"②；谈到两代人的关系时，指出"你们的孩子，都不是你们的""他们虽和你们同在，却不属于你们""你们可以给他们爱，却不可以给他们以思想""你们可以荫庇他们的身体，却不能荫庇他们的灵魂""你们可以努力去模仿他们，却不能使他们来像你们"③；谈到婚姻时，提出"彼此相爱，但不要做成爱的系链""快乐地在一处舞唱，却仍让彼此静独""要站在一处，却不要太密迩"④；谈到友谊时指出，寻找朋友并不是为了"消磨光阴"，也不是为了"填满空虚"。

爱与死是关于人类生命探讨中两大历久弥新的永恒话题。在《先知》中，作者借女预言家爱尔美差之口将其提出，并以美开头，用死作结，表现了作者对这两个问题的深入思考和独到见解。

关于对"爱"的理解，作者谈到"爱除自身外无施与，除自身外无接受。爱不占有，也不被占有。因为爱在爱中满足了"。⑤宣扬的是一种人与人之间完全平等无差别的"爱"的观念。同时，作者认为，爱也是一种磨砺人的力量，"爱虽给你加冠，他也要将你钉在十字架上。他虽栽培你，他也刈剪你。他虽升到你的最高处，抚惜你在日中颤动的枝叶，他也要降到你的根下，摇动你的根柢的一切关节，使之归土"。"假如你在你的疑惧中，只寻求爱的和平与逸乐，那不如掩盖你的裸露，而躲过爱的筛打，而走入那没有季

---

① [黎]纪伯伦著. 先知[M]. 冰心译. 北京：中国国际广播出版社，2006：223.
② [黎]纪伯伦著. 先知[M]. 冰心译. 北京：中国国际广播出版社，2006：193.
③ [黎]纪伯伦著. 先知[M]. 冰心译. 北京：中国国际广播出版社，2006：35.
④ [黎]纪伯伦著. 先知[M]. 冰心译. 北京：中国国际广播出版社，2006：31.
⑤ [黎]纪伯伦著. 先知[M]. 冰心译. 北京：中国国际广播出版社，2006：23.

候的世界，在那里你将欢笑，却不是尽量的笑悦；你将哭泣，却没有流干了眼泪。"这是一种颇为新颖的见解，突破了人们普遍认为的"爱带给人温暖、喜悦、欢笑"等一切美好的感受的观念，赋予"爱"更广阔的含义，与我国的俗语"良药苦口利于病，忠言逆耳利于行"有异曲同工之妙。

对于"死"，在作者看来并非意味着生命的完结，它就如同生一般，是生命存在形式的另一种状态。"因为生和死是同一的，如同江河与海洋也是同一的。"死亡"把呼吸从不停的潮汐中解放，使他上升，扩大，无碍地寻求上帝""只在大地索取你们的四肢时，你们才真正地跳舞"。作者把死亡当作生命从各种人生枷锁、束缚中解脱的方式，从此人变得彻底自由，并可以毫无阻碍地亲近上帝。这表现了作者乐观豁达的生命观，也反映出一些宗教神秘主义色彩。

二

《先知》之所以历久弥新，让一代又一代的读者受益匪浅，在于它超越了时空、国界的限制，体现了人类共同的情感，满足了不同心灵的不同需求；在于它富于音韵之美的文字，宛如天籁之声，传达出人生的真理，让所有困顿彷徨的人们，都能从纪伯伦智慧的思考中得到慰藉和鼓舞。

纪伯伦主张用"血"来写作，《先知》就是他用多年心血浇灌出来的艺术奇葩。从青年时代起，他就开始酝酿这部作品，第一批文稿是诗人 18 岁在黎巴嫩求学期间用阿拉伯文写下的。当时自觉内容还不够成熟完善就一直未发表。直到 10 年之后他定居纽约，又写出了这部作品的英文初稿，之后多次修改，终于在 1923 年才正式以英文出版，整个过程长达 30 年之久。对于这本书，纪伯伦倾注了太多心血，他曾经说过："我想，自我从黎巴嫩构思《先知》一书开始，我就已和它寸步不离了，它仿佛是我身体的一部分……充塞了我的生命，我睡觉时梦着它，醒来时想着它，吃喝时仍是它……在我完成四年之后才将其付印，因为我想要确定，非常地确定，书中的每一个文字都必须是我的最佳贡献。"因此，书中的哲理可以说是纪伯伦积年累月爱与睿智的结晶，其深邃广博几乎已达到人类精神修养所能及的最高境界。

按照纪伯伦的构思，要创作出一个关于"先知"的三部曲，其中《先知园》就是《先知》的后续内容，讲述先知返回家园以后的活动。《先知》谈论的是人与人的关系，《先知园》则讲的是人与自然的关系，还将有一部探讨人与宗教关系的第三部，可惜作者因病早逝，未能如愿。《先知园》与《先知》一样，以赠言的方式写作，但有所不同的是，它是先知回到故里后与亲朋好友相聚时的谈话录。《先知园》包括 16 节，用含义深刻的哲理来解答众人提出的疑惑，可以说是《先知》的深化与扩展。

在《先知》中，纪伯伦很喜欢用一种"定义式"的语句来表达自己的独特见解，给人

以极为深刻的印象。例如，他说朋友是"有回应的需求""用爱播种、用感谢收获的田地";①"美是永生揽镜自照"②；孩子是"从弦上发出的生命的箭矢"③等。所有这些定义都很新颖，而且能一下子就触碰到事物的本质。此外，他还很善于使用排比句式，增强阐释的说服力，给读者带来如江河奔腾、山脉连绵般的气势。例如，在谈到"工作"时，他说："我说生命的确是黑暗的，除非是有了激励；一切的激励都是盲目的，除非是有了知识；一切的知识都是徒然的，除非是有了工作；一切的工作都是虚空的，除非是有了爱。当你仁爱地工作的时候，你便与自己、与人类、与上帝联系为一。"④在给人们解释"美"的概念时，说"美不是一种需要，只是一种欢乐。她不是干渴的口，也不是伸出的空虚的手，却是发焰的心，陶醉的灵魂。她不是那你能看到的形象，能听到的歌声，却是你虽闭目时也能看见的形象，虽掩耳时也能听见的歌声。她不是犁痕下树皮中的液汁，也不是在兽爪间垂死的禽鸟，却是一座永远开花的花园，一群永远飞翔的天使"。⑤

总之，《先知》的格调高雅，意境深邃，既有深思，又有美文，还充满温馨。

这本书出版以后，引起了世界的震动，获得了多方的赞誉。

《芝加哥邮报》称："这一本奇妙的著作，它满足了个别心灵的不同需求，哲学家认为它是哲学，诗人称是诗，青年则说：'这里有一切蕴涵在我心中的东西。'老年人说：'我曾不断追寻，但却不知追寻为何？但在我垂暮之年，我在这本书中找到我的宝藏。'"

黎巴嫩文学史家汉纳·法胡里说《先知》"具有东方苏菲精神""阐述了许多高尚而富有哲理性的教诲""文笔轻柔优美，如潺潺流水，有迷人的音乐感""纪伯伦那音韵曼妙且充满活力的感情所造就的言语，犹如圣经传道第一章中的庄严节奏……如果一个男人或者女人读了这本书，不安静地接受一位伟人的哲学：心中不欢唱着内心涌出的音乐，那么，这个男人或者女人，就生命和真理而言，确已死亡"。

我国著名作家冰心，对《先知》那"满含着东方气息的超妙的哲理和流利的文词"留下了极深的印象，一见到它就顿时产生了翻译的念头。

《先知》把读者引向生命的巅峰，让人们俯瞰世界，审视人生，又得到爱与美的陶冶。正因为如此，阿拉伯著名文学评论家努埃曼才把它称为"常青树"，说它"深深扎根于人类生活的土壤里，只要人类活着，这株大树就活着"。

---

① [黎]纪伯伦著. 先知[M]. 冰心译. 北京：西苑出版社，2003：36.
② [黎]纪伯伦著. 先知[M]. 冰心译. 北京：西苑出版社，2003：48.
③ [黎]纪伯伦著. 先知[M]. 冰心译. 北京：西苑出版社，2003：12.
④ [黎]纪伯伦著. 先知[M]. 冰心译. 北京：西苑出版社，2003：17.
⑤ [黎]纪伯伦. 先知[M]. 冰心译. 北京：西苑出版社，2003：47～48.

【思考与练习】

1. 试概括纪伯伦的艺术风格。
2. 以《先知》的具体章节为例,说明它带给你怎样的感悟。

第十二节　叙事艺术的精华
——海明威的《老人与海》

《老人与海》是1954年诺贝尔文学奖得主海明威的代表作。

厄内斯特·米勒儿·海明威(1899—1961)是美国极具传奇色彩与独特个性的杰出作家。他被认为是20世纪最著名的小说家之一,人们通常把他称为"迷惘一代"作家的代表。其代表作品有《在我们的时代里》《春潮》《没有女人的男人》《太阳照常升起》《永别了,武器》《非洲的青山》《乞力马扎罗的雪》《丧钟为谁而鸣》(又译《战地钟声》)以及《老人与海》等。另外,他的很多作品都被好莱坞搬上银幕,在世界各地放映,影响巨大。

海明威生于美国伊利诺伊州芝加哥市附近的奥克帕克村,父亲是当地著名的外科大夫,又是个打猎和钓鱼的能手,喜欢在业余时间带孩子外出狩猎、钓鱼、运动,以培养他们"男子汉"的性格。母亲是虔诚的基督教徒,喜爱音乐和绘画,在艺术上颇有造诣。父亲的业余爱好和母亲的艺术修养都在不同程度上对海明威的生活产生了影响。海明威从小爱好艺术,喜欢参加各种户外活动,在中学期间已显示出写作和体育上的才华,曾任校刊编辑。他肩宽腰圆,身体结实,精力旺盛,又爱争强好胜,干什么都想争第一。这种身体条件和性格使得他成为颇带传奇色彩的英雄人物。高中毕业后,他没有升入大学,而是到《堪萨斯之星》报当见习记者。报社对文体风格要求严格,有110条明文规定。在《堪萨斯之星》编辑部,他刻苦学习,写了不少精彩的新闻报道和小故事。这种训练使海明威在以后的文学创作中形成了一种独特的简洁明快的风格。

1918年5月,海明威被获准担任红十字会救护队的司机,奔赴第一次世界大战的意大利战场。同年7月,他在奥军迫击炮火中身受重伤,但他仍把一名意大利伤兵拖到安全地带,表现出无比的勇敢。一战结束后,他于1919年回国并带回意大利政府授予他的银质勇敢勋章。回国后不久,海明威就去了加拿大,担任《多伦多之星》的见习记者和驻外通讯员。1920年,他结识了成名作家安德森。同年12月,他携新婚妻子,带着安德森的介绍信去了巴黎,开始了他的"巴黎学艺"之旅。

在巴黎,海明威认识了诗人庞德、作家格特鲁德·斯坦因以及一些记者和出版商。20世纪20年代的巴黎之行无疑是他一生中的关键时期。这些巴黎的朋友给了他支持和指引,斯坦因还帮他审阅手稿,提出具体的修改意见。"迷惘一代"的称谓,就是斯坦因对海明威等青年的评价,后成为《太阳照常升起》一书的扉页题词。

第二次世界大战爆发,海明威作为随军记者奔赴二战的前线,多次负伤。1941年至1942年,海明威还远访亚洲和中国,发表了6篇关于中国抗日的文章。二战后,海明威长住古巴从事文学创作。1960年,海明威因高血压症、糖尿病等疾病日趋恶化,丧失了工作能力,抑郁症也愈发严重。他在1961年7月2日早晨用猎枪结束了自己的生命,终年62岁。

在文学创作这一竞技场上,海明威积极奋进,力争上游,表现出一种硬汉精神,并塑造了一系列硬汉形象。他说:"对于一个真正的作家来说,每一本书都应该成为他继续探索那些尚未到达的领域的一个新起点。他应该永远尝试去做那些从来没有人做过或者他人没有做成的事情。这样他就会有幸获得成功。"① 而他本人正是这样一个勇于自我挑战的作家。他给世人留下的作品颇丰。临近晚年,在世人多以为海明威"江郎才尽"时,他却捧出了惊艳世界的中篇小说《老人与海》(1952年),塑造了超级硬汉子——老渔夫桑提亚哥的形象,是海明威在以往作品中所塑造的一系列战士、猎人、斗牛士、拳击手等硬汉形象的发展和升华。

海明威的文体以简练著称,作品结构严密,形象客观真切,语言简洁,多用短句、少用复句,很少用形容词,对话犹如电报,富有弹跳性并充满了潜台词。

一

海明威的中篇小说《老人与海》的故事情节很简单。然而,就是在这部看似简单的小说中,蕴含着深刻的思想,凝结了作者十几年小说创作的经验,闪耀着智慧的光芒。人们认为《老人与海》是海明威的整个创作生涯的总结性作品,它不但是作者生前出版的最后一篇小说,而且也是体现了作者高超的叙事艺术水平的一篇小说。

《老人与海》的故事在作者心中酝酿了15年之久。1937年,海明威曾在《老爷》杂志上发表了一篇题为《大海上》的通讯,里边提到一位年迈的古巴渔夫独自出海打鱼,捕到一条大马林鱼,鲨鱼游到船边抢食鱼肉,老人一个人在湾流②的小船上对付鲨鱼,用桨打、戳、刺,累得他浑身像散了架,鲨鱼却把大马林鱼能吃到的部分都吃掉了。渔民们找到他的时候,老人正在船上哭,损失了鱼,他快气疯了,鲨鱼还在船的周围打转转。1952年,海明威根据这个素材写成了小说,并产生了轰动效应,获得了1953年的普利策文学奖,1954年瑞典文学院在诺贝尔文学奖授奖辞中特别称赞了这部作品。

海明威在这篇小说的创作中完全摒弃了对社会生活的描写,集中写主人公三天三夜只

---

① 董衡巽.海明威研究[M].北京:中国社会科学出版社,1980:94~95.
② 从墨西哥湾向北流的一股海流的名字。

第三章 外国文学

身在海上捕鱼的活动，展现了人与大自然斗争的动人画面，讴歌了面对强力不屈不挠的所谓"重压下的优雅风度"。桑提亚哥是小说着意刻画的人物形象，他是个同社会没有联系而独立存在的老渔人。作者选择了一个年老力衰的老渔人作为主角，其个人背景和村子里的其他人的故事被彻底地淡化了，人物与环境之间的关系变得更加的纯粹。他没有妻子、儿女、兄弟、亲戚，也没同别的渔夫、渔商等有任何联系；他很穷，又很古怪，生存能力特别强，只喝冷水、吃生鱼便能过日子；与之相伴的唯有变化无常的茫茫大海，他赖以为生的渔船和渔具；他唯一的朋友是年龄差距很大的小男孩曼诺林，小男孩曼诺林作为小说中的次要人物，在故事的开头和结尾处出现，通过他与老渔夫的关系，揭示了主角与人类社会的基本联系和态度。但这小男孩也只是有时候来看看他，送些食物和日常用品来。不可能跟着他一同在海上与大自然搏斗。桑提亚哥就是生活在这样一个典型环境里，但他没有被孤独压倒，反而在孤独中铸就了刚毅的性格。小说没有着力渲染这一环境，但一种人以其毅力对抗生存环境时的冷静沉着、一种充满自信的大无畏气概，力透纸背、传神地体现了出来。

海明威将主人公桑提亚哥的主要活动环境置于几乎与世隔绝的茫茫大海之中，是为了突显人在大自然中的渺小，人同大自然斗争的艰难，进而塑造出独特的艺术典型——"硬汉子形象"的代表。作者非常准确而又简洁地勾勒了桑提亚哥的外貌："后颈上凝聚了深刻的皱纹，显得又瘦又憔悴。两边脸上长着褐色的疙瘩，那是太阳在热带海面上的反光晒成的肉瘤……因为老在用绳拉大鱼的缘故，两只手上都留下了皱痕很深的伤疤，但是没有一块疤是新的。"长年的风吹日晒和辛勤劳作，使他的身体受到摧残，现在他已经衰老了，但在精神上始终没有被击败："身上的每一部分都显得老迈，除了那一双眼睛。那双眼啊，跟海水一样蓝，是愉快的，毫不沮丧的。"从这里可以看出他性格的坚毅和乐观。他身体上的衰老，伤痕累累与他那"毫不沮丧"的清澈愉快的眼睛形成鲜明的对比，这种肉体上的弱势与充满力量的眼神让读者对人物命运产生了强烈的期待，也为下文人物行动的展开提供一个更广阔的心理空间。他很不走运，一连出海84天，一条鱼也没有捕到，几乎每天都划着空荡荡的小船回来。但他并不甘心失败，仍自信能捕到鱼。他还是可以凭借自己多年捕鱼的丰富经验和娴熟的捕鱼技巧捕到一条真正的大鱼。在接下来的三天两夜里，老渔夫桑提亚哥基本上与人类社会隔离，与大海为伴。故事的开展由捕大马林鱼和与鲨鱼搏斗两大部分组成。第85天，他又继续驾船出海。终于，桑提亚哥时来运转，一条大鱼上钩了，一条比他的渔船还要大，重1000多磅的大马林鱼，鱼把船拖往远海，足足挣扎了两天两夜。在追捕这条大鱼的过程中，桑提亚哥与大马林鱼展开了一场势均力敌的公平较量。老渔夫靠精确的计算和十足的耐力捕捉大马林鱼，在这一过程中，老渔夫表现出顽强的意志力。他克服了难以忍受的饥饿、疲劳和伤痛，终于制伏了大鱼。对他来说，这些痛苦都算不了什么，战胜困难、乐观地面对痛苦是男子汉的禀性，只要与大海和鱼在一起就会有无穷的乐趣。在和鱼的相持中，桑提亚哥显得亢奋而富有激情，并由此产生了一种生命力被激发到极限的快乐。他还以一种朋友的态度欣赏他的对手，自言自语地夸奖着大马林鱼的漂亮外形和高贵的品质，不时还透露出对大马林鱼的尊重和同情。追捕鱼的过程是考验老人意志的过程。结果，他取得了胜利。读到这里，读者的心理得到极大的满足，主角桑提亚哥终于捕到鱼了，结果是圆满的。但厄运总是追随着他，大马林鱼被刺杀，它的血染红了一大片海水，以至于引来了成群的鲨鱼。途中鲨鱼成群结队地追了上来。老人用鱼叉刺，鱼叉被带走后就用刀子绑在柄桨上代替，刀锋折断了，他又用木棒打，奋不顾身地与鲨鱼进行搏斗，只要还有一点力气，他就要坚持下去。桑提亚哥此时与大马林鱼融为了一体。在这场角逐中，其实桑提亚哥是处于被动的地位，之前为了捕大马林鱼已经消耗了大量体力。在这里，老渔夫的体能和意志都已经透支到了极限。这样的状态，已经预示着老渔夫的失败。与之前捕大马林鱼相比起来，这场和鲨鱼的对抗，使桑提亚哥走向了破碎，但正是因为这样，更进一步地体现主人公"从破碎中站起来"。他把鱼和人的搏斗，看成是人生的战斗，在决心打败鲨鱼群的奋搏中，享受着战斗的喜悦。桑提亚哥并不把捕鱼单单看成是为了生计，而视之为在战场上打败对手。当小船靠岸，大马林鱼被啃成了骨架，老人筋疲力尽，挣扎着回到自己的家，倒下就沉睡起来；第二天早上曼诺林来叫醒他，提出要和他一起外出打鱼，他说自己的运气已经完了。后来，"在路那边的茅棚里，老头儿又睡着了。他依旧脸朝下地睡着，孩子坐在一旁守护他。老头儿正在梦见狮子"。

二

尽管桑提亚哥失败了，但他仍然是个强者。在对待失败的风度上，他取得了胜利。海明威通过这个故事形象地说明了：人生充满了斗争，人在战斗中逃避不了失败的命运，但是人要勇敢地面对失败。大海是与老渔夫既对立又统一的自然力：海既是毁灭他的力量，也是造就他的力量。老渔夫面对挫折时的优雅风度，是海明威晚年硬汉精神的真实写照。桑提亚哥是硬汉形象的集中体现，也是所有硬汉形象的升华。海明威经历了两次世界大战，他的大部分小说都是以战争为题材。"一个人并不是生下来就给打败的，你尽可以把他消灭，可就是打不败他。"海明威的笔下塑造了许多栩栩如生的人物形象，而硬汉形象成为海明威作品的重要标志。从《在我们的时代里》的主人公尼克，到《太阳照常升起》中的巴恩斯，再到《永别了，武器》中的亨利、《丧钟为谁而鸣》中的乔丹，海明威笔下的硬汉形象逐渐地成长起来。尼克的诞生，成为海明威笔下硬汉形象的初探，一个富于冒险精神的孩子长大后参加了战争，最后带着战争的创伤和失落返回家园。《太阳照常升起》中的巴恩斯也经历了战争，战争带给他的是莫大的伤害，但他仍然积极地工作，努力地寻求生活的意义。《永别了，武器》中的亨利是一个反战的人物，在认识到战争的无意义后，他采取了行动——退出了战争。这之前的几位硬汉人物形象，整体上还是缺乏生活的理想，精神上没有支柱，似乎是无声的迷惘的反抗者。《丧钟为谁而鸣》中的乔丹是继

前面几位硬汉形象,塑造得比较成功的一个硬汉形象。坚韧不拔的乔丹,参加了正义的战争,经历着关于爱与职责、生与死的考验,最后他把生的希望留给了别人,为西班牙人民献出了年轻的生命。到了《老人与海》,桑提亚哥便成为硬汉形象的集大成者。在桑提亚哥的身上,集聚了以往所有硬汉形象的优秀品质,具有极大的勇气和信心,但他又不同于以往的硬汉形象。虽然他是一位年老的渔夫,在年纪与体能上不如其他硬汉,但却更加坚韧,完美地体现了"人可以被消灭,但不能被打倒"这样一种崇高伟大的精神。作者在他的身上寄予了对人类命运及存在价值的更积极和彻底的思考。

三

海明威在 1932 年发表的《午后之死》中,用"冰山"来比喻自己的创作。他说:"一个作家因为不了解而省略某些东西,他的作品只会出现漏洞。相反,一个散文作家对于他想写的东西心中有数,那么他可以省略他所知道的东西。读者呢,只要作者写得真实,会强烈地感觉到他所省略的地方,好像作者已经写了出来。冰山在海里移动是很庄严宏伟的,这是因为它只有八分之一露在水面上。"①也就是说,作品中有八分之七的内容蕴含在形象的背后,见诸笔端的只有八分之一。海明威在浩瀚的生活海洋中选取、提炼最富有特征的事件和细节,以简洁、凝练的手法,客观精确地勾勒出一幅幅生活图画。这些直接用文字表现出来的是作品看得见的"八分之一",像显露在水面上轮廓清晰、晶莹透明的冰山一样,给读者造成一种意境,使读者用想象去开发隐藏在水下的"八分之七",去感受作者写作中所省略的地方,使他们在强烈的感受中作出自己的结论。这种与众不同的创作方法,就是海明威著名的冰山理论。

在《老人与海》中,冰山理论主要体现在作者采取了象征、省略等艺术手法。以象征来揭示深远的寓意,以省略来建构单一的故事结构,加入大量的内心独白,思忖、回想来达到刻画人物的目的,突出深刻的主题思想。象征的基本含义是用某种知觉或想象的图像标志来暗示某种不可见的意蕴。它可通过意象来诱发欣赏者的经验和情感的表现,以使文学作品产生强盛的生命力和永久的艺术魅力。深谙此道的海明威运用象征的手法,将抽象的思想变成具体的物象,再使读者从具体物象中激发经验想象和情感的表现,去探究其中的意蕴,借此巧妙地体现他冰山原则的水上"八分之一"与水下"八分之七"的关系。

在《老人与海》里,硬汉桑提亚哥这一富有寓意的概括性艺术形象塑造的成功,使这部作品成了一部具有寓言性质的散文体哲理叙事诗。老人桑提亚哥在精神上始终没有被击败。小说一开始就描写了他的眼睛是寓意深刻的。眼睛是心灵的窗户,老人的那双眼睛跟那象征着厄运的破帆相对照,揭示出他决不向命运屈服的性格特征。作品中多次提到老人

---

① 崔道怡,朱伟,王青风,王勇军. "冰山"理论:对话与潜对话(上册)[M]. 北京:工人出版社,1987.

梦见狮子，狮子是力的表现，是强者的象征，一再梦见狮子，正象征着老人对力的追求和强者的向往。在桑提亚哥身上，凝注着作者深刻的思想：他虽然失败了，但并不甘心失败，还要重新再来，他在精神上是一个强者。人类应当具有不向命运低头、永不服输的斗士精神和积极向上的乐观人生态度。虽然老渔夫与大鱼搏斗的结局是拖回了一副骨架，但他在精神上却始终是个胜利者。小说中有一句最著名的话："一个人并不是生来要给打败的，你尽可以把他消灭掉，可就是打不败他。"这实际上使老人的捕鱼经历增添了不凡的意义，并升华到了哲理的高度，同时也体现了 20 世纪人的本质精神。当然作品也对命运作弄下必然失败的人生流露出无可奈何的绝望心情。但作者强调的是，人在失败中仍要不失尊严，勇敢而不妥协。主人公虽是悲剧性的，但泰然自若地接受失败，骄傲地迎战一切灾难和挫折、失败和痛苦，沉着地再次拼搏，顽强而又执着，于天地间矗立起一个大写的"人"字，显示了无法剥夺的人的尊严，证明了人的力量的伟大和精神的威力。老人的这种积极抗争的硬汉精神，无疑能给处于种种危机中的人们以鼓舞，激励人们在逆境中无所畏惧，尽自己的责任、发挥自己的潜能去奋斗拼搏，从而在这个意义上获得人生的价值和充实的生命。可见《老人与海》绝不仅仅是一个老渔人打鱼的故事，而是寓意极深、耐人寻味的杰作。

批评家贝瑞逊曾评论道："《老人与海》是一首田园乐曲，不是拜伦式的，不是麦尔维尔式的，好比荷马的手笔，行文既沉着又激动人心，海明威是一位真正的艺术家，任何一部真正的艺术品都散发出象征和寓意，这一部短小并不渺小的杰作亦是如此。"《老人与海》是以事实为依据写成的，细节描写也真实可信，但作品中的主人公、大海、马林鱼、鲨鱼、老人追捕马林鱼、与鲨鱼搏斗等都是寓意深刻的，可以说整部作品具有寓言的性质。老人名义上是个渔夫，实则是一个超时空、抽象化的人；他与大海、鲨鱼的搏斗，是人生搏斗的象征。末尾曼诺林准备充当老人的助手，再次出海，这象征着人类的不屈精神将一代代地传下去，表现了作者对人类美好未来的憧憬。

与象征并存的艺术手段是省略，它同样也极其深刻。海明威认为，省略是作家有意的一种手法，省略是积极的，不是消极的。作品不需要把所有的东西都呈现在读者面前，省略掉一些东西，像冰山一样只露出八分之一，给读者留下更多的思考余地。海明威在谈到《老人与海》时说道："《老人与海》本来可以长达一千多页，把村里每个人都写进去，包括他们如何谋生、怎样出生、受教育、生孩子等，但《老人与海》最终定稿时只有两万多字。老年的渔夫只身在渔船上，跟大海、大鲨鱼作生死搏斗。"小说的情节单纯而不单调。第 85 天，老人在海面上，念念不忘的只是在城里进行垒球比赛的情况，这是他读报的唯一所得，也是他感兴趣的事情。这使我们产生种种联想，老人此次出海，其实就似出赛，大海无异于人生的赛场。老人对大马林鱼矛盾的态度、对自我的认识，都使我们走近他，感受到他心灵深处的孤寂与欢乐，体会硬汉精神的深刻。对于他的过去，小说只作了两点交代：一是他年轻时曾和一个黑人大力士掰过手腕，开始时，两人势均力敌，不分胜负，但最后，桑提亚哥以顽强的毅力使那黑人败在他手下，他成了当之无愧的胜利者；二是他小时候曾去过非洲，在海滩上见过狮子。作者省掉了一般小说中通常对人物身世、来历等方面情况的介绍，而突出上述两点，为人物形象的塑造、性格的刻画作铺垫。小说的故事情节简单，主人公的性格单一而又鲜明。八分之一的文字塑造了老渔夫桑提亚哥这样一个硬汉的形象，让我们感受到在这人物形象背后的八分之七的深刻思想——不论遇到什么困难，人类的意志和精神都是不屈的，都是不会垮掉的。小说展现老人打鱼失败这一情节，但却不流于肤浅，其深刻性也体现了作者对人生具有深刻的认识。在早期小说中，海明威往往把硬汉性格放到激烈的矛盾冲突中来表现，以主人公的胜利来突出人物的不屈精神。这在他的短篇佳作《打不败的人》中表现得尤为典型。而在晚期小说《老人与海》中，他则以主人公的失败来体现硬汉精神，其深刻性是不难领悟的。当代美国作家索尔·贝娄说得好："海明威有着一种强烈的愿望，他试图把自己对事物的看法强加于我们，以便塑造出一种硬汉的形象……当他在梦幻中向往胜利时，那就必定出现完全的胜利、伟大的战斗和圆满的结局。人人都要成为那样一种真正的人，这绝不是一种平凡的愿望。"①是的，永远的、完全的胜利只能在"梦幻"中，人生充满了失败，而毫不畏惧、不屈不挠是人类走向胜利的必备品质。

四

海明威毕生追求写得真实，坚信客观冷静是真实的条件，人的感觉是真实的源泉。因而他在小说叙述中奉行的是作家退出小说的叙事原则，字面上绝不留个人参与的痕迹，体现出所谓的"零度风格"。然而，海明威又是一个毕生对世界做不倦探索，对社会对生活积极参与、执着追求的作家。他的记者生涯、小说实践，以及对两次世界大战和其间的西班牙战争的主动参与，即是证明。这中间，我们发现，作家对于生活又表现出一种异乎寻常的热情。实际上，艺术上的"零度风格"与海明威对悖谬现实全面否定的态度，对人生坚持探求真理的执着，崇尚"打不败"的精神具有内在的一致性，这使得他的小说表现出一种严酷冷峻的色调。

海明威曾长期从事新闻写作，长时期的报纸撰稿帮助他形成了简洁凝练的文风。他在小说中刻意追求的简明性同时体现在情节和语言中。故事没有错综复杂的情节，语言简朴。然而对海明威小说简明性的理解不仅仅如此而已。如果把语言的简明性解释为比刻意和无法言明的表达更具有永恒意义和更令人思考，这是毫不为过的。这并非是要给简明性罩上一层神秘的面纱。德里达在他的后现代主义经典中指出，在写作中回避或隐藏自身实际上是"为了更好地表现自身"。写作的艺术从根本上说"应该是为了对存在进行最大的象征主义重组而作出的一种牺牲"。这种所谓的简明性可以理解为是更为永恒和更具有哲

---

① 毛信德. 美国小说史纲[M]. 北京：北京出版社，1988：441.

理性的。作者擅长运用极度简洁、极度准确的文字来表现人物、营造传神的意境，进而刺激视觉思维活动，给读者造成真正鲜活的感觉。在《老人与海》中，深刻复杂的思想内容以最简短的语言来表达，所谓"电报式"的短语，证明了作者驾驭语言的功力。海明威始终记住美国建筑学家密斯·凡·罗厄关于建筑风格的一句话"越少，就越多"。他以平白无饰的语言描写了寓意深邃的故事。海明威小说的语言特色首先在口语化方面给读者留下了深刻的影响。海明威高度赞扬美国作家马克·吐温的《哈克贝利·芬历险记》，原因在于他认为马克·吐温的语言是从民间提炼出的鲜活生动的文学语言。海明威很少使用修饰语，特别是极富有感情色彩的形容词。他在叙述中只描述事实，绝不铺张。在海明威的小说中，人物的对话大量存在。这种口语化的对话增强了海明威小说的真实美，为读者直观地展现了小说人物的情感和思想。另外，在海明威的小说里，白描手法的运用也是很常见的。句子简短，叙述直截了当，词汇准确生动，用最精练简短的文字勾勒点化出人物的形象和外貌。

　　这种简洁精练的写法与19世纪后期欧美小说日趋冗繁芜杂的描写以及由此而形成的缓慢滞重的叙述节奏有很大区别，是海明威在文体风格上的创新。英国评论家赫·欧·贝茨说海明威在美国"引起了一场文学革命"，并具体地论述了这位小说家文风的巨大影响："如果说安德森终止了按简便现成的定型化老办法来写小说的话，那么海明威则是砸碎了美国短篇小说曾经用来排印的每一粒早已面熟的铅字，给小说另刻了一套它从未见过的严谨的、革新的又是堪称典范的铜模。海明威这样做的时候，一锤子捣烂了按照花哨图案描绘的所有作品；随着亨利·詹姆斯复杂曲折的作品而登峰造极的一派文风，被他剥下了句子长、形容词多得要命的华丽外衣；他以谁也不曾有过的勇气把英语中附着于文字的乱毛剪了个干净。"①《老人与海》是海明威这种艺术风格的最好体现。这是海明威比其他同时代的作家高明的地方，也是他对当代文学的杰出贡献。与海明威同时代的和后起的美国作家大都在不同程度上受过他这种简约风格的影响。

　　《老人与海》已被译成多种文字，在世界各地广泛流传，在中国就有5种以上的译本，总印数在20万册以上。中国许多现当代作家从海明威的创作中受到启迪，获得裨益。毫无疑问，《老人与海》是迄今最畅销的小说之一，也将会受到越来越多的读者的喜爱。

【思考与练习】

1. 海明威作品体现的硬汉精神有何意义？
2. 认真体会《老人与海》中的一句最著名的话："一个人并不是生来要给打败的，你尽可以把他消灭掉，可就是打不败他。"

---

① 董衡巽. 海明威研究[M]. 北京：中国社会科学出版社，1980：131.

第三章 外国文学

第十三节　真实和荒诞的交织　传统和现代的融合
——格拉斯的《铁皮鼓》

　　《铁皮鼓》是 1999 年诺贝尔文学奖得主君特·格拉斯创作的小说。是针对人类有史以来最惨烈战争的反思之作，也是献给那些被绑上战车者的安魂曲，又是奏响在战败国的一支悲歌。该小说与现实融于一体，集传统与现代于一身，从人性和人心的角度阐释了德国走向战争和失败的必然性，是二战后反思文学当中最有深度的一部作品。

　　君特·格拉斯(Günter Grass，1927—　)是德国著名作家，评论界将他与海因里希·伯尔并称为战后德国文坛双璧。君特·格拉斯出生在当时还属于德国版图的但泽市(今波兰的格但斯克)一个小贩之家，父亲是德意志人，母亲是属于西斯拉夫民族的卡舒布人，爱好戏剧和读书的母亲使格拉斯从小就受到较多的文学艺术的熏陶。

　　格拉斯多才多艺，他的诗歌、小说、版画集内涵丰富、风格独特。

　　格拉斯在文学创作上既立足传统，又超越传统。比喻、隐喻、反讽、荒诞、时空断裂、视角变换等现代派小说惯用的手法在他的小说中俯拾皆是。格拉斯小说的文字生动流畅、丰富多彩，叙述角度轻松自如地变换，奇特的想象，随意道来的嬉笑怒骂，无所忌讳的细节描写，真实和荒诞交织在一起的情节构成了他独特的风格，真实地传达了他对历史的思考，对人口、生态及和平的关注。

　　格拉斯一生获得过许多文学奖，还是哈佛大学等多所大学的名誉博士。

一

　　《铁皮鼓》以威廉帝国、一战、魏玛共和国、希特勒上台、二战和二战后的 50 年代的德国小市民生活作为故事的时代背景，通过叙述者奥斯卡这一"超常怪人"特有的视角展示小说内容。在法西斯统治这个迄今德国历史上最黑暗、最残暴的时代里，奥斯卡在娘胎里就能推测自己的未来，不愿看到这个荒谬、混乱的世界。奥斯卡无可奈何地降临人间后，儿童普遍拥有的无忧无虑、天真烂漫都远他而去；父母与表舅(奥斯卡认为表舅更有可能是他的生身之父，因为他们都有同样的蓝眼睛)之间关系暧昧，他目睹这场三角恋以悲剧告终；他亲身经历了波兰邮局保卫战，邮局职员孤立无援、寡不敌众，最后束手就擒；他曾随马戏团赴西线劳军，目睹中尉命令上士用机枪扫射到海边捡螃蟹的修女，而盟军在诺曼底登陆，他的恋人梦游女罗丝维塔被炸死，生命在战争中如草芥一般；战败后的德国一片混乱，人们还是那样平庸、琐屑、肤浅、空虚、无聊、卑俗、健忘、生活贫困、饱受屈辱和恐吓。在奥斯卡的叙述里，我们看到的是各式各样的场景：第二次世界大战和群众的狂热、阅兵的场面、火烧犹太人教堂、前线、战后货币改革、经济复苏等等。历史的野

蛮、价值的颠倒、纳粹德国的血腥和战后的冷酷在奥斯卡本人、家人和所认识的周围人的日常生活经历中生动地再现,在叙述人刻意幽默、反讽、荒诞的叙事中被冷眼透视。由于奥斯卡成长于下层社会,所以,我们看到更多的是市民阶层的生活,他们的思想感情,他们的需要和冲动,他们的行为方式和作风,他们的生存环境和命运。也因此,小说的主要人物都是组成那个社会最基本成分的小市民——农民、小公务员、小商人、马戏团演员,而对他们生活的描绘,又最真实地反映了那个时代的精神风貌和欧洲那个动荡不安的时代的真实生活。

小说中最具有讽刺意义的是,1935 年,纳粹德国通过立法把犹太人置于不受法律保护的地位,一些人居然还寄希望于天主教会的干预。但奇迹并未出现。1938 年 11 月某日,纳粹党徒打砸抢烧犹太人的住宅、商店和会堂,犹太人马库斯的玩具店被毁后痛心疾首,愤然自尽。面对纳粹的暴行,天主教徒却散发小册子,高唱"有信有望有爱"。而与此形成鲜明对照的是那位冲锋队小号手迈恩的故事。这位小号手由于在朋友的婚礼上遭遇不快,回家迁怒于自家的猫,并将打死的猫装进麻袋扔到垃圾箱里。于是这一"不人道地虐杀了动物"的行为被人告发,迈恩因此被纳粹冲锋队除名,可他在那个黑暗如漆的"水晶夜"捣毁和洗劫犹太人教堂和商店时的暴行却没有人认为不妥,更遑论去指责告发。对动物的残暴被视为不人道,对人——准确地说是犹太人——的残暴则理所当然;不可理喻的事在现实中司空见惯,无人质疑。惯常的思维定式通过奥斯卡个性化的第一人称叙述的独特视角被颠覆了。作家在小说中将这两个对立的事件安排在一章里,使纳粹统治时期虚伪和野蛮暴露无遗,寓意深刻。那个时代似乎公正完美、充满人道,唯独对犹太人例外。这不由地激起读者对犹太人遭遇不公的现实的愤慨。在欧洲历史上,犹太人遭屠杀的事件屡有发生:罗马帝国屠杀他们,第二次十字军东征屠杀他们,16 世纪西班牙宗教裁判所屠杀他们,俄国沙皇也屠杀他们……德国的种族主义和反犹主义不是希特勒的发明,他不过是欲达其称霸世界的目的加以发挥和利用而已。反犹主义由来已久,最终成为 20 世纪早期希特勒的思想体系核心之一。希特勒为了扩军备战、动员德国人为他卖命,使用的办法之一就是煽动种族主义,鼓吹日耳曼人是"优秀民族",有权统治世界,而其他民族,尤其是犹太人,应该灭绝,或者最多充当德国人的奴隶。这种荒谬绝伦的种族主义、非人道的思想在当时相当多的德国人思想里根深蒂固。希特勒正好借助这一点并加以利用,大大地助长了德国人对犹太人顽固的偏见和仇恨。1939 年 1 月希特勒上台,而德国 1935 年 9 月 15 日就通过种族主义法,从法律上确立反犹政策,1938 年对犹太人的迫害加剧起来。种族主义加上希特勒极端残忍和顽固的独裁政策构成了一股强大的黑暗势力,它冲毁了人性的堤坝。不幸的是,德国人不自觉地视驱逐、杀戮弱小民族为真理。法西斯主义的残暴、被操纵、虚伪、自欺欺人的所谓信仰、希望和爱的本质在小说中昭然若揭。而历来被视为欧洲统治者精神支柱的基督教却与此时的暴行结为一体,天主教已被市侩气的教会和世俗性的民众所败坏,正在走向僵化,处处透出精神死亡的最深沉、最腐朽、最危险的冷漠和

被异化的活人所特有的僵尸般的恶臭。在纳粹德国,不仅普通市民疯狂卷入政治时已蜕化为精神上的行尸走肉,就连虔诚信仰上帝的基督教徒也未必找到了真正的精神生命,他们不过是靠宗教的滥情哄骗自己像婴儿吮吸大拇指似的麻醉生活。历史上西方人对精神拯救的呼声一向是由根深蒂固的基督教来响应的。黑白颠倒、人心向恶,宗教本应是最好的救赎之路,然而,那些信徒在犹太人惨遭迫害之后于寒冷中兜售基督教的宣传,那些在奥斯卡的引诱下偷窃的某些笃信宗教的老小姐的行为,不知不觉地消解了基督教的神圣性。所以尼采愤言:"旧的上帝已死。"①克尔凯郭尔也叹息:"一代又一代,人们始终在削弱又削弱着基督教,使它愈来愈柔弱,愈来愈驯服,最终不再是基督教了。"②在格拉斯笔下,基督教早就失去了生命力和神秘性,不再是一种充满活力的精神和灵性。人们的"精神是用空白做成的;在每一个空白中,他们安放了他们的疯狂,他们被称为上帝的补白物"③宗教已无法满足人的精神需要,不能有效地启迪人心,把人引向具有超越意义的人生觉悟。因此,当读者读到小说后来关于奥斯卡在教堂里对耶稣像的挑衅与质疑、在撒灰者面前表白接替耶稣,以耶稣的名义抢劫,自诩耶稣,坐在女模特儿的大腿上充当圣婴耶稣,新潮画家创作了一幅《四九年圣母》画等诸如此类的描写时,对这些有意亵渎神圣、有意拿虔诚开玩笑的描写便不足为怪了。

二

痛定思痛、反思历史是经历了一场民族大灾难后的德国文学的一大主题,1945 年后清算法西斯的作品比比皆是。纳粹党为何得逞上台?法西斯为何在德国如此肆虐?纳粹德国为何能够长时间地胡作非为?成千上万的群众为何拥护希特勒而成为法西斯暴行的施行者?而且这些参与者并非全部都是被迫的,有的不仅出于自愿,而且认为这样做是献身于自己遵循的神圣的信仰,根源何在?托马斯·曼、赫尔曼·布鲁赫、布莱希特等作家都在他们的作品中尝试对这些重大问题作回答。格拉斯则另有思索,交出了一份独特的答卷。

《铁皮鼓》的故事发生地在二战前德国人和波兰人混居的但泽市,这样的安排是意味深长的。但泽是一个真实的地名,是格拉斯的出生地,他在那儿度过了童年和少年,故乡所发生的一切都在他心中留下不可磨灭的印象。《铁皮鼓》与作者的另外两部小说《狗年月》《猫与鼠》组成了著名的"但泽三部曲"。格拉斯向读者呈现故乡,主要是把但泽这一德国人与波兰人混居的多灾多难城市(俄、奥、普第三次瓜分波兰时,这个海港城市划归普鲁士。第一次世界大战后,但泽成为自由市,由国际联盟代管。希特勒以但泽问题和波兰走廊问题为借口,入侵波兰,燃起第二次世界大战的战火。战后但泽划归波兰)作为典

---

① [德]尼采著. 查拉图斯图拉如是说[M]. 尹溟译. 北京:文化艺术出版社,1987:313.
② [德]克尔凯郭尔著. 基督的激情[M]. 鲁路译. 北京:中央编译出版社,1999:79.
③ [德]尼采著. 查拉图斯图拉如是说[M]. 尹溟译. 北京:文化艺术出版社,1987:108.

型，通过这个一会儿属于波兰一会儿属于德国的二元体制造成的历史动乱和城市的居民在法西斯从它的兴起到最后灭亡的全过程中的选择、心理扭曲以及境遇，试图探寻德国法西斯得势的深层原因，让人们面对历史、认识历史，以窥一斑而见全豹，起到警示的作用。

小说通过"超常怪人"奥斯卡的视角从深入剖析人的灵魂入手，揭示法西斯统治的前因后果。我们看到，法西斯之所以一时猖獗，不能排除人自身的弱点这一因素。小说中，像马策特拉那样可以算得上正派市民的人也成了纳粹党的成员。他的行为动机就是随大流。马策拉特特 1934 年就加入了纳粹党，但仍在看风向。他先戴上党帽，过一段日子又穿上褐衫，继而又穿上党裤，最后才登上皮靴，全套党服地去参加纳粹集会了。他就是这样一个意志不坚定、随波逐流的人，出于可悲可笑的"随大溜"小市民性情而加入了纳粹党。然而他并没有"青云直上"而"只是混上了一个支部领导人"。那个年代几乎是全民纳粹，人人在党，包括善人钟表匠。即便是决心永远置身于成人世界之外的奥斯卡也有过主动投机的心理，在纳粹的演讲台下，作为鼓手一味地敲他自己的鼓点，自觉不自觉地参与了纳粹组织的活动。众所周知，德意志民族为现代人类文明作出过巨大贡献，几乎没有一个科学和文学艺术领域没有德意志民族的卓越功绩，巴赫、康德、黑格尔、歌德、贝多芬、马克思、恩格斯等都是家喻户晓的名字，他们的成就至今为人享用、研究和传播。德意志民族被视为欧洲最有文化教养的民族之一，其组织性、纪律性、创造性历来被称道。不幸的是，具有这样文化背景的德国人竟被轻易地动员起来，俯首帖耳地在前线为希特勒送死，在后方效率极高地生产杀人武器，在集中营里虐杀几百万人，令人震惊。《铁皮鼓》从普通人盲目地跟随而渐渐地全盘纳粹化的角度切入，在空虚无聊的日常生活中小市民表现出的那种不假思考、一哄而上的行为中反思历史，挖掘深植于本土的国民劣根性：狭隘盲从、狂热自私、趋炎附势，揭示纳粹思潮得势的根源。格拉斯以一系列历史的真实细节和典型的人物形象来铺陈和展示了这种"随大溜"的习性。例如，奥斯卡的父亲带着儿子前去观看对犹太人的住宅、商店和会堂的捣毁和洗劫，看客自然自在、心安理得，价值颠倒扭曲的"随大溜"、麻木不仁甚至是疯狂反人性的小市民心态和姿态暴露无遗。总之，德国人表现出来的庸俗、市侩、怯懦、势利、顺从的小市民习性是纳粹的社会温床，人民是希特勒专制统治的受害者，但对法西斯的得势上台却有着不可推卸的责任。他们对纳粹思想不作理性思考而是顺服地主动地接受，是纳粹分子的社会支持者而不是被当权者所欺骗、迷惑、蒙蔽、强迫而误入了历史的歧途者。君特·格拉斯通过《铁皮鼓》对纳粹德国史作出了独具慧眼的艺术透视，让人们感到了他眼光的锐利和思索的深刻。

易受蛊惑、随大溜是人性的弱点之一，一旦在特定的时期和适宜的土壤中被恶势力利用，的确会演变成为一股强大而邪恶的力量，会产生巨大的灾难，甚至把整个民族引入歧途，推进深渊。那么，人为什么容易受蛊惑呢？格拉斯认为主要原因是人本身有一种趋恶天性，它在一定的条件下会表现出来。在小说中，我们看到作者安排了奥斯卡充当诱惑者，用他那能震碎玻璃的声音使别人偷窃这一情节。这些偷窃者中有老绅士、穿着过分讲究的年轻店员、女佣人以及领养老金的中学教员、体面的博士、穿着时髦的太太，规矩的老绅士等，小说对偷窃这一行为进行了分析，重提"认识你自己"这一古老的话题。如此深入地挖掘人性的弱点、剖析人的灵魂，确实令人深思。格拉斯清醒的历史感和强烈的责任感使他站在精神文化视角的高度俯瞰芸芸众生相，在嬉戏、幽默的描述中解剖心灵，抨击丑恶，显示出小说"揭出病苦，以引起疗救的注意"的意义。他将对历史叩问的主体意识融化在对麻木、堕落、扭曲灵魂的客观再现中，造成看似冷淡、实则炽热的内外情感反差。

《铁皮鼓》深入到战争的背后和底层深处，展示战争前后人类生存的哲理意境，展示战争中的道德和伦理意义，展示人性的自我完善和自我选择等问题，并使之上升到哲学的高度，促使人们从另一个新的角度和更深的层次对战争、对命运、对人性、对人的存在重新进行思考。战争已经结束，噩梦仍不断缠绕，苦难已成为过去，伤痕却隐隐作痛，因此，作品传导了一种深沉的忧思，传达了战后人们对战争重新反思的基本认识。作品发表后引起了世界性的广泛注意，因为它突破和超越了传统的人道主义精神，让人心灵触动，有一种掩卷后的思索。

二战之后，德意志民族能够从废墟上迅速建设起一个发达、民主、文明的社会，而且被国际社会所承认和接纳，与德国人民和政府对二战罪行的深刻反思，显然有着直接关系。而这种反思的核心，是对一段民族历史的自我否定，和在这种否定的基础上，重新建立对人类正义、文明的信仰和信心。显然，自我的否定和信仰的重建，需要巨大的勇气和智慧。格拉斯曾说："二战之后的德语文学只有使自己成为一种记忆，让过去永不终结，它才能毫无羞愧地面对自我和面对后人，继续'未完待续'这一普遍有效的写作规律。只有这样才能使伤口显露出来，只有这样才能坚持'从前曾经如何'的回忆，使各种忘却的愿望和命令无处容身。"①在这个使命意识层面上，人们看到了一个具有深刻的自省与忏悔精神的民族。匈牙利犹太裔作家吉·康拉德曾说，对外国来说，一个敢于仗义执言的德国是可靠的、让人放心的。

三

1958 年秋，当年仅 31 岁的君特·格拉斯在"四七社"②的大会上朗读他尚未出版的第一部长篇小说《铁皮鼓》中的第一章"肥大的裙子"时，听众就被格拉斯极为丰富的想象

---

① 王建. 说不完的格拉斯. 文艺报. 北京：文艺报编辑部，2000-1-2，第 4 版.
② "四七社"是战后德国最重要的文学组织，1947 年由汉斯·维尔纳·里希特召集有志文学的青年成立的文学团体，故名四七社。这是个没有会规的松散团体，参加者由里希特邀请。他们的目的是建立一个崭新的民主自由的德国，推出反映时代风貌的精品而努力。这个社团于 1967 年解散。在它存在的 20 年里，与会的成员约有 200 人，有作家、评论家和出版商，他们在西德的文学界颇有影响力。许多青年人应邀在集会上朗读自己未发表的作品，由其他与会者自由评论，新人从而脱颖而出。四七社还颁发四七社奖。

力，融荒诞、真实、调侃、幽默于一体的艺术风格所感动，人们已经觉察到，这是一部非常了不起的作品。果然，格拉斯获得了当年的"四七社奖"。1959 年《铁皮鼓》一问世便立刻引起了轰动，成了人人争相阅读的畅销书，在约 25 年内就销售了 300 多万册，被翻译成了 20 多种语言文字，1980 年被改编成电影并获得了奥斯卡最佳外语片奖。格拉斯一举成名，至今小说仍盛销不衰。格拉斯获诺贝尔文学奖后，各种语言的译本量猛增。格拉斯在创作上既立足传统，又超越传统：小说真实和荒诞交织在一起的情节具有的特质，真实地传达了对历史的思考、对和平的关注；在娘胎里就具有超常的听力，智力已发育完全，后来又获得唱碎玻璃的本领的非常荒诞、滑稽、神奇、性格鲜明生动的主人公的奥斯卡，与传统流浪汉小说相似又相异的结构，开放式的结局，狂欢化的文化氛围和语境，比喻、隐喻、反讽、荒诞、时空断裂、视角变换等现代派小说惯用的手法的运用，长短句交错、不断变换的语调，不同环境中人物语言的独特表达形式，节奏活泼的片段、引人入胜的冗长细诉、精确幽默的词句、信手拈来的不忌讳粗俗鄙陋的方言俚语，还有语言的双重性、比喻性，叙述角度轻松自如地变换，奇特的想象力、随意道来的嬉笑怒骂，无所忌讳的详尽的细节描写，戏剧的写法插入其中以及长篇指控书的引录等，各种创新手段、各种文学体裁以艺术剪贴的手法和谐地融为一体。作者企图构建一种各类文体杂交的独特小说新体裁的尝试的确令人耳目一新，体现了作者在文学上的可贵探索与创新。因此《铁皮鼓》在 20 世纪 50 年代惨淡寂寞中引起如此轰动，可见小说打动读者的不仅仅是奥斯卡一生离奇的经历，还有触发人们的艺术想象，多角度、多侧面地去体会作品的丰富意蕴的特有风格。这风格既在于它的现实性，又在于它与现实拉开了距离。距离产生了对照，距离使你联想到人间许多事体情理的统一性，前后的一贯性、承袭性，人性的普遍性，使你从就事论事的层面升华到举一反三的层面乃至抽象概括的超越表态的思考层面。这是一种非快餐型思想的挑战与契机，它追求的是思考与探索。小说也因距离而含蓄、而幽默。理性的自觉使格拉斯对那个时代生活的认识不是一种单纯的审美关照。

格拉斯博采众家之长，坚持自己的创作道路，既不恪守传统，也不追求所谓时尚，而是在继承传统的基础上大胆探索，勇于创新。他广泛地吸收先辈大师的经验，从各种形式的小说中都吸收过营养，但并没有把任何一种传统当作绝对遵循的模式。他的长篇小说打破了历史与虚构的界限、通俗小说与严肃小说的界限、小说与戏剧的界限，他在继承传统的基础上，将现代派的许多表现手法运用于创作，熔传统与现代于一炉，为长篇小说拓展了生存的空间，使它在新的历史条件下具有新的活力，同时也确立了自己在德国文学史及世界文学史上的地位。从《铁皮鼓》里，我们既看到许多传统小说的印痕，也感受到迎面扑来的现代派气息，但它既不是传统的，也不是现代的。难怪文学批评家无法将《铁皮鼓》归类于现代派的某一类，只好把它称为"德国的新小说"。

《铁皮鼓》的轰动效应表明，读者愈益成为文学活动的中心，新的阅读选择对文学体裁提出了新的要求，会促使文学迈向更高的艺术境界，从而使读者欣赏更多的文学精品。

第三章 外国文学

在人们惊呼严肃文学危机的时代,《铁皮鼓》却在图书发行市场上连创佳绩,不能不引起我们对严肃文学可读性的思考。《铁皮鼓》的成功带给人们的启迪是深刻的。

【思考与练习】

1. 为何文学批评家无法将《铁皮鼓》归类于现代派的某一类,只好把它称为"德国的新小说"?
2. 在大众文化背景下,《铁皮鼓》获得成功的意义何在?

第十四节 通俗小说与严肃文学的完美结合
——帕慕克的《我的名字叫红》

《我的名字叫红》是一部优秀的土耳其文学作品。小说由一桩谋杀牵扯出东西方文化的差异和冲突,从细密画的消亡折射出传统的改易,在现实的冲突中暗含了宗教的没落,在展现土耳其社会巨变的同时,也揭露出土耳其人精神上的空虚。其文学价值和现实意义都足以在土耳其文坛鹤立鸡群,是土耳其当代文学当中一颗璀璨的明珠。

作者奥尔罕·帕慕克(1952—　)是土耳其当代最著名的畅销小说家,享誉国际的文坛巨匠。1952 年他出生于伊斯坦布尔一个富裕的中产阶级家庭,从小在一家美国人开办的私立学校接受英语教育,这为他了解西方文化奠定了基础。年轻时代他曾在伊斯坦布尔科技大学主修建筑,后全力投入写作。

自 1979 年他的第一部作品《塞夫得特州长和他的儿子们》出版当年就获奖以来,帕慕克的写作生涯可谓荣誉等身,曾获得欧洲发现奖、美国独立小说奖、法国文艺奖、德国书业和平奖等多种荣耀。1985 年第一本历史小说《白色城堡》的出版让他享誉全球,纽约时报书评称他是"一位新星正在东方诞生"。1998 年《我的名字叫红》的出版,确定了他在国际文坛上的重要地位。该书获得了法国文学奖、意大利格林扎纳·卡佛文学奖和都柏林文学奖,帕慕克也因此成为包揽欧洲三大文学奖项的当代文学大师,其作品被译成 40 多种语言出版。文学评论家赞誉他为"与普鲁斯特、托马斯·曼、卡尔维诺、博尔赫斯、安伯托·艾柯等大师比肩的百科全书式的欧洲小说大师"。

2006 年 10 月 12 日,瑞典皇家科学院对外宣布,将 2006 年诺贝尔文学奖授予土耳其作家奥尔罕·帕慕克。在获奖无数以及 2005 年以大热之势败给英国存在主义剧作大师哈罗德·品特后,帕慕克终于得偿所愿。其获奖理由是"在寻找故乡的忧郁灵魂时,发现了文化冲突和融合中的新象征"。此外,作品曲折离奇的故事情节,简洁而有诗意的语言,高超的叙事技巧,令向来不青睐畅销小说的诺贝尔文学奖也不得不对他另眼相看。

一

　　小说《我的名字叫红》的背景是 16 世纪的奥斯曼帝国。1591 年，一位苏丹的细密画师高雅被人谋杀，尸体被野蛮地抛入一口深井。画师生前接受了一项苏丹的秘密委托，与其他三位当朝最优秀的细密画师齐聚京城，分工合作，用欧洲的画法精心绘制一本颂扬苏丹生活与帝国的旷世之作。他的死亡显然与这项秘密任务有关。

　　此时，在外游历了 12 年的青年黑受到姨夫的邀请，终于回到阔别已久的故乡——伊斯坦布尔。他曾经疯狂爱了 20 年的美丽的表妹谢库瑞早已嫁为人妇，还生了两个儿子，但孩子的父亲自从上战场后就音讯全无。于是谢库瑞搬回家中与父亲同住，她的父亲就是受苏丹秘密委托监督绘制图书的长者。黑的来访打破了谢库瑞一家原本平静的生活，不久，谢库瑞的父亲也在家中惨遭杀害。所有牵涉其中的画师都人人自危，除了自己，他们不相信任何人。仍然疯狂爱着谢库瑞的黑情急之下与她闪电结婚，担负起了保护这家孤儿寡母的重任。颇有心计的谢库瑞拒绝与新丈夫圆房，她提出要把杀父仇人绳之以法后才能真正开始新的生活。

　　苏丹要求宫廷绘画大师奥斯曼和青年黑在三天内查出谋杀事件的真凶，而线索很可能就藏在书中未完成的图画某处。大师与黑把能搜集到的秘密绘制的图画都拿来一一比对，试图找出凶手偷走最后一幅图的根本原因。这当中，他们面临了毕生绘画生涯的最大冲击——西方透视法笔下的所有图像都令他们感到了对神的亵渎，他们没能找到凶手的蛛丝马迹。

　　幸运的是，高雅先生的尸体旁留下了一幅草草绘就的马，这是一匹俊逸、简单、栗色的马，但它有个不易被人察觉的缺陷——裂鼻。两人请所有牵涉此案的画师们重新画一幅自己心中的马，试图找出其中相似的两幅，但狡猾的凶手居然逃脱了审查。无奈，大师和黑请求进入苏丹的宝库，查看宝库里收集的各种画册与国外的绘画赠品，找出裂鼻马的出处和画派。大师在宝库中饱览绘画珍品，最终心满意足地刺瞎了自己的双眼，也作出了谁是凶手的判断。然而他的判断，并非是想将真凶绳之以法，而是掉转矛头，采取了别有目的掩盖真相的做法。

　　黑从宝库出来后一一拜访了三位画师，最终找到了真凶。在两人的打斗中，凶手夺下了黑手中的匕首将他刺伤，然后急匆匆逃往码头，准备离开。这时，谢库瑞前夫的弟弟哈桑拦住了凶手的去路。夜色中，他凭着凶手手中的匕首误以为面前的就是黑，用长剑结束了这个陌生凶手的性命。

　　血肉模糊的黑回到家，终于受到了做丈夫的礼遇，与谢库瑞共同生活在一起。谢库瑞的小儿子奥尔罕长大成人，成了作家，他把父母的这个传奇故事写了下来，呈现于读者面前。

二

　　从一场凶杀案开场，到案情水落石出结束，中间铺陈着发生在 16 世纪奥斯曼帝国阴谋与凶杀、爱情与信仰、保守与革新的种种矛盾纠缠。小说让读者在神秘宗教氛围和迷离案件的牵引下，充满好奇和渴望地穿梭在作者精心设置的重重"迷宫"中。毫无疑问，《我的名字叫红》具备了一切现代通俗流行小说的元素。然而，在这件华丽炫目的外衣之下，包裹的却是关于文化冲突、宗教信仰等带有浓重哲思意味的严肃内核。难怪这部小说赢得了畅销小说和诺贝尔文学奖的双重青睐。

　　"如今我已是一个死人，成了一具躺在井底的死尸。尽管我已经死了很久，心脏也早已停止了跳动，但除了那个卑鄙的凶手之外没人知道我发生了什么。"①小说就这样用死人的话开始了故事的讲述。人们都说帕慕克是"讲故事"的高手，的确如此。在这里他创造了一种十分独特的叙事方式——原本作为故事讲述者的作者隐退了，而把书中所有角色推上前台，让他(它)们充当说书人。于是我们发现，书中所有的角色都站在"我"的位置发出声音，每一章皆以"我"为开头："我的名字叫黑""我是奥尔罕""我被称为凶手""我，谢库瑞"……每个人都滔滔不绝地说着自己的故事，以及故事中的故事。不但如此，作者还让"非人"的存在也成为叙述的主体，如"我是一条狗""我是一棵树""我是一枚金币""我是一匹马""我，撒旦"……每一位出场者都具备奇妙的生命，靠着他们的经历与观察，详尽地告诉读者一点又一点蛛丝马迹的线索。第一人称的写法，给人一种娓娓道来的感觉，它能最大限度地体察到叙述者的内心世界，并带来身临其境般的感观体验：读者仿佛附着在他身上，和他用同一双眼睛看世界，靠同一双耳朵听声音，你甚至都能感受到他起伏的呼吸。所以，这里没有一般小说意义上的主角，但每一位讲述者都是属于自己那一部分的主角。随着每一个标题的转移，意味着视点人物的又一次替换，小说就在这一个个头脑之间传递着前进。但书中的角色会一次次重复出场，每一次参与故事的讲述都会令你发觉自己对他之前的理解是残缺的，甚至离题的。仿佛在半透明的画页上一次又一次覆盖上新的内容，但最终谁也没法在这层叠的画面中指出一个明晰的构图。这种繁复舞步的结构相比于固定在一个人物身上的视角更为吸引人，就像许多扇窗口同时打开任人观看，但并没有让悬念变得更少。

　　使用多个讲述者的叙事结构，使得读者读他的小说时，感觉像游走在古老的《一千零一夜》之中。作者在谈到使用这种创作手法时曾说："实际上，不停地扮演不同的人物以第一人称的方式说话非常有趣。我想这些独特的声音可以组成一曲丰富的乐曲，展现上百年前伊斯坦布尔日常生活的原貌。视角的转换其实也反映了小说主要关注的是从我们的角度经由上帝存在的观点寻找过去的细节。这些人物都生活在不存在透视法限制的世界中，

---

① ［土］奥尔罕·帕慕克著. 我的名字叫红[M]. 沈志兴译. 上海：上海人民出版社，2006：1.

所以他们能用自己独特的幽默表达自己。"①

　　帕慕克在小说中借探讨细密画"风格"问题带出了自己对"风格"的看法。他认为所谓"风格",并不只是作品所呈现出来的主题,而是当作者在呈现主题时融入其中的隐秘情感。"一位画家,当他呈现马匹的狂暴和速度时,并不是描绘自己的狂暴与速度,透过构图创造一匹完美的马,他所揭示的,是自己对这丰沛世界及其创造者的景仰,笔下的斑斓色彩,展现的是对生命的无比热爱。"②正如一位出色的细密画师在临摹前辈大师的画作时,最高深的境界是:看不出临摹者本人的任何痕迹,即克服了下意识带出个人风格的"签名"。这种看法颇似我国古代的"大象无形,大音希声"之说。帕慕克采用这种冷静的排除任何主观抒情成分的"纯客观"写作方式,也许就是在向我们展示他所理解和向往的"风格"吧。

三

　　从《白色城堡》到《我的名字叫红》,帕慕克的叙事风格中一直都离不开东方与西方、理解与拒绝理解的主题。这是因为这个国家自从国父凯末尔选择现代化作为民族富强之路开始,就注定要面对两种文化冲突的艰难处境。政府为了让土耳其走上全盘西化的道路,忽视了传统与人之间血肉相连的关系,最大限度地铲除了宗教的成分和传统文化习俗,这是许多土耳其人民,特别是底层的贫弱者所无法接受的。然而不幸的是,土耳其在西方眼里从来就不是西方文明的一部分,结果它既不被看作一个东方国家,也成不了一个西方国家。不愿意认同自己原有的文明属性,又无法被它想加入的另一种文明所接受,土耳其陷入了精神上无所归宿的沮丧。帕慕克的作品,正是反映了这种来自土耳其人灵魂深处的抑郁。所以,诺贝尔评审委员会才说,帕慕克的思想探索是在追寻伊斯坦布尔的"忧郁的灵魂"。《我的名字叫红》截取 16 世纪伊斯兰细密画艺术发展史中的一个断面,把古、今、东、西四个领域完美组合到一起,用一场艺术领域内的风格之战,对东西方文化接触和冲突的过程作了最为生动的描绘。

　　故事背景选在 16 世纪,这时的奥斯曼帝国已经普遍感受到西欧的压力:经济领域因威尼斯造假币致使金币贬值,艺术领域受到文艺复兴的诱惑。细密画风的继承精神显然已经随着伊斯兰经济和政治的衰退而不再那么坚韧,所以大师们尽管一边坚持那些口头上的原则,一边偷偷画些小作来赚取外快。就连伟大的苏丹本人也背弃传统,渴望使用异教徒的技法为自己画一幅肖像画,将自己脸上的细节完全写实,将自己置于画面的前景和中央。但是这个工作不能交给画坊的主持者,因为他是传统的坚定拥护者。所以苏丹把这个艰巨的任务秘密委托给了他以为同样认同西方绘画技巧的大师。在此期间,外来艺术的诱

---

① 奥尔罕·帕慕克答读者问. //新浪读书网. 2006-10-12. http://book.sina.com.cn.

② [土]奥尔罕·帕慕克著. 我的名字叫红[M]. 沈志兴译. 上海:上海人民出版社,2006:320.

惑和对自身传统之根的珍惜之间的对立，令他们内心饱受煎熬，最终导致内讧，信仰反差最大的两个画家发生严重冲突，一人被另一人所杀。

然而，杀人者并未因坚守信仰、铲除异端而感到一丝痛快，相反内心痛苦万状，"我能感觉到心中的魔鬼不是因为杀了两个人，而是我画出了如此的肖像。我怀疑我之所以杀死他们，其实是为了创作这幅画。可是如今，孤独让我感到恐惧……你们也都明白了：我杀死他们两人，是为了让画坊像从前一样延续下去，安拉也必定明白这一点。"①同样不安的还有其他人，奥斯曼大师自刺双目，表面上是为了实践"所有细密画大师最后都归于失明"的训诫，但在我们看来这是一种逃避。因为真主眼里的世界本不是真实的世界，细密画家笔下的造型都是有悖现实的。他因为明白了这一点而选择刺瞎了自己的双眼，渴望永远停留在那美好的理想世界里。同时，他故意为凶手开脱，以维护对细密画的继承。可见他们都十分明白，来自西方法兰克人的阴影和透视画法代表了绘画的大趋势，即使谋杀也不能换回细密画不可避免的衰败的到来，但他们仍要为守护自己的画派做最后的挣扎，这是一场注定要失败的斗争。

细密画在透视画法的冲击下的没落灭亡，并不仅仅是一桩艺术史上的事件。帕慕克是想借还原这一段历史来告诉我们："东"和"西"作为一般的概念，在某种程度上是存在的，但是，对这两个概念过于顽固地信仰和迷狂，会埋下战争的导火索。一种文化要发展，就不可能自我封闭，要对"异己"有充分的尊重和认同感，要与之进行沟通，这种沟通需要经历反复的、长期的冲突过程。从一个单向度、充满虔信的中世纪伊斯兰艺术观转向一个多向度、多元化的西方艺术观，意味着要割断一整套民族传统，抛弃一整套世界观。这对人的观念造成的冲击，足以达到惨烈的程度。然而，经历阵痛是不可避免的，文化的冲突不代表一场必有一伤的斗争，双方都应该从中获得前进的动力，从而推动整个人类文明的进程。伟大的文明最终存在于不同文明的交汇中。

《我的名字叫红》这个书名很独特也很令人思索。关于"红"的意义有多种理解，显然它已不单纯归于颜色的范畴。有人认为"红"代表着细密画的秘密：它是凡间事物的典范，是真主眼中的世界。因为那是一种纯正的颜色，"没有深红、浅红之分，也没有清晨阳光下的红、黄昏反照下的红"。所以代表"纯粹"的"红"，正是理解细密画这种排斥个人风格与人物个体特征的艺术的关键，也是坚持还是改变细密画这场斗争背后的价值所在。还有人认为"红"代表一种宗教信仰。小说中两个失明的画家在谈论它时说："颜色的意义在于它出现在我们面前，而我们看到了。"另一位说："我们无法向一个看不见的人解释红色。"②这就是说，如果脱离了宗教信仰，而仅仅从美学的观点看待绘画艺术，细密画是无法被人理解的，也就失去了生存空间。不管怎样解释，"红"具有象征意义是

---

① [土]奥尔罕·帕慕克著. 我的名字叫红[M]. 沈志兴译. 上海：上海人民出版社，2006：228、484.
② [土]奥尔罕·帕慕克著. 我的名字叫红[M]. 沈志兴译. 上海：上海人民出版社，2006：228、484.

肯定的，相信每一位读者都会从阅读中寻找到自己的那一份领悟。

【思考与练习】

1. 你怎样理解"红"的含义？
2. 独特的叙事结构带给小说怎样新奇的阅读体验？

参 考 文 献

[1] 郭茂倩. 乐府诗集[M]. 北京：中华书局，1979.
[2] 郭绍虞，王文生. 中国古代文论选[M]. 上海：上海古籍出版社，1979.
[3] 朱熹. 诗集传[M]. 上海：上海古籍出版社，1980.
[4] 王士禛选. 古诗笺[M]. 上海：上海古籍出版社，1980.
[5] 司马迁. 史记(2版)[M]. 北京：中华书局，1982.
[6] K.霍尔，等. 弗洛伊德心理学与西方文学[M]. 包华富，陈明全，等编译. 长沙：湖南文艺出版社，1986.
[7] 蒲松龄. 聊斋志异[M]. 上海：上海古籍出版社，1986.
[8] 王易. 词曲史[M]. 北京：东方出版社，1996.
[9] 巴赫金. 陀思妥耶夫斯基诗学问题[M]. 白春仁，顾亚铃，译. 北京：生活·读书·新知三联书店，1988.
[10] 傅庚生，傅光. 百家唐宋词新话[M]. 成都：四川文艺出版社，1989.
[11] 王季思；宁希元注释. 中国十大古典悲剧集[M]. 济南：齐鲁书社，1989.
[12] 冯梦龙. 喻世明言[M]. 海口：海南出版社，1993.
[13] 曹雪芹，高鹗. 红楼梦[M]. 长沙：岳麓书社，1994.
[14] 徐培均. 李清照集笺注[M]. 上海：上海古籍出版社，2002.
[15] 鲁迅. 中国小说史略[M]. 上海：上海古籍出版社，2004.
[16] 袁行霈. 中国文学史(第三卷)[M]. 北京：高等教育出版社，2005.
[17] [法]鲍德里亚. 象征、交换与死亡[M]. 车槿山，译. 南京：译林出版社，2006.
[18] [加]诺斯罗普·弗莱. 批评的解剖[M]. 陈慧，袁宪军，吴伟仁，译. 天津：百花文艺出版社，2006.
[19] 托多罗夫. 巴赫金对话理论及其他[M]. 天津：百花文艺出版社，2008.
[20] 老舍. 我怎样写短篇小说·老牛破车[M]. 香港：香港南国出版社，1976.
[21] 凌宇. 从边城走向世界[M]. 北京：生活·读书·新知三联书店，1985.
[22] 潘克明. 曹禺研究五十年[M]. 天津：天津教育出版社，1987.
[23] 田本相. 曹禺传[M]. 北京：十月文艺出版社，1988.
[24] 杨义. 中国现代小说史[M]. 北京：人民文学出版社，1988.
[25] 孟悦，戴锦华. 浮出历史地表——现代妇女文学研究[M]. 北京：中国人民大学出版社，1989.
[26] 巴金. 巴金全集[M]. 北京：人民文学出版社，1991.
[27] 汪晖. 反抗绝望：鲁迅的精神结构与《呐喊》《彷徨》研究[M]. 上海：上海人民出版社，1991.
[28] 田本相. 曹禺研究资料[M]. 北京：中国戏剧出版社，1991.
[29] 西川. 海子诗全编[M]. 上海：上海三联书店，1997.
[30] 谢冕. 论二十世纪中国文学[M]. 石家庄：河北教育出版社，1998.
[31] 钱理群，王得后. 鲁迅作品全编(小说卷)[M]. 杭州：浙江文艺出版社，1998.
[32] 钱理群，等. 中国现代文学三十年[M]. 北京：北京大学出版社，1998.
[33] 黄子平. "灰阑"中的叙述[M]. 上海：上海文艺出版社，2001.
[34] 唐小兵. 英雄与凡人的时代：解读20世纪[M]. 上海：上海文艺出版社，2001.

[35] 陈晓明. 表意与忧虑[M]. 北京：中央编译出版社，2002.

[36] 李玲. 中国现当代文学的性别意识[M]. 北京：人民文学出版社，2002.

[37] 王雅茹. 萧红评传[M]. 哈尔滨：哈尔滨出版社，2002.

[38] 沈从文. 沈从文全集(第九卷)[M]. 太原：北岳文艺出版社，2002.

[39] 史志谨. 鲁迅小说解读[M]. 北京：中国社会科学出版社，2004.

[40] 沈从文. 抽象的抒情[M]. 上海：复旦大学出版社，2004.

[41] 林树明. 多维视角中的女性主义文学批评[M]. 北京：中国社会科学出版社，2004.

[42] 夏志清. 中国现代小说史[M]. 上海：复旦大学出版社，2005.

[43] 刘洪涛，杨瑞仁编. 沈从文研究资料(下)[M]. 天津：天津人民出版社，2006.

[44] 曲波. 林海雪原[M]. 北京：人民文学出版社，2007.

[45] 洪子诚. 中国当代文学史(修订版)[M]. 北京：北京大学出版社，2007.

[46] 康长福. 沈从文文学理想研究[M]. 北京：人民出版社，2007.

[47] 亚里士多德. 诗学[M]. 北京：人民文学出版社，1962.

[48] 柏拉图. 文艺对话集[M]. 北京：人民文学出版社，1963.

[49] 朱光潜. 西方美学史[M]. 北京：人民文学出版社，1979.

[50] [日]紫式部. 源氏物语[M]. 丰子恺，译. 北京：人民文学出版社，1980.

[51] [美]韦勒克，[美]沃伦. 文学理论[M]. 北京：生活·读书·新知三联书店，1984.

[52] [美]惠特曼. 草叶集[M]. 楚图南，李野光，译. 北京：人民文学出版社，1987.

[53] 尼采. 查拉图斯图拉如是说[M]. 尹溟，译. 北京：北京文化艺术出版社，1987.

[54] 贝恩特·巴尔泽. 联邦德国文学史[M]. 范大灿，等译. 北京：北京大学出版社，1991.

[55] 阮航. 外国文学艺术名著导读[M]. 北京：铁道出版社，1999.

[56] 阮航. 诺贝尔文学奖获奖作家代表作管窥[M]. 成都：巴蜀书社，2002.

[57] 任晓晋. 外国文学名著导读[M]. 武汉：武汉大学出版社，2005.

[58] 季水河. 文学名著精品赏析——外国古代文学卷[M]. 长沙：中南大学出版社，2006.

[59] [土耳其]奥尔罕·帕慕克. 我的名字叫红[M]. 沈志兴，译. 上海：上海人民出版社，2006.

[60] 曹禺. 戏剧创作漫谈. 剧本，1980(7).

[61] 乐黛云. 中国女性意识的觉醒[M]. 文学自由谈，1991(3).

[62] 南帆，刘小新，练署生. 文学理论[M]. 北京：北京大学出版社，2016.

[63] 安德鲁本尼特(Andrew Bennett). 文学的无知：理论之后的文学理论[M]. 开封：河南大学出版社，2015.

[64] [美]达姆罗什等. 世界文学理论读本[M]. 北京：北京大学出版社，2013.

[65] [美]格洛登，[美]克雷斯沃思，[美]济曼. 霍普金斯文学理论和批评指南[M]. 王逢振等译. 北京：外语教学与研究出版社，2011.

[66] [澳]阿希克洛夫特等. 逆写帝国：后殖民文学的理论与实践[M]. 任一鸣译. 北京：北京大学出版社，2014.

[67] 李玉平. 互文性：文学理论研究的新视野[M]. 北京：商务印书馆，2014.

[68] 程正民. 跨文化研究与巴赫金诗学[M]. 北京：中国大百科全书，2016.